LES BONS DIEUX

DU MÊME AUTEUR

Romans

Le Chien du Seigneur, *Plon, Julliard.*
Les Mauvais Pauvres, *Plon.*
L'Immeuble Taub, *Gallimard.*
Les Convoités, *Gallimard.*
Le Fils de Tibério Pulci, *R. Laffont.*
Le Péché d'écarlate, *R. Laffont.*
La Foi et la Montagne, *R. Laffont.*
La Garance, *R. Laffont.*
Des chiens vivants, *Julliard.*
Le Point de suspension, *Gallimard.*
Le Pays oublié, *Hachette.*
Une pomme oubliée, *Julliard, Presses Pocket, France-Loisirs.*
Le Tilleul du soir, *Julliard, Presses Pocket, France-Loisirs.*
Un front de marbre, *Julliard.*
Le Voleur de coloquintes, *Julliard, Presses Pocket, La Guilde du Livre, Reader's Digest.*
Un temps pour lancer des pierres, *Julliard.*
Le Tour du doigt, *Julliard, Presses Pocket, France-Loisirs.*
La Saga des Pitelet : Les Ventres Jaunes, La Bonne Rosée, Les Permissions de Mai, *Julliard, Presses Pocket.*
La Noël aux prunes, *Julliard.*

Essais

Les Greffeurs d'orties, *La Palatine.*
Hervé Bazin, *Gallimard.*
Sidoine Apollinaire, *Volcans, Horvath.*
Grands Mystiques, *P. Waleffe.*
Solarama Auvergne, *Solar.*
Drailles et burons d'Auvergne, *Le Chêne.*
L'Auvergne que j'aime... *Sun.*
La Vie quotidienne dans le Massif central au XIXe siècle, *Hachette.*
La Vie quotidienne contemporaine en Italie, *Hachette.*
La Vie quotidienne des immigrés en France de 1919 à nos jours, *Hachette.*
Histoire de l'Auvergne, *Hachette.*
Les Grandes Heures de l'Auvergne, *librairie académique Perrin.*
Clermont-Ferrand d'autrefois, *Horvath.*
L'Auvergne et le Massif central d'hier et de demain, *J.P. Delarge.*

Divertissements

Riez pour nous !, *Robert Morel.*
Célébration de la chèvre, *Robert Morel.*
Les Zigzags de Zacharie, *Créer.*
Jean Anglade raconte... *Le Cercle d'Or.*
Les Singes de l'Europe, *Julliard.*
L'Auvergnat et son histoire, B.D. *Horvath.*
Fables omnibus, *Julliard.*

Traductions de l'italien

Le Prince, de Machiavel, *Le Livre de Poche.*
Le Décaméron, de Boccace, *Le Livre de Poche.*
Les *Fioretti* de saint François d'Assise, *Le Livre de Poche.*

Poésie

Chants de guerre et de paix, *Le Sol Clair.*

Jean ANGLADE

LES BONS DIEUX

roman

JULLIARD
8, rue Garancière
PARIS

ISBN : 2-260-00372-9

Je me voyais dans le séjour du bonheur et de la vertu. Il me semblait être sous un autre ciel et avec une autre espèce d'hommes.

Legrand D'AUSSY
(*Voyage en Auvergne,* 1788.)

CHRONOLOGIE

992. Fondation de la Communauté des BONS DIEUX.
1080-1112. Autorité de maître Blaise.
1220-1246. Autorité de maître Guillot.
1302-1324. Autorité de maître Thomé.
1318. Fondation de la Maladerie.
1312. Charte de Volloûre.
1410-1435. Autorité de maître Adrien.
1437. Duel à la pierre entre Gabriel et Vincent l'Ecorcheur.
1550-1570. Autorité de maître Geoffroy.
1568. Les huguenots à Thiers.
1670-1682. Autorité de maître Jantou.
1673. *L'Imitation de Jésus-Christ* chez les Bonnet.
1709. Le Grand Hiver.
1705-1729. Autorité de maître Léon.
1741. La peste des Riz.
1788-1795. Autorité de maître Guillaume.
1793. La pauvre chouannerie volloroise.
1810-1854. Autorité de maître François.
1821. Départ de Francillon.
1895-1915. Autorité de maître Félicien.
1904. Visite de Bonaventure Bonnet-Lavest.
1946. Extinction de la Communauté des BONS DIEUX.

I

Assis devant sa porte sur la pierre grise qui leur servait de banc, Joanis regarda un court instant le soleil, baissa les paupières et remercia le Seigneur. De lui avoir permis d'atteindre un si grand âge : d'après ses calculs, il devait approcher de la septantaine ; en bon état : ses quatre membres valides, le soufflet bien fonctionnant, les boyaux dégourdis, la tête claire. De lui avoir donné quatorze enfants et assez de blé, de fèves, de raves, de choux pour les garder de la faim ; douze vivaient encore, deux seulement étaient retournés dans la maison de Dieu, tandis que ses voisins parvenaient rarement à en sauver un ou deux à la douzaine. De lui avoir fait cadeau par-dessus le compte de vingt-quatre petits-enfants dont treize subsistaient ; ses brus et ses filles avaient eu moins d'adresse que sa femme à leur conservation. Cependant son fils aîné, Peyre, quoique le plus vaillant à l'ouvrage de la famille et de la paroisse, le meilleur laboureur et semeur de blé, d'orge, d'avoine et de toutes choses, n'avait encore engendré rien qui vaille malgré dix années de mariage et de semence ; il avait épousé une femme stérile, une *mule* comme on disait par ici, et s'en rongeait les poings chaque jour. Mais qu'y faire ? Le Seigneur qui l'avait comblé de tant de dons, la vaillance, l'habileté, la douceur envers les plantes, les animaux et les personnes, lui avait refusé celui-là, que Son saint Nom fût béni.

De ces treize neveux (mais combien d'autres s'y ajouteraient ?), Mariette était son enfant préférée. Née le jour de la Saint-Joseph, l'année où la lune se mit devant le soleil et le dissimula tout entier. Beaucoup d'hommes et de femmes, terrorisés, galopaient dans les champs comme des perdus, criant la lune a mangé le soleil, le soleil s'éteint, Bonne Vierge, saint

Georges, saint Maurize, saint Peyre, saint Joanis, protégez-nous ! Chacun en redoutait des choses affreuses, de voir les étoiles tomber en pluie, la terre se couvrir de glaces, les sources pisser le sang. Mais rien de mauvais ne se produisit ; au bout de peu, la lune découvrit le soleil, sa lumière revint, ils avaient simplement fait ensemble une partie de cachettes. Alors, un coq se prit à chanter, puis un second, puis un troisième, puis tous, comme ils font coutumièrement à chaque aurore, les poulaillers n'y comprenaient plus rien. Et l'on se mit à rire aussi fort qu'on avait eu peur, les chiens à aboyer, les chèvres, les ânes, les vaches à trépigner dans leurs étables. Voilà de quelle manière chacun salua le retour de son astre quotidien. Joanis remercia le Seigneur de leur avoir rendu le soleil. Cela s'était passé — il compta sur ses doigts — quatre ou cinq années en arrière. En sorte que la petite Mariette avait quatre ans, cinq ans au plus.

Elle vint à lui et dit, comme une grande personne :

« Bonjour, tout le jour. »

Il la prit sur ses genoux et la baisa dans les cheveux. Un moment, blottie dans la niche que formaient ses cuisses et son estomac (l'*estomac* en Auvergne commence à la racine du cou et finit à la racine des jambes), enveloppée de ses longs bras, elle ferma les yeux, ronronna comme une chatte. Cette treizième-là lui donnait autant de bonheur que les douze autres réunis ; mais six seulement vivaient sur la tenure ; les sept restants demeuraient au château de Voulobre avec leurs parents domestiques et descendaient rarement lui faire visite ; c'est à peine s'il les apercevait le dimanche dans l'église. Mariette, au contraire, dormait sous le même chaume que lui, avec cinq frères, sœurs, cousins ou cousines. Ceux-ci ne songeaient qu'à commettre des polissonneries à longueur de jour malgré les taloches qui ne leur manquaient point. Tous pareils à la chèvre : si elle ne fait pas de mal, elle y pense. A se rouler dans la boue, à se mordre, à capturer les hannetons pour leur fourrer une paille au cul, à torturer les mouches, les fourmis, les lézards, les crapauds. Spécialement ces énormes qu'on appelle des *tunles :* ils les remplissaient de braises jusqu'à ce qu'ils éclatent. En un sens, ce n'était que justice, car le *tunle* empoisonne tout ce qu'il regarde, tout ce qu'il touche, tout ce qu'il effleure de son haleine ; c'est pourquoi les sorcières l'emploient dans leurs tisanes ; elles lui arrachent aussi une dent très dure qu'il possède au milieu de la tête, que les dames font enchâsser et qui les protège de la lèpre. Etrange bête capable, comme le fils de l'homme, de faire le mal autant que le bien. Ah ! si l'on pouvait au doigt de chacun mettre une crapaudine ! Le préserver de la lèpre du corps et de la lèpre de l'esprit ! Mariette, elle, était sans tache, pure comme le givre ; elle goûtait le nid chaud que lui offraient les bras, les genoux et la barbe de Joanis.

Comme il avait pris ses menottes à elle, tendres et roses, dans ses grosses pattes à lui, et dures, et épaisses, elle se dégagea bientôt, disant : « Montre-moi tes mains ». Il les ouvrit de son mieux, les étala comme elles ne l'avaient été depuis longtemps, ce n'étaient pas des mains habituées à se tenir sur le dos, oisives, le ventre en l'air. Elle suivit d'un doigt les monticules intérieurs, descendit les vallées, regravit les éminences. Un terrain rocheux, fendillé, semé d'embûches.

« Pourquoi ? dit-elle.

— A cause de toute la besogne que j'ai faite. Des pierres que j'ai remuées. Des arbres que j'ai abattus. De la terre que j'ai fouie. »

Il dit dans son langage *foudjado,* un terme qu'on réserve d'ordinaire aux animaux. En vérité, il a le sentiment d'avoir toute son existence ouvert la terre devant lui du groin et des pattes comme la taupe, le mulot, le cochon, le sanglier ; de l'avoir grattée comme les poules ; de s'en être nourri comme le lombric et le bousier ; d'en avoir construit son gîte comme l'hirondelle. Les murs de sa maison sont composés de bois, de pierres et de terre ; la toiture, de terre et de paille ; le sol, de terre battue. Il boit et mange dans des récipients de terre cuite. La terre entre dans sa nature comme l'a voulu le Créateur en prenant une motte de glaise, en la pétrissant et soufflant dessus. Et terre vivante il redeviendra terre morte un jour, quand il s'en ira dormir au cimetière de Voulobre, sous la gouttière de l'église qui déverse sur les défunts comme une bénédiction les eaux pluviales, en attendant la Résurrection.

« Celle-là, dit Mariette, c'est ta main gauche.

— Eh ! non ! C'est la droite !

— Toujours je me trompe ! Comment faut faire pour pas se tromper ?

— Rien n'est plus simple. La main droite est celle qui fait le signe de croix. »

Et il le trace devant elle, sans se presser : *In nomine Patris...*

« A toi maintenant. »

Elle répète ces syllabes étranges qui forment ensemble le nom du signe de croix, comme elle a coutume de répéter le nom des choses plus ordinaires qu'on lui enseigne : l'ortie, la rhubarbe, le pas-d'âne. Cela ne simplifie pas ses gestes, qui se croisent et se brouillent. Joanis la reprend, retient la petite main gauche dans les siennes, tandis que la petite main droite va du front à l'estomac, puis aux épaules... *Amen.* Joanis prononce cet *amen* avec un grand souffle, *Hâmen.* Presque comme le *han* qu'on pousse quand on se décharge d'un fardeau. Elle l'imite docilement :

« *Hâmen !* »

Elle en rajoute plutôt. Or, voici : dès que le grand-père l'a lâchée, Mariette se signe aussi précipitamment de la main gauche, de façon très désordonnée, pour faire bonne mesure.

« Non, non et non ! proteste Joanis. Ça, c'est le signe de croix du diable ! Tu n'as pas le droit !

— Pourquoi ?

— Parce que. Allons, signe-toi de l'autre main, pour effacer le mauvais signe. »

Elle se signe, elle efface. Voilà des cérémonies bien compliquées, elle ne s'y retrouve point.

« Tu sais, ajoute-t-elle, je peux faire la même chose avec mon pied.

— Avec ton pied ?... Je voudrais bien voir ça !

— Regarde ! »

Elle descend des genoux, s'assoit par terre, dans la fiente des poules, empoigne un de ses pieds nus.

« Prends le droit, au moins ! L'autre ! » recommande Joanis.

Elle l'élève jusqu'à son front, *In nomine Patris,* redescend, *et Filii,* le tire vers une épaule, *et Spiritus Sancti,* vers la seconde, *Hâmen.* Le vieil homme applaudit de ses paumes épaisses qui ne produisent qu'un *plo-plo-plo* étouffé.

« Je suis sûre, le défie Mariette, que t'es pas capable d'en faire autant.

— Moi ?... Tu me connais mal.

— T'es capable ?

— Comme de manger ma soupe.

— Je t'ai jamais vu sucer tes orteils. Moi, je les suce très souvent.

— Ben je pourrais, si nécessaire.

— Pas vrai. Les vieux ne sucent jamais leurs orteils. Ils ne savent plus.

— Moi, je sais peut-être encore. »

Sans quitter le banc de pierre, il dégage son pied droit du sabot, le hisse à hauteur de son visage, tout cru, noir et boueux comme il est. Mariette n'en croit pas ses yeux, elle a un grand-père-boudin, il courbe le front jusqu'à ce qu'il joigne le gros orteil et gémit : *In nomine Patris...* Il porte de même ce pied pouacre sur son ventre, sur l'épaule gauche, à la gloire du Tout-Puissant, Créateur du ciel, de la terre, des pâquerettes et des cochons ; ses jointures craquent comme celles des arbres de la forêt quand le vent passe. A ce moment, au lieu du *Hâmen* attendu, il lâche un pet qui résonne dans ses braies de laine. Mariette éclate de rire et de triomphe :

« Tu as *bechiné !* On ne doit pas *bechiner* en faisant le signe de croix ! »

Honteux, il renonce à cette entreprise impie qu'il devra confesser au curé de Voulobre. De nouveau, il capture l'enfant, l'attire à lui, ils se reposent de leurs fatigues. Autour d'eux, une mère cane promène ses canetons, un coq secoue ses plumes, le furet tourne en rond dans sa cage, la truie grogne dans la soue ; au loin, des chiens aboient, d'autres enfants crient, le peù de Synioure dresse vers le ciel ses deux cornes naissantes, pareilles à celles d'un taurillon. Joanis et Mariette sont bien, l'un sur l'autre ; ils aimeraient rester ainsi jusqu'à la fin du monde.

« Est-ce que toi, demande la fillette, tu as eu un grand-père aussi ?

— Bien sûr. Et même deux. Mais je les ai connus peu de temps.

— Pourquoi ?

— Parce que Dieu les a rappelés à lui quand j'étais encore drôlet.

— Rappelés à lui ?

— Ils sont morts, si tu préfères. Quand on meurt, on retourne à Dieu qui est notre père à tous. On rentre dans sa maison.

— Alors on est content ?

— Certes. Seulement... ceux qui restent... en général ne le sont pas trop.

— Pourquoi ?

— Parce qu'on est séparés : le mort va au ciel, les vivants restent sur la terre.

— Qui est-ce qui meurt ?

— Tout le monde. Une fois ou l'autre.

— Toi aussi tu mourras ?

— Sûrement. Un jour. Demain. Ou dans dix ans.

— Tu iras au ciel ?

— Si Dieu veut. Ou bien au purgatoire.

— Et moi, je mourrai aussi ?

— Obligé. C'est le règlement. Mais dans beaucoup, beaucoup d'années.

— Tu sais ce que je veux ?

— Dis.

— Qu'on meure ensemble, toi et moi. On montera au Ciel tous les deux, sans se quitter.

— C'est une très bonne idée, si Dieu veut. »

Elle applaudit. Il rêve un moment de cette éternité paradisiaque qu'il passerait avec sa petite Mariette sur les genoux, j'en aurais un tel bonheur que, Seigneur pardonnez-moi, je pourrais quasiment me passer de voir Votre sainte Figure.

Mais voici que tout à coup elle glisse à terre.

« Qu'est-ce qu'il y a ?

— Faut que j'aille dehors, s'excuse-t-elle.

— Dehors ? Tu y es dehors ! »

Aller dehors a chez eux une certaine signification. Comme il ne semble pas s'en souvenir, elle précise :

« J'ai mal au ventre. J'ai la *fouire.*

— Montre-moi ta langue. »

Elle la tire, toute noire.

« Je m'en doutais : tu as mangé trop de mûres ! Gare au renard, si tu lui manges toutes ses mûres ! »

En attendant, elle doit s'éloigner, va s'accroupir derrière la haie, l'endroit préféré de la famille pour *aller dehors*. Elle songe au renard et à toutes ces mûres qu'elle lui a prises. Mais pourquoi les mûres appartiennent-elles au renard plutôt qu'à elle ? Elle se rattrapera dans le ciel où les animaux ne montent point.

C'était l'après-midi du sixième jour. Hommes et femmes avaient pour règle aux Bonnets de se préparer dès le samedi de la célébration du dimanche en n'accomplissant aucune besogne qui eût besoin d'un outil, pioche, fourche, aiguille, balai, quenouille. Seuls demeuraient autorisés les travaux à mains nues, soin des animaux ou préparation des aliments. Hors ces nécessités, les gens passaient le reste du jour à épouiller leur conscience, en vue de la confession qui précéderait la messe le lendemain. Pratiquement, tout le monde à Voulobre communiait. Les clercs pétrissaient sans relâche et faisaient cuire au four le pain sans levain, dans leurs moules compartimentés, pareils à des rayons d'abeilles. Une fois achevé leur examen du samedi, les villains avaient le droit de se promener parmi leurs cultures, de conduire les porcs à la glandée, les vaches et les chèvres au pâtural. Ils se rencontraient dans ces occupations et devisaient honnêtement du temps à venir, des récoltes, de leurs maladies. Les conversations frivoles étaient déconseillées par les prêtres et nul, sauf les enfants, ne se hasardait à rire ni à faire rire pendant ces heures saintes.

Siméon, second fils de Joanis, dévalait à grands pas le chemin qui menait de Voulobre à Escotal. A son petit chapeau rond retenu sous le menton par une écharpe, à sa tunique plus longue que le bliaud des villains, à ses chaussures de cuir, les paysans le reconnaissaient pour un serviteur de Dieu et pliaient le genou, à quoi il répondait par une rapide bénédiction. Les blés avaient été moissonnés, mais, de chaque côté de la route, les champs de fèves et de raves florissaient. Ces raves au ventre rose et blanc qu'on mettait cuire sur la braise, où elles répandaient une délicieuse odeur de sucre brûlé. S'il surprenait quelqu'un la pioche à la main, Siméon l'interpellait vertement :

« Toi, là ! Sais-tu quel jour nous sommes ? »

Et l'autre humblement de s'excuser : « Je n'y ai pas pris garde, sire prêtre.

— Pose donc ton outil, cesse de nettoyer ton champ et songe à nettoyer ta conscience. Ne manque pas de venir t'en confesser demain matin. »

Les curés y trouveraient leur compte : la pénitence s'accompagnerait d'un chapon à leur livrer ou de trois douzaines d'œufs frais. Le travail du dimanche pouvait coûter un cochon. Mais en d'autres régions c'était le bûcher pour celui qui s'était laissé surprendre deux fois à travailler le jour du Seigneur.

Les grands pieds de Siméon descendirent le chemin raviné par les orages. Traversèrent à gué, sautant de pierre en pierre, le rif du Boisson. Au-dessus de sa tête, un coucou l'interpella, avec la grossièreté caractéristique de son espèce :

Coucù ! Coucù !
Tchou cosù !
Tchou cosù !

Il prit un caillou, le jeta dans la direction de cet oiseau mécréant qui osait traiter de *cul-cousu* un prêtre tonsuré ! C'est-à-dire — lui qui abandonne à des étrangers le soin d'élever ses petits — de racle-denier, de pleure-misère. Toujours la même histoire : celle de la poêle qui trouve noir le chaudron. Trop d'oiseaux d'ailleurs voletaient sur la campagne, mettant les récoltes au pillage ; les villains les capturaient aux trébuchets et aux gluaux ; mais l'espèce s'en multipliait si fort qu'il fallait garnir les fenêtres de grillages d'osier pour les empêcher d'entrer et te voler le pain de la bouche. Les petits enfants dépourvus d'occupation étaient envoyés vers les emblavures servir d'épouvantails.

Au fond de la descente, nouveau ruisseau, le rif des Roches dont les débordements avaient produit une zone marécageuse pleine de joncs et de plantes aux fleurs blanches larges comme des chapeaux. Siméon quitta la route, et prit un sentier de chèvres qui, zigzaguant parmi les broussailles, l'amena jusqu'au village des Bonnets. Ainsi nommé parce que, de tradition, les hommes s'y coiffaient de bonnets de laine par-dessous le capuchon ordinaire. Des gens frileux du sommet. A l'église, on les identifiait par ce bonnet pointu qu'ils posaient sur leurs genoux. Il leur servait aussi de poche, ils y plaçaient selon les circonstances des œufs, des pommes, des champignons. Certains voulaient être enterrés la tête dans leur bonnet.

Le village grouillait d'enfants, de volailles, de cochons, au milieu desquels Siméon s'ouvrit un passage. Les oies battirent des ailes devant lui sans réussir à s'envoler. Il traversa le coudert herbu, longea la mare aux canards, atteignit la maison où il était né, trouva devant la porte son père et sa petite-nièce Mariette. A sa vue, Joanis se leva précipitamment, tira son bonnet et baisa la main de son fils tonsuré.

« Fais comme moi, ordonna-t-il à l'enfant. Salue le père Siméon, serviteur de Dieu. »

Celui-ci présenta le dos de sa main sur lequel elle appliqua les lèvres. Puis, tandis que les deux grandes personnes entamaient une conversation au-dessus de sa comprenette, elle resta immobile, observant sans amitié cet hommasse noir à qui chaque habitant du village manifestait tant de considération. Elle le savait de sa parenté car il entrait dans la maison, ouvrait et fermait les portes, s'asseyait, se versait à boire en puisant dans le seau avec la louche de bois, tout cela sans demander à personne si le nez lui branlait. Chacun l'appelait « mon père », y compris Joanis et sa femme Georgie, mais comment pouvait-il être le père de ces deux vieux à tête blanche ?

Personne ne lui avait dit encore que Georgie, alors qu'elle portait cet enfant dans son sein, avait vu le Seigneur en rêve. Descendre de sa croix et s'avancer vers elle, les bras tendus vers le ventre où dormait le futur Siméon. Or voici qu'en même temps celui-ci remue dans sa bougette et tire la mère de son sommeil. Encore tout émue de cette vision, elle la raconte à son mari, qui en conclut :

« Le Seigneur nous demande cet enfant pour son service. Ce sera un immense honneur dans notre famille. »

Tout se passa ainsi. Deux jours après être venu au monde, le nouveau-né fut emporté vers l'église de Voulobre par ses trois marraines et ses trois parrains. Là-haut, ils eurent conciliabule avec les prêtres à qui ils firent part du rêve de Georgie ; ensemble ils choisirent de baptiser l'enfant *Siméon,* ce qui signifie *Dieu nous a exaucés.* Il entendit son nom pour la première fois quand il fut immergé dans la cuvette de granit. Puis ils revinrent tous vers les Bonnets où la mère à peine relevée les accueillit joyeusement :

« Comment s'appelle mon fils ?

— *Siméon,* ce qui signifie *Dieu nous a exaucés.* »

On lui pendit au cou une petite croix d'argent retenue par un ruban rouge. Dès lors, il fut exempté des travaux salissants ou pénibles, les pourceaux se gardèrent, les épis se glanèrent, les raisins se cueillirent sans son aide. En revanche, les six prêtres de Voulobre le prirent en charge, lui enseignèrent la lecture, l'écriture et le latin. Plus tard, Siméon se joignit à eux et fut le septième de leur communauté. A Voulobre, Dieu était largement servi.

Georgie sortit de la maison, salua son fils comme une étrangère, du baisemain et de la génuflexion. Il la releva avec bonté. Elle lui apporta de l'eau miellée dans un gobelet, il but en haussant très fort le menton. Quand il se fut essuyé la bouche, quand il eut rendu le gobelet vide :

« Mon père, dit Joanis à son fils, je suis en grand souci.

— A quel sujet, mon fils ? dit Siméon à son père.

— A cause de votre frère aîné. Jusqu'ici, Dieu ne lui a point donné d'enfant. Si bien qu'à mon décès la tenure doit lui échapper et être mangée par la main-morte. »

Joanis et sa femme s'entretenaient souvent de cette monstrueuse Main-Morte qui dévorait les héritages. Georgie regardait ses deux mains à elle, bien vivantes, et se demandait à quoi pouvait ressembler cette horrible créature dont disposait le seigneur de Voulobre, comme il disposait de chiens et de faucons.

« Cette Main-Morte, au juste, qu'est-ce que ça serait ? » demanda-t-elle.

Le prêtre essaya d'expliquer qu'il s'agissait d'un droit très ancien qu'avait le seigneur de reprendre les terres de ses villains lorsqu'ils mouraient sans descendance. Ce qui serait peut-être le cas de son frère Peyre.

Et elle : « Comment cela se peut-il, Sainte Vierge, alors que nos terres étaient déjà cultivées par les grands-pères de vos grands-pères ?

— C'est ainsi. La Main-Morte. »

Et Joanis : « N'y a-t-il pas moyen de se protéger de cette diablesse ?

— Prenez garde aux mots que vous dites ! » recommanda Georgie.

Le fils à la soutane fit mine de n'avoir pas entendu celui-là :

« Il y en a plusieurs.

— Vraiment ? »

Siméon les compta sur ses doigts :

« Que Peyre ait des enfants... (*Ils levèrent les bras au ciel.*) Qu'il meure avant vous et que le bien aille à un autre... (*Ils les relevèrent.*) Que vous lui ôtiez le soin de la tenure pour la confier à un plus jeune... (*Même jeu.*) »

Il se tut, les vieux attendirent la quatrième solution ; les mouches elles-mêmes retenaient leur vol. Enfin, Siméon rouvrit la bouche, il en sortit un flot de paroles :

« Nous devons tous mourir un jour. Mais notre paroisse, elle, ne mourra jamais parce que ses membres se renouvellent de génération en génération. En sorte que ce qui appartient aux pères — l'église, le coudert, les bois, les prés communaux — appartiendra aux fils. Tous acceptent cette situation héritée des ancêtres qui l'ont voulue. Bon. Imaginez à présent que les habitants des Bonnets — apparentés par le sang, ou seulement par le voisinage et la coiffure — disent : " Formons ensemble une fraternité ". Qu'ils se mettent d'accord pour exploiter en commun le sol que chaque famille travaillait précédemment de façon individuelle. Qu'ils déclarent : " Ces terres reçues par nos grands-pères des seigneurs de Voulobre afin qu'ils les cultivent et qui sont devenues, à force d'usage et de redevances, notre propriété transmissible, ces terres nous les renonçons pour nous-mêmes et les remettons à la fraternité. " De cette façon vivent les abeilles qui butinent toutes les fleurs et produisent le même miel. Les fourmis dans leur fourmilière. Les taupes dans leur taupinière. Imaginez que ses membres proclament : " Nous renonçons notre âne, nos bœufs, nos vaches, nos chèvres, notre cochon, notre cheptel gros et menu. Nous renonçons les fruits de notre travail pour qu'ils profitent à tous. En compensation, la fraternité assurera notre subsistance et tous nos besoins. Elle fournira l'éducation de nos enfants, les soins de nos malades, l'entretien de nos vieillards, le service de nos trépassés. Nous renonçons toute monnaie d'or, d'argent, de cuivre que nous possédons et la versons au trésor commun. Nul ne pourra désormais acquérir parcelle, ni tête de bétail, ni métal monnayable, ni céder ce qu'il possède aux fins d'enrichissement. Ainsi nous passerons vertueusement le cours de notre vie terrestre et gagnerons la vie éternelle. " Voilà le quatrième remède que je vous propose », conclut Siméon en refermant la main.

Les deux vieux restèrent muets d'étonnement. Vivre comme les abeilles ? les fourmis ? les taupes ? Qui accepterait aux Bonnets de renoncer son âne, ses bœufs, ses quatre sous ?

« Répétez-moi, dit Joanis, le nom de cette entente.

— Je l'appelle une fraternité. Cela veut dire que chacun se sent le frère des autres. Même quand il en est seulement le cousin, le neveu ou le voisin.

— Voilà quelque chose de diablement nouveau !

— Prenez garde aux mots que vous dites ! recommanda Georgie pour la seconde fois.

— Non, répondit leur fils. Voilà quelque chose de très ancien. D'aussi vieux que les hommes. Adam et Eve, et leurs descendants ne vécurent pas d'autre façon quand la terre leur fut donnée. Il n'existait alors ni seigneurs ni villains, ni redevances, ni héritages, ni main-morte. D'autre part songez aux communautés religieuses : les couvents de Tihart, de Voulobre, de Corpeyre ne meurent jamais quoique les moines soient mortels ; et si ceux-ci s'appellent entre eux frère Joanis, frère Genès, frère Martin, n'est-ce pas pour souligner qu'ils vivent en fraternité ?

— Ainsi, vous voulez faire des Bonnets un couvent ?

— D'une certaine manière. Excepté qu'on y trouvera des femmes et des enfants. Qu'on y chantera beaucoup moins, qu'on y travaillera beaucoup plus. Mais Dieu sera présent dans vos demeures aussi bien que dans nos cellules.

— N'y faudrait-il pas une sorte de prieur pour donner des ordres ?

— Sans doute.

— Le plus vieux ?

— Le plus sage.

— Comment saurons-nous qui est le plus sage ?

— Chacun en jugera lui-même. Je vous conseille de l'élire comme nous faisons. Au moyen de pierres colorées : grises, noires, blanches, jaunes, tachetées, que nous gardons précieusement dans une bourse de cuir, d'une fois à l'autre... »

Derrière Voulobre, la montagne cornue est riche en pierres colorées, une carrière lui perce le flanc où les villains peuvent puiser leur nécessaire quand ils construisent une maison. Mais le maître de Voulobre se réserve les tansparentes, les bleues, les vertes et les violettes, auxquelles il donne des noms imprononçables. Voilà pourquoi sans doute les anciens baptisèrent ce sommet le *peù de Synioure,* c'est-à-dire la montagne du Seigneur. En dépit de l'interdiction, il n'est guère de famille paysanne qui ne possède une ou deux pierres précieuses, dans une cache, elles ont des pouvoirs merveilleux, protègent de l'incendie, de la fièvre, de la folie, de la rogne, du bégaiement.

« Expliquez-moi donc, dit le vieux, de quelle manière vous procédez.

— Voici. Au préalable, dans notre chapitre, nous désignons quatre ou cinq candidats qui nous paraissent aptes aux fonctions de prieur. Ensuite vient le vote. Chaque frère reçoit autant de pierres qu'il y a de candidats : les grises valent pour frère Guillaume, les noires pour frère Loÿs, les blanches pour frère

Gilbert et ainsi de suite. Il dépose la pierre de son goût dans un premier sac et celles qu'il n'utilise point dans un autre : la bourse de cuir où nous les conservons. Ainsi se trouve préservé le secret de son choix. Il ne reste plus qu'à compter les pierres du premier sac : la couleur qui l'emporte détermine le nom du nouveau prieur. Après quoi, nous allons tous ensemble remercier Dieu. »

Dieu seul pouvait en effet inspirer ses serviteurs. Joanis admira la beauté de cette élection par les pierres colorées, bien serrées dans les deux poings, le gauche dissimulant la pierre votante, le droit les pierres de rebut. Cela rappelait le jeu des enfants qui enferment un caillou dans leur main et se disent entre eux, devine où il est. De cette amusette sortirait donc un jour le prieur de leur fraternité.

« Je crains, objecta-t-il toutefois, qu'il n'y ait quelque empêchement.

— Quel empêchement ?

— Le seigneur de Voulobre est favorable à la main-morte. Obligé.

— Je me charge de le convaincre.

— Faudra que nous réfléchissions à ces choses.

— Oui, réfléchissez-y. »

Mariette s'était écartée d'eux, assourdie par tant de discours. Elle s'approcha seulement quand elle entendit l'hommasse noir prononcer :

« A présent, je dois partir. »

Il tenait ses larges mains posées à plat sur son ventre.

« Toi aussi, fit-elle, tu as mangé des mûres ?

— Des mûres ?

— Les mûres du renard. Toi aussi tu as la *fouire ?* »

Grand-mère Georgie, épouvantée d'une telle supposition, se cacha la tête sous son tablier.

Jambert prenait un bain, et c'est tout nu dans un baquet, au milieu de sa grande salle, qu'il reçut Siméon.

Depuis plusieurs siècles, les seigneurs de Voulobre étaient des *Berts,* c'est-à-dire des *Resplendissants.* Ils se nommaient Arbert, Rotbert, Gilbert, Otbert. Ils épousaient des Blanche, des Alix, des Etiennette. Ils exigeaient qu'on les appelât *Votre*

Splendeur. A l'écart du bourg dont les maisons se pressaient autour de l'église comme si elles s'étaient fiées à la protection de la croix plus qu'à celle de la lance, le château des Berts cependant ne resplendissait pas trop : une masse de ruines mal relevées, d'escaliers disjoints, un donjon de bois, le tout encerclé par une palissade de pieux pointus à laquelle, dérisoirement, des ronces vives ou sèches ajoutaient leur couronne d'épines ; des hommes gantés de cuir en favorisaient la croissance. La demeure seigneuriale avait mal résisté au temps, aux incendies, aux assauts. Tout était raccommodé chez ces Splendides : les murs, les meubles, la vaisselle, les pavements, les chausses. Seul le maître, Jambert, se montrait en bon état dans son cuveau, près de la cheminée où fumait un coquemar d'eau chaude. Son corps blanc, débordant de graisse, remplissait le baquet. Les ancêtres de Jambert avaient combattu les hordes franques, guerroyé contre leurs voisins de Méroliac, de Tihart, de Montguerlhe, capturé le bétail et les serfs, chassé le sanglier, le loup, le bœuf sauvage. Lui préférait les plaisirs de la paix à ceux de la guerre, les coups de broche aux coups d'épée ; bien manger, bien boire, bien dormir ; jouir de ses droits de garenne, de gîte, de banalité, de charriage, de dîmes et dîmeries, de manœuvres, tailles, complaintes, lods et ventes, usages, investisons, reconnaissances, vignes et mains-mortes ; et s'offrir de temps en temps, sur le conseil de son médecin, un bain tout odorant de serpolet. Il le faisait durer quatre heures. A mesure qu'il froidissait, un serviteur venait en soutirer le bouillon par la bonde et ajouter de l'eau chaude.

Siméon exposa longuement le dessein qu'avaient les Bonnet de se grouper en une fraternité afin de sortir de leur condition de mainmortables ; mais il y fallait l'accord du seigneur de Voulobre.

« Un moment ! » l'interrompit Sa Splendeur.

Une servante venait vider sur sa tête chauve le contenu d'une aiguière, et il s'ébroua sous ce flot d'eau parfumée, se frotta les yeux, le cou, le trou des oreilles, tandis que la serve lui grattait l'échine avec une étrille de bois, ce qui lui arrachait de petits cris, on ne sait si de plaisir ou de douleur. Le rite achevé, il retourna sa pensée vers les Bonnets.

« Quel profit, moi, Jambert — et il posa une main ouverte sur ses deux seins tombants — quel avantage puis-je tirer d'une pareille association ?

— Plusieurs, Votre Splendeur. Premièrement, ces hommes et ces femmes, sachant que la terre leur appartient définitivement, à eux et à leur descendance, lui prodigueront des soins accrus. Ils disposeront d'un plus grand nombre de bras. Vous pourrez leur demander de plus longues corvées. Ils ne manqueront pas, j'en suis certain, d'assécher les marécages, de mettre les friches en culture, d'accroître leurs troupeaux. Les fruits augmentés augmenteront vos dîmes et vos tailles. Secondement, ils accepteront, si je le leur demande, de racheter les droits de main-morte par une redevance dont le montant reste à convenir. Troisièmement, la fraternité des Bonnets jouira d'une aisance inconnue jusque-là, dont elle pourra faire profiter l'Eglise et les pauvres de la paroisse. Quatrièmement, plus heureux, plus prospères, ils couvriront leur seigneur de bénédictions, le soutiendront de leurs prières et de leurs secours dans ses besoins exceptionnels. Les hommes d'armes fidèles sont ceux qui combattent pour un maître vénéré, auquel ils sont prêts à donner leur sang. Que Votre Splendeur considère bien toutes ces choses. »

Jambert dans son baquet était en train de considérer ses ongles. Et, comme il les trouvait un peu plus longs que nécessaire, il les mordillait pour les raccourcir.

Siméon eut à plaider maintes fois la cause des Bonnet. A chacune de ses visites, le sire de Voulobre lui opposait une raison nouvelle :

« Et si leur exemple est suivi par mes autres tenanciers ?... Et si leurs descendants cherchent à s'affranchir de leurs obligations envers mes propres descendants ?... Aurai-je droit de regard sur leur manière de faire-valoir ?... Dans quelles conditions pourrai-je les déguerpir ?... »

De son côté, Joanis dut prêcher longuement ses frères, fils, filles, neveux et voisins. Enfin, les uns et les autres se montrèrent convaincus : la fraternité compterait vingt membres adultes, dont neuf têtes mâles, les femmes ne faisant point tête. Les neuf associés revêtirent leurs meilleurs bliauds, chaussèrent leurs souliers de cuir et se présentèrent ensemble devant Sa Splendeur en compagnie de Siméon qui les nomma l'un après l'autre :

« Joanis, environ soixante-dix ans, né aux Bonnets. Peyre, son fils aîné, environ quarante-huit, né aux Bonnets. Joanis le jeune, second fils de Joanis, environ quarante, né aux Bonnets. Morize, environ trente-cinq, gendre de Joanis, né à la Poudrilhe. Georges, troisième fils de Joanis, environ trente-deux, né aux Bonnets. Jacques, environ cinquante-huit, frère de Joanis, né aux Bonnets. Léonce, environ trente, fils de Jacques, né aux Bonnets. Paulus, environ trente-trois, gendre de Jacques, né à Douarier. Anthoyne, environ quarante, non apparenté aux précédents, né aux Bonnets. »

Jambert examina l'une après l'autre ces têtes que les ciseaux des femmes avaient tondues de frais, en sorte qu'un peu de peau blanche bordait les nuques de brique ; ces visages carrés ; ces épaules d'où pendaient de longs bras, des mains demi fermées par la pratique des manches ; ces jambes un peu torses qui les rapprochaient de la terre ; et il jugea la fraternité des Bonnets viable et bonne à mieux faire valoir ses tenures.

« Je suis prêt, annonça-t-il, à vous accorder la jouissance de trente septerées nouvelles de ma réserve. Elles confinent à votre domaine. Moyennant les cens habituels, naturellement. Il s'agit de mes terres de la Vaure. Les acceptez-vous ? »

Les neuf têtes se rapprochèrent. Les villains connaissaient les septerées en question, tout embarrassées de broussailles à vipères, rudes et drues comme la toison du diable. Que de sueurs en perspective !

« Mon accord à votre entente est à ce prix ! » ajouta le seigneur de Voulobre.

On ne pouvait donc hésiter, ils opinèrent, oui bien, comptez sur nous, nous les défricherons, nous y sèmerons un jour des choux et des raves. Jambert s'en montra satisfait. Il affirma solennellement vouloir leur laisser possession et saisine de toutes les parcelles qu'ils travaillaient déjà, augmentées des surfaces nouvelles, à condition qu'ils promissent, jurassent sur les Evangiles d'être et de rester ses bons, loyaux et obéissants sujets. On procéda sur-le-champ à la cérémonie de l'hommage en présence de Siméon, prêtre de Dieu, et du chapelain ordinaire de la chapelle qui apporta le livre des saintes Ecritures. Devant leur seigneur debout, tous s'agenouillent, les paumes jointes, le capuchon tiré en arrière. Le chapelain leur présente l'évangéliaire à couverture d'ivoire, chacun pose la main dessus, touche corporellement l'image du Christ en croix et répète la formule : *Je jure d'être et de rester...* Après quoi, Jambert se penche vers lui et le villain baise le seigneur sur la bouche en signe de fidélité.

Ayant reçu les neuf hommages, Sa Splendeur commande aux hommes de se relever :

« Désormais, quand vous aurez à traiter quelque chose avec moi, ne venez pas à neuf. Envoyez-moi un seul représentant qui parlera au nom de la fraternité tout entière. »

C'est ainsi qu'ils en vinrent à choisir leur prieur, qu'ils appelèrent plus ordinairement leur « maître » : *noùtre mouitre.* L'affaire s'accomplit un samedi soir dans la maison de Joanis l'Ancien, suivant les dispositions que Siméon avait conseillées. Deux bourses de cuir remplies de cailloux colorés attendaient sur la table. D'abord, chacun des neuf prit la parole à son tour, en commençant par Léonce le plus jeune, afin de proposer un, deux ou trois noms. Et ce furent toujours les mêmes, comme s'ils s'étaient donné le mot : Joanis, Peyre, Anthoyne... Anthoyne, Peyre, Joanis... Joanis, Anthoyne, Peyre... Venu son tour de parler, Anthoyne dit : Joanis, Peyre. Et de même Joanis : Peyre, Anthoyne. Il ne restait plus qu'à régler lequel de ces trois-là serait le bon. Les pierres de couleur furent distribuées : les jaunes pour Joanis l'Ancien, les grises pour Peyre, les blanches pour Anthoyne. Puis chacun vota selon son sentiment, plongeant les deux poings à la fois dans les deux sacs pour préserver le secret de son choix.

A la fin, on compta les pierres : six jaunes, deux grises, une blanche.

Devant la porte, les femmes, les enfants, Siméon, des voisins venus d'autres hameaux, attendaient. Léonce proclama les résultats, disant :

« Nous venons d'élire notre maître. Et c'est mon oncle Joanis l'Ancien ! »

Celui-ci se tenait en arrière, effrayé d'un tel honneur. On le poussa, il parut, les poignets croisés sur le front en manière de salut. Tous les présents applaudirent, trépignèrent, s'embrassèrent les uns les autres, riant, pleurant, criant que Dieu te protège ! Que Dieu te garde ! Que le bon Dieu te conserve longtemps ! Lorsqu'il eut supporté un moment ces éclats, il tomba sur la terre, agenouillé, les autres l'imitèrent et tous, entraînés par la puissante voix de Siméon, chantèrent dans cette langue qu'ils comprenaient mal, cette langue-devinette qu'ils appelaient le « parler de l'écriture », parce qu'elle était celle des scribes, des notaires, des prêtres, celle qu'on apprenait à l'école paroissiale quand on avait le rare privilège d'y être admis, qu'on gravait au fronton des églises, qu'on peignait et lisait sur les parchemins. Et chacun entendait comme il pouvait les saintes paroles, excepté les petits enfants qui faisaient *bou-bou-bou :*

> *Te Deum laudamus !*
> *Te Dominum confitemur !*
> *Te aeternum Patrem*
> *omnis terra veneratur !...*

Les chiens s'étaient tus, les poules demeuraient en suspens sur une patte, les serpents s'enfonçaient dans leurs trous. Le cantique sonore et beau montait de la terre vers le ciel, se répandait dans la campagne environnante, annonçant partout la bonne nouvelle : une fraternité vient de naître aux Bonnets, d'autres naîtront ailleurs et partout, le monde se couvrira de fraternités parce que tous les hommes sont frères, tous les hommes sont fils de Dieu, Noël ! Noël ! Noël !

Joanis avait accepté ce pouvoir sur les hommes et leurs travaux ; mais il refusa toute autorité sur les femmes et les enfants, le « maître », dit-il, doit avoir près de lui, mais indépendante de lui, une « maîtresse » élue dans les mêmes conditions, par les personnes de son sexe. Elle ne devrait donc avoir aucun lien de parenté directe, n'être ni sa femme, ni sa fille, ni sa mère, ni sa sœur. Le samedi suivant fut choisie la *mouitreço* en la personne de Genèse, trente-quatre ans, épouse d'Anthoyne, née au village du Peu, mère elle-même de cinq enfants.

« Ce sera, l'avertit Siméon, une très longue tâche que la vôtre. Il ne vous sera guère possible de sortir de la maison. Vous n'aurez pas le temps, comme vos sœurs, d'aller semer ni récolter au jardin, étendre le fumier sur les terres à labour, tourner et râteler le foin, glaner les épis après la moisson, vendanger le raisin ni cueillir tous les fruits. Vous ne pourrez vous consacrer à ces travaux qui donnent de l'air et de la chaleur. Non, tout cela, vous le laisserez aux autres. Votre besogne ne sera pas celle de sainte Marguerite qui travaillait la terre pour subsister ; mais celle de sainte Anne, de sainte Marthe, humbles ménagères, absorbées par la préparation des repas, l'entretien du linge, l'économie des nourritures. Vous filerez la laine et le chanvre. Vous aurez seule les clés de la cave et du grenier. A vous le soin des malades et l'accueil des étrangers de passage. Mais plus que tout, à vous l'éducation des enfants, garçons et filles. Vous leur enseignerez le nom de Jésus, le premier signe de croix, la première prière. Vous leur apprendrez à se supporter les uns les autres, à s'aimer vraiment comme des frères, même s'ils sont nés de parents étrangers, et non point à se battre comme des chiens, selon l'habitude de cet âge. Vous apprendrez aux fillettes les travaux d'aiguille et de quenouille qui leur seront nécessaires dans leur famille future. Vous formerez les garçons à être de bons ménagers, à ne mépriser, pour humble qu'il soit, aucun don de la nature, c'est-à-dire de Dieu. Vous leur recommanderez, lorsqu'ils s'écarteront du village, de n'y jamais revenir les mains vides : toujours ils trouveront à rapporter quelque flocon de laine retenu aux buissons, quelque poignée de foin perdue par les chars, quelque fétu de paille, quelque branche morte, quelques mousserons, quelques noisettes, quelque pomme tombée. Même pourrie, une pomme peut servir... »

Siméon continua longtemps de la sorte. Et sa parole était si belle qu'il vous endormait.

Les maisons des Bonnets, aussi disparates que possible, l'une regardant vers le soleil levant, l'autre vers le couchant, l'autre vers la lune, étaient assises sur une table de rocher qu'en Auvergne on appelle un *cheix*. Entre elles, la grande mare où barbotaient les canes et leur famille de safran, où s'abreuvaient les vaches et les ânes ; les canes restaient au bord, mais les vaches y entraient jusqu'aux jarrets pour jouir d'une eau plus claire. Cette mare ne s'était point formée toute seule ; des hommes l'avaient creusée en y prenant l'argile dont ils avaient pétri leurs murailles ; les sources et les pluies avaient fait le reste. Du côté de Synioure, le cheix plongeait brusquement dans un vallon tapissé de prairies qu'entretenaient des serves peuplées de salamandres. A l'opposé, une pente douce, sur laquelle se dressait un arbre foudroyé. Un peuplier vieux d'un siècle que la rapière de l'orage avait fendu de la tête aux racines ; chaque moitié avait ensuite continué de vivre séparément ; les enfants jouaient dans l'entaille. Des treilles grimpaient aux façades, des mousses et des scolopendres fleurissaient les toits de chaume. Les hommes erraient çà et là, leur bonnet bien enfoncé sur la tête.

Alors débuta la grande construction. Les membres de la fraternité pouvaient bien coucher et dormir dans leurs anciennes demeures ; ils devaient du moins se réunir aux repas comme enfants d'une même famille. Il fallut donc bâtir une maison commune apte à recevoir trente ou quarante personnes. Au moyen d'une baguette, Joanis dessina son plan sur la terre nue, l'expliquant au fur et à mesure :

« Ça ne sera rien d'autre qu'une sorte de grange, longue de cinq toises et large de trois, pourvue d'une seule porte en façade et de deux petites fenêtres, avec leurs volets de bois, d'où viendra notre peu de lumière. En dedans, à l'opposé de la façade, deux ouvertures : à gauche, vers la cave extérieure, tournée à la bise et enterrée autant que faire se pourra ; à droite pour monter au grenier. A chaque bout de la salle, une large cheminée. Il n'en faudra pas moins pour nous y tenir au chaud en hiver. L'un des feux accompagné d'un four à pain ; le second, d'un cuvier à lessive en pierre, incrusté dans la muraille pour que jamais il ne se renverse. Le soubassement des murs sera fait en belle pierre grise de Synioure. La salle commune se prolongera par la chambre du maître. On y accédera par-devant sans se mouiller les pieds en cas de pluie, grâce à un avancement du toit. Le tout coiffé d'un bon chaume de seigle à trois épaisseurs, solidement agrippé. La meilleure des couvertures, la plus légère, la plus chaude, celle qui convient le mieux au pauvre villain. Elle protégera aussi nos vaches de la faim : si le fourrage un jour venait à leur manquer, à cause de la sécheresse, nous pourrions déchaumer la maison pour en faire manger la paille, en attendant que l'herbe pousse. Cette bonne épaisseur sur nos têtes sera une réserve de dernier recours, nous serons contents de la savoir là, même en espérant n'avoir jamais à nous en servir. »

Ainsi fut-il fait. On creusa le sol jusqu'au rocher inébranlable ; enrochés de la sorte, les murs résisteraient à mille saisons. Les bras de toute la fraternité besognaient au même ouvrage, selon leurs forces. Les hommes véhiculaient les pierres, les équarrissaient, les assemblaient, les liaient au ciment d'argile. Les femmes, deux par deux, emportaient la terre de déblai sur un bayart à quatre manches qu'elles appelaient *chiveyro*[1]. Les enfants approchaient les outils et crachaient dans les mains des maçons s'ils venaient à manquer de salive ; pour les soulager, ils criaient *han ! han !* à la place des fendeurs de roc et des planteurs de piquets. Siméon lui-même voulut participer, il se promenait parmi les travailleurs, donnait des conseils, récitait pour les encourager des pensées de l'Ecriture :

« L'Eternel est le rocher des siècles... Le paresseux ressemble à une bouse de vache : quiconque le ramasse secoue sa main... Il y a le moment pour tout et un temps pour tout faire sous le ciel : un temps pour détruire et un temps pour bâtir... La sagesse a bâti sa maison, elle a taillé ses sept colonnes... »

Hommes et femmes se nourrissaient de pain et de noix, de pain et de raves crues, de pain sans companage. Ainsi apanés, ils s'abreuvaient d'eau transparente, d'eau vinaigrée, de petit lait. Mais grâce à tant de bonnes volontés, les murs montaient rapidement. Certains, usant de la barre et du marteau, s'employèrent à caver un énorme rocher, à l'arrondir, à le percer d'une bonde pour en faire le cuvier à lessive, qui fut roulé, guindé — oh ! hisse ! oh ! hisse ! — sur un lit de cailloux, scellé à sa place définitive, à droite d'une cheminée. L'escalier de pierre fut construit, la charpente posée, le sol devint dur et portant comme celui du chemin. On abattit des arbres, on en tira des ais de deux pouces, longs de trois toises, qui firent le plancher du grenier ; renforcé par une couche de glaise corroyée épaisse d'une longueur de main.

On atteignit le faîte. Il fallut préparer la paille de seigle, la tremper dans un baquet pour l'assouplir, la tasser et la battre sur le sol, la hisser au moyen d'échelles, la fixer sur un treillage en branches de coudrier. Les liens étaient tressés par les femmes et les enfants : une longue corde de paille qui, brin à brin, s'allongeait, s'allongeait, traversait le village, atteignait l'arbre foudroyé ; alors seulement on l'interrompait ; on revenait en l'enroulant en pelote. Le chaumier, se servant d'un bâton fourchu, cousait le matelas de chaume au treillage. Quand les trois couches furent ainsi superposées, il prit une lame de faux, lui donna du coupant, puis rogna la bordure des pailles qui devint aussi nette que la tranche d'un livre. A la bise, cette

1. C'est la *civière* aux pays de langue d'oïl.

couverture dépassait aussi le nu du mur qu'elle protégeait assez pour qu'on y suspendît les échelles, les pioches, les fourches, les râteaux et même les araires.

Les fustiers fabriquèrent des bancs et une table monumentale en chêne épais dont le plateau était creusé de vingt-quatre augettes rondes — dix d'un côté, dix de l'autre, trois au bout d'en bas et une seule au bout d'en haut : l'écuelle du *mouitre* — communiquant entre elles par une rigole. Une seconde table de même façon pour la *mouitreço* et les enfants. Des châlits avec leurs sacs de paille et leurs quatre colonnes auxquelles, le jour, seraient retenus, liés par des rubans, les rideaux enroulés en forme de quenouille. Des portes, des rayons pour les placards, des volets.

Un jour enfin, après quinze mois de sueurs, la maison commune fut achevée. Mais il fallut attendre quelques semaines encore pour procéder à sa bénédiction et à celle du feu nouveau, qui se fait l'après-midi du samedi saint. Tous les Bonnet revêtirent leurs meilleures hardes. Et le curé Siméon descendit en compagnie d'un clergeon porteu d'une lanterne. Il fit le tour de la bâtisse, l'arrosa d'eau bénite, chantant à plein gosier *Asperges me, Domine, hyssopo et mundabor. Lavabis me et super nivem dealbabor.* Quand il avait oublié un endroit, une encoignure, une saillie, l'enfant de chœur les lui désignait :

« Y a encore la souillarde... le four... le fenestron... »

Il y faisait pleuvoir les saintes gouttelettes.

Il entra dans la demeure et bénit pareillement chaque poutre, chaque porte, chaque meuble. Les cheminées recueillirent de plus longues bénédictions. La maîtresse les avait garnies de genêt sec et de branches mortes. Siméon prit des mains de l'enfant de chœur la petite lanterne où brillait, derrière les vitres de corne translucide, la flamme empruntée au saint sacrement de Voulobre. Il s'accroupit, en alluma le genêt sec qui se mit à pétiller, à emplir la salle de son odeur savoureuse. Puis les branches à leur tour flambèrent. Et les deux cheminées illuminèrent la maison des Bonnet dont certains avaient les larmes aux yeux, un peu d'émotion, un peu à cause de la fumée.

« Elles tirent bien », remarqua le *mouitre,* avec quelque mauvaise foi.

Ainsi fut béni et consacré le premier feu de leur entente.

Ils étaient convenus de vivre désormais au même feu et au même pot. On en avait commandé un énorme à un batteur de cuivre de Tihart : si profond, si ventru qu'un goret de trois mois y aurait tenu à l'aise. Le chaudronnier de Tihart avait aussi forgé un cramail spécial, muni d'un bras tournant, qui permettrait aux femmes de poser sans effort le chaudron plein de soupe au milieu de la table.

Ce soir-là, tandis que Siméon remontait vers sa cure, que les hommes et les enfants s'amusaient à travers le village, jouant aux palets avec des cailloux plats, aux gobilles avec des cailloux ronds, Genèse et ses sœurs préparèrent le premier souper. On était au début d'avril, le pire moment de l'année pour les légumes et les herbes, les jardins n'ayant rien à t'offrir, les premières graines issant à peine de terre. La soupe n'était rien d'autre qu'une eau bouillie parfumée d'épices, égayée par les yeux d'un peu d'huile. Le maître s'assit au plus haut de la table, devant le trou solitaire, tandis que les autres adultes prenaient place sur les bancs latéraux, les hommes d'un côté, les épouses de l'autre. Puis il tira le tiroir à hauteur de ses genoux, en sortit une tourte de pain inentamée, traça une croix sur chaque face avec la pointe de son couteau, entreprit d'y tailler des tranches aussi égales que possible dont la bonne odeur de seigle, un rien aigrelette, commença de se répandre.

« Pour la soupe. Découpez-le dans votre écuelle. »

Il servit d'abord Peyre, son fils aîné, assis à sa droite, puis les autres à l'avenant. Les places avaient été attribuées en fonction de l'âge et de la parenté. Chaque convive recevait sa part sans souffler mot, sans murmurer ce *merci* automatique qui deviendrait plus tard indispensable, mais avec une légère inclinaison de tête. Personne ne comparait des yeux l'épaisseur de sa tranche avec celle du voisin. La plupart déjà la réduisaient en taillons qu'ils laissaient tomber dans leur trou. L'art de la chose était de les faire très minces pour faciliter le trempage. Sinon, tu risquais de t'entendre dire ironiquement par la maîtresse : « Pour toi, ça sera encore une soupe aux orteils de chien ! »

Une fois tout le pain débité, deux femmes poussèrent au milieu de la table l'énorme chaudron, grâce au bras mobile. Tout fumant de vapeur et de romarin. La louche de bois entreprit la distribution. Le bouillon remplit d'abord l'écuelle de Joanis ; le trop-plein suivit la rigole et s'écoula dans celle de Peyre ; puis dans la suivante ; et ainsi de suite. Une pente légère permettait cet écoulement. Mais Genèse dut ensuite remonter au sommet pour servir les femmes. La seconde tablée — celle des enfants — fut servie de même. Pendant ce temps, les taillons s'imprégnaient et gonflaient dans les augettes. Les mains sous la table, tous les convives attendaient le signal du *mouitre.*

Joanis se signa et dit dans la langue de l'écriture, tandis que les lèvres des autres remuaient et bourdonnaient en guise d'accompagnement : *Benedicete, Domine, nos et hec tua dona que de tua largitate sumsumuri. Per Christe Domine Nostre. Hâmen.* Les prières, Joanis les savait toutes, même si leur latin n'était pas irréprochable ; telles que les lui avait apprises sa grand-mère à lui ; qui les tenait de sa propre Grande ; et ainsi de suite jusqu'à va-t'en savoir où. Sitôt celle-ci débitée, chacun se jeta sur sa cuillère. Les hommes engloutissaient leur soupe avec de grands lapements de chiens affamés ; les femmes soufflaient sur le bouillon, puis l'aspiraient avec délicatesse. A la table voisine, les drôles faisaient de même, sous le commandement de la *mouitreço* qui avait pris le temps de s'asseoir.

La soupe liquidée, on attendit la suite, la *pitance,* tandis que le maître distribuait une seconde tranche. Posée à plat sur le bois de la table, elle aurait reçu en temps normal une portion de lard. Mais le samedi saint l'interdisait. Versées dans deux plats creux, poudrées de sel écrasé au pilon, des *fageoles* prirent place aux deux bouts de la table. Tout le monde y pouvait atteindre, quitte à bien allonger le bras, à décoller un peu le derrière du banc. Les cuillères de bois plongeaient dans les fageoles, y chargeaient leur compte, l'enfournaient dans les goules. Les mâchoires travaillaient longuement à écraser les grains un peu durs. On n'entendait que le bruit des mastications. Seul Joanis lâchait de temps en temps quelque considération sur les travaux des jours et la couleur du soleil à son coucher, ça nous promet de belles Pâques. Approuvé de la tête par tous les Bonnet. Si l'un d'eux se trouvait directement interpellé, il répondait la bouche pleine, embarrassé par ses fèves, avec le moins de mots possible. Sous la table, les enfants — qui ont toujours des fourmis dans les jambes — ne remuaient ni pied ni patte. On se serait cru à la messe.

Quand les deux plats se trouvèrent vides, bien léchés, chacun s'essuya les badigoinces au revers de sa main. Le maître prononça :

« Que le bon Dieu nous en mande. »

Le souper était fini. Quelques-uns ne manquèrent pas de roter pour prouver qu'ils se sentaient repus. Les cuillères furent resserrées côte à côte dans le second tiroir ; leurs propriétaires respectifs les reconnaîtraient sans erreur aux dimensions, à la forme, à quelque tache, quelque veine ou quelque coche. Il ne restait qu'à balayer dans le creux de sa main les miettes, les traces de farine qui poudraient la table, à se les envoyer au fond de la gorge avec un renversement de la tête. Ainsi le prêtre fait-il tomber dans le calice celles de l'hostie sainte. Joanis quitta sa chaire et les autres leur banc.

Alors commence le meilleur moment de la journée. Par souci d'épargne, on a laissé le feu du bas s'éteindre de sa belle mort, les Bonnet se rassemblent autour du feu du haut. Les petits devant, assis sur le sol, entourés des femmes ; les hommes derrière. Tous ont de la sorte sous les yeux les flammes et les braises rutilantes qui seules éclairent la salle. Ils goûtent ce bonheur de se trouver devant une cheminée, avec sa lumière, ses étincelles, ses pétillements, alors que d'autres veillent dans les étables, derrière la queue des vaches, assis sur des bottes de paille, dans une obscurité que n'éclaire d'autre lueur que celle des yeux ou des dents. Sur sa chaire à accoudoirs, Joanis l'Ancien a l'air d'un roi. Qui se douterait, à lui voir cette gravité, qu'il est capable en certaines circonstances de faire un signe de croix avec son pied ?

Sa voix sort de la pénombre. Elle confirme :

« Nous avons bien de la chance d'être ici réunis pour la première fois. Il faudra que le souvenir de ce jour ne se perde pas. Un samedi saint. Bon. Mais de quelle année ?... Quelqu'un peut-il dire en quelle année nous sommes ? »

Ils s'entre-regardent, mais personne, homme ni femme, n'est capable de le préciser. Peyre propose :

« On est sept ans après l'année que le soleil s'évanouit.

— D'accord. Mais le jour que le soleil s'évanouit, c'était quelle année ? »

Nul n'en sait davantage. Au bout d'un autre moment de calculs, Léonce avance que le chiffre de l'année n'a pas d'importance, mais que les années à venir auront pour leur descendance ce commencement : le premier feu allumé dans leur maison commune.

« Non, réplique Joanis, ce serait une grande impiété. Le départ des années reste la naissance du Christ.

— Voilà bien la question : depuis quand le Christ est-il né ?

— Nous le demanderons à Siméon. Il doit le savoir. »

Quelqu'un interroge :

« Y avait-il des années avant la naissance du Christ ? »

Joanis réfléchit profondément à cette question, avant de répondre :

« Y en avait sûrement puisque, avant Jésus, vécurent sa mère Marie et son père Jousè. Marie et Jousè avaient pareillement un père et un grand-père. On remonte de cette façon jusqu'à la première femme et au premier homme, Eva et Andan, directement sortis des mains du Créateur.

— Et comment comptait-on les années, en ce temps-là ?

— Sans doute qu'on ne les comptait pas. Savoir le compte des années qui passent n'a pas beaucoup d'importance. C'est la même chose que savoir le compte des cailloux du chemin. »

Les paroles de Joanis étaient pleines d'une profonde sagesse. Les Bonnet s'entretinrent ainsi longuement de religion et de pensées sérieuses, comme il convenait au soir d'un samedi saint. Chacun, chacune gardait sur les genoux ses mains immobiles. Et ces mains leur démangeaient car elles n'avaient point l'habitude de l'oisiveté. Le feu de la cheminée, que plus personne n'alimentait, s'affaiblit peu à peu. Les ténèbres s'épaissirent. Plusieurs petits enfants dormaient déjà sur le sol, quelques têtes d'adultes sonnaient déjà les cloches : le *mouitre* décida qu'avec le noir complet il était l'heure d'aller faire téter les puces. Mais auparavant les grandes personnes s'agenouillèrent par terre, les coudes appuyés aux bancs, le visage dans les paumes ; elles répondirent par la seconde moitié aux *Avemaria* et *Patenostre* dont Joanis récitait la première. Toute la salle commune vibra de ce pieux bredouillis.

Après quoi, les jeunes mères ramassèrent sur le sol leur pacotille endormie, commettant parfois des confusions dont elles s'apercevaient très vite, faisant des échanges en riant avec leurs sœurs, ceci t'appartient, et ceci est à toi. Tous sortirent dans la rue qu'éclairaient les étoiles, laissant seuls dans la maison commune le maître et sa femme. Titubant sur les immondices, chaque famille se dirigea vers son logis particulier, où l'attendaient, tapies dans les paillasses, les puces et les punaises affamées.

II

La vieille, très vieille Mariette, qui était *mouitreço* depuis deux générations, instruisait les enfants sous le peuplier partagé par la foudre un siècle plus tôt, mais dont les deux moitiés étaient si bien guéries qu'elles avaient produit deux troncs indépendants, quoique unis par le pied. Les drôles se tenaient rassemblés autour d'elle, qui sur l'herbe, qui sur une souche, qui — je parle des petitounets — sur les genoux d'une sœur aînée. Les filles écoutaient en tricotant, dès l'âge de six-sept ans elles apprenaient à faire les chausses. On leur confiait du fil sacrifié, qui avait déjà servi, tiré d'anciennes chausses démaillées. Les garçons grandets écossaient des fageoles, prenant bien garde de ne pas jeter les cosses, les *chabouilles,* qui feraient le régal des chèvres ; les plus jeunes restaient la bouche ouverte, ou se grattaient le nez, ou comptaient leurs orteils pour vérifier si aucun ne manquait. Ainsi les mères pouvaient-elles se consacrer entièrement à leurs besognes, débarrassées de la gaminaille qui se serait accrochée à leurs jupes et les aurait *fait jurer.* Etrange expression dans le langage des Bonnet où toute forme de jurement était proscrite, remplacée par des exclamations inoffensives aux oreilles de Dieu : *Ah ! Croix du Seigneur ! Ah ! Pauvre Sainte Vierge ! Ah ! Pauvre monde ! Ah ! Mon argue ! Ah ! Puissampré ! Ah ! Commerce ! Ah ! Chante-moi !* Bref : *faire jurer* voulait dire seulement faire crier. Les injures qu'on lançait aux enfants étaient *crapaud ! foutraud ! barnaud ! tison d'enfer ! gargaille ! emplène ! vaut-peu ! cherche-ligue ! sale outil ! mauvais sujet ! essargaillé ! galapiat !* Aucun habitant du Ciel ne paraissait jamais dans ces apostrophes.

Mariette gardait donc son troupeau de galapiats et de galapiates. Mais devant elle, tous se tenaient tranquilles, passionnés par son enseignement. Elle leur racontait l'histoire du village et de la région telle qu'elle l'avait vécue. De temps en temps, quand son récit se faisait abominable, elle élevait les mains, ses mains parcourues de veines grosses comme des orvets, et s'en couvrait la figure, semblant ne pas vouloir entendre ce qu'elle récitait aux autres.

« J'ai connu, voyez-vous, des choses bien tristes à dire. Pendant trente années, ou peut-être quarante, ou peut-être cinquante, les seigneurs de Montguerlhe et ceux de Voulobre se sont fait la guerre. Ceux de Montguerlhe étaient placés au-dessous des Berts, comme nous le sommes nous-mêmes, ils leur devaient porter soumission et respect. Seulement voilà : ils s'étaient révoltés. Ils ne cherchaient pas à attaquer le château, bien trop fort pour se laisser prendre. Alors, ils se jetaient sur leurs domaines, sur les pauvres maisons de leurs villains, ils brûlaient les récoltes et les chaumières. Voilà. Un jour, ceux de Montguerlhe sont même entrés, l'épée à la main, dans l'église de Voulobre. Avec l'intention de prendre les calices et autres objets précieux. Et savez-vous ce qui est arrivé ? »

Elle se couvrit la figure.

« Un vieux prêtre qui était là a voulu les empêcher. Voilà. Un de ces soldats blasphémateurs lui a passé son épée au travers du corps. Le prêtre est tombé tout en sang. Il est mort sur les marches de l'autel. Et savez-vous ? Ce vieux prêtre était un parent de notre famille. Il était né ici et s'appelait Siméon. Il dort à présent dans l'église de Voulobre et vous marchez dessus chaque fois que vous allez à la sainte messe. »

Les bouches, les yeux s'arrondirent d'horreur.

« Voilà, poursuivit la très vieille Mariette. En ce temps-là, les hommes armés sortaient de partout, ils appartenaient à on ne sait qui. Ils prenaient le blé et le bétail, crevaient les yeux du monde pour qu'on ne puisse les reconnaître, ensuite ils brûlaient les maisons. Et savez-vous ce que nous fîmes ?... Non, vous ne le savez pas, et je vais vous le dire. Après chaque repas, au lieu de le garder bien coucouné sous la cendre, on éteignait le feu. Parfaitement, on l'éteignait ! Comme ça, les soldats ne pouvaient incendier. Aurait fallu qu'ils apportassent une chandelle avec eux, pas question, vous pensez bien !

— Et ensuite, vous battiez le briquet deux fois par jour ? » osa demander Joaneton, la plus grande de la compagnie.

Mariette rit de toutes ses rides, et de tous ses yeux, et de sa bouche sombre où ne restait qu'une dent qui branlait quand faisait vent.

« Que non pas ! expliqua-t-elle. En vérité, le feu, nous le gardions au secret, à la cave, caché derrière les tonneaux, dans une lanterne, près d'un fenestron qui lui donnait de l'air. Nous le remontions à la cheminée chaque fois qu'il le fallait. Voilà comment nous avons plus d'un coup sauvé notre maison de l'incendie.

— Et ensuite ?

— Ensuite, les choses sont allées un peu mieux. Parce qu'un saint est descendu du ciel. Il s'appelait Oïdon. Ou peut-être Olidon. Ou peut-être bien Odilon. Il avait des ailes de feu, les méchants devant lui étaient frappés d'épouvante. Il commandait : « Cessez de voler le bétail, de violer les églises, de brûler les maisons, de crever les yeux du pauvre monde, bande de galapiats ! Ou bien la colère de Dieu vous réduira en gorets ! » Les puissants et méchants seigneurs suivaient son commandement pour ne pas être changés en pourceaux. Voilà. Ah ! Nous lui devons beaucoup, à cet Oïdon-là ! Qui s'appelait peut-être Olidon, je ne sais plus.

— Est-ce qu'il est venu aux Bonnets ?

— Sûrement. Il est venu partout. Les saints ont le pouvoir de se trouver en neuf cent quatre-vingt-dix-neuf endroits en même temps. Le millième, non. Ça facilite bien leur besogne. Moi, si je pouvais être en deux endroits seulement, par exemple à la cuisine et aux enfants, ça m'arrangerait aussi. Un jour que je me trouvais devant la porte de notre maison à deux feux, j'ai vu passer dans les airs un cochon noir. Comme je vous vois. Il venait d'Escotal et se dirigeait vers Voulobre. Et derrière lui, qu'est-ce que j'ai vu ? Voici ce que j'ai vu. Un jeune porcher avec à la main une baguette enflammée et sur la tête un cercle d'or. Et ce porcher fouettait le derrière, et le ventre, et l'échine du cochon, qui grognait de douleur et déguerpissait de toute la vitesse de ses pattes. Comme ça, ils ont traversé le ciel, ont disparu derrière Synioure. Moi, je suis restée plantée devant la porte, je me suis frotté les yeux parce qu'ils me cuisaient d'avoir regardé ce cercle d'or et cette baguette de flammes. Alors, je me suis doutée d'une chose : ce cochon noir, c'était quelque seigneur malfaisant qui n'avait pas voulu se corriger ; et le jeune porcher n'était personne d'autre que saint Oïdon lui-même avec sa rondelle en or sur la tête. C'est le chapeau des saints, vous l'avez vu en peinture sur les murs de notre église.

« Et maintenant, nous allons réciter les prières. Savoir si vous arriverez, oui ou chapre, à vous les faire entrer dans la tête ! »

Elle se signa, et toute la compagnie fit comme elle, puis grommela docilement *Pate nostre que sé in coelis, santificet nometum, fiat volontastua, panenostre danobis hodiè...*

Tant qu'ils récitaient ensemble, la prière allait son train, cahin-caha, telles plusieurs paires de bœufs attelés au même char, si l'une défaille, une autre compense, il n'y paraît point. Mais l'idée lui vint ensuite d'exiger les récitations individuelles, ce fut une autre affaire. Les drôlets n'arrivaient pas à retenir tout entier le *Patenostre.* Aussi, pourquoi fallait-il qu'on s'adressât au bon Dieu dans ce parler biscornu ? Il ressemblait un peu, certes, à leur langage quotidien, mais en différait assez pour qu'on eût mille peines à le comprendre et le retenir. Exactement comme quand un pauvre était de passage : un de ces malheureux qui allaient de maison en maison, mendiant leur pain et leur gîte, sans rien faire pour les gagner. Ils arrivaient d'on ne sait quelle paroisse lointaine, on devinait leurs propos plus qu'on ne les entendait. Le bon Dieu était-il d'une paroisse lointaine ?

La vieille Mariette s'énervait de leur sottise, les traitait de têtes de bois, s'écriait m'écouterez-vous, oui ou chapre ? Le *chapre* était ce fourrage tendre qui semble à la floraison tout couvert de papillons rouges et qui donne du lait aux vaches, on se demande ce qu'il faisait dans la bouche de la maîtresse. Mais rien ne la faisait jurer comme ce maudit *Patenostre.*

La maîtresse se reposait de ses fonctions enseignantes en tenant l'œil aux tâches féminines. Les deux *beurrières* s'occupaient exclusivement du lait, du beurre, du fromage. Toutes les femmes de la fraternité apportaient, soir et matin, la traite entière de leurs chèvres ou de leurs vaches. On la laissait reposer dans de grandes jarres avant de l'écrémer, le lendemain, à la louche. Les *beurrières* se relayaient au maniement de la baratte et, tout le jour, la souillarde était remplie par ce bruit de piston. Le lait maigre, emprésuré, se commuait en fromages ronds qui séchaient sur des lits de paille. Mais celui des biques, versé dans des faisselles rectangulaires, donnait le chèvreton. En forme de brique. Délice dans sa fraîcheur comme dans sa maturité. Démoulé de frais, encore hérissé par les petits bubons qui s'étaient formés aux trous de la faisselle, il avait inspiré cette *devinaille* :

« Qu'est-ce qui porte des tétines sur l'échine ? »

Chaque convive en coupait une tranche qu'il écrasait sur son pain.

Du beurre, on faisait trois parts : l'une servait à la consommation familiale ; la deuxième était apportée au château selon l'entente convenue ; la troisième était vendue dans les bonnes maisons de Voulobre et d'Escotal.

Les *beurrières* avaient aussi le soin des volailles et des cochons qui, sauf aux mois d'hiver, se nourrissaient quasiment seuls, de graines perdues, de vermisseaux, de glands, d'épluchures, de leurs propres excréments. Par temps de neige, on les appâturait de marc de raisin sec, de balle d'avoine, d'eaux grasses, d'orties pilées, de châtaignes véreuses.

Deux autres femmes, les *pitancières,* passaient leurs jours à cuisiner. On ne pelait guère les raves ni les carottes, juste lavées et mangées dans leur peau ; mais il fallait écosser les pois, parer, trancher, effeuiller les choux, éplucher les citrouilles, gratter le lard ; entretenir le feu sous les oules de terre et le pot de cuivre ; fendre les châtaignes et les disposer sur les braises. Elles préparaient des chaudronnées de soupe aux orties, aux poireaux, aux pissenlits ; des poêlées de choux-raves frits dans la graisse douce ; des marmitées d'orge bouillie. Elles étaient aussi chargées du pain, une fois par mois, cuit au four banal, pétri avec la farine du moulin banal, mi-orge, mi-seigle, y compris le son et un peu de la balle. Parfois même un épi entier demeurait enchâssé dans la pâte avec toutes ses barbes ; au point, comme certains disaient, qu'on ne distinguait pas une crotte d'homme d'une crotte de jument. D'une fournée à l'autre, elles gardaient le levain dans un toupinou couvert d'un linge, au plus frais de la cave.

Une autre femme encore, la *teyssière,* s'employait à utiliser au mieux la laine, le chanvre, le lin qu'elles filaient toutes aux veillées en prêtant l'oreille aux narrations. Un métier à tisser fonctionnait au grenier au jour d'un fenestron, avec sa pédale, son tendoir, sa navette, agencé par un Bonnet qui n'appartenait plus à ce monde. La *teyssière* y fabriquait trois sortes de serge :

le *droguet,* croisé de fil écru et de laine bise pour les vêtements de tous les jours ; le *petit drap,* employé pendant la saison d'hiver, gris pour les dimanches ordinaires, vert ou bleu pour les fêtes carillonnées ; l'*étamine,* tissu léger réservé aux grandes cérémonies estivales. Avec le chanvre et le lin, elle tissait le linge de corps et les draps de lit.

Le *mouitre,* Blaize, fils d'Anthoyne, administrait le travail des hommes, selon leurs goûts et leurs habiletés particulières. L'un était *fustier,* c'est-à-dire menuisier-charpentier-charron. Il entretenait les portes, les fenêtres, les planchers ; fabriquait les chars, les tombereaux, les civières. Le *charruyer* donnait à la terre toutes les façons qu'elle nécessite, tandis que le *bouvier* avait la charge des bœufs, des vaches, des étables. Le *vigneron* piochait, taillait, binait les vignes. Mais tous ensemble réunissaient leurs bras pour la fauche, les fenaisons, les moissons, les battages, les vendanges. Le maître n'était pas d'ailleurs seulement le regard qui surveille, il prenait sa part de l'ouvrage et du suage. Lorsqu'il devait s'absenter pour se rendre à quelque commerce d'importance, il cédait ses pouvoirs à un remplaçant qu'il appelait son *vigier* et qui serait sans doute aussi son successeur ; mais son choix devait être ratifié par le vote des pierres colorées.

Il comparaissait seul, au nom de la fraternité des Bonnet, devant le seigneur de Voulobre quand surgissait quelque affaire de cens ou de redevance. Il réglait cela avec le Bert du moment sans génuflexions excessives ; il discutait, débattait, marchandait, conscient de parler au nom de quarante « communistes » (ainsi appelait-on les membres de leur entente), de quatre-vingts septerées de terre, vigne, prairie ou bois, de vingt-six bêtes encornées, vaches, bœufs, chèvres et boucs, d'un âne, de six cochons, sans compter la volaille.

Deux enfants naquirent le même jour aux Bonnets, un drôlet chez Michel du Boisson et sa femme Vitaline, une drôlette chez Gabriel du Cognet et son épouse Péronnelle. Cette double naissance ne manqua pas de frapper maître Blaize, qui fit part de ses réflexions aux deux familles :

« En vous gratifiant le même jour de ces petits, le bon Dieu a voulu certainement vous informer d'une chose : qu'ils sont destinés l'un à l'autre. Le moment venu, ils seront mari et femme, pour le plus grand bonheur de notre communauté. Ne le croyez-vous pas ? »

Toute la parenté approuva et s'en réjouit.

« Dans ces conditions, poursuivit le *mouitre,* je vous propose deux choses. L'une, puisqu'ils sont venus au monde le jour de la Saint-Léon, de les baptiser Léon et Léontine. L'autre, de les élever ensemble, dans le même berceau, à la garde de leurs deux mères. Ainsi, dès leurs premiers moments, ils se prépareront à l'alliance future. »

Ne voulant pas laisser ce soin au fustier communautaire, Michel et Gabriel construisirent de leurs mains une berce à deux places, en forme de barque, carénée de planchettes courbes en bois de châtaignier. Léontine et Léon, ficelés comme des andouilles, y furent installés côte à côte. Dès lors, pendant des mois et des années, ils durent dormir ensemble, se réveiller ensemble, crier ensemble, faire pipi ensemble. A tour de rôle, Vitaline et Péronnelle venaient leur présenter le sein. Quand elles furent taries, ils tétèrent la même chèvre, accroupis entre ses pattes écartées, à même le pis. Une certaine Mélisse, ainsi appelée à cause de son goût pour cette plante qu'elle cherchait dans les bois. Aux syllabes de son nom, elle levait la tête, cessait de mâcher, remuait le nez, son regard disait, que me veux-tu ?

La brave bête se prit pour les quasi-jumeaux d'une affection incroyable. Les adoptant comme s'ils eussent été le fruit de ses entrailles. Elle connaissait leurs voix, accourait à leurs pleurs, jouait avec eux, les suivait dans leurs déplacements, les défendait de toutes ses cornes quand elle les croyait menacés, contre les chiens, les chats ou les personnes. Eux-mêmes s'accrochaient à ses flancs et à sa queue, lui tiraient la barbe et les pendants sans qu'elle se défendît d'autre façon que par un petit bêlement. L'une des deux mères, Vitaline, se sentit jalouse de tant de taquineries d'un côté, de tant de patience de l'autre :

« De cette garce de chèvre !... Mais pour qui donc qu'elle se prend ?... Il ne lui reste plus qu'à coucher avec mon homme ! »

Il faut dire, quand elle sentait un conflit entre un drôlet et sa mère, quand elle voyait celle-ci s'avancer en brandissant un bouquet d'orties, il faut dire que la bique allait jusqu'à prendre le parti du vaut-peu, qu'elle s'interposait, les cornes en avant. Il n'y avait plus d'éducation possible.

A Léon et Léontine, cependant, le lait de la bique réussissait à merveille ; ils grandirent drument. Mais quand elle fut tarie à son tour, il fallut bien les séparer d'elle. L'âge était venu de manger des soupes au pain, longuement mitonnées sur les braises, dans des toupinous. L'âge aussi de passer sous l'autorité de Mariette. Malgré ses protestations, tirée de force au bout d'une corde, la bique rejoignit le troupeau de ses sœurs. Finie, leur intimité à trois. Les mères naturelles recouvrèrent leurs droits imprescriptibles. Elles interdirent tout contact, toutes retrouvailles entre la bête et leurs marmots. Eux se consolèrent très vite dans la compagnie des autres enfants.

Mais que fit Mélisse ? Elle refusa de manger et se laissa dépérir. Même les branches de mélisse, si douces, si parfumées, ne lui disaient plus guère, à peine en broutait-elle deux feuilles du bout des babines. Personne ne pensa qu'elle était en train de mourir de chagrin. Il eût suffi qu'un des deux drôlets criât de loin — Mélisse ! — pour qu'elle bondît folle de joie, échappât au troupeau et au chien, accourût vers son nourrisson. Jamais ne vint cet appel. On essaya de lui envoyer le bouc : elle le reçut avec fureur, peu s'en fallut qu'elle ne l'éventrât. Rien ne pouvait la distraire de sa peine.

« Cette chèvre a quelque mal dans l'estomac qui l'empêche de se nourrir, décida le bouvier. Il faut l'abattre avant qu'elle ne crève. »

Ainsi fit-on. Aussi discrètement que possible afin d'épargner les quasi-jumeaux : le boucher choisit un moment où ils cueillaient des mûres. La chair fut découpée, aspergée de vinaigre, mise à cuire en ragoût avec du serpolet. Chacun en eut sa part. Y compris Léon et Léontine qu'on n'avertit point qu'ils étaient en train de manger leur mère adoptive. De sa fourrure, on tira une peau de bique qui protégea le berger de l'orage. De ses cornes, on fit des manches de couteau.

Vitaline et Péronnelle s'occupaient par roulement de leurs deux petits qui poursuivaient leur croissance. Or voici qu'à la première revint la jalousie, sous une autre forme : non plus contre la chèvre défunte et consommée, mais contre sa commère. Cela lui vint le soir où, rentrant au village de la fenaison, elles furent accueillies par les quasi-jumeaux. Elles tendirent leurs quatre bras. Bien. Mais au lieu de se précipiter chacun vers celle qui lui avait donné la vie, Léontine et Léon coururent ensemble vers Péronnelle. Hasard ou préférence insoupçonnée ? Vitaline prit la chose très mal ; au lieu des caresses qui lui revenaient, Léon reçut une calotte à laquelle il ne s'attendait guère. Puis ce fut entre les deux femmes une chamaillerie qui ameuta tout le hameau. Mariette dut intervenir pour les séparer. Les fiançailles faillirent être rompues.

Depuis plusieurs mois, ils ne dormaient plus dans la même berce, mais ils couchaient encore dans la même maison, tantôt chez Michel, tantôt chez Gabriel. Désormais, Vitaline exigea qu'ils fissent chambre à part, ces allées et venues l'incommodaient, *chaquen co siòu* répétait-elle d'un air têtu : à chacun ça sien ; la terre, les animaux, les récoltes, l'argent gagné sont le bien de tous, mais Jaque n'a aucun droit sur les chausses de Peyre, ni sur sa femme, ni sur son fils, ni sur sa cuillère. A chacun ça sien : valable sans doute chez les autres, ce proverbe n'avait cependant guère cours aux Bonnets. L'ayant répété plusieurs fois, Vitaline se gagna la triste réputation d'être une personne personnelle.

Sait-on comment germe un proverbe ? Le monde se le transmet de père en fils, de mère en fille, sans jamais savoir qui l'a semé. Il faut pourtant bien qu'il sorte de terre un certain jour. Or la vieille Mariette raconta qu'une fois elle avait assisté à ce genre de naissance. L'inventeur dudit était ni plus ni moins que Joanis, son grand-père paternel, fondateur de leur communauté. Un homme en même temps sérieux et plein de farces, que l'on respectait et consultait comme le roi Chelomon, mais qui d'autres fois s'amusait à des calembredaines, qu'un gamin de dix ans n'aurait pas fait mieux.

« Savez-vous ce qu'un coup je l'ai vu imaginer ? Voilà. Il nous réunit un matin, garçons et filles. C'était le début du beau temps. Et il nous explique : “ Ecoutez-moi bien. La nuit dernière, j'ai fait un drôle de rêve : j'ai vu saint Givreman. Et saint Givreman m'a dit que, dans le village des Bonnets, il existe un trésor contenu dans un coffret en noyer, avec une églantine gravée sur le couvercle. Un trésor abandonné par un homme très riche qui vivait chez nous dans les temps anciens, qui l'a abandonné en mourant, vu qu'il ne pouvait l'emporter au Paradis. Ce trésor, m'a dit saint Givreman, est composé de pièces d'or et de pièces d'argent qui remplissent le coffret à ras bord. En plus, il est magique : il ne peut être trouvé que par un drôlet ou une drôlette de votre âge ; il demeure invisible aux grandes personnes. En même temps, saint Givreman m'a présenté une petite clé pour l'ouvrir. Quand je me suis réveillé, j'ai trouvé la clé dans mon sabot. " Et maître Joanis nous montre une petite clé blanche qu'il tient au bout des doigts. Saint Givreman ? Première fois que nous entendions ce nom-là. Mais quand on est gamin on ignore tant de choses ! Alors, nous l'avons cru. Nous voici donc tout excités, tout désireux de chercher le coffret magique. " Attention ! nous prévient le *mouitre.* Si vous le dénichez, il faudra me l'apporter ! Sans la clé, impossible de l'ouvrir ! Quant à l'or et à l'argent, ils appartiendront, bien sûr, à notre fraternité ; mais il vous en reviendra quelque chose. " Bon. Après ce discours, les drôles s'élancent dans toutes les directions, fouillent les granges, les étables, les soues des cochons, se mettent à quatre pattes, grimpent aux échelles, fouinent partout. La matinée passe sans résultat. Nous commençons à examiner maître Joanis de travers : son coffret magique existe-t-il, oui ou chapre ? Il nous assure qu'il doit exister, que saint Givreman n'est pas un menteur. " N'oubliez pas, nous conseille-t-il, de gratter un peu derrière chez Saton, du côté du four. " Nous avions des voisins qui ne faisaient point partie de la communauté. On les appelait les Saton parce que le grand-père, qui était une sale bête, un vrai rechigne-Jésus, pour un oui pour un non nous menaçait, nous, les petits, de prendre une trique : *Ch'i prègne en sató !* Si je prends un bâton ! Nous avions grand-peur de lui et de son *sató.* Alors voilà : sur le conseil de mon grand-père Joanis nous allons voir derrière le four des voisins. J'enfonce les mains dans un tas de cendres froides, et crac ! je sors le coffret marqué d'une églantine. Quel contentement, pour nous tous ! Il n'était ni trop gros ni trop lourd, juste à la force de mes bras. Suivie de la ribambelle, je me dirige vers la maison commune où je trouve notre Grand assis devant la porte sur son banc. Il nous félicite et dit : " Vous voyez qu'il fallait croire saint Givreman, qui est un des meilleurs du Paradis ! " Puis il va chercher la petite clé, l'enfonce dans la serrure. Le couvercle se soulève. Et qu'est-ce que nous voyons au milieu de la boîte, là où nous pensions trouver l'or et l'argent ? Une pomme confite. Une pomme ratatinée, sans chair ni jus, rien que la peau sur les pépins ! Voilà le trésor du coffret magique ! »

Elle rit la première à ce récit, à ce souvenir de sa surprise et de son désappointement.

« Par cette farce, le *mouitre* nous apprit deux bonnes choses. La première, que l'or et l'argent ne valent pas plus qu'une pomme pourrie. Qu'ils peuvent, si l'on n'y veille, gâter la belle entente qui règne dans une communauté. Qu'il faut s'en garder comme de la peste. La seconde fut qu'on était au commencement du mois d'avril. Et que dans cette période on a le droit de jouer des tours, de se moquer les uns des autres, de se faire rire un bon coup. Parce que c'est une nécessité de rire de temps en temps. Mais depuis ce jour-là, quand il nous voyait rassemblés autour de lui, nous, les petitous, dans l'attente d'une autre farce, il nous saluait en disant : " Voici les nigauds du mois d'avril qu'on fait courir pour une pomme flétrie."

Lou barnó do mi d'obrí
que fason corre pò en pon cofí.

« Et à chaque mois d'avril, quand moi aussi je vois d'autres nigauds victimes d'attrapes toutes pareilles, je les appelle dans ma tête *lou barnó do mi d'obrí...* Voilà. Et j'ai entendu dire les mêmes mots à beaucoup d'autres personnes également. Et sans doute on répétera ce proverbe inventé par mon grand-père Joanis jusqu'à la fin du soleil. »

Aux Bonnets ne viennent que deux saisons : l' « hiver » et le « beau temps ». Le premier part de la Saint-Martin, un peu plus tôt, un peu plus tard, et s'achève aux environs de la Saint-Georges. L'année civile débute en mars, mais l'année agricole a son commencement dès octobre, qu'on prononce *huitovre* puisqu'il s'agit du huitième mois. Et tout de suite, ce sont les battages sur le plancher des granges. Les fléaux rebondissent sur les gerbes ouvertes et répandues, en une joute de politesse, bien agencée, chacun à sa place et à son temps, aucun ne portant tort à ses voisins. La paille résonne sourdement, les grains giclent et retombent et pas un homme ne ralentit ni ne s'interrompt, même pour se gratter le nez, avant que le *grand batteur* n'en ait donné le signal en criant :

« *N'y o pro!* C'est assez ! »

Alors tous les fléaux s'arrêtent ensemble et chaque travailleur se purge la gorge et les narines, crache gris sur le lit de paille, se gratte où il lui démange, s'essuie le front de sa manche. Les assoiffés portent à leur bouche une gourde remplie d'eau vinaigrée, car le vin ne paraît qu'à table et le dimanche seulement. Puis la danse des fléaux repart. De temps en temps, un des batteurs essaie de l'accompagner de la voix :

Si je voulais, je ferais houpe-lère !
Si je voulais, je ferais houpe-là !

Il rythme bien ses paroles et ses mouvements. Mais la poussière lui sèche la gargamelle et très vite il renonce. Seules les gerbes chantent sous les assommoirs :

Pim ! Pom ! Pam ! Pu ! Tègnen rë pu !
Pim ! Pom ! Pam ! Pu ! N'en volen pu ![1]

La même époque amène le gaulage des châtaignes, des faines, des noisettes, des noix, des nèfles, des pommes à cidre : besogne des femmes et des enfants, pendant que les hommes se consacrent aux labours dans les terres actives. Mais il faut d'abord les nourrir avec le fumier des étables accumulé pendant l'année précédente. On l'apporte à pleins barots, on l'épand à la fourche et, pour bien l'éparpiller, on passe dessus une herse légère faite de branches d'épine fichées dans un support de bois, une sorte de balai horizontal qu'une bête promène en tous sens. Suit le labour, mené à l'araire, instrument tout entier fait de bois excepté sa *règle* de fer qui, s'enfonçant dans le sol, ouvre le chemin à l'étrave du *dentàu.* L'attelage : une bête unique, vache ou bœuf, sous un jouguet à un seul front. Après l'araire passe la herse véritable, également tout en bois, y compris ses deux rangées de dents qui brisent les mottes et arrachent le *grame,* cette plante envahissante dont les chiens aiment à mâchouiller les tiges ; le *dentàu* ne morcelle pas sa tignasse souterraine, évite donc de le multiplier, mais l'extirpe tout d'un coup ; il ne reste plus qu'à le rassembler au bigot, à le brûler en limite du champ. Excepté quelques touffes épargnées par les femmes, dont elles feront des tisanes diurétiques. La marge du terrain nécessaire aux manœuvres de l'attelage en bout de raie sera piochée, bêchée, grattée, deviendra aussi nette que le reste. Alors la terre

1. Nous n'avons plus rien... Nous n'en voulons plus.

recevra les semences. Une année de seigle, ou d'orge, ou d'avoine, ou d'épeautre ; une année de chapre, ou de fèves, ou de pois ; la troisième année : rien du tout, elle se repose. Quant au blé noir, dont on fera du pain ou des bouillies, il est semé à partir de la Sainte-Catherine, juste avant l'arrivée du « beau temps ». Un autre passage de la herse enfouit les graines. Il n'y a plus qu'à laisser faire la pluie, la neige et l'amour de Dieu. On place le champ sous sa protection en enterrant des croix de paille à ses extrémités.

Quand il s'agit d'essarter une terre nouvelle — lande à fougère, à genêts, à buissons — il faut d'abord l'écorcher comme un lapin. Dès l'aube, munis de pioches, les essarteurs détachent sa couenne épaisse à petits coups délicats. Sauf quand ils vont chercher en profondeur les racines blanches des chardons, les jaunes des ajoncs nains. Ils la roulent ensuite à l'écart, terre en dehors, la laissent sécher toute la durée du « beau temps ». En septembre, ils brûlent ce qu'il en reste, épandent les cendres sur le sol dépouillé. Il ne manque que de passer sur l'essart l'araire et la herse sans autre fumure.

L'engrais le plus riche, fiente des poules, litière des lapins, colombine, est réservé au jardin communautaire. Aux graines minutieuses : carottes rouges — qu'on appelle *pastonades* —, choux, panais, poireaux. Aux plantes gourmandes : potirons, laitues, ail, échalotes. On y cultive aussi les herbes qui guérissent : la bardane, dont la racine est bonne contre la teigne ; l'armoise utile au sang des femmes ; la bourdaine purgative ; la camomille qui apaise les coliques ; le lys aux fleurs cicatrisantes. Des fraisiers courent le long des allées ; leurs fruits, trop rares, trop précieux pour être mangés seuls, sont cueillis par la maîtresse en personne qui les lave, puis les écrase pour en parfumer le fromage blanc servi en guise de friandise et qu'on mange étalé sur la tranche de pain.

Le « beau temps » amène les travaux les plus rudes. La fauche des prés, commencée à la pique du jour et au chant de l'alouette, quand les lames s'enfoncent dans l'herbe épaisse, toute moite de rosée, et la couchent en douceur sur le dos avec un soupir de surprise ; mais on ne fauche qu'une fois l'an, après la coupe du « premier poil », n'importe qui peut mener ses bêtes à la pâture des prés tondus. La moisson, faite à la faucille dentée, à mi-hauteur de la tige, le reste de la paille appartient pareillement à qui s'en empare ; les femmes lient les gerbes au ras des épis ; les enfants les transportent afin d'en bâtir des *plonjons* capables de braver l'orage. Pendant ce temps, les vignerons soignent leurs ceps, arrachent les plants épuisés, enfoncent les nouveaux, arrosent chacun d'un peu de vin pour en assurer la prise, les piochent trois fois au cours de la saison avec leur *fessou* courtaud. Viennent ensuite les vendanges, la cueillette à croupetons, le transport du raisin dans les hottes d'osier jusqu'à la cuve, le soutirage et sa gaieté, le vin bourru dont chacun, homme, femme, enfant, a le droit de se rougir les lèvres. Le plus héroïque est le pressurage du marc, entre les mâchoires de la presse à poids : on empile pierre sur pierre, des hommes, des enfants se juchent même sur les poutres qui abaissent celle d'en haut, le jus suinte dans la rigole, ruisselle dans le seau, est vidé dans les barils cerclés de bois.

Quand toutes les récoltes sont engrangées, encavées, enfenérées, arrive la Saint-Michel. Ce jour-là, chaque famille de villains, manants, masoyers, tenanciers, s'acquitte de ses redevances, tailles, champarts, bordelages, main-morte, envers le seigneur. Ceux des Bonnets empilent sur un char les panerées de fèves, de seigle ou d'orge, les tonneaux de vin, les *buges* d'huile ; sur un autre les fagots ; sur un troisième, le foin ; on hisse dans un barot les gorets qui protestent de toute leur voix et les brebis résignées. Et tout cela prend le chemin de Voulobre. Il en vient de partout, de Lorilhe, de Mont-Bartel, de Roche-Mulet, de Boisson, des deux Besset, des deux Chaize. Dans la cour du château, c'est un énorme remue-ménage d'hommes, d'animaux et d'intendants, tout ça couine, bêle, jappe, cocoricote, jure, personne ne sait où donner de la tête, chacun tire un intendant par la manche, veut être enregistré le premier. Pendant ce temps, le Bert régnant reçoit dans sa grande salle les redevances en argent, vidées et comptées sur la table par son grand financier qui délivre en guise de quittance une tablette cachetée de cire et imprimée au sceau du seigneur de Voulobre et de Montguerlhe. Après quoi, les chars, les barots s'en retournent à vide et le manant, villain, tenancier ou masoyer range dans le trou du mur qui lui sert de placard sa tablette parmi les autres, chacune gravée au dos d'un signe particulier selon l'année : croix, cercle, triangle, coquille, poisson. Par elle, il reçoit témoignage de sa loyauté envers le maître et promesse de la protection des Bert.

Mais les douze mois de l'année offrent aux communistes des

présents qu'il leur suffit de cueillir. Les pissenlits des prés, la doucette des talus, le cresson des ruisseaux, le pourpier des murailles se mangent en salade, assaisonnés de vinaigre et d'huile de chènevis. Les enfants disputent aux renards les fruits des haies et ceux des bois : mûres, framboises, fraises, groseilles épineuses, airelles. Les champignons favorisent, dit-on, la fertilité des femmes. Le serpolet, la menthe, le romarin parfument les soupes. Les glands, les sorbes nourrissent les porcs tant bien que mal ; on trouve toujours sous les chênes quelque truie à la glandée, le museau long, l'arête du dos coupante, suivie de ses gorets qui essayent de s'allaiter à ses tétines avares.

Les Bonnet disposent enfin d'un rucher où les avettes, bien à l'abri sous leur toit de chaume pointu, produisent le miel qui adoucit les tisanes, entre dans la composition de l'eau miellée et de l'électuaire réservé aux malades.

Avec ces deux saisons seulement, l'année se trouvait bien remplie. L'hiver sur le cheix était long et redoutable, les neiges atteignaient fréquemment la paille des couverts. On ouvrait à la pelle une sente jusqu'à l'étang pour que les animaux puissent s'y abreuver, une autre jusqu'à la serve pour l'eau nécessaire au monde. Le grand souci était de combattre le froid. Hommes et femmes portaient sur le corps toutes leurs hardes. Les familles désertaient leur logis particulier et se réfugiaient dans la maison chauffoir. Les enfants et les vieux se pressaient autour du feu d'en-haut et du feu d'en-bas où l'on brûlait de tout : paille, bois, chènevottes, bouses sèches. Entre les deux, les adultes s'employaient les mains, qui filant sa quenouille, qui teillant le chanvre, qui tressant les *paillas* à pain. Comme les bancs ne suffisaient point à tant de derrières, on s'asseyait sur des bottes de paille. Il était permis de bavarder en travaillant et un joli brouhaha remplissait la salle. Ainsi vivaient-ils, selon les conventions passées, au même feu.

Parmi tout ce monde, les chiens se grattaient individuellement et parfois s'épuçaient les uns les autres, en vrais chiens de communistes qu'ils étaient. Chaque famille nourrissait le sien, ils avaient appris dès leur jeune âge non seulement à se supporter, mais à se rendre des services. Tandis que les villains indépendants traitaient leurs bêtes avec rudesse, bâtonnaient leur âne, leur mule, fouaillaient leur cheval, aiguillonnaient leurs vaches et leurs bœufs, caressaient leur chien du sabot dans les flancs, ceux de la fraternité obéissaient à d'autres principes :

« Le Seigneur, leur rappelait maître Blaize en maintes occasions, a créé la poule, l'oie, la chèvre, la vache et tous les animaux qui vivent avec nous pour nous servir et vous tenir compagnie. Nous devons donc les traiter doucement comme n'importe quel autre serviteur. Au jour du Jugement, ils seront, pareils que nous, ressuscités, et auront le pouvoir de la parole pour s'expliquer devant le tribunal de Dieu. Ils nous accuseront ou bien nous remercieront suivant ce qu'ils auront reçu de leurs maîtres. Celui qui n'aime pas les animaux n'aime pas les hommes. »

Ainsi averti, chacun se garde aux Bonnets de maltraiter les siens. Naturellement, cette espèce de respect ne s'applique pas aux bêtes du dehors. On tue les serpents, les salamandres, les crapauds sans retenue, les gamins y prennent même plaisir. On attrape les merles à la glu, les grives au trébuchet : une pierre plate tenue en instable suspens par quatre bâtonnets. Attirée par l'appât, sorbes ou grains de genièvre, l'oiseau s'avance, renverse les bâtons, la pierre tombe et l'aplatit. Cela se pratique en hiver, par temps de neige, quand la nourriture leur manque. Mais si un animal entre dans la maison par hasard, on le considère comme en terre d'asile, nul ne portera la main sur lui. Tout au plus, s'il s'agit d'un nuisible, vipère, fouine, putois, le persuadera-t-on de prendre le large dès que possible. Quitte à le poursuivre, à l'étendre raide mort d'un coup de trique s'il se laisse atteindre hors de la sauveté.

Les neiges et les glaces fondaient. Les averses de mars lavaient les prés qui commençaient à reverdir. Les chaumes des couverts fumaient longtemps encore au soleil. Les chemins n'étaient qu'un bourbier où les hommes sautillaient de pierre en pierre, comme au passage d'un gué. D'autres animaux paraissaient, au fur et à mesure que mûrissait le « beau temps ». Les taupes se remettaient à fouir, à pousser du groin leurs monticules en forme de puy de Doume. Les couleuvres sortaient des mergers — ces monceaux gris qui se forment en bordure des champs par épierrage — et s'en allaient brillantes, tortillonnantes, boire à la serve. Au bord des ruisseaux, les castors travaillaient des dents, des pattes et de la queue pour réparer leurs barrages démolis par les glaces. Les hirondelles réintégraient en criant de plaisir leur résidence d'argile pendue aux poutres des étables. Un jour, c'était le coucou qui te saluait de son appel ironique, *Cocu ! Cocu ! Tout cocu !* Ce sale oiseau avait réputation de condamner ceux ou celles qui entendaient sa note plus de dix fois de suite à souffrir des désordres dans leur ménage présent ou futur. Aussi les mères recommandaient-elles à leurs enfants de se boucher les oreilles dès les premières.

Les hannetons crépusculaires sortaient du sol, voletaient lourdement, se cognaient aux arbres à l'étourdie, tombaient sur le dos, grouillant des pattes jusqu'à ce qu'une poule vînt les éventrer d'un coup de bec. A peu près en même temps fleurissaient les papillons, les blancs, les jaunes, les de-toutes-couleurs, ils allaient de corolle en corolle, hésitant sur l'aubépine, se posant sur le genêt ou la crête-de-coq. Attirés par on ne sait quoi, la nuance, le parfum, le suc.

Ensuite venaient les mouches. Les saletés de mouches. La plaie des mois chauds. D'abord une, puis dix, puis cinquante, puis millante. On ne les persécutait pas non plus puisqu'elles avaient trouvé leur sauveté dans la maison commune. L'air des étables s'en trouvait épaissi. Elles pullulaient sur les fumiers, sur la peau des vaches qui s'efforçaient de les écarter avec de grands frissons. Elles tombaient dans le lait, dans le vin, dans la soupe. Quand les faucheurs tâchaient de prendre un moment de sieste sous les arbres, elles bourdonnaient à leurs oreilles ; impossible de rester la bouche ouverte un moment sans qu'une mouche y entrât ; ils s'en protégeaient en se couvrant la figure de leur chapeau. Elles pondaient sur le fromage qui se trouvait très vite habité d'asticots blancs, longs d'un demi-pouce, pointus aux deux bouts : où était leur tête ? où leur extrémité ? Quand on le posait sur l'écuelle de bois, ils avaient coutume de se tordre si bien que leurs deux pointes se joignaient ; ensuite, ils se détendaient brusquement, ce qui les projetait à quelque distance ; aussi les nommait-on *lu soûtéri,* les sauteurs. Il n'y fallait pas regarder de si près ; les drôles avaient consigne de manger sauteurs et fromage en même temps ; faute de quoi, ils commettaient le péché de délicatesse.

Il fallait bien s'habituer aux mouches. Mais la vieille Mariette, pour faire prendre courage, annonçait leur prochaine disparition :

« La première pluie qui suit Notre-Dame d'août les étouffe. »

On attendait avec impatience cette première pluie. Les hommes n'étaient pas les seuls : la vigne, les prés, les arbres, la terre, les animaux tiraient aussi la langue. Un jeune garçon grimpait au sommet du peuplier fendu et regardait en direction du puy de Doume ; de là venaient ordinairement les orages.

« Est-ce que tu vois quelque chose ? lui criait-on d'en bas.

— Je vois le puy de Doume.

— Et quoi d'autre ? Dans le ciel ?

— Seulement deux ou trois brebis blanches éparpillées. »

De ces nuages-là, on ne pouvait rien espérer. Il restait là-haut jusqu'à ce que le soleil lui-même disparût derrière les taupinières de l'horizon. Le lendemain, il remontait à son poste, s'asseyait entre deux branches, se remettait à surveiller les lointains jusqu'au crépuscule. Et puis, un beau soir, à la question habituelle il répondait :

« Je vois un troupeau d'ânesses noires. *En troupè de soma neyra.*

— Est-ce qu'elles sont beaucoup ?

— Y en a cinquante et millante. Elles se touchent toutes.

— Alors tu peux redescendre. »

Bientôt tout le monde pouvait de ses yeux voir ce troupeau d'ânesses envahir le ciel, encadrées, fouettées par des étrivières de feu. On attendait beaucoup d'elles, mais elles ne lâchaient que des craquées de tonnerre et quelques gouttes. A peine de quoi bénir un escargot. Les mouches, tout excitées, bourdonnaient de plus belle. Le lendemain, ou deux jours après seulement, arrivait une pluie véritable, souvent mêlée de grêlons, de *pierres blanches.* Elle faisait autant de mal que de bien, désaltérait les prés, rendait aux sources leur abondance, hachait les feuilles des arbres, étouffait beaucoup de mouches. Mais il en restait, la graine s'en conservait d'une année à l'autre ; celles des Bonnets étaient particulièrement maigres et scélérates.

Les soucis réveillaient maître Blaize avant tout le monde. Quand il ouvrit les yeux dans le noir de l'alcôve, il entendit ronfler et soupirer autour de lui. Sa femme Brunelle ronflait à sa gauche, le bonnet tiré sur les yeux, il n'avait pas besoin de la voir pour le savoir, les couvertures tirées jusqu'au menton. Elle respirait en produisant deux notes, *ha-pfou ! ha-pfou !* selon que l'air entrait ou sortait. La chienne ronflait sous le lit en gémissant parfois, elle souffrait de cauchemars ou de coliques. Le vent ronflait dans les cheminées, par longues goulées sifflantes, asthmatiques. Dans le lit voisin, ils n'étaient pas moins de six à ronfloter. Trois tournés au soir, trois au matin, tête-bêche, pour pouvoir y tenir. Quatre garçons et deux filles, frères, sœurs, cousins, cousines, tous six ses petits-enfants. Chaque soir éclatait une chicane entre les drôles : c'était à qui coucherait en compagnie des grands-parents, du *mouitre* et de sa femme. Alors, il fallait organiser des tours, séparer ce qui doit l'être, rassembler ce qui peut l'être. Une fois qu'ils se trouvaient entassés dans le lit commun, c'était derrière les rideaux des chuchotements à n'en plus finir, des chatouilles, des pieds dans les visages, des fous rires, le lit tanguait comme une barque surchargée, jusqu'au moment où le grand-père menaçait de se lever et de prendre son sabot. Pendant ce temps, la Grande dure d'oreille dormait déjà comme une marmite, *ha-pfou ! ha-pfou !* Il se trouvait toujours un des drôles pour l'imiter, *ha-pfou ! ha-pfou !* Les rires redoublaient.

« Endormez-vous tous les six, criait maître Blaize, ou bien que le feu de Dieu me brûle si je ne vous émornifle ! »

Naturellement cette menace d'émornifler était si comique que personne n'y croyait. Maître Blaize, qui jouissait d'une immense autorité sur ses dépendants en plein jour, n'en avait aucune sur ses petits-enfants dans les ténèbres. Voilà pourquoi tous se disputaient le bonheur de coucher près des vieux. Et lui de rire aussi dans sa barbe blanche, puisque personne ne le voyait.

Le jour de ce matin dominical n'était pas encore levé. Le *mouitre* tournait dans sa tête les travaux de la semaine à venir, les semailles à poursuivre, l'avoine à battre, le bois à fagoter dans la forêt de Pagnon, le blé à descendre au moulin banal. Il songeait aussi à la confession qu'il ferait avant d'entendre messe et alignait dans sa tête le compte de ses péchés.

« Tu t'es, se disait-il sévèrement, mis en colère contre ta femme qui veut toujours parler quand on ne lui demande rien et qui se tait quand on lui demande. Mais prends garde, Blaizot, de ne pas accuser les autres quand c'est toi qui es en jugement. Tu as commis avant-hier le péché de gourmandise en ramassant une poignée de noix, en les mangeant sur place au lieu de les rapporter à la maison. Le plus grave est que tu as eu des pensées impures lorsque la fille aînée des Saton est passée devant toi, portant sur la tête un panier de châtaignes, avec ses beaux bras levés. Tu l'as regardée comme il ne convient guère à un homme ayant tes responsabilités, ton âge et ta barbe... »

Avec deux doigts, il se comprima les yeux pour effacer de son souvenir l'image qui durait encore d'Emilie, de ses tresses ballantes, de toutes ces jolies choses qui ballaient aussi sous ses vêtements de bure, comme on voit les jours venteux des pommes remuer parmi les feuilles et la main te démange de les cueillir. Blaize savait que le diable envoyait souvent cette fille sur sa route depuis le jour où elle lui avait rendu certain service. Un matin d'août que la poussière, soulevée par une saute de la traverse, l'avait aveuglé au milieu du pré communal. Elle se tenait là, gardant sa chèvre unique. Le voyant dans l'embarras et voulant, comme recommande l'Evangile, lui épargner de tomber dans une fosse, elle s'approche et demande courtoisement :

« Maître, voulez-vous que je vous essuie ? »

Lui ne dit pas non. Elle dénoue cette sorte d'écharpe en étamine dont quelques jeunes femmes se protègent le cou et la lui promène sur le visage, la barbe, le nez, les paupières, le front, qu'on dirait sainte Véronique. Tout de suite il se sent mieux, mais ces soins offrent tant de douceur qu'il en redemande :

« J'ai au moins douze *bourdjis* dans mon œil gauche. »

Et la voilà qui, de la corne de son foulard, essaie de pêcher un à un les minuscules grains, recommandant :

« Regardez au ciel... Regardez par terre... »

De temps en temps, elle lui souffle aux yeux pour les faire s'envoler. Et lui la sent si proche, si odorante, si verte, si herbue, avec son regard liquide et bleu comme l'eau de la serve, qu'il lui semble plonger dans cette source profonde ainsi qu'une salamandre ; et tandis que son vieux corps reste debout au milieu du coudert, son esprit se roule en elle et se déroule et retrouve des chaleurs oubliées.

« Je crois bien que j'ai eu le dernier ! » dit-elle enfin.

Mais alors elle le voit cramoisi sous sa barbe blanche, et ses lèvres violettes toutes frémissantes. Elle recule, effrayée. Brusquement, il se ressaisit, comprend qu'Emilie est une fille de Belzébuth, et lui lance, en guise de remerciement :

« Va-t'en, diablesse ! Va-t'en tout droit chez ton père ! »

Elle appartient aux Saton, à cette famille qui a toujours refusé de s'intégrer aux communistes, même si de loin en loin une fille, un garçon entre par mariage dans leur entente. La drôlette ne s'étonne qu'à moitié de cette recommandation, sachant la bizarrerie des hommes. Sans chercher à comprendre, elle déguerpit vers sa chèvre, ses jambes et ses pieds nus volent sur l'herbe sèche, son écharpe obéissante flotte au bout de son poing.

Voilà pourquoi il était péché de songer à elle. Maître Blaize s'écrasa les yeux de toutes ses forces, au point que la salle sombre lui parut s'emplir de flammes. Celles de l'enfer. Quand il relâcha sa pression, il s'aperçut que son cœur sautait follement sous ses côtes. Il y porta la main, se disant qu'à un tel rythme la vieille mécanique ne pourrait tenir longtemps. Et que, si elle venait à se rompre maintenant, il mourrait en état de péché mortel. Près de lui, sa femme Brunelle continuait de ronfler. Il respira fort et pria, non dans le langage de l'écriture par lequel il n'aurait su exprimer ce qu'il désirait, mais dans son parler quotidien, chuchotant des lèvres, de sorte qu'une oreille fine aurait pu l'entendre, *Bouno Vierdjo, bouéla-me...* Bonne Vierge, donnez-moi le temps de me confesser.

Après un long moment d'angoisse, son cœur retrouva un peu de calme, le pouls cessa de lui tambouriner les tempes, ce ne sera pas encore pour cette fois, se dit-il. Il attendit l'apaisement complet, le jour tardait à se couler sous la porte. Autour de Blaize, personne ne s'était aperçu de son agonie. Avertissement. Nul ne connaît le jour ni l'heure, que ta conscience soit pareille à une besace propre accrochée au mur, toujours prête pour le voyage, ainsi parlaient les curés de Voulobre.

Ensuite, ses membres se mirent à le picoter, son corps devint une fourmilière, cela grouillait spécialement dans ses mollets, ses cuisses, ses épaules. Afin de combattre cette invasion, il se leva, posa les pieds par terre. Alors que dans les autres maisons les gens couchaient tout nus, dans leur communauté personne, homme, femme, enfant, ne dormait sans la *chainse* de jour en serge râpeuse, l'été par pudeur, l'hiver pour se protéger du froid. Et tant pis si elle leur grattait la peau, c'était autant de pris sur les pénitences du purgatoire. Il n'eut donc pas besoin de vêtir sa chemise, mais enfila ses chausses retenues au-dessus du genou par des jarretières de laine ; elles étaient semellées de cuir, ce qui lui permettait de marcher au saut du lit sans autre chaussure. Puis il s'enfonça dans ses braies, serra le braiel qui les fixait à la ceinture. Agenouillé sur la terre battue, il se signa trois fois en l'honneur de la Sainte-Trinité, se baisant après la troisième le dos de la main, afin d'y recueillir la poussière de sainteté dont ces signes l'avaient saupoudrée. Puis il récita un *Avemaria,* un *Patenostre* et un *Credo nounou Deum.*

Ayant ainsi nourri son âme, il se souvint de son corps. Le dimanche, à la différence des autres jours, imposait un brin de toilette ; un débarbouillage de semaine eût été délicatesse excessive, on laissait cela aux dames des châteaux. Pour y procéder tranquillement, il s'isola dans la souillarde où le jour maintenant s'était insinué. A une cruche, il puisa deux louchées qu'il versa dans une seille ; penché sur elle, il se jeta à poignées cette eau à la face, se frotta les mains avec ce qu'il en restait, s'essuya dans une touaille et ses ablutions furent finies. Il alla dehors et tomba une autre sorte d'eau en regardant le ciel et ses nuages, tout roses au-dessus de Synioure. Le hameau se réveillait. Des coqs se répondaient en coqueléqués pour tirer du lit les derniers paresseux. D'autres hommes vaquaient à leurs occupations, qui le saluaient au passage et lui demandaient son portement, lui faisant part de leurs observations :

« Bonjour bien, maître. Comment vous sentez-vous ?

— Tout de même, tout de même. Bonjour à toi tout le jour.

— Bonjour bien, père. Ça a gelé de blanc cette nuit.

— Bonjour bien m'ami. (Il donnait du *m'ami* à tous ses enfants, même à ceux qui portaient les tempes grises.) Oh ! ça n'est rien qu'une geleyette.

— Bon dimanche, Grand. Aurons-nous bon temps ?

— Peut-être bien, mon petit. Pense à te préparer pour la messe. »

Les femmes sortaient visiter les poules qu'on entendait glousser, caqueter, crételer et levaient les rares œufs de la saison. Les enfants se coucounaient encore dans la chaleur des paillasses. Dans la salle commune, Brunelle, agenouillée, soufflait sur les cendres protectrices des braises rouges, la première poignée de genêt sec commençait à pétiller. Préparé de la veille, le bouillon s'échauffait dans le pot suspendu ; mais seuls les malades, les impotents auraient droit à la soupe matinale ; tous les autres resteraient l'estomac vide afin de pouvoir communier à la messe de Voulobre ; à leur retour seulement la maîtresse remplirait les trous-écuelles ; le dimanche sautait un repas.

Les besognes indispensables achevées, chacun, chacune se préparait donc au voyage, se frottait le museau d'un peu d'eau clairette, revêtait ses meilleures hardes ; les hommes enfilaient le surcot à capuchon, les femmes se couvraient les épaules de la *chape à aigue* en laine non dégraissée pour se protéger de la pluie éventuelle, toujours à craindre en novembre. Tous chaussaient leurs sabots de messe, en noyer teint d'airelle, rembourrés de foin, les chausses s'y enfonçaient avec délices. On ne montait pas à Voulobre les mains vides, chaque famille emportait son offrande aux prêtres, qui un poulet plumé, qui des œufs, qui un chèvreton, qui du pain, selon ses possibilités.

Ainsi attifés, hommes, femmes, enfants se rassemblèrent sur le coudert, se disposèrent en cortège, le maître et la maîtresse en tête, et tous les communistes des Bonnets se mirent en route pour la messe. Ils descendirent vers le moulin banal, traversèrent à gué le ruisseau des Roches et, empruntant les raccourcis, se dirigèrent avec leur bagage vers l'église dont la clochette les appelait. Ils traversèrent les hameaux de Laurençon, de la Tiercerie, de la Poudrilhe et gravirent les escarpements qui les menaient aux murailles du bourg. Pour se distraire de la marche, on s'amusait quelquefois à compter ses enjambées ; les hommes en trouvaient dans les six mille ; les enfants, de jambe plus courte, allaient bien au-delà. C'était pour eux une excellente manière d'apprendre les nombres. Ils traînaient bien un peu la patte, s'accrochaient aux cottes de leurs mères comme on voit un laboureur fatigué rentrer le soir accroché à la queue de sa vache. Les plus petits se faisaient même porter, à califourchon sur l'échine de leur père. Aux croix de carrefour, on faisait halte pour réciter un *Avemaria* et souffler un peu.

Quand ils arrivèrent, l'église était déjà pleine, les fidèles venaient de plusieurs lieues à la ronde, certains avaient marché depuis l'aube. La foule débordait du porche ; l'eau bénite, partie du bénitier, circulait de main en main, en sorte qu'au bout de la chaîne on ne touchait plus que des doigts secs. La construction massive, en granit de Synioure, rectangulaire, longue de cent cinquante pieds et large de vingt, prenait jour par six fenêtres assez étroites garnies de grillages. A l'orient, derrière l'autel creusé d'une niche où dormait un pied complet de saint Maurize (on le montrait aux foules le 22 septembre, jour de sa fête), le bâtiment se terminait en une espèce de grotte arrondie. Le chœur, surélevé de quatre marches, partiellement séparé de la nef par la balustrade du cancel recouverte de sa nappe, était réservé aux membres du prieuré et du chapitre, ainsi qu'aux Berts, seigneurs du lieu, dames, damoiselles et damoiseaux. Les villains, encombrés de leurs victuailles, restaient debout, pressés dans la partie basse dont les dalles disparaissaient sous les ordures, terre, crachats, débris végétaux et animaux. Les jours de grande fête, on jonchait tout cela d'herbes, de fleurs, de branchages et l'encens d'Arabie que l'on consumait en toute occasion étouffait les senteurs de fumier. Avant l'office, assis sur les marches du chœur, prêtres et moines confessaient à tour de bras et publiquement ceux et celles, agenouillés devant eux, qui se sentaient la conscience mâchurée. Il leur arrivait d'entendre plusieurs personnes en même temps, mari et femme, mère et filles, frères ou sœurs. Au bout de quoi, la messe se déroulait avec faste. Les religieux chantaient à pleine gorge, se battaient la poitrine, tendaient les mains vers le ciel. Dans la nef, les villains tâchaient de ne pas être en reste, certains demeuraient sur les rotules tout le temps de la fonction, ou se frappaient le front contre les dalles.

Après le *Credo nounou Deum,* ils processionnaient vers le chœur pour la cérémonie des offrandes. Les prêtres, vicaires ou diacres recevaient dans des corbeilles les œufs, les *boussets* de vin, les volailles plumées. En regagnant la nef, les fidèles se donnaient de l'un à l'autre et sur la bouche le baiser de paix. L'Agneau de Dieu se transsubstantiait dans l'hostie sainte. Ils remontaient alors recevoir en communion les espèces du pain et du vin, relevant sous leur menton la nappe du cancel et se passant de main en main le saint calice où ils buvaient le sang du Christ.

Ce jour-là, les assistants étaient particulièrement nombreux, comme s'ils avaient pressenti qu'il y aurait du nouveau. On était une semaine avant la Saint-Martin et la nouveauté se trouva dans le prône du curé Hugon, originaire de la Barge, qui monta en chaire pour leur parler dans le langage de la région :

« Mes bien-aimés frères en Jésus-Christ, lorsque l'apôtre Paul s'en allait d'Antioche à Chypre, de Pisidie à Derbé, de Corinthe à Ephèse, prêchant les gentils, convertissant les Juifs, sa venue attirait des foules innombrables qui voulaient le voir, l'entendre, le toucher. Parce que Dieu lui avait un jour parlé face à face. Eh bien ! mes très chers frères, un événement tout pareil se prépare près de nous : le Ciel nous envoie son ambassadeur sur la terre, le Pontife des pontifes, le protecteur des peuples opprimés, celui devant qui s'agenouillent les rois et les empereurs. Notre Saint-Père le Pape est en route pour l'Auvergne ! Il vient présider un concile, c'est-à-dire une réunion de tous les évêques, abbés et prieurs, afin qu'ils traitent ensemble des affaires de l'Eglise universelle. Il est parti de Rome, capitale de la chrétienté, sa barque a bravé les flots, les tempêtes, les pirates et les monstres marins qui s'en prennent aux navigateurs ordinaires. Car il brandit la Croix comme une épée de feu ! Il a touché Marseille, a remonté le Rhône impétueux, bientôt il atteindra la Chaise-Dieu, puis Brioude, puis Clermont notre ville épiscopale... »

Il prononçait *La Tsa-Diéou, Brivaùde, Quiarmoun,* la plupart des assistants connaissaient les noms de ces villes lointaines, remplies d'églises et de monastères, toujours chantantes de leurs innombrables cloches, on parlait d'elles le soir au coin du feu, on rêvait d'aller un jour en pèlerinage sur la tombe de saint Robert, de saint Julien ou de saint Alyre, quelques-uns y étaient allés, en étaient revenus ; ils raconteraient ce voyage mirifique jusqu'à la fin de leurs jours et leurs enfants après eux.

« Prions le Seigneur, mes frères bien-aimés, poursuivit Hugon de la Barge, afin que le Saint-Esprit éclaire ces grands prélats pour le bien de notre sainte Eglise. Et tout spécialement le Pape Urbain, successeur de saint Pierre. Mais cela ne suffit point ! »

Il interrompt son discours, reste un moment silencieux pour mieux retenir l'attention de l'auditoire, levant vers le ciel son index long et puissant, car les doigts des prêtres sont plus longs que les autres, ils peuvent guérir les maladies, chasser les démons, désigner sous la terre une source invisible, foudroyer les pécheurs non repentis. Tous les yeux restent fixés sur ce doigt lumineux.

« Cela ne suffit point ! L'Auvergne entière a le devoir de se mobiliser pour accueillir dignement le représentant de Dieu ! Ce qui ne veut pas dire que nos maisons doivent se vider entièrement pour aller à sa rencontre. Trop d'obligations retiennent ici nos laboureurs. Mais que chaque famille envoie deux, trois, quatre délégués vers la ville de Clermont où le Pape Urbain entrera dans quelques jours. A pied, à cheval, en charreton, hommes, femmes, jeunes gens, peu importe, pourvu qu'ils soient en mesure d'affronter les fatigues d'un voyage de quinze à seize lieues. Et autant pour revenir. Nous marcherons ensemble, vos pasteurs prendront la tête de la colonne, et nous irons nous prosterner devant le Suprême Pontife. Emportez de la nourriture pour une semaine. Si elle ne suffit pas, nous prendrons place à la table de Jésus-Christ. C'est-à-dire que nous mendierons notre pain en route. Et comment Jésus-Christ nous laisserait-il pâtir de la faim, lui qui nourrit les petits oiseaux ?

« A Clermont, nous honorerons le Pape Urbain. Quel privilège ce sera pour nous d'admirer sa sainte face, d'entendre sa sainte voix, de recevoir sa sainte bénédiction ! Mais nous ne nous satisferons point de ces bonheurs : nous irons encore prier saint Alyre qui accomplit de son tombeau une foule de miracles. Nous nous recueillerons en plusieurs autres églises : Saint-Vénérand, Saint-Saturnin, Saint-Léogonce, Sainte-Juliette, Saint-Hilaire, Saint-Jacques et Saint-Austremoine. Ensuite, nous reviendrons comblés de grâces pour nous et notre famille. *Amen.* »

Il y eut aux Bonnets plusieurs assemblées dans la maison commune. Il s'agissait de désigner celui ou ceux qui se rendraient à *Quiarmoun* pour saluer le Pape Urbain. Et de préciser par quel moyen ils voyageraient. Leur absence pourrait durer une semaine, peut-être deux, peut-être trois, lorsqu'on part sait-on jamais quand on revient ? Ce début de novembre, semailles quasi achevées, était propice à des absences. Après de longues discussions, maître Blaize choisit trois cousins, Giraud, âgé d'environ vingt-quatre ans ; Etienne, de vingt-huit et Balthazard son père, de cinquante-neuf ou soixante.

« Comment voyagerez-vous ? demanda le *mouitre* qui craignait d'avoir à concéder trois montures.

— A pied », répondirent-ils unanimement.

Et lui, soulagé : « Je vous approuve. »

Ils partirent au petit jour, chaussés de sabots ou de brodequins, abrités sous leur manteau d'hiver, leurs besaces sur l'épaule, gonflées de pain, de fromage et de poires pour la soif. Un peu confus de tant de provisions, se demandant si saint Paul, si le Christ voyagaient aussi richement pourvus. Mais leurs femmes s'étaient fâchées : te prends-tu pour saint Paul, vous prenez-vous pour le Christ ? Tout le hameau les regarda s'éloigner, les enfants agitant les mains, des filles s'essuyant les yeux, les vieillards leur jetant des bénédictions. Le chien Fanfan voulait absolument accompagner son maître Balthazard qui dut lui lancer des pierres.

Ils marchèrent une heure le long de la route bordée de vignes que l'automne ensanglantait. Escotal était plein d'une grande cohue, d'hommes, de charrettes, de chevaux. Les uns venaient faire moudre leur seigle au moulin, d'autres s'en allaient rencontrer le Pape. On attendit les Voulobrois qui arrivèrent en colonne, derrière Hugon de la Barge et deux autres prêtres. En définitive, tous venaient à pied, ils avaient renoncé aux montures et aux charrettes, c'est par l'effort des jambes et la peine des poitrines que l'on purge ses péchés, que l'on gagne le Ciel, et non par les sueurs d'une bourrique. Le soleil montrait derrière Synioure juste la courbure de son crâne quand ils se remirent la route entre les jambes, applaudis par ceux qui restaient. Pour rendre leur départ plus joyeux, Hugon lança l'*O salutaris Hostia* que tous reprirent derrière lui. Mais bientôt le chemin montant leur coupa le sifflet. On n'entendit plus que le raclement innombrable des sabots, des brodequins et des sandales.

Guidés par la main de Dieu, les prêtres étaient seuls à connaître la bonne route. Parfois, ils abandonnaient la voie tracée et empruntaient des coursières, le troupeau humain se faufilait entre les arbres d'une forêt, franchissait un ruisseau à gué, s'écharpillait à travers les broussailles. Ils traversèrent le hameau des Giliberts qui leur apporta, lorsqu'ils eurent expliqué le but de leur voyage, un renfort de quatre personnes. Après Malhou, ils atteignirent la Dore. Des bateliers demandèrent :

« Où allez-vous ?

— A Clermont, pour saluer le Pape Urbain.

— Nous pouvons vous traverser. Il vous en coûtera, vu votre nombre, seulement un demi-denier par tête.

— Grand merci, mais nous sommes trop nombreux pour vos batelets, répondit Hugon. Nous voulons prendre le bac de Pichodoueyre.

— Vous en saurez le prix ! »

Ils continuèrent leur progression le long des vergnes. Au milieu de la rivière, des pêcheurs au filet proposaient leurs poissons, les tenant en l'air par la queue ; mais eux levaient leurs besaces, laissant entendre qu'ils avaient le nécessaire.

Après un long piétinement dans le sable et les marécages, ils furent à un endroit nommé Pichodoueyre où était établie une grande pêcherie de saumons. Ils y trouvèrent la grande route de Clermont qui enjambait la Dore à gué par temps de basses eaux et au moyen d'un bac pendant les crues : la *nàu,* un simple plancher de troncs noués entre eux par des liens d'osier. Une corde de chanvre, la *traille,* tendue d'une rive à l'autre, s'appuyait à un mât planté au milieu du radeau, rongé par son frottement. Le péage était d'un denier, mais les prêtres le firent rabattre à un demi. Trente personnes y pouvaient prendre place ; en tirant sur la traille, elles obligeaient leur esquif à gagner l'autre bord. Il fallut deux voyages pour transborder tout le monde.

« Bientôt, annonce alors Hugon, nous verrons le puy de Doume. Clermont se trouve au pied de cette montagne, comme Voulobre au pied de Synioure. Nous ne pourrons plus nous égarer. »

Et en effet, après avoir marché encore une bonne heure, franchi une combe bien creuse qu'on appelle ici une *goutte,* ils arrivent sur un terrain plat et découvert d'où ils aperçoivent à l'horizon, au-delà d'une grande plaine parsemée de collines et d'étangs, un alignement de taupinières bleues. Hugon tend le doigt vers la plus haute, désigne le puy de Doume. Le soleil aussi se dirige vers ce point. Après avoir atteint le sommet de sa course, il commence à décliner.

« Arrêtons-nous un peu. »

Ils s'écartent dans les chaumes environnants, s'assoient sur une pierre, une bûche ou un talus, tirent de la besace un peu de pain et de fromage, une pomme. Certains cherchent une source et vont y boire. Puis la marche reprend. Chacun s'applique à poser bien à plat ses brodequins pour en user régulièrement la semelle et pour que sa lourdeur pèse moins à son pied, et pour cela il doit marcher les genoux légèrement fléchis. D'autres, pour se soulager les orteils, cheminent sur leurs chausses nues ; comme elles ne résistent pas longtemps à cette épreuve, la plante part en lambeaux et ils vont sur leurs pieds calleux, comme aux meilleurs jours du « beau temps », malgré la boue et les ornières.

« Nous n'arriverons pas avant la nuit, dit quelqu'un.

— Non, confirment les prêtres. Mais que nous importe ? Le Seigneur Dieu nous éclairera de ses étoiles et nous conduira jusqu'au port. »

Autour d'eux, des troupeaux de moutons broutent les éteules et s'enfuient à leur approche. De temps en temps, une autre colonne de pèlerins vient s'ajouter à la leur. Ce sont des Limagnais chaussés de bottes jusqu'aux genoux, dont le parler diffère, mais que l'on comprend sans difficulté, même s'ils disent *zé prey moun plazay* au lieu d'*é prengu mon plazí,* j'ai pris mon plaisir. C'est un jeu qui les amuse un long bout de route que de se dire de l'un à l'autre :

« *Zai prey toun plazay ?*

— *Obì ! E të, t'è prengu ton plazí ?* »

Car il n'y a rien de plus divertissant au monde que d'entendre des mots différents pour désigner les mêmes choses.

Ils marchent ensemble. Les jambes leur entrent dans le ventre, leurs pieds sont en feu. Le soleil se couche derrière le puy de Doume, les taupinières de l'horizon se font toutes noires.

A présent, ils n'ont plus la force de chanter, de rire, de plaisanter. Mais ils marchent. Pressés l'un contre l'autre dans la nuit épaisse, rassurés l'un par l'autre, si tu viens à trébucher tes voisins te secourent.

Ils marchent, marche que marcheras-tu. Je veux m'user les pieds jusqu'aux genoux, Seigneur, pourvu que tu pardonnes mes péchés et m'accueilles un jour dans ton Paradis. Pourvu que j'y retrouve mon père et ma mère, ceux que j'ai aimés et qui me manquent. Je veux m'user les pieds pour le mal que j'ai fait, pour le bien que je n'ai pas fait. Conduis-moi dans la nuit vers ton Représentant afin qu'il me bénisse. Je veux marcher, je veux marcher, je veux marcher.

Parfois, Hugon s'arrête, se retourne et crie :

« Etes-vous tous à me suivre ?... »

Mais ils sont trop fatigués pour répondre, le pasteur traîne derrière lui ses ouailles clopinantes, incomptables, combien, combien manqueront à l'appel au terme du voyage ?

C'est alors qu'ils distinguent au loin des feux qui luisent et qui s'éteignent. Un fourmillement de petits soldats rouges sur un champ noir, pareils à ceux qui parsèment le cul de la marmite pendue à la crémaillère. Voilà où il nous faut aller. Ils marchent en cette direction, reconnaissent bientôt qu'il s'agit d'un bivouac, des hommes sont là autour de feux de branches, qui les regardent sortir de l'ombre comme un troupeau de spectres, mais aucun ne paraît effrayé.

« Qui êtes-vous ?... D'où venez-vous ?... Où allez-vous ?

— Nous venons de Voulobre, des Bonnets, d'Escotal, des Giliberts, de Ludose, de Marengues. Nous allons honorer le Pape Urbain et marchons depuis l'aube. »

Les hommes au bivouac se lèvent et les accueillent à bras ouverts, eux aussi sont des pèlerins, ils offrent leurs feux et leurs victuailles. Ainsi terminent-ils la nuit, pressés les uns contre les autres, les pieds tournés vers les braises qui peu à peu s'éteignent, pareilles aux petits soldats rouges au cul de la marmite.

Le lendemain, ils se réveillent dans le brouillard, pâles comme le jour, grelottants, couverts de rosée et d'escargots. Chacun mange un peu de ce qu'il porte dans sa besace. Ils ne savent plus où ils sont, ne voient ni ciel ni terre. Il faut pourtant repartir. Et d'abord retrouver la route tracée, avec ses ornières rassurantes. Elle n'est pas loin, parcourue déjà d'autres pèlerins emmitouflés dans leur chape, il n'est que de les suivre. Certains cheminent depuis trois jours, ils viennent de très loin, on comprend à peine ce qu'ils disent, mais tous répètent ce mot de reconnaissance : *Pape Urbain, Pape Urbain.*

Après une autre heure de marche, ils entendent des cloches. Et quasi soudainement, distinguent devant eux le puy de Doume fort grandi, et ses montagnes-sœurs, en parfait alignement. A leurs pieds, Clermont, éclairé par le soleil levant comme son nom l'indique, Clermont juché sur sa colline et enclos dans ses murs, Clermont doré de ses pierres et pourpre de ses toits, Clermont l'épiscopal, Clermont le saint aux cinquante-quatre églises les appelle de toutes ses campanes. Les prêtres entonnent, et la foule après eux :

Laudate, laudate Dominum !
Omnes populi, laudate eum !
Alléluia ! Alléluia !

Tous les chemins conduisent à Clermont et tous amènent un flot de pèlerins, à pied, à cheval, à dos d'âne ou de mule, en charrette, en charreton. Villains dans leurs braies et leurs souliers boueux, moines troussés, bourgeois coiffés du chaperon, seigneurs parés de leur manteau fendu comme celui de saint Martin, l'épée au flanc, gantés de cuir, accompagnés de leurs valets. La foule s'est répandue des deux côtés de la route, elle campe dans les éteules, les vignes, les prés, sous des huttes de branches, sous des tentes faites de couvertures et de piquets, elle creuse les meules de foin et s'y enfonce. Certains pèlerins vivent là depuis huit jours.

« Avez-vous vu le Pape ? leur demande-t-on.

— Oui, oui, nous l'avons vu.

— Et vous ne repartez pas ?

— Nous espérons sa bénédiction qu'il ne nous a pas encore donnée.

— C'est pour quand ?

— On ne sait pas. »

En attendant, ils subsistent comme ils peuvent. Exhortés par l'évêque de Clermont, les seigneuries des alentours, de Mont-Rognon, de Mont-Redon, de Tournoé, de Vigosche, de la Salle, de Camallière, de Rubiac envoient des charretées de pain et de pommes. Rien n'est meilleur qu'une pomme avec un morceau de pain, si ce n'est du pain avec un morceau de pomme. Ricom envoie des poires et des noix, quelques pèlerins sont si affamés qu'ils les pilent entre deux pierres et mangent aussi les coquilles.

Oui, certains ont déjà eu le bonheur d'apercevoir le Pape Urbain, ceux qui ont pu s'insinuer dans Sainte-Marie-Principale lorsqu'il y a célébré la grand-messe. Et ils sont repartis vers leur village, comblés de sa bénédiction. Mais la plupart ne l'ont encore vu ni de face ni de profil, car il préside depuis une semaine son grand concile dans l'église cathédrale que remplissent des centaines d'archevêques, d'évêques ou d'abbés. Les portes en sont interdites au peuple qui se presse dans les ruelles étroites, tortueuses, rarement pavées, mais toujours encombrées d'ordures que ces innombrables étrangers piétinent. Les premiers venus y ont trouvé aussi quantité de pourceaux occupés à leurs nécessités ; les Clermontois se sont hâtés de les enfermer dans leurs soues depuis que plusieurs pèlerins ont saisi par la queue et les oreilles des gorets qui n'y songeaient guère et les ont emportés vers leurs huttes, tout couinants, pour les assassiner et s'en nourrir : ils creusent un trou dans le sol, y allument un feu, posent sur les braises rouges leur gibier, le recouvrent de terre et le font cuire à l'étouffée. A titre de revanche, maint visiteur a laissé le soir son manteau entre les mains des tire-laine de la ville et plus d'un, séduit par des ribaudes, a été entraîné dans les caves de Clermont et n'en est jamais ressorti. Car la cité épiscopale est bâtie sur un lacis de grottes et de couloirs souterrains où les habitants gardent leur vin au frais et se réfugient en cas de péril. Les ribaudes y tiennent aussi boutique. Giraud, Etienne et Balthazard, venus des Bonnets, dont les mœurs sont pures et attentive la prudence, fréquentent plutôt les sanctuaires et en reçoivent de grandes consolations. Chaque soir, ils regagnent le campement de branchages où ils ont passé leur première nuit.

Au troisième jour, le bivouac reçoit la visite d'un moine de saint Benoît qui fait cette annonce surprenante :

« Demain, après l'heure de sixte, le Pape Urbain s'adressera à la foule des romiers venus lui rendre hommage et leur impartira sa bénédiction. Il faut que vous vous trouviez hors les murs de Clermont, côté du jour, devant la porte dite du Port. Là s'étend un immense foirail. Ecoutez bien et faites exactement tout ce que dira Sa Sainteté. Et quand il aura fini de parler, criez tous ensemble *Dieu le veut !*

— Dieu le veut ?

— Oui, Dieu le veut !

— Mais que veut-il ?

— Il veut ce que son Représentant ordonne. Ne vous souciez de rien d'autre. Criez très fort Dieu le veut !

— Nous ferons comme tu dis. Dieu le veut ! »

Et tous, bien avant l'heure, se rendent à l'endroit désigné. Le Champ-Herm (il couvre au moins dix septerées, selon l'estimation de Balthazard) s'étend très loin en pente légère vers les champs, les vergers, les marais de la Limagne. A cent pas des murs de la ville, se dresse un échafaud portant une simple chaire. Des hommes d'armes, dans leur cotte de mailles scintillante, réservent tout autour un espace inhabité, qui s'étire par un couloir jusqu'à la porte dite du Port. Bien avant midi, le foirail grouille de piétons et de cavaliers. L'impatience des hommes et des chevaux fait ondoyer cette mer vivante.

Tout par un coup, les trompettes sonnent, la procession des évêques et des abbés sort de la ville, suit le couloir réservé, encercle l'échafaud sur lequel se hisse un petit moine bénédictin, le capuchon dans le dos, un peu frêle, un peu chauve, la barbe fluviale. On pense qu'il va vérifier la chaire du Pape ou faire on ne sait quel arrangement ; mais comme il reste seul, debout, immobile, la foule comprend peu à peu qu'il s'agit d'Urbain lui-même ; elle se met à battre des mains et des pieds, à crier Noël ! Noël ! Gandrille ! Gandrille ! Vivat ! Vivat ! Bénézit ! Bénézit ! Progressivement, tous s'agenouillent, même ceux qui sont là-bas à cent toises de lui, comme un blé se couche sous l'orage. Toutes ces têtes basses, brunes, blondes, blanches ou pelées implorent sa bénédiction. Trois fois sa main se lève, vers le midi, vers le septentrion, vers l'orient. Dans un silence merveilleux, les paroles si longtemps espérées volent par-dessus les pèlerins jusqu'aux plus lointaines oreilles, comme les colombes du Saint-Esprit :

« *Benedicimus vos in nomine Patris et Filii et Spiritus Sancti. Amen !* »

Quand ceux de devant osent lever le front, ils voient le petit moine immensément grandi, son bras semble puiser au ciel et répandre sur eux les grâces divines :

« *Benedicimus vos...* »

Les cavaliers sont descendus de leurs montures pour mettre genou en terre comme les piétons. Et beaucoup de présents voient, ce qui n'étonne personne, les chevaux eux-mêmes s'agenouiller :

« *Benedicimus vos...* »

Quand tout est fait, la foule se relève et reprend ses acclamations Noël ! Noël ! Gandrille ! Gandrille !... Mais les trompettes lui ferment la bouche de nouveau. Le Pape ouvre les bras et commence un sermon :

« Peuple des Francs ! Peuple élu et chéri de Dieu comme l'atteste l'éclat de tes œuvres ! Séparé des autres peuples de l'univers tant par la situation de ton territoire que par ta foi catholique ! C'est à toi que s'adressent nos paroles ! Sache donc quelle raison douloureuse nous a amené dans ton pays !... »

Il ne parle point la langue de l'écriture, mais un idiome qui n'est exactement celui de personne. Les assistants commencent à se demander entre eux :

« *Que dice ?... Ce qu'o dji ?... Da que dièze ?... Qu'es ço que pritch ?... Que z'a dhi ?...* »

Mais le Pape s'exprime lentement, avec de longues pauses dans son discours, dont profitent les religieux disséminés parmi la foule pour le traduire aux gens de leurs paroisses. Ainsi Hugon aux Voulobrois :

« De Jérusalem, nous parviennent de pénibles et fréquents récits : les peuples turcs, nation sauvage, nation ignorante de Dieu, nation au cœur perfide, ont envahi là-bas les églises chrétiennes, les ont dévastées par le fer et le feu, détruites jusqu'aux fondements, ou bien y ont installé leur culte barbare ; ont massacré ou bien réduit en esclavage nos prêtres et nos pèlerins. A qui donc appartient-il de venger cela, sinon à vous, à qui Dieu a accordé plus qu'aux autres nations l'insigne gloire des armes, la grandeur de l'âme, l'agilité du corps et la force d'humilier le crâne chevelu d'un adversaire impie ? »

Il lève ses mains écarquillées vers le ciel, les larges manches tombent jusqu'aux coudes, découvrent ses bras maigres et velus. Sa voix est faible, presque inaudible à trente pas, dans le plein air de cet immense espace d'où montent des murmures, des toux, des hennissements. A quarante pas, on distingue seulement quelques paroles éclatantes :

« Rappelez-vous Charlemagne... son fils Louis et vos autres rois... détruit les royaumes païens... Peuples immondes... ils ont souillé le saint sépulcre et déshonoré les lieux saints... »

A cinquante, on ne distingue plus rien du tout que des syllabes incompréhensibles... *ois... agnes... euse... orge...*

« *Da que dièze ?...* Qu'est-ce qu'il raconte ? » demandent les Avernes, les Vellaves, les Gabales, les Helviens, les Cadurques, les Volques, les Pritocores.

Et leurs curés, qui ont l'oreille plus fine que la belette, rapportent les paroles inaudibles :

« Il dit que nous devons délivrer le tombeau du Christ à Jérusalem. Que rien ne doit nous retenir : ni nos biens ni nos familles, car ce territoire que nous habitons, enfermé de toutes parts entre la mer et de hautes montagnes, contient mal notre nombreuse population. Qu'il nourrit mal ceux qui le cultivent. Qu'au contraire nous trouverons là-bas du miel, du lait et toutes les richesses de la terre. Que Jérusalem est un autre Paradis de délices. Il dit que nous devons sans retard prendre cette route en rémission de nos péchés. Jérusalem est le centre du monde. Nous ne devons plus nous combattre les uns les autres, mais devons aller égorger, éventrer, brûler les Turcs et leurs villes maudites... »

Aux confins du Champ-Herm, même la fine oreille des

prêtres ne peut plus rien percevoir. Ce qui ne les empêche pas de répéter :

« Il dit que nous devons aller délivrer le tombeau du Christ à Jérusalem... A Jérusalem !... »

Là-bas, le petit moine sur son estrade lève au ciel, non plus ses mains ouvertes et bénissantes, mais ses poings. La foule entre en délire. Les religieux crient le mot d'ordre : *Dieu le veut !* Repris par les pèlerins venus de toute la chrétienté, encadrés de souffleurs : *Dieu le veut ! Diéou lo volt ! Djeù le vo ! Diou lou querè ! Dios lo vèu !*

Sans attendre la fin de l'innombrable cri, le Pape sur l'échafaud achève son discours :

« Très chers frères, aujourd'hui se manifeste en nous ce que le Seigneur a dit dans son Evangile : *Là où deux ou trois seront assemblés en mon nom,* je serai au milieu d'eux. Si le Seigneur Dieu n'avait pas été dans votre cœur, vous n'auriez pas tous, tous ensemble jeté un même cri ! Qu'il devienne donc dans les combats votre cri de guerre : Dieu le veut !... Entreprenez ce saint pèlerinage. Et pour cela, portez sur votre poitrine le signe de la croix du Christ, comme il le prescrit dans son Evangile : Celui qui ne porte pas sa croix et ne me suit pas n'est pas digne de moi ! Dieu le veut ! Dieu le veut ! »

Et la foule unanime : Dieu le veut ! Gandrille ! Gandrille ! Jérusalem ! Jérusalem ! La clameur se répand de proche en proche au-delà du Champ-Herm, déferle sur la Limagne, franchit les monts, ébranle toute la terre, atteint jusqu'aux îles de l'Océan.

Mais voici qu'un évêque mitré gravit à son tour les marches de l'estrade et présente au Pape d'une main une étoffe rouge, de l'autre une épée. Urbain saisit la seconde et découpe la première en deux bandes qu'il épingle sur l'estomac de l'ecclésiastique. Des rouleaux d'étoffe rouge arrivent de Clermont, les drapiers en vident leurs échoppes, ils passent parmi la foule de main en main, se subdivisent, se distribuent, les croix rouges fleurissent sur les poitrines.

« Et vous, gens de Voulobre, s'écrie Hugon de la Barge, allez-vous tout tranquillement rentrer chez vous pour gauler vos noix ? Personne n'a-t-il envie de partir délivrer le tombeau du Christ ?

— Moi, dit Giraud, des Bonnets.

— Moi aussi, dit son cousin Etienne.

— Jérusalem, demande le vieux Balthazard, est-ce que c'est très loin ?

— Sûrement.

— Plus loin que Tihart ? Plus loin que Voulobre ? Plus que Noirestable ?

— Bien plus loin.

— Il y a donc beaucoup à marcher. Tes souliers, dit-il à son fils Etienne, ne tiendront pas le coup. Tu aurais dû en prendre une autre paire.

— J'en trouverai en route. Ou bien je marcherai pieds nus.

— Que dira ta mère en ne te voyant pas revenir ?

— Vous lui expliquerez. Dieu le veut !

— Vous l'expliquerez aussi à la mienne, dit Giraud.

— Non, je n'expliquerai rien du tout. Car je n'entends pas t'abandonner.

— Mais vous avez soixante ans !

— Je pars avec mon fils. C'est Giraud qui doit retourner aux Bonnets pour expliquer les choses.

— Vous avez raison, dit le prêtre consulté. Balthazard porte le nom d'un roi mage. Il conduira ses compagnons jusqu'à Bethléem. »

Ceux qui ne se croisaient point retournèrent donc chez eux, derrière Hugon de la Barge. Aux Bonnets, Mathilde, la femme de Balthazard, perdit en même temps son mari et son fils aîné. Car on n'entendit plus jamais parler d'eux. On sut seulement que des milliers de pèlerins, après le discours du Pape, s'étaient mis en route pour l'Orient. Qu'ils avaient franchi les montagnes et les mers. Qu'ils avaient combattu les Juifs et les Turcs, mais que Jérusalem n'avait pas été délivrée. Qu'étaient devenus Etienne et Balthazard ? Encore vivants ? Morts ? Esclaves ? Mathilde les attendit jusqu'à la fin de ses jours. Souvent, elle partait à leur devant sur la route d'Escotal. Puis elle revenait seule, appuyée sur son bâton.

C'est vers cette époque que l'on commença de donner un surnom aux habitants des Bonnets : à cause de leur extrême piété et de ces deux hommes qui avaient sacrifié au Christ leur liberté ou leur vie, on les appela *les Bons Dieux.* Ils n'avaient d'ailleurs que ces mots à la bouche : le bon Dieu... le bon Dieu...

piété et de ces deux hommes qui avaient sacrifié au Christ leur liberté ou leur vie, ou [illegible] ils n'avaient d'ailleurs que ces mots à la bouche : le bon Dieu, le bon Dieu…

III

Pendant dix ans, le bourg de Voulobre n'est qu'un chantier, qu'un remuement de terre, de pierres, d'échelles, de troncs et de charpentes. Même les morts participent : le cimetière se trouve encombré d'artisans, on équarrit les moellons de granit entre les tombes. Par un accord entre les barons et les prêtres, depuis dix ans les corvées domaniales sont toutes mises « au service du Seigneur Dieu ».

Vieille de plusieurs siècles, édifiée sous les auspices de l'évangélisateur saint Maurize, chef de la légion thébéenne, dont un pied venu d'Orient a guéri de la lèpre et converti le sire du lieu nommé Ermillon, l'ancienne église menaçait ruine. Les Voulobrois œuvrent maintenant à sa reconstruction sur un plan nouveau, ne conservant de la précédente que les matériaux utilisables et une partie des fondements. Au terme de l'immense entreprise, elle se trouvera élargie, riche de trois nefs au lieu d'une, éclairée par des fenêtres plus nombreuses. Au lieu du plafond de bois, une voûte de pierre et une coupole en forme d'écuelle renversée soutenues par de gros piliers rectangulaires ; le tout surmonté d'un clocher octogone haut de quatre-vingt-dix-huit pieds, flanqué d'une tourelle extérieure contenant soixante marches rien que pour accéder à sa base.

De toutes parts, les maillets cognent sur les pieds-droits et les cintres qui soutiennent les voussoirs. Les maçons et les charpentiers montent aux échelles. Les bouviers manœuvrent leurs attelages à grands coups de gueule. Les architectes, qui sont des moines venus d'ailleurs, errent çà et là, déroulant leurs parchemins. Les ciseaux des tailleurs de pierre mordent le granit. Les imagiers sculptent dans les chapiteaux des figures inspirées par l'histoire sainte, Jonas sort de la baleine, Siméon tient l'Enfant Jésus dans ses bras, Madeleine essuie de ses cheveux les pieds du Sauveur. Exemples si merveilleusement représentés qu'on les croirait vivants. Les villains creusent les fondations, charroient les terres et les pierres brutes descendues de Synioure, élèvent dans les airs avec des treuils les blocs façonnés, abattent et transportent les arbres de Plaine-Vèze, en tirent des planches et des madriers, servent les maçons, cuisent la pierre à chaux, vont puiser du sable aux rives de la Dore. Les enfants ramassent les outils échappés aux ouvriers. Les femmes préparent les nourritures et soignent les blessés.

La grosse difficulté est de remodeler la maison de Dieu sans interrompre l'exercice du culte. Aussi l'a-t-on partagée en deux tranches dans le sens de la longueur, séparées par une cloison : l'une comprend le porche et les deux tiers de la triple nef ; l'autre le reste de la nef, le chœur et la future abside. Par ce biais, les fidèles disposent d'une demi-église pendant la durée des travaux. Comme elle est cependant trop exiguë pour les recevoir tous, les prêtres célèbrent quatre messes consécutives au lieu d'une seule.

Un jour enfin tout est fini, on enlève les échafauds et les éclats de pierre, on fleurit l'autel, on astique, on époussette, on balaye le pavement, on le jonche de fleurs et de feuilles. L'évêque de Clermont, mitré, crossé, chasublé vient consacrer l'église rajeunie en présence de tous les paroissiens. Il monte dans le clocher et bénit les deux cloches, le gros bourdon des enterrements, des incendies, du tocsin, et la campanette des baptêmes, des mariages, de la Résurrection pascale. Elles se mettent ensuite à chanter ensemble et si magnifiquement qu'on les entend vibrer d'Escotal, de Corpeyre, de Frissonnet.

Maître Blaize, lui, ne pouvait les entendre car il était devenu sourd. Il lisait la parole sur les lèvres du monde, mais parfois s'y trompait, prenait trompette pour troupeau et cinquante pour cinq cents. Ses petits-enfants lui demandaient quelquefois :

« Quel âge avez-vous, Grand ?

— J'ai dépassé les septante depuis longtemps, c'est bien sûr. Mais de combien ? Allez savoir ! »

Il ne décidait plus grand-chose des affaires de la communauté mais s'en remettait à son *vigier,* Annet, fils de Guillot. Il demeurait cependant le *mouitre,* et le sire de Voulobre ne voulait connaître que lui dans les discussions de redevances ; il se faisait donc accompagner d'Annet qu'il présentait ainsi :

« J'ai amené celui-là, qui est mon oreille droite. »

L'oreille gauche avait réputation de communiquer directement avec le cœur, la droite avec l'escarcelle pendue à la ceinture. Les lèvres d'Annet prononçaient les chiffres et les mots avec une telle perfection que maître Blaize les entendait tous des yeux. Sa femme Brunelle l'ayant quitté pour le cimetière, il couchait seul, mais dormait peu. La nuit trop silencieuse l'effrayait ; il s'imaginait être déjà dans sa fosse et, s'il lui arrivait de toucher ses membres glacés, il se disait, mes jambes sont déjà mortes et ma tête à moitié. Personne n'occupait le lit des enfants. Dans l'obscurité, il refaisait le chemin de sa longue vie aux Bonnets. Pendant ses quatre-vingts années, jamais il n'était allé plus loin que Tihart, cette ville de chaudronniers ; descendu plus bas que Corpeyre, ce village de pêcheurs sur les rives de la Dore ; monté plus haut que Synioure. Tels étaient les confins de son royaume.

Qu'y avait-il au-delà de Synioure et de la Dore ? Quels pays ? Quels peuples ? Quels langages ? De loin en loin passaient des voyageurs poussant un âne chargé de vaisselles, d'étoffes, de merceries ; ils s'exprimaient par gestes et quelques rares mots empruntés. L'un d'eux vint un jour offrir des aiguilles, des épingles, des agrafes de bronze. Il avait un œil bleu et un œil blanc.

« D'où viens-tu ? lui demanda-t-on.

— Du pays des Trois-Fleuves.

— N'a-t-il pas un autre nom ?

— Moi, je dis les Trois-Fleuves. D'autres disent l'Helvétie.

— Répète un peu...

— L'Helvétie. Un pays plein de montagnes. Mais aussi avec une riche plaine couverte de blés.

— Et trois fleuves ?

— Oui. Le Rhodne, le Rhin, l'Arule.

— Est-ce que tous les hommes de chez toi possèdent un œil bleu et un œil blanc ?

— Certains les ont noir et blanc, ou gris et blanc, ou vert et blanc.

— Tous de deux couleurs ?

— Tu l'as dit. »

On le crut. Pourquoi pas ? C'était sans doute sa manière personnelle de faire gober qu'il était parfaitement normal au pays des Trois-Fleuves. Qui eût prouvé le contraire ? On lui acheta des aiguilles. Et plus jamais aucun Helvète ne vint aux Bonnets pour le démentir.

Une autre fois, ce fut un homme tout noir. Il se découvrit la poitrine et les jambes afin de montrer qu'il l'était des pieds à la tête. On réussit à comprendre qu'il se donnait pour fils d'un esclave enlevé jadis par les Latins à son pays natal qu'il appelait la Barbarie. Mais le plus extraordinaire était le compagnon qu'il retenait attaché à lui par une corde : un petit être de la taille et de la forme approximative d'un enfant de deux ans, mais tout couvert de poils et muni d'une longue queue. Le village entier s'était rassemblé autour des deux étrangers. Le petit se jucha sur l'épaule du grand, chercha des poux dans sa crinière laineuse et les écrasa entre ses dents. Ou bien il les tendait au public comme de l'eau bénite. Tout cela avec des grimaces incroyables, des éclats de rire qui découvraient ses dents et ses gencives, des prouesses de queue qui firent se tordre les Bonnet. Certains adressèrent la parole à la créature poilue pour s'aviser s'ils entendaient son langage. Mais le noir expliqua qu'il ne s'agissait en réalité ni d'un enfant ni d'un petit homme, mais d'un animal à forme humaine appelé « singe », qui pouvait répéter tout ce que font les hommes excepté parler et pleurer. Il en apporta aussitôt la démonstration en lui faisant casser des noix entre deux pierres, écosser une gousse de fève, se coiffer et se décoiffer d'un bonnet emprunté à l'assistance, enfiler une navette de tissage. Il était même capable d'accomplir cette dernière opération avec ses pieds, ce qui suscita une vive admiration. Au bout de quoi, les deux étrangers s'éloignèrent, après avoir obtenu un peu de pain.

Maître Blaize ne savait donc presque rien sur le reste du monde, rempli peut-être d'hommes à deux têtes, à quatre bras ou à trois jambes, des blancs, des noirs, des rouges, des violets, des qui-changent-de-couleur comme l'hermine, des poilus comme le singe. Il se disait au cours de ses nuits sans sommeil qu'il aurait aimé franchir les montagnes, descendre les rivières en bateau, s'en aller voir comment les gens sont faits de l'autre côté de Synioure. Cela ne l'aidait guère à s'endormir. En fait, le seul voyage qui lui fût encore promis l'emmènerait au pays des ombres. Il espérait y retrouver sa femme Brunelle, morte aujourd'hui depuis trois ans, et qu'il avait aimée de son vivant sans bien clairement s'en rendre compte.

Leur mariage, soixante ans plus tôt, avait été arrangé par le *mouitre* et la *mouitreço* de l'époque qui avaient persuadé les deux familles de la convenance de cette union, quoique légèrement incestueuse entre cousins issus de frère et sœur, mais le curé de Voulobre avait demandé pour eux et obtenu une licence de l'évêque. Cependant que les autres familles engendraient des douze, quatorze, dix-huit enfants, le Ciel leur en avait octroyé quatre seulement dont deux — un garçon et une fille — avaient survécu. Un effet sans doute des alliances consanguines, rarement favorisées de Dieu. Les petits avaient grandi, s'étaient mariés à leur tour. Blaize et Brunelle étaient restés quarante années encore en tête à tête presque sans s'apercevoir. Tellement ils étaient absorbés par les tâches quotidiennes ; elle à cuisiner, à lessiver, à coudre pour la fraternité ; lui à commander les travaux, à mettre la main aux mancherons, à rencontrer la baronnie ou la communauté des prêtres, à vendre et acheter par les foires ; absorbés aussi par le service de Dieu, à suivre ses commandements, à dire et enseigner les prières, à reconstruire l'église de Voulobre. Les fièvres de la jeunesse éteintes, ils avaient dormi quarante ans côte à côte sous les mêmes couvertures, trop épuisés chaque soir pour vouloir autre chose que le sommeil, sans jamais une embrassade, un serrement de mains, séparés aussi par leurs petits-enfants qui remplissaient la barque contiguë. Le jour, ils se faisaient de fréquentes querelles, car si Blaize était le *mouitre* élu à vie dans la communauté, il n'était point le maître dans son ménage. Plus vieille que lui de huit ou dix ans, Brunelle était une femme d'une telle audace qu'elle aurait mangé un évêque tout habillé. Elle se permettait de critiquer en public sa façon de se tenir, de manger ou de ne pas manger, de boire trop ou trop peu, de donner trop vite à table le signal du départ, de se laisser tirer les grègues par ses petits-enfants ; parfois même ses dispositions professionnelles. Il essayait vainement de lui clore le bec, la traitant de *langue de peille,* langue de drap, elle lui riait au nez et continuait de décocher ses flèches. Jusqu'au jour — qu'avait-elle repris encore qui n'allait point ? — où il se fâcha pour de bon, se leva droit à sa place et lui dit, en présence de la fraternité au complet toutes oreilles béantes, avec un ton furieusement cérémonieux :

« Madame ! Vous n'êtes ni ma mère, ni ma grand-mère, ni ma tante, ni ma sœur aînée. De quel droit donc me reprenez-vous ? Vous et moi, madame, nous ne sommes pas même parents ! »

Eclats de rire, confusion de la femme, triomphe de maître Blaize. Depuis ce jour, Brunelle avait renoncé à lui faire des observations publiques, se réservant pour l'intimité.

Ainsi s'était déroulée leur double vie, exemplaire dans sa médiocrité, sans joies ni tristesses excessives, celle de deux bœufs attelés aux mêmes timons. En outre, Brunelle souffrait d'une manie fort irritante : celle de se croire à chaque instant gravement malade et à l'article de la mort. Les douleurs l'atteignaient principalement le matin quand elle essayait de se tirer du lit :

« Aïe ! Aïe ! Ma jambe ! Mon bras ! Mon cœur ! »

Elle se levait quand même, le visage marqué par la plus vive souffrance, et gémissant :

« C'est le foie ! C'est le gros boyau ! C'est la *courade !*[1] »

Mieux que personne elle connaissait les organes de son corps qu'elle avait étudiés en observant ceux des cochons ouverts, car chacun sait qu'il y a grande ressemblance entre l'homme et le pourceau. Ces malaises s'évanouissaient généralement au cours de la matinée, quand elle se trouvait bien prise par ses frichtis ; en sorte que Blaize ne pouvait y croire. D'autres fois, toujours au saut du lit, elle consultait ses drôlets :

« Quelle mine ai-je, ce matin ?

— La mine... ?

— Oui. Quelle couleur de figure ?

— Blanche, disait l'un.

— Plutôt jaune », faisait l'autre.

Et elle, désespérée : « Bonne Vierge ! Donnez-moi la force de mourir sans ennuyer le monde ! »

En attendant, elle les ennuyait tous. Son mari en premier, sa sœur en second et tous les autres derrière, qui lui auraient cependant volontiers acheté sa santé.

Les petits-fils devenaient adultes et s'extasiaient de la voir toujours pareille à elle-même, intouchée par les tempêtes : « Vous ne changez pas, Grande ! Vous êtes comme Synioure !

1. *Lo courado :* le poumon.

— Du dehors, peut-être, acceptait-elle. Mais du dedans ! Ah ! le dedans ! Y a que moi qui sache combien mon dedans change ! »

Nul ne croyait à ses gémissements. On chuchotait même dans son dos le proverbe :

Aquè que fey pi-ou, pi-ou,
pu de ten que lu otri viou.

Celui qui fait *a-hi, a-hi*
plus longtemps que les autres vit.

C'est dire combien fut générale la surprise lorsqu'un matin Blaize, levé déjà depuis deux heures, vint la secouer dans le lit. Secoue, que secoueras-tu. Et lui, qui commençait à comprendre, de la supplier avec des larmes dans la voix, et ce tutoiement qu'ils n'employaient jamais devant le monde :

« Brunelle, voyons ! M' amie ! Lève-toi vite !... Lève-toi, je t'en prie !... Tu ne vas pas me laisser seul !... Il faut que tu te lèves, m'amie, bonnes gens !... Je te le demande au nom du Ciel !... »

Rien à faire. Elle était morte pendant la nuit sans qu'il s'en aperçût, sans ennuyer personne, exaucée par la Bonne Vierge qui a coutume de prendre son temps et d'agir au moment opportun. On ne sut pas même s'il fallait en accuser le foie, le cœur, la *courade* ou le gros boyau. Morte comme un gratton. Le fustier de la communauté avait toujours deux ou trois cercueils en réserve, de mesures différentes. On empaqueta la défunte et on la porta au cimetière de Voulobre. Depuis, maître Blaize dormait seul et ne cessait de penser à sa pauvre Brunelle, de se reprocher ses propres froideurs et ses railleries. Que n'aurait-il donné pour entendre encore :

« Vous mangez trop vite votre soupe ! Vous vous en êtes mis plein la barbe ! Essuyez-vous les yeux, pauvre chassieux ! »

Chaque objet de la maison lui rappelait l'absente, principalement les hardes qu'elle avait portées. Le soir, en se couchant, il disposait sur l'oreiller le bonnet à brides dans lequel elle avait coutume d'emprisonner pour la nuit sa tête grise ; et il pleurait des heures, le visage enfoui dans cette étoffe qui avait gardé, à peine rancie par le temps, l'odeur personnelle de la défunte. Ses sommes rares et brefs étaient tourmentés de cauchemars.

Echevelée, sanglante, vêtue de loques, la morte venait lui reprocher de l'avoir laissée mourir sans confession, maintenant elle se trouvait en enfer, déchirée par les dents de Belzébuth.

Un hiver, il fut lui-même pris par les douleurs, avec du feu dans la poitrine et la tête grosse comme un potiron. Les femmes le tirèrent de son mal en le gardant au lit bien coucouné en compagnie de briques qu'elles faisaient chauffer sur les braises, entouraient de vieilles chiffes et lui disposaient autour du corps ; en l'abreuvant de tisanes et de bouillons ; en l'aspergeant d'eau bénite trois fois par jour. Il mijota de cette façon plusieurs semaines ; les humeurs mauvaises lui sortirent par la bouche, le nez, les oreilles. Quand il posa les pieds par terre pour la première fois, il fallut le soutenir et lui rapprendre à marcher. Alors, on s'aperçut qu'il était devenu sourd. Brunelle avait dû lui obtenir cela dans l'autre monde pour le punir d'avoir un peu trop prêté l'oreille aux moqueries qui se disaient sur son compte à elle.

Il vécut encore petitement plusieurs années. Chaque fois qu'une babiole, une cuillère, un dé d'os, un geste, une feuille qui pleut lui remettait sa femme au cœur, il ne pouvait retenir ses larmes et se mouillait la barbe. On secouait la tête autour de lui avec chagrin, notre *mouitre* n'en a plus pour longtemps. A table, il ne mangeait guère et laissait à son vigier la maîtrise du chanteau, symbole cependant de son autorité sur les membres de l'entente. Sa propre tranche restait intacte devant le trou-écuelle. Et tandis que les autres lapaient leur soupe, lui travaillait à sa sculpture. A Voulobre, il avait vu le travail des imagiers et s'était mis dans l'esprit de creuser de même dans le bois de la table une image qui désignerait sa place et à jamais celle de ses successeurs, les maîtres à venir. Un motif végétal représentant deux feuilles de chêne croisées. Désolée de son inappétence, lui touchant l'épaule et lui faisant lire les paroles sur ses lèvres, Jacotte, la *mouitreço,* insistait pour qu'il interrompît son grattouillage :

« Maître, vous mangerez bien un peu de saucisse ? »

Elle la tirait toute fumante, entortillée comme une couleuvre dans le pot communautaire, longue d'une toise, l'élevait un moment au-dessus des têtes, puis en découpait des segments qu'elle laissait tomber dans les trous de la table. Sa bonne odeur salée dilatait les narines et les estomacs. Mais quand la maîtresse voulait le servir, le vieil homme étendait la main par-dessus son écuelle. Il acceptait seulement quelque nourriture molle, le fromage blanc, la bouillie de farine, ou bien à la saison des cerises le *tartoulhà* qu'on posait devant lui : louchée de pâte fluide et de guignes mélangées que la pâtissière versait dans une feuille de chou bien creuse et mettait cuire au four après la sortie du pain, pour profiter de l'ultime chaleur. Avec compassion, chacun le regardait mâchouiller de sa bouche sans dents, il fallait attendre qu'il eût fini, la feuille de chou spécialement lui posait problème bien qu'elle fût cuite avec le reste, il la tournait et la retournait d'une joue dans l'autre, tu aurais dit une vache qui rumine. A la fin, c'est son vigier, Annet, fils de Guillot, qui prononçait pour lui les paroles rituelles, il le faisait en dissimulant ses lèvres de la main afin de lui épargner cette humiliation d'être remplacé de son vivant :

« Que le bon Dieu nous en mande. »

Chacun s'en allait à ses affaires. Le vieux Blaize restait seul à table. La *mouitreço* lui torchait les babines, l'aidait à se lever, à s'installer sous la cheminée dans sa chaire à haut dossier. Sitôt là, il s'endormait, lui qui n'avait guère fermé l'œil de la nuit précédente, et sommeillait plusieurs heures d'affilée. Comme les enfants nouveau-nés, disait-on, il prenait le jour pour la nuit.

Tous les trois descendirent de Voulobre sur le même cheval : le curé, l'enfant de chœur et Jésus-Christ enfermé dans un porte-bon Dieu d'argent. Couché dans son lit, adossé à une montagne d'oreillers, Blaize se confessa d'abord de ses péchés ordinaires. Etrange dialogue entre un sourd et un quasi-muet, car les mots se formaient silencieusement sur les lèvres de l'homme d'Eglise.

« Avez-vous tout bien reconnu, mon fils ? demandèrent-elles sans bruit.

— Non, mon père. Pas encore. J'ai gardé pour la fin le plus gros morceau.

— Je vous écoute. »

Les larmes obscurcirent la vue du maître, les sanglots l'étouffèrent.

« Allons, allons ! Ce ne doit pas être bien grave ! Remettez-vous.

— Oh ! si, que c'est grave ! Oh ! que si !

— La miséricorde de Dieu est sans limites. Parlez tranquillement.

— Si vous saviez, mon père !... Si vous saviez !

— Faites que je sache.

— J'ai laissé... j'ai laissé mourir ma femme, ma pauvre Brunelle, sans confession... Pas eu le temps d'appeler un prêtre.

— Voilà qui est très grave, en effet. Est-elle morte sans maladie ? Brusquement ? Sans avertissement de la nature ?

— Oh ! elle a souffert d'un troupeau de maladies... le cœur... le gros boyau... la *courade*... Mais moi j'y croyais pas. Je voulais pas y croire. Si bien qu'elle est morte comme un chien... Et maintenant, elle est en enfer, je le sais.

— Pourquoi l'enfer ? Elle peut être au purgatoire.

— Elle ? Après tout ce qu'elle m'a fait supporter ? Non, non, elle est bien en enfer. D'ailleurs, elle me l'a dit, je l'ai vue en rêve. »

Le confesseur croyait aux songes, les saintes Ecritures nous enseignent qu'il faut y croire, Jacob, Abraham, Joseph et beaucoup de prophètes en attestent la véracité. Si Brunelle se trouvait réellement chez Belzébuth par la faute de Blaize, le malheur était sans remède. Lui du moins, maître Blaize, pouvait encore être sauvé au prix d'une sévère pénitence.

« Si vous disposiez de la vigueur de vos quatre membres, chuchota l'ecclésiastique, j'exigerais de vous pour ce péché que vous accomplissiez un pèlerinage. Comme vous n'êtes pas en état, je vous impose de trouver quelqu'un à votre place. Un parent, un ami. Qu'il aille supplier Notre-Dame d'Anis d'intervenir en votre faveur. A une telle condition, votre faute vous sera remise. Me le promettez-vous ?

— Je vous le promets. »

Le même soir, les femmes aidèrent le vieux *mouitre* à enfiler sa chainse, ses chausses, ses braies, et le soutinrent jusqu'à la salle commune où il prit place sur sa chaire, près du feu. Après quoi, toute la fraternité fut appelée et se tint autour de lui, hommes, femmes, enfants, serviteurs. Une certaine vigueur semblait lui être revenue, comme fait souvent le feu avant de s'éteindre. Il parla longtemps, d'une voix faible mais ferme, s'interrompant pour reprendre haleine. Et chacun entendit parfaitement ses instructions :

« Dans quelques jours... peut-être demain... peut-être ce

soir... je serai mort. Je le sens, il est inutile de chercher à me tromper. Faites bien attention à ce que je veux vous dire.

« Premièrement, il faut que notre entente, qui vient de loin, aille plus loin encore, comme l'ont voulu ceux qui l'ont établie. Pour cela, moi disparu, vous élirez un bon maître. Et je vous conseille Annet, fils de Guillot, qui a été dix ans mon vigier. C'est un garçon honnête, pieux, compétent, plein de vaillance. Sans doute quelqu'un lui reprochera-t-il d'être encore un peu jeune. Moi, je vous dis que vous n'en trouverez pas de meilleur. Cependant, vous êtes libres, naturellement, de vous accorder sur un autre.

« Secondement, si vous souhaitez que le Ciel vous favorise, faites toujours les volontés de Dieu et de Sa sainte Eglise.

« Troisièmement, je confesse devant vous tous comme je l'ai fait devant le curé de Voulobre que j'ai commis un très grand péché en laissant mourir sans confession ma pauvre femme Brunelle. Je ne peux pas même dire : que Dieu ait son âme, puisque je sais qu'elle est en enfer par ma faute. Pour ma pénitence, le prêtre aurait voulu m'imposer d'aller en pèlerinage à Notre-Dame d'Anis, prier la Bonne Vierge. Comme je ne suis pas en état, il accepte que quelqu'un d'entre vous fasse le voyage à ma place. Lequel veut bien me rendre ce très grand service ? »

Dix bras se levèrent. Mais son fils Maurize, âgé d'environ quarante-cinq ans, s'écria :

« O mon père et mon maître ! Pourrez-vous choisir un autre remplaçant que moi, votre fils unique ?

— Mon fils, c'est bien toi que je choisis. Que le Ciel bénisse ton voyage, comme je vous bénis tous moi-même. »

Les communistes s'agenouillèrent sur la terre nue, et le vieux *mouitre* leur donna sa bénédiction. Puis ils vinrent à tour de rôle lui baiser la main. Personne ne pleurait.

Les vieux meurent généralement à la chute des feuilles, quand la sève se retire de leurs membres fatigués et que déjà ils ne sont plus que bois sec. Quatre jours plus tard, comme il l'avait prévu, Blaize s'éteignit dans la paix du cœur. Bien qu'agrandie, l'église fut trop petite pour contenir tous ceux qui avaient voulu l'honorer, y compris le baron de Voulobre et de Montguerlhe, sa femme et son financier. Après la messe, dans la sacristie, douze personnes éminentes capables d'écrire leur nom signèrent le registre où le curé avait consigné le décès de *Blaize, fils d'Anthoyne, maître de la communauté des Bonnet, âgé d'environ LXXX ans.*

Au bout de quoi, ceux de l'entente regagnèrent leur village et se rassemblèrent dans la salle. Alors commença le meilleur moment des funérailles. Car il était de tradition parmi eux depuis deux siècles que les mariages finissent en tristesse et les enterrements en gaieté. Les femmes avaient préparé un repas de fête, chaque convive but assez de vin pour délayer le chagrin qu'il portait dans son cœur. Mais ces nourritures et ce breuvage n'étaient que l'accessoire de la cérémonie, l'essentiel consistait à redonner vie au disparu pendant quelques heures, à relater ses mérites, ses grandes et petites prouesses, et principalement les joyeuses, ses bons mots, ses drôleries. On devait en rire — quitte à se forcer un peu — à se décrocher la mâchoire, en sorte que si quelque voyageur traversait les Bonnets par hasard et entendait un tel vacarme d'hilarité, il pût se dire sans erreur, tiens, pour sûr, y a un enterrement chez les Bons Dieux ! Annet, le vigier du défunt, donna l'exemple :

« Maître Blaize me racontait que son grand-père était un homme très malincaré, de ceux que saint Acaire guérissait autrefois de leurs rages et de leur tempérament rechigné. Il se mettait en fureur pour un oui, pour un non, ramassait sa canne et en distribuait une tournée générale autour de lui. A sa femme, à ses enfants et petits-enfants, aux chiens, à la table, à l'armoire. En plus, ce vieux calamastre souffrait d'une infirmité de la main droite qui lui faisait lâcher ce qu'elle tenait. Au moment où il se préparait à bâtonner son petit-fils, il arrivait donc de temps en temps une chose : la canne lui tombait des doigts. Le vieux criait alors : “ Blaizot ! Ramasse ma canne ! Rapporte-la-moi tout de suite ! ” Et le pauvre Blaizot, obéissant et respectueux, de ramasser la canne et de la remettre à son Grand pour qu'il lui passe sa tournée. “ Voilà, me racontait-il, ce qui me punissait le plus : d'être obligé de donner mon aide à ce vieil estropié pour qu'il me tannât le cul ! ” »

Tous les présents explosaient, et c'était un jeu de rire interminable. En même temps, l'anecdote fournissait aux enfants une grande leçon, en leur enseignant que rien, pas même la canne, ne doit leur chasser du corps le respect et l'obéissance qu'ils doivent aux vieillards.

Un autre rappelait les chamailleries de maître Blaize et de sa femme Brunelle. Comment il lui avait un jour cloué le bec en public en lui jetant :

« Madame, premièrement, vous n'avez pas le droit de me faire des réprimandes, parce que vous et moi nous ne sommes pas même parents ! »

Et tous de rire encore comme des ânes braient.

Lucie, la seule fille survivante des défunts, intervint pour rectifier les choses :

« Vous pourriez croire tous que mon père et ma mère n'avaient pas l'un pour l'autre une vraie amitié...

— Oh ! que si ! Oh ! que si ! protesta-t-on. Il n'y a qu'à voir le pèlerinage à Notre-Dame d'Anis...

— Laissez-moi dire, parce que, comme il est naturel, je les ai connus mieux que vous. Quand j'étais toute petitoune, mais déjà sortie de mon berceau, je couchais dans le second lit, à côté de celui de mes parents. Mon frère encore nourrisson se balançait dans sa berce accrochée aux poutres. Les matins d'avril ou de mai, notre père se levait avant nous et s'en allait à ses affaires. Il revenait un peu plus tard les bras chargés de fleurs, blanches, jaunes, violettes, coucous, pasquettes, fleurs de genêt. Il versait tout ça sur nos deux lits et dans le berceau de Maurizet, nous en étions couverts. A la fin du beau temps, quand les arbres changent de couleur, il nous rapportait des guirlandes de feuilles rouges ou dorées qu'il nous mettait autour du cou et sur la tête. En hiver, il faisait un peu la même chose avec la première neige, en offrait ses deux mains remplies, disant voyez, voyez comme elle est belle, et sans taches, que le bon Dieu nous garde toujours pareils à elle. Nous la caressions, la léchions, heureux de la sentir si douce, surpris de la trouver si peu froide. Lui, pour l'empêcher de mouiller nos draps, la pressait entre ses mains, en formait une boule qu'il mettait ensuite dans le pot de la communauté où elle se mêlait au bouillon. Ainsi notre fraternité consommait sans le savoir la première neige de la saison, avec sa blancheur et sa pureté. Je voulais vous dire cela pour que vous ne vous trompiez pas sur les sentiments de mon père et de ma mère. »

Tous les assistants accueillirent l'anecdote avec respect, en approuvant de la tête. A la fin de la joyeuse veillée funèbre, ils s'agenouillèrent pour réciter le *Déprofondis.*

Quelques jours plus tard, Annet fils de Guillot, subit l'épreuve des cailloux de couleur et se trouva officiellement élu maître de la communauté. Son premier acte fut de remettre la somme de dix livres tournois en pièces d'argent et de cuivre à Maurize, fils du défunt Blaize, afin de l'aider à accomplir à Notre-Dame d'Anis le pèlerinage promis. Maurize s'informa auprès des moines de Voulobre de l'itinéraire à suivre :

« Premièrement, tu descends jusqu'à la Dore. Ensuite, tu remontes son cours jusqu'à ce qu'elle devienne étroite, étroite et reçoive à main gauche les eaux de la Dorette, que tu remontes jusqu'à sa source. De là, marchant toujours vers le soleil de midi, tu dois atteindre Ruession, où les moines de saint Benoît t'hébergeront sur présentation de notre signe. Dès lors, tu ne seras plus qu'à une demi-journée d'Anis. »

Ils lui remirent une image de bronze où se trouvait gravée une mitre d'abbé au-dessus du mot *BENEDICTVS* qui devait lui ouvrir bien des portes. Après quoi, il embrassa et bénit sa famille, la confiant pendant son absence à son beau-frère Gabriel et à sa sœur Lucie.

« Si je ne reviens pas, recommanda-t-il, vous apprendrez à mes enfants le nom et la mémoire de leur père. »

Il partit en suivant le ruisseau des Roches qui allait rejoindre la Dore au bac de la Nàu. Ainsi commença-t-il un voyage plein d'embûches afin d'aller demander à la Bonne Vierge d'Anis de prendre en considération le repentir du défunt Blaize et de bien vouloir honorer l'absolution conditionnelle accordée à son âme par le curé de Voulobre.

Le prieur avait prévu une absence de deux semaines. On ne le vit revenir ni après trois, ni après quatre, ni après cinq. On le crut mort, disparu comme ces deux, le père et le fils, qui étaient partis trente ans auparavant délivrer le tombeau du Christ. Ou bien mangé par les loups. Assassiné par les cotereaux, ces brigands dont parlaient avec crainte les marchands de passage, qui attaquaient les voyageurs, les dépouillaient, puis les écorchaient tels des lapins, pour le simple plaisir. Or voici qu'à la sixième semaine Maurize rentre, lui, guilleret comme un merle, un peu maigre seulement dans ses braies rapetassées. On l'embrasse, on l'écartèle, on le presse de questions, il doit répondre à tout le monde à la fois : oui, il a accompli entièrement son pèlerinage ; oui, il a vu le mont Anis et son sanctuaire et la chapelle à saint Michel sur son Aiguille et la ville du Peù pleine de prêtres, de pèlerins, de muletiers. Mais avant de l'atteindre, il est tombé malade en route, une forte fièvre l'a retenu deux semaines dans l'hospice de Ruession. Comme il n'en guérissait point, les moines lui ont dit :

« Nous allons te prêter une mule qui te transportera jusqu'à Anis, que nous appelons plutôt le Peù-Sainte-Marie ; elle connaît le chemin ; tu nous la rendras au retour. Va-t'en tout droit au sanctuaire de Notre-Dame. Tu trouveras devant l'autel une pierre plate de la dimension d'une personne. Tu te coucheras dessus, tu y resteras le temps de réciter une douzaine d'*Avémaria*. Quand tu te relèveras, ta fièvre sera éteinte. »

Voilà. Il lui avait suffi de suivre ces instructions. Mais la foule était grande dans le sanctuaire. Impossible d'approcher la pierre des fièvres. Si bien qu'il avait dû pour se faire respecter distribuer quelques coups de poing de droite et de gauche. Enfin, il s'était allongé dessus. Au troisième *Avémaria,* d'autres pèlerins l'avaient empoigné par les grègues et tiré de toutes leurs forces, sa tête avait pété contre les dalles, il en était resté assommé un long moment, entendant sonner dans sa tête toutes les cloches d'Anis et de Ruession. Au sortir de son étourdissement, il avait une bosse comme un œuf derrière la coucourle, mais la fièvre était bel et bien évanouie. Alors, il avait récité ses prières, demandé à la Bonne Vierge de pardonner à son père défunt pour avoir laissé mourir inconfesse la malheureuse Brunelle. Deux jours après, il était reparti.

« Et la mule ?

— Je l'avais confiée aux moines du cloître. Elle m'a ramené sans fatigue jusqu'à Ruession. »

Ainsi, par l'opération de son fils Maurize, des moines de Voulobre, de leurs collègues de Ruession et du Peù-Sainte-Marie, d'une mule et de la Bonne Vierge, Blaize échappa aux flammes de l'enfer où sa femme était en train de cuire. Sur sa provision de dix livres tournois, Maurize en rapporta quatre qu'il remit fidèlement au nouveau *mouitre.*

Léon et Léontine s'étaient partagé d'abord le même berceau, ensuite le lait de deux mères, puis d'une seule chèvre-nourrice, les conseils de deux pères et même, un certain temps, les seize genoux de huit grands-pères et de huit grand-mères : des ronds, des pointus, des tranquilles, des impétueux, des chauds, des glacés.

Cela n'avait pas empêché les jalousies entre Vitaline et Péronnelle, leurs mères respectives. Mais enfin tout cela s'était apaisé avec le temps, puisque les deux familles étaient condamnées à s'unir. Pour être sûr de l'affaire, le chef de la fraternité décida de les fiancer officiellement dès qu'ils accompliraient leur septième année, âge exigé par les canons de l'Eglise. La cérémonie eut lieu dans la maison commune, en présence du curé, Hugon de la Barge. On les vêtit de blanc l'un et l'autre, on les couronna d'aubépine ; aux ailes près, ils étaient deux anges plus que deux créatures humaines. Devant tous les membres assemblés, ils se prirent par la main et répétèrent l'un après l'autre les paroles que leur dictait le prêtre :

« Moi, Léon, fils de Michel et de sa femme Vitaline, je fais promesse devant Dieu et ma famille réunie d'épouser le moment venu Léontine ici présente, fille de Gabriel et de sa femme Péronnelle.

— Moi, Léontine, fille de Gabriel et de sa femme Péronnelle, je fais promesse devant Dieu et ma famille réunie d'épouser le moment venu Léon ici présent, fils de Michel et de sa femme Vitaline. »

Puis ils se lâchèrent et prononcèrent ensemble, la main levée sur le crucifix :

« Je te donne ma foi sur le Christ. »

La double promesse de mariage, écrite sur parchemin, fut signée par le curé et les parties prenantes, c'est-à-dire maître Blaize, les parents des fiancés et les fiancés eux-mêmes. Seul le *mouitre* savait, en y mettant le temps nécessaire, dessiner les lettres de son nom ; les autres tracèrent une croix. Ensuite, eut lieu un repas de fête.

Ainsi solennellement promis l'un à l'autre, Léon et Léontine atteignirent le même jour leur quinzième année, leur seizième, leur dix-septième, sans manifester l'intention d'accomplir leur promesse. Lorsque Michel entreprenait son fils là-dessus :

« Alors, ces noces, quand les célébrons-nous ?

— Laissez-nous encore un peu réfléchir, mon père.

— Réfléchir à quoi ?

— Nous sommes encore bien jeunes.

— Notre communauté a besoin de se fortifier de bras. Plus

tôt vous vous marierez, plus tôt vous aurez des enfants et plus vite leurs bras nous aideront. »

Confessée par sa mère Péronnelle, Léontine fournit la raison véritable de leurs hésitations :

« Que voulez-vous, ma mère, si je pense à Léon en tant que mari, j'éprouve comme qui dirait une sorte de dégoût.

— De dégoût ? Un beau garçon de son espèce ? Si fort de jambes, de bras, si avenant de figure ?

— Ou si vous préférez, ma mère, je ne ressens pour lui qu'une grande froideur.

— Qu'est-ce que c'est donc, ma fille, que cette froideur ? Moi, quand j'ai épousé ton père, que j'avais vu à peine trois fois avant nos noces puisqu'il demeurait au Cognet, je n'éprouvais pour lui ni froid ni chaud. La chaleur viendra, ma fille, quand Léon te serrera dans ses bras... comme elle m'est venue, s'il est permis de dire des choses pareilles. »

Elle se signa, toute rouge de l'audace de sa langue.

« L'idée qu'il me serre dans ses bras, insista Léontine, me... me... me donne envie de vomir.

— Voilà qui est bien extraordinaire ! Tu n'as donc aucune amitié pour lui ?

— Au contraire, ma mère, il me semble que j'en ai beaucoup. Je ne voudrais pas qu'il fût malheureux.

— Serais-tu contrariée s'il en épousait une autre ?

— Ça me serait complètement égal. Et lui a les mêmes sentiments pour moi, nous en avons parlé ensemble.

— Je ne comprends pas. Vraiment, je ne comprends pas. Vous êtes nés le même jour, vous avez dormi dans la même berce, tété le même lait. Vous vous êtes fait à l'âge de sept ans promesse de mariage. Nul n'a été mieux préparé que vous. Et voici que...

— Justement, ma mère. On nous a trop bien préparés. Pour moi, Léon est un frère. Pour lui, je suis une sœur. Est-il permis qu'une sœur et qu'un frère s'unissent en mariage ?

— Non... assurément. Mais... mais... mais qu'est-ce donc que cette fantaisie ? Vous n'êtes pas réellement frère et sœur !

— Nous le sommes, nous le sommes ! Que vous le vouliez ou non ! Je ne pourrai pas... je ne pourrai jamais... »

Là-dessus, déluge de larmes. Il fallut en appeler à l'Eglise. Elle persuada Léontine et Léon que leur amitié prétendument fraternelle était une affection contre nature puisqu'ils n'avaient aucune goutte de sang commun ; qu'ils s'étaient solennellement et librement promis le mariage dès leur âge de raison et qu'une telle promesse ne pouvait être enfreinte sans grave péché ; que l'amour conjugal était dans sa richesse et sa profondeur en mesure de contenir tous les autres sans leur nuire ; qu'un mari pouvait parfaitement aimer sa femme comme un frère sa sœur, comme un père sa fille, comme un fils sa mère, comme un ami son amie, tout cela fondu, élargi, complété par cet élan du cœur, du corps et de l'esprit qui est la source de la parfaite union, telle que l'a souhaitée le Créateur, qu'au surplus en des temps très anciens, comme l'attestent les saintes Ecritures — ils n'avaient qu'à s'interroger là-dessus sur la descendance d'Eve et d'Adam d'où est sortie l'humanité tout entière — des mariages furent consommés entre frères et sœurs, ce qui prouve que Dieu n'a pas en complète horreur cette sorte d'alliance dans les cas d'extrême nécessité et que l'Eglise serait disposée à en donner licence. Bref, ils devaient se marier comme ils l'avaient promis, des sentiments nouveaux ne tarderaient pas à remplacer dans leurs cœurs les anciens ; ils étaient condamnés à être heureux ensemble et à avoir beaucoup d'enfants.

Le mariage se fit donc. D'abord, durant quarante jours, chaque dimanche à la sortie de la messe, un clerc proclame sous le porche de l'église, d'une voix forte et claire, le ban de l'union projetée : *Il y a promesse de mariage entre Léon, fils de... et Léontine, fille de..., habitant tous deux le village des Bonnets. Avis en est donné à tous afin que chacun fasse connaître sans crainte tout empêchement éventuel de sang, d'honneur ou de droit à cette alliance.* Pendant ce temps, les femmes de la communauté travaillent de fil et d'aiguille afin que les promis fassent belle figure. Le jour venu, ils se parent de vêtements neufs ; lui d'un bliaud violet en toile de lin, serré à la taille par une ceinture de laine à pendants dorés ; elle d'une cotte blanche ornée de broderies et de manches rouges détachables, retenues à l'épaule par un lacet bleu ; les cheveux flottants en signe de virginité, couronnée d'aubépine comme au jour de leurs fiançailles ; tous deux chaussés de souliers d'étoffe passementée à semelle de cuir. Ils vont ainsi, entourés de leurs multiples parrains et marraines, suivis par la fraternité complète dont deux membres portent des gâteaux destinés au seigneur de Voulobre.

La campanette de l'église sonne éperdument, la foule applaudit, criant gandrille ! gandrille ! C'est encore sous le porche, aux yeux, aux oreilles de toute la paroisse, au soleil et au ciel de Dieu, que le curé les interroge :

« Léon, qu'es-tu venu faire aujourd'hui dans ce temple ?

— Prendre à épouse Léontine ici présente et faire serment de la tenir pour telle jusqu'à mon dernier jour.

— Et toi, Léontine, qu'es-tu venue faire en ce temple aujourd'hui ?

— Prendre à époux Léon ici présent...

— *Et ego conjungo vos in matrimonium in nomine Patris et Filii et Spiritus sancti. Amen.* »

Le marié passe au doigt de sa femme un anneau d'argent. A ce signe, tous les assistants, parents ou non, connus ou inconnus, échangent alors de grandes tapes dans l'échine et dans l'estomac. Si les femmes n'en font guère que le simulacre, les hommes ne se ménagent point et s'assènent des bourrades à se couper le souffle : tout cela gravera dans leur mémoire le souvenir de la solennité. « Ce fut, diront-ils plus tard, une glorieuse cérémonie ; j'en eus trois côtes enfoncées. » Pendant que ce joyeux combat se déroule, les époux rentrent dans l'église et s'agenouillent devant l'autel où leurs marraines viennent les couvrir d'un léger tissu de moire blanche, le *poale,* offert par la baronne, dont elles enveloppent les épaules du mari et la tête de la femme, tandis qu'un jeune clerc les emmitonne dans les vapeurs de son encensoir. Au cours de la messe, ils se partagent la même hostie, boivent à la même coupe de vin bénit. Ils portent cnsuite un cierge à l'autel de la Bonne Vierge : une quenouille les y attend ; afin de prouver ses qualités de bonne ménagère, Léontine s'en saisit, lance le fuseau et forme un bras de fil sous les yeux attentifs des témoins qui enfin l'applaudissent.

Au sortir de l'église, ils n'ont à faire que quelques pas pour se trouver dans le cimetière. On y entre en passant sous un petit portique dans le linteau duquel est gravée une devise latine dont ils se sont fait traduire le sens : *Nous fûmes comme vous. Vous serez comme nous. Pensez-y.* Ils y pensent. Ils vont prier sur les tombes de leurs défunts, indiquées d'une croix de pierre sans inscription ; elles ne se distinguent qu'à la forme ou à la disposition de ces croix ; ainsi les corps alignés dorment en paix dans leur anonymat, loin des querelles qui les ont tourmentés jadis, en attendant la Résurrection qui leur rendra leur identité devant le Tribunal divin. Léontine et Léon s'agenouillent encore et se recueillent dans le carré où dorment les Bonnet ; ils revoient spécialement, lui le grand-père, elle la sœur naguère tant aimés, qui ne sont plus aujourd'hui que poussière et souvenir. Ainsi dans leurs noces entre la part de tristesse qui convient.

Quand ils ont regagné le village, voilà qu'à son tour le mari doit établir aux yeux de tous sa démonstration, prouver sa vigueur physique en portant tout à trac, en tenue de fête, un araire sur son dos trois fois autour du coudert. Après quoi, les deux époux se présentent devant l'entrée de la maison commune : sur le seuil, ils se partagent comme à l'église un morceau de pain et un gobelet de vin non sanctifiés. Alors le festin commence, avec la participation du baron et de la baronne, du curé et de son clergeon qui rient et boivent et mangent aussi bien que les autres, tandis qu'au contraire les héros de la fête ne goûtent aux pitances que du bout des lèvres.

Un joueur de pipe est de la partie, vers la fin du repas, il entraîne ceux qui ont des fourmis dans les jambes à danser sur l'herbe des *maïades,* des danses de mai, puisque la noce a choisi ce joli mois. Garçons et filles, jeunes et vieux se disposent en cercle, les deux poings en l'air, lèvent la jambe en mesure, tantôt la gauche, tantôt la droite, se déplacent de trois pas et recommencent, entraînés par les notes aiguës de la pipe. A la fin de chaque morceau, le musicien crie :

« Que le mai nous éjouisse, hi-ho !

— Hi-ho ! »

Danseurs et danseuses se saluent cérémonieusement. Entre deux maïades, pour se reposer, les jeunes gens plantent le poirier ou font l'arbre fourchu, la tête en bas, les jambes en l'air. Pendant ce temps, le joueur se nettoie la gorge et les narines, crache par terre et se mouche habilement entre ses doigts ; on lui apporte à boire et la maïade repart.

Cela mène le temps jusqu'au bord de nuit. La troupe retourne à la salle du banquet pour de nouvelles mangeries. Peu après la soupe, les mariés embrassent chaque membre de la compagnie, puis s'éloignent, emportant un chaleil dont le creux d'une main protège la flamme. Ils marchent côte à côte, à pas de souris pour ne pas éteindre leur lampe, Léontine appuyée au coude de Léon, vers le logis qui sera le leur désormais et celui de leurs futurs enfants : une chambre unique ajoutée à la maison de Michel et Vitaline, avec porte indépendante et fenestron. Ainsi chaque demeure ancienne se prolonge en excroissances beiges, pareilles aux amadouviers sur le tronc des fayards. La caisse du lit, en ce bois de vergne qui rosit à l'air, est toute neuve. Et aussi la paillasse. Et les draps de chanvre avec le revire-linceul brodé qui couvre le pan retourné sur les couvertures. Et les oreillers remplis de duvet d'oie. Sur tout cela, des fleurs, des feuilles épandues dont les senteurs amères se confondent avec celles du bois, de la paille, du linge frais.

Au loin, on entend les éclats de rire de la noce. Les deux mariés se tiennent debout et se regardent avec embarras. Léontine essuie sur sa manche ses lèvres grasses encore de tant de bouches baisées, Léon tient toujours le chaleil à bout de bras.

« Suspends-le », dit-elle en désignant une coche ménagée à cet effet dans une poutre.

Ils se connaissent depuis le berceau, toujours ils se sont dit *tu*, il va falloir apprendre à se dire *vous* en public comme il convient à des époux chrétiens. Ils dormaient jusque-là chez les autres : les voici chez eux. Tout change désormais. Autour d'eux, ils considèrent le lit, l'armoire, le coffre-bas qui contiendra leur linge et leur servira de marchepied, le petit banc le long du mur, la cruche d'eau sous l'escalier qui monte à l'étage. Tout leur domaine sur terre. Les autres biens, champs, bois, animaux, récoltes sont la propriété indivise de la communauté. Ils connaissent les merveilleux mérites de cette association. Le sol mieux exploité assure l'aisance de tous ; les Bonnets-Bons Dieux jouissent de la considération générale et les barons eux-mêmes les traitent avec respect. Sans presque jamais toucher à l'argent, chaque membre est assuré pour lui et sa famille de son pain quotidien, de sa maison, de ses vêtements, de soins dévoués en cas de maladie, d'une vieillesse tranquille. Elle met sa conduite à l'abri des quatre péchés capitaux sur sept : de l'envie, puisqu'il possède le nécessaire et ignore le superflu ; de l'avarice, puisqu'il ne peut rien accumuler ; de l'orgueil, puisque chacun ne serait rien sans les autres et que le *mouitre* est l'élu de tous, révocable en cas de manquement ; de la paresse, puisque les tâches sont rigoureusement réparties et liées entre elles. Restent la colère, la gourmandise, la luxure : il faut bien laisser quelques armes au diable et quelques mérites à ceux qui le combattent. En cas de dissolution — que le Ciel les en garde ! — Léon et Léontine auront droit dorénavant à une part ; ils accèdent au titre de « parsonniers ».

Dans leur chambrette, sans toucher à rien, ils attendent le prêtre et ses bénédictions. Il s'annonce enfin par la sonnette que secoue le clergeon. Derrière eux, seuls les quatre parents, les parrains et marraines, ils peinent à tenir dans la pièce. L'encens fume blanc, le curé bénit le lit nuptial, chacun se signe en remuant les lèvres. Après quoi, il s'adresse aux mariés :

« Tobie et Sara, modèles de l'amour conjugal, consacrèrent leurs trois premières nuits de noce à remercier Dieu. Je vous recommande, à leur imitation, de ne pas consommer le mariage la première nuit seulement, mais de l'employer à prier la Sainte Vierge. Vous en aurez bien d'autres. *Amen.*

— *Amen* », répète l'assemblée.

Tout le monde enfin se retire, le dernier ferme la porte, laissant derrière lui l'odeur de l'encens, des verdures, des respirations. Léontine gémit :

« J'ai envie de rendre.

— Tu as trop mangé ?

— Non. C'est toutes ces senteurs. Tu te croirais dans une église. »

Il ouvre la porte, enlève son bliaud, le secoue à travers la chambre pour en chasser l'encens et le reste, prend les fleurs et les branches, les jette dehors.

« Comment allons-nous faire pour prier toute la nuit ? Debout ou couchés ?

— Je ne sais pas.

— Habillés ou dévêtus ?

— On aurait dû le demander au prêtre.

— La nuit sera longue. J'ai sommeil. Je suis lasse.

— Tu n'en auras que plus de mérites. Essayons. »

Il s'agenouille d'abord sur la terre battue, puis comprend que cela ne peut se faire ainsi, prend les deux oreillers, en dispose un sous ses rotules. Léontine l'imite. Ils commencent les longs remerciements, le long appel au secours vers Celle qui donna son Fils à tous les hommes pour les sauver, non par surprise, mais toujours le sachant, toujours l'acceptant ; vers la Providence des affligés, l'Etoile de la mer, la Lumière des aveugles : *Avemaria gratia plena benedicta inter mulieribus...* Dix fois, vingt fois, trente fois ils fredonnent la musique des mots incompréhensibles mais harmonieux, et lourds du sens qu'ils lui donnent, protégez mon frère Léon et faites que j'aie bientôt pour lui l'amitié d'une épouse, donnez-moi le courage de porter mes travaux aussi bien que le poids de l'araire, veillez sur nos parents et gardez-les près de nous jusqu'à leur huitantaine. Avec des arrêts, des respirations après *plena... ribus... ribus... mortis-nostre...* afin que la Bonne Vierge entende bien ce qu'ils lui demandent, et puisse chiffrer le nombre de leurs prières et leur en tenir compte dans sa bienveillance.

Mais peu à peu la parole de Léontine devient bredouilleuse, la jeune épousée s'affaisse, Léon doit la soutenir, l'aiguillonner comme on fait aux vaches somnolentes :

« Ha-lé !... Ha-lé !... »

La lumière du chaleil elle-même paraît falloir. Voici tout par un coup qu'elle s'éteint complètement. Ils se trouvent dans un noir foncé comme le putois. Léontine pousse un cri de frayeur :

« Plus d'huile dans la lampe », explique le marié.

Et après un moment de réflexion, tandis qu'il l'entend claquer des dents et des genoux :

« Tant pis. On continuera les prières dans le lit. »

A tâtons, ils se dépouillent jusqu'à la peau, leurs vêtements tombent par terre. En montant sur le coffre-marchepied, ils s'entrechoquent du coude ou de la hanche, Léontine rit à présent de la situation. Ils se glissent entre les draps tout neufs, raides comme la bruyère, qui ont un peu gardé l'odeur des feuilles vertes, et se rencontrent de nouveau. Léon veut prendre sa femme dans ses bras, mais elle fuit vers l'autre bord, contre le mur :

« Non, dit-elle. Nous devons faire comme Sobie et Tara.

— Tobie et Sara. »

Ils reprennent leurs prières là où ils les ont laissées, sous les yeux de la Bonne Vierge qui du haut du Ciel sourit de les voir si maladroits, si innocents.

IV

Malgré leurs sentiments fraternels, Léon et Léontine engendrèrent dix enfants, dont la moitié survécurent : Raynaud, Brunel, Antoine, Marguerite et Odile. Raynaud, le fils aîné, eut à son tour six descendants et l'un d'eux, Guillot, fut élu *mouitre* à l'âge d'environ cinquante-cinq ans. C'était un homme de haute taille et de grande sagesse, respecté de tous ses confrères et honoré pour l'habileté de ses mains jusqu'à la Dore, la Durolle et au-delà du peù de Synioure.

Il avait un jour réparé la Croix de l'Argent mise en pièces par la foudre. Cette croix était plantée à Laurençon, à la rencontre de trois chemins qui s'en vont respectivement vers Voulobre, la Poudrilhe et le Poux ; on l'appelait « de l'Argent » parce qu'elle comportait une tirelire : une logette creusée dans le socle, fermée par un portillon de fer qui laissait un vide dans sa bordure supérieure. Dressée à ce carrefour sur la foi d'une ancienne tradition : saint Odilon, venu rétablir la paix entre les sires d'Auvergne, s'était assis là sur un roc pour se reposer. En souvenir de son passage, les manants avaient construit une croix sur le même caillou. Elle avait réputation de posséder de grands pouvoirs et ne refusait pas grand-chose à qui venait y prier à deux genoux sur la pierre raboteuse et glissait une obole dans la fente du portillon. De temps en temps, un prêtre de Voulobre descendait vider la tirelire. Or un soir le feu du ciel tombe sur la Croix de l'Argent, la brise en cent morceaux. Guillot des Bonnets, qui avait affaire par là, demanda le nécessaire aux villains les plus proches, un burin, un marteau, de la chaux, du sable et fit une si belle réparation premièrement qu'il y paraissait à peine, secondement que la croix se trouva renforcée, plus solide que neuve, et résista depuis aux foudres et aux gels.

Guillot fut payé de sa prestation comme seul le Ciel peut le faire : dès lors il reçut le don de remettre les membres démis. De très loin, hommes, femmes, enfants lui apportaient leurs bras, leurs jambes, leurs côtes ; des brebis, des chèvres déhanchées ; on le venait quérir pour soigner des vaches claudicantes. Il y eut le cas de ces deux maçons qui travaillaient sur une échelle aux murailles du château ; l'échelle se rompit sous leurs charges, les précipita sur des rochers ; l'un se releva sans grand mal, l'autre avec une patte brisée. Guillot vint des Bonnets, il ficela et rajusta merveilleusement la jambe et par la même occasion il répara l'échelle. On avait une telle confiance en lui que certains lui apportaient des cadavres entièrement morts, le crâne fendu, cassés en deux par la chute d'un arbre. Il protestait doucement :

« Pour les miracles, adressez-vous à Jésus-Christ. Moi, je ne suis que le pauvre Guillot. »

On le récompensait en farine, en œufs, en chapons. Tout cela, naturellement, allait dans les réserves communautaires. Plus que les autres membres de la fraternité, on l'appelait Guillot-Bon-Dieu. Mais on disait également Guillot des Bonnets, ou Guillot Bonnet : « Guillot Bonnet arrangera ça. Si Guillot Bonnet n'y peut rien faire, ne cherchez pas ailleurs. » L'usage se répandait de plus en plus en effet de donner deux noms aux personnes : Guillot Bonnet, Antoine Cognet, Joanis Trincart. La paroisse comptait un si grand nombre de Joanis, d'Antoine, de Guillot ou Guillaume, de Peyre, de Maurize qu'il fallait bien les distinguer les uns des autres. La façon la plus claire était de leur attribuer un nom de famille qui fût aussi celui du lieu où ils vivaient : Pamole, Buisson, Foncuberte, Fayette, Chabanys, Bonnet. Ou bien, pour être plus net : Delair, Donaud, Domas, Dopeu, Dotillet, Dopradel, Daiguebonne, Dosgiliberts.

Le changement des noms touchait également les paroisses, dans leurs villes, leurs bourgs, leurs hameaux. Petit à petit, on avait cessé de prononcer Voulobre, Synioure ; on disait Vollòure, Chignore. A force de courir de bouche en bouche, les mots se liment, se déforment comme les monnaies qui passent de main en main ; après deux siècles d'usage, tu ne reconnais plus les figures ni les signes. Quels échanges, quels mâchouillements, que de demi-sourds et de demi-muets il avait fallu pour que Voulobre devînt Vollòure ! Mais les curés, les gens de plume continuaient de l'écrire sur leurs grimoires *Volubrium*, le latin comme le diamant résistent à l'usure. De même aux environs Escotal était devenu Escoutoux, Corpeyre Courpière, Tihart Thiern, Pichodoueyre Peschadoires et ainsi de suite.

Les bourgs changeaient aussi de figure. A une lieue des Bonnets, Escoutoux vivait de ses vignes, de ses chèvres, de ses bois, de son moulin. Un prêtre nommé Gaspard, originaire de l'endroit, obtint de Rotbert, évêque et seigneur de Clermont, que ce village fût transformé en paroisse indépendante. Il n'y manquait qu'une église. Gaspard imposa une dîme sur les moutures de blé, seigle, orge ou sarrasin. Outre le champart ordinaire, il établit un champart provisoire d'un boisseau par septier de seigle ou de froment. Plus un terrage spécial sur les fèves, les choux, les pastonades, le foin et chaque tête de bétail cornu. Plus un droit de charriage exceptionnel sur toute voiture ou monture qui traverserait le bourg dans un sens ou dans l'autre. Enfin, tout usager de la meule fut dans l'obligation d'accompagner chaque boisseau de grain d'une pierre de taille d'au moins dix livres, ou de vingt livres de granit s'il s'agissait de blocs non taillés. La nouvelle paroisse tout entière dut suer sang et eau pour participer à l'édification de son église ; dans chaque ferme, on vit un homme armé de burins et marteaux, assis par terre une pierre entre les genoux, essayant de la façonner en forme de cube.

Certaines personnes mal intentionnées s'efforçaient d'échapper aux impositions. Au terrage sur le bétail cornu en sciant les cornes de leurs chèvres et de leurs boucs ; ce qui se révéla pour ces derniers une très mauvaise opération, leur rendement chut en de telles proportions qu'ils devinrent inutilisables et durent être transformés en saucisse. Au droit de charriage en évitant le passage par Escoutoux, un chemin nouveau le contourna par le couchant, traversant la forêt des Giliberts ; ce qui s'avéra ne pas être un bon calcul non plus, car ce bois était infesté de chenapans, fantômes, galipots et bêtes pharamines, qui attaquaient les voyageurs et les détroussaient.

Après dix ans de sacrifices et de suées, le curé Gaspard, qui y avait mis le dos rond et la tête grise, dit :

« Nous nous arrêterons là. Il manque le clocher. Mais les murs, la voûte, l'autel sont en place. Le clocher, la girouette pour savoir d'où souffle le vent viendront plus tard. Mon successeur y pensera. »

La population des alentours gagna beaucoup à l'implantation

de cette nouvelle église, consacrée à saint Sulpice dont une relique, apportée par le seigneur évêque, fut scellée dans l'autel. Un saint dont personne ici n'avait jamais entendu parler et qu'il avait fallu aller chercher au pays des Berrichons, Berrichon tête de cochon, alors que tant de saints locaux se trouvaient sans emploi, saint Joanis, saint Guillot, saint Odilon, saint Bonnet, saint Julien, saint Vincent, saint Raynaud, saint Givreman. Sans parler de saint Gaspard. Mais enfin, l'église Saint-Sulpice était bien avantageuse parce qu'elle épargnait aux Escoutelas de s'user les jambes chaque dimanche pour aller entendre messe à Volloùre, par un chemin des plus montants.

Le cas des Bonnets se distinguait des autres, de même que celui du Petit-Cognet, du Grand-Cognet, de Laurençon, du Mas-Patier, de tous les hameaux se trouvant à mi-distance des deux paroisses. Leurs habitants pouvaient donc fréquenter l'une ou l'autre église. Mais ils continuaient par fidélité d'apporter leur pratique à saint Maurize plutôt qu'au saint berrichon ; et aussi parce que les cloches de Volloùre les éveillaient à l'angélus de l'aube et leur tenaient compagnie pendant le voyage.

Se rendant compte de son infériorité, le curé Gaspard se procura une cloche. Une clochette, plutôt, selon ses moyens, guère plus grosse que celle que les montagnards foréziens mettent au cou de leurs vaches ; mais dont le son était si argentin, si aigu qu'il perçait les distances et s'entendait de fort loin, pour peu que le vent ne lui fût pas contraire. Ne disposant d'aucun clocher, le curé Gaspard chercha donc où la suspendre. Et ce qu'il trouva de mieux fut un poirier situé sur le plateau qui surplombe le bourg, un peu en dessous de Turgon, à une hauteur telle qu'aucun clocher n'y pourrait jamais atteindre. Il y fallut des échelles, de bonnes cordes et de grands efforts ; mais alors, une fois la clochette bien assujettie, il suffisait de secouer l'arbre pour la mettre en danse. D'un coup, l'église incomplète de saint Sulpice se trouva sur le même pied que celle de saint Maurize. Les villains des alentours, l'entendant tintinnabuler le dimanche matin, s'écriaient tout réjouis :

« *Le curà dé Cotoù branlo son perey, co i l'oro de se priporé po lo sinto meço.* Le curé d'Escoutoux branle son poirier, c'est l'heure de se préparer pour la sainte messe. »

Ils se dépêchaient de s'envoyer un peu d'eau à la figure, d'enfiler leur bliaud propre, de chausser leurs sabots de noyer et se mettaient en chemin, chargés des victuailles de l'offrande. Cette église neuve leur avait coûté trop cher en pierres, grain, pastonades pour qu'ils négligeassent de l'employer.

Un cavalier descend le chemin boueux. Ganté, botté, chaperonné, l'épée pendue au flanc. Ses éperons à broche luisent comme des couteaux. On l'a vu venir de loin ; des jeunes gens, des enfants sortent des maisons et courent à sa rencontre, les poignets croisés sur le front pour affirmer leurs intentions pacifiques. Tout cavalier, tout homme en armes peut être dangereux, il est prudent de gagner ses bonnes grâces.

« Suis-je ici, brave monde, chez les Bonnet ? demande-t-il. Est-ce là leur village ?

— Vous y êtes. »

Le langage révèle ton pays, ta race, ta condition.

Lo grolo coano
e lo gornodo racano.

Le corbeau croasse
et la grenouille coasse.

Lui croassait dans la langue du pays, mais avec cet accent de Thiern qui à chaque *a* — le *canâââ,* le *fougâââ,* le *bitchâââ* — leur fait ouvrir la bouche comme si on leur arrachait une dent, si bien qu'on les surnomme communément *lu badogorjo* : les ouvre-bec.

« Je veux, sur les ordres du sire Etienne de Thiern, parler à Guillot Bonnet.

— Tout de suite. »

Le plus leste des drôles court sur ses pieds nus avertir le *mouitre.* Les autres mènent doucement le cavalier vers la maison commune devant laquelle il met pied à terre. Guillot sort dans sa tenue de laboureur, le bonnet sur la tête, ce qui lui est occasion de le tirer courtoisement devant l'envoyé du sire Etienne de Thiern. Quand ils sont face à face, le *badagorjo* parle en ces termes :

« Mon maître est tombé d'une fenêtre et s'est abîmé les

jambes. Le bruit de ton habileté de remancheur est venu jusqu'à Thiern. Penses-tu pouvoir le réparer ?

— Oui, avec l'aide de Dieu.

— Il m'a chargé de t'emmener en croupe jusqu'à lui. Es-tu prêt ?

— Dans un instant. »

Pendant qu'il s'endimanche quelque peu, les Bonnet se rassemblent autour du cheval qui fume.

« Nous sommes venus au triple galop », explique l'envoyé.

Ils admirent le harnachement, les deux selles, les étriers, le mors de bronze écumant, les bossettes de cuivre, le trousse-queue, osent toucher du doigt telle ou telle pièce.

« Il est châtré », fait observer quelqu'un, le doigt tendu.

Le bidet se pavane cependant, tout fier de ce qui lui reste et de ses vaines enjolivures. Près de lui, le cavalier se donne aussi des airs bravaches, se rengorge sous ses buffleteries, joue avec ses gants, pose la main sur la garde de son épée. Mais le *mouitre* ressort bientôt, il embrasse sa famille, confie à son vigier la direction de la fraternité. Le Thiernois est déjà lestement remonté. Guillot a le plus grand mal au contraire à se hisser en croupe sans l'aide de l'étrier, les parsonniers doivent un peu le pousser au derrière, il atterrit au sommet de la selle postérieure, reste un moment là-haut en équilibre sur le ventre, s'y balance, y gigote des quatre membres, tandis que le cavalier se tord de rire, mais se garde bien de lui venir en aide. Après bien des cfforts, il réussit à passer une jambe de l'autre côté et à s'asseoir à califourchon, les mains nouées au troussequin. Alors, l'ouvre-bec ferme la bouche, se raidit sur ses étriers et pique des deux, aussi fier que s'il partait combattre les Turcs mahométans, mais personne ne va-t'en guerre sur un bidet châtré.

Vu de là-haut, le monde change de figure, les fourmis, les punaises, les bousiers deviennent invisibles, mais tu te trouves plus près des nuages, du vent, des oiseaux, tu dois te baisser quelquefois pour passer sous les branches, tu cueilles les cerises rien qu'en tendant le bras. A son équipage, les manants reconnaissent l'écuyer d'un grand seigneur, lui font des saluts et des courbettes ; Guillot n'en prend point sa part, sachant qu'ils ne lui sont pas destinés. Il goûte du moins le bénéfice de traverser Escoutoux sans payer péage. Les quatre sabots du cheval dévorent la route, dégringolent les pentes, escaladent les côtes, franchissent d'un bond les ruisseaux qu'il a comme piéton tant de peine à traverser. Les deux hommes longent l'enceinte du Moustier dont ils aperçoivent, ainsi juchés, l'intérieur, les jardins pleins de ruches et de moines défroqués, en tenue de travail, coiffés de chapeaux de paille, vêtus simplement d'un cottereau sans manches et de leurs braies de toile, qui bêchant, qui piochant, qui semant les fèves, qui plantant les choux. L'écuyer retient sa bête et s'attarde indiscrètement à ce spectacle. Mais les religieux aperçoivent de loin leurs trois têtes, leur lancent des cailloux et des malédictions. Eux s'écartent au petit trot. Plus loin, ils passent à gué la rivière Durolle, bordée de tanneries, empuantie par les peaux qui y trempent.

Grimpant un chemin tortueux et d'une pente extrême, ils se hissent vers la ville aux trente tours, dont l'enceinte crénelée couronne la colline au-dessus d'eux ; mais la montagne, plus loin et plus haut, dresse derrière elle un versant hérissé de forêts qu'on devine pleines de loups, d'ours, de sangliers. Les parties basses sont au contraire amoureusement cultivées, couvertes de vignes, de jardins, de noyers. Ils franchissent alors l'enceinte de Thiern par la porte Salomon aux tours jumelées et se trouvent aussitôt pris dans un grouillement d'ouvre-bec, tous en train de dire *a*, la bouche ouverte, le ***patchâââ***[1], le ***bourâââ***[2], le ***mouralhâââ***[3], de manger des ***guenilles***, de la brioche aux grattons et de se gausser les uns des autres. Car cette population est ainsi faite qu'elle ne peut s'empêcher de se moquer de ce qui lui arrive, la fortune, la misère, la peste, le choléra. Elle rit de ceux qui pleurent, de ceux qui se lamentent, de ceux qui tombent sur les fesses. Elle rirait de la Sainte Vierge si elle la voyait sur son âne, allant vers Bethléem. Elle rigolerait de Jésus s'il passait dans le quartier, la couronne d'épines sur la tête, quitte ensuite à lui offrir un verre de vin, à l'aider à porter sa croix, à répandre de l'huile sur ses plaies. Les bade-bec exercent des professions artisanales diverses, car ils sont fort industrieux, batteurs de cuivre, batteurs de chanvre, batteurs de drap, batteurs de laine, batteurs de paille ; ils sont tanneurs, fustiers, corroyeurs, taillandiers ; et quelques-uns sont aussi couteliers, ils forgent leurs lames dans de petits ateliers noirs comme des gîtes de putois et quand ils sortent en exhibent deux ou trois pendues à

1. *Patchà :* écrabouillis de nourritures diverses.
2. *Bourà :* chiffe.
3. *Mouralhà :* mâchuré.

leur braïel, ce qui est pour eux une façon d'enseigne, de montrer le bel ouvrage dont ils sont capables. La ville est pleine de tavernes où ils vont dépenser à toute occasion les quelques liards qu'ils ont pu gagner, en chantant :

Dingu sa crire mo son conten
can passon ensemble lhou ten
ò bien turlé, ò bien golé
cu badogorjo cotelé.

Nul ne sait comme ils sont contents
quand ils passent ensemble leur temps
à bien boire et à bien gouler,
ces bade-bec de couteliers.

D'autres ouvriers besognent au contraire dans la rue, sur les places, au vu et su de tout le monde. Les curieux se groupent autour d'eux, petits devant et grands derrière, admirent leur adresse, louent leurs tours de main. Les enfants emportent les copeaux, les chutes de cuir ou de bois qui leur serviront de jouets. Les deux cavaliers s'ouvrent donc un passage au milieu de la foule qui s'amuse d'eux et les montre du doigt, se désignant leur nez, leurs oreilles, le chaperon de l'écuyer, le bonnet de Guillot. Devant eux se dresse soudain le superbe château des seigneurs de Thiern, encerclé de sa bretèche, ses toits aigus aux tuiles rouges, sa tour carrée, ses tourelles et leurs oriflammes, son donjon imposant qui domine l'ensemble de même qu'à l'horizon le puy de Doume triomphe sur ses confrères. En face, l'église Saint-Genès dont le fronton s'orne de guirlandes et de pinacles ; son clocher octogone prolongé par une aiguille qui se perd dans le ciel. A sa droite, le cimetière déborde jusqu'à l'enceinte ; de nombreux bade-bec, grands et petits, sont en train d'y batifoler, de jouer parmi les tombes au palet, au tonneau, aux gobilles, à saute-mouton, à chat-perché, à cligne-musette.

L'écuyer conduisit le remancheur, à travers couloirs et escaliers, jusqu'à une salle où flambait un grand feu. Plusieurs dames s'y tenaient dont une assise près de la cheminée, encore jeune, les cheveux retenus par une résille, les pieds sur un coussin. Elle fit un signe à Guillot qui ôta son bonnet et s'inclina devant elle.

« Qui es-tu ?

— Guillot, du village des Bonnets, maître de la communauté des Bons Dieux, entre Escoutoux et Volloûre.

— Me voilà bien aise de t'accueillir, car je suis volloûroise également. Je m'appelle Alasie, fille du baron de Volloûre. J'ai épousé Etienne de Thiern, en sorte que nos deux terres sont à présent réunies. Tu es donc ici dans ton pays comme si tu n'avais point quitté ton village. »

Elle fit courtoisement apporter à boire à son hôte, lui offrit du pain au miel et des dragées encore chaudes, auxquelles il fit honneur trois fois de suite, c'est-à-dire dans la juste mesure établie par la politesse auvergnate : *qui n'en prend qu'une fois n'a pas aimé ; qui en prend deux le fait par amabilité ; qui en prend trois a véritablement aimé ; qui en prend quatre est goinfre patenté ; qui en prend cinq veut te ruiner.*

S'étant essuyé la bouche avec le dos de la main, il demanda que puis-je pour votre service. Elle lui raconta l'accident qu'avait eu Etienne son mari, tombé d'une fenêtre pas très haute grâce à Dieu en voulant cueillir une pariétaire, dite aussi perce-muraille, dont il appréciait dans ses tisanes les feuilles séchées. Depuis, il ne parvenait plus à tenir sur ses jambes et devait rester allongé. Elle le mena jusqu'à sa chambre où il trouva le sire de Thiern, de Montguerlhe et de Volloûre tout congestionné, tout geignant et demi nu, entouré de serviteurs qui lui appliquaient des cataplasmes de mie de pain trempée dans du lait de chèvre :

« C'est la pierre de mes deux genoux, hou la la... » gémit-il.

Guillot comprit que six médecins s'étaient déjà succédé à son chevet, aucun n'avait obtenu de faire redescendre les rotules que la chute avait sorties de leurs loges et poussées d'un demi-empan dans l'épaisseur de la cuisse. Voilà pourquoi on avait fait appel à ses services. Bonnet retroussa ses manches, demanda de l'huile, s'en oignit les paumes, signifia aux serviteurs :

« Empoignez-le bien par les quatre membres.

— Est-ce que nous pouvons ? s'enquirent-ils auprès de leur maître.

— Faites ce qu'il vous dit. »

Le remancheur fit d'abord un signe de croix, marmonna un *Patenostre,* puis commença d'opérer. Ses longs massages arrachaient d'autres gémissements à l'accidenté, des contorsions à grand-peine maîtrisées par les serviteurs qui, forts de son autorisation, y employaient la rudesse nécessaire. Enfin, après bien des manœuvres, les deux pierres regagnèrent leurs loges habituelles et le sire cessa de se plaindre. Guillot les enveloppa d'une bande de tissu très serré, recommanda au patient de rester couché trois jours encore, de ne se lever que progressivement, d'éviter tout mouvement brusque et de ne plus se pencher aux fenêtres. Etienne le remercia, lui fit cadeau d'une bourse remplie d'écus fleurdelisés et supplia :

« Ne pars pas encore. Il faut que tu surveilles les soins de mes genoux. Reste au moins quelque temps. »

Pendant une semaine, Bonnet fut au château l'hôte d'honneur. Naturellement, maintes personnes, parents du sire, chambrières, cuisiniers, dames de compagnie, lui apportèrent d'autres joints à réparer, coudes, échines, poignets. Il opéra de son mieux, reçut des cadeaux, croix d'argent, cœur de Jésus, quelqu'un lui pendit même au cou une colombe en or ornée de pendeloques figurant le Saint-Esprit. Le dernier soir, il voulut mieux connaître la ville et se promena dans ses rues boueuses, étroites, tordues, toutes montantes excepté les descendantes. Interpellé par les marchands qui voulaient lui vendre leurs colifichets. Une ribaude sous un porche le prit même par un bras, disant :

« Oh ! tu as un saint-esprit !... J'en ai un également, je t'invite à venir le voir ! »

Il fut surpris d'une telle piété chez une personne de cette condition : après tout, une créature de Dieu comme lui.

Lui-même souffrait d'une étrangeté aux oreilles contre laquelle il n'avait jamais rien pu : les deux lobes en étaient, non point plats, mous et pendants, comme chez tout le monde, propres à être tirés entre le pouce et l'index au temps des coquineries enfantines ; mais bulbeux, durs et rubiconds. Si quelque personne lui parlait, son regard se fixait aussitôt sur ces oreilles incongrues, il avait l'impression qu'elle ne s'adressait pas à lui, mais à un autre, dans son dos. Vainement il les avait percées d'une aiguille rougie au feu, rien n'en était sorti, si ce n'est un peu de sang. Le curé de Vollòre les avait signées sans résultat. Or il entendit les chambrières du château s'entretenir d'un saint homme capable de réduire les tumeurs. Un reclus qui vivait seul dans sa récluserie, entre Saint-Joanis et le Moustier, au bord de la Durolle.

Il y descendit par un chemin rocheux et difficile, parvint à une bicoque délabrée, bordée d'un jardinet en désordre ; aux murs séchaient des pioches et des bouquets d'oignons ; un chat noir l'observa de ses yeux de braise, puis recula, feulant avec férocité ; une pie sur les tuiles protesta, ka-ka-ka. Il eut le sentiment d'être le mal venu. Comme il ne voyait figure humaine, il cogna du poing. Un grognement répondit de l'intérieur, sans plus. Ayant insisté, second grognement. A sa troisième tentative, une voix répondit enfin :

« Qui es-tu ?

— Je m'appelle Guillot.

— Que veux-tu ?

— Vos soins et vos prières pour une tumeur que j'ai.

— Va-t'en au diable ! Je ne guéris plus personne. Je ne peux rien pour toi.

— On m'avait dit que vous étiez un saint homme.

— C'est fini. Je suis tombé sur la tête et je suis fou. Fou comme un marteau à battre les lames. Que le diable t'emporte, s'il lui plaît.

— Merci quand même. Dieu vous garde. »

Il remonta tristement. Après une longue ascension, il rentra dans la ville. Cherchant à se réconforter, il entra dans la taverne du *Peyrou,* c'est-à-dire du Chaudron, qui en montrait un pour enseigne, pendu à sa potence. La salle était remplie de bade-bec occupés à boire, à jeter les dés ou les osselets. Tous se tournèrent vers lui, éclatèrent de rire en lui voyant cette sorte de coiffure.

« Tiens ! Voilà Joanis Bonnet ! s'écria l'un.

— Vive Joanis Bonnet ! braillèrent les autres. Paye-nous à boire, Joanis Bonnet !

— Volontiers, répondit-il. Mais je vous fais remarquer, Messieurs, que je m'appelle, non pas Joanis, mais Guillot Bonnet. »

Et eux, quand ils l'eurent mieux observé, avec des rires qui leur découvraient la langue et la luette :

« Oh ! le brave Guillot Bonnet ! Il s'est pendu des cerises aux oreilles ! Vive Guillot Cerises ! »

Ils boivent à sa santé, il boit à la leur. Plusieurs Thiernois originaires de Volloùre ou d'Escoutoux se trouvent parmi eux, qui l'embrassent dévotement. Je dois maintenant m'en aller, essaye-t-il de dire. Mais on le retient encore, parce qu'il reste du vin au fond des pots. On lui met trois dés d'ivoire dans les mains, on lui fait entendre le doux cliquetis qu'ils produisent en se heurtant, il les roule entre ses paumes, les cajole, finit par les lâcher : triple six ! gandrille ! victoire ! Il se laisse prendre au jeu et y perd un sol et demi.

Alors se présente un grand flandrin de coutelier, la figure plus mâchurée que le cul d'une poêle, avec, au milieu, des dents de loup. Il porte à la ceinture plusieurs couteaux dans des gaines de cuir. Il en dépend un et propose un jeu nouveau : il s'agit de poser la main gauche bien à plat sur la table, les doigts largement écartés, puis, tenant le couteau de la droite, d'en piquer la pointe entre les doigts, d'abord lentement, puis de plus en plus vite. Une erreur de visée, et le couteau se plante dans les chairs. Lui-même en fait la démonstration. Sa lame sautille par-dessus les doigts, point le chêne de la table. C'est à peine si tu peux la suivre des yeux. Dans un sens, dans l'autre, et encore, et encore, tic, toc, tac, tic, toc, tac...

« Voyez comme c'est facile ! »

Et ses dents luisent. Un bade-bec essaye avec succès. Un second. Un troisième : tic, toc, tac, tic, toc, tac. Le coutelier présente alors, la lame enfouie dans son poing — comme si elle n'existait pas — au maître des Bonnet le manche de son couteau :

« A toi, Guillot Cerises ! »

Comment refuser ? Malgré ses yeux embrumés par le vin bu, Guillot commence lui aussi à picorer la table, tic... toc... tac...

« Plus vite ! ordonne l'autre.

— Je fais ce que je peux. »

Tic... toc... tac...

« Plus vite ! Plus vite ! » vocifère le coutelier.

Tic... toc... tac...

« Tiens, regarde ! Ne bouge pas ! Laisse ta main gauche ouverte ! »

Il lui arrache le couteau et c'est lui qui en guide la pointe entre les doigts de Bonnet, à une vitesse étonnante qui produit sur la table un crépitement, tandis que l'assistance hurle et applaudit : gandrille ! gandrille ! gandrille ! Guillot voudrait bouger, mais il ne peut pas, cette danse d'acier le paralyse. L'autre serre le manche avec fureur dans son poing noir. Soudain, sans que personne comprenne pourquoi... Mais de quelle façon cela s'est-il pu faire ? On riait si bien, on criait si fort gandrille ! Il faut que le diable soit intervenu... Tout par un coup, donc, la lame commet une erreur et plonge dans la main de Bonnet, dont le second doigt se détache, tranché net comme une pastonade. Celui que l'écriture nomme *index,* parce qu'il désigne les choses. Le plus précieux après le doigt gros, le *pouce* qui écrase les poux. Son associé de chaque instant. Celui qu'on trempe dans le fricot pour en goûter la sauce. Celui qui caresse le plus finement. Celui qui dessine : sur un visage, sur la neige, sur le sable mouillé. Celui qu'on lève en parlant pour avertir. Celui qu'on suce pour connaître d'où souffle le vent. Celui qu'on pose sur les lèvres pour dire *chut.* Le voilà sur la table, pitoyable, mêlant son sang au vin répandu. Et au lieu d'en demander pardon-excuse, le grand flandrin de coutelier rit de toutes ses dents de loup, dégage sa lame enfoncée dans le bois et l'essuie tout tranquille sur sa manche.

Tumulte, colère, tempête. D'autres couteaux jaillissent de partout. La main mutilée coule comme une fontaine. Guillot l'arrête de sa main droite, il exerce sur lui-même son art de guérisseur, enveloppe la blessure avec son bonnet. Les originaires d'Escoutoux et de Volloûre veulent le venger en étripant le coutelier, mais celui-ci a également sa clique. Les gueules aboient, les lames brillent, les pieds entrent en danse, visent aux ventres et aux parties. Alors, un commandement aigu les transperce tous :

« Nooooooooon ! »

Dressé sur ses jambes de héron, le remancheur lève au ciel ses deux mains ensanglantées et supplie :

« Nooooooooooon ! Au nom de Jésus-Christ ! Nooooooooooon ! »

Jésus-Christ ? Que vient faire Jésus-Christ là-dedans ? Ils ont un compte à régler avec cette guenille de coutelier, voilà tout. Il est bien connu dans le quartier du Peyrou, un cherche-riote, un cherche-ligue, un cherche-chicane, il faut qu'on lui rende la monnaie de sa pièce. Mais Guillot continue de s'opposer :

« Arrêtez, vous dis-je ! Par le baptême que vous avez reçu ! Celui-là m'a coupé un doigt exprès, je l'ai compris, pour le plaisir... Non, ne hurlez pas !... Mais un doigt ne vaut pas la vie d'un homme. Ni la sienne, ni la mienne, ni celle d'aucun de vous. D'autant moins qu'il m'ait pris à la main gauche. Des doigts, il m'en reste encore neuf. C'est moi qui suis cause ici de la riote. Alors, je m'en vais, voilà tout. Faites comme je vous ai dit. »

Là-dessus, il ramasse sur la table son doigt mort et s'en va réellement, les laissant pétrifiés. Il regagne le château du seigneur Etienne qui n'est qu'à deux pas, afin de s'y confectionner un meilleur pansement.

Le lendemain, l'écuyer ramena le remancheur aux Bonnets sur le même cheval. Voilà de quelle façon Guillot retrouva la fraternité avec toujours ses cerises aux oreilles, un sac d'écus en plus et un index en moins : elle y gagna, il y perdit.

Devant son père, en tête à tête, Guillot comparut tête basse. Quoique *mouitre* élu de tous, il restait devant Raynaud craintif et respectueux comme un petit enfant.

« Ton voyage à Thiern n'a pas été une réussite, dit le vieux.

— Il y a eu du bon et du mauvais.

— Il n'y aurait pas eu de mauvais si tu avais su te tenir. Si tu n'étais pas entré dans cette taverne du Peyrou en compagnie de gens de peu.

— Je le reconnais.

— Est-ce qu'ils t'ont fait boire ?

— Quelques gobelets.

— Jouer aux dés ?

— Je crois bien.

— Les dés, mon fils, sont un cadeau que le diable fit un jour à un mauvais prêtre. Sur un côté, il avait gravé un point noir : un, pour se moquer du Dieu unique. Sur le second, deux pour se moquer de Jésus et de Marie. Sur le troisième, trois pour se moquer de la Sainte-Trinité. Sur le quatrième, quatre pour se moquer des quatre Evangiles. Sur le cinquième, cinq pour se moquer des cinq portes de Jérusalem. Sur le sixième, six pour se moquer des six jours de la Création. Le mauvais prêtre se passionna si bien pour ces objets qu'il en oublia le service de Dieu et que son âme est en enfer. Alors, je t'en prie, ne touche plus jamais aux dés, mon fils. Il faudra t'en confesser.

— Je n'y manquerai pas. »

Le doigt tranché fut suspendu par un fil à une poutre du plancher, juste au-dessus du lit à rideaux, c'était le premier objet que Guillot voyait chaque matin en ouvrant les yeux, et il disait voilà ce qu'il en coûte de ne pas suivre le droit chemin. Avec le temps, il se ratatina, devint une chose innommable, l'ongle tomba, tu aurais pu croire aussi bien à quelque racine, comme celle de l'herbe aux puces, mise là pour éloigner ces minuscules filles de la nuit que les Auvergnats appelaient *la neyra,* les « noires », compagnes assidues de leur sommeil. A la fin, on ne sut plus de quoi il s'agissait, sauf que c'était une relique qui protégeait leur entente.

Suivant l'exemple des Bonnet, d'autres communautés s'étaient fondées aux environs : les Montbartoux à Montbartoux ; les Tarenteix à Tarenteix ; les Baruptel à Baruptel ; les Thuel à Thuel ; les Courty à Courty ; les Garnier aux Garniers ; les Ferrier aux Ferriers ; les Lamouroux aux Lamouroux ; les Cognet au Grand et au Petit Cognet ; les Dessapt à Sapt. D'autres, sur le modèle des Escoutelas qui peuplaient Escoutoux, prirent le nom de leur lieudit en l'allongeant en *as* : ainsi, les Barnérias de la Barnerie ; les Tourlonias de la Tourlonie ; les Chevalérias de la Chevalerie ; les Rigaudias de la Rigaudie. Elles furent bientôt si nombreuses sur les terres de Volloùre et de Thiern que ces campagnes connurent une grande prospérité, la forêt recula devant la vigne et les cultures ; les vaches et les bœufs se multiplièrent, les brebis furent plus laineuses, les chèvres plus prolifiques, la cuisine devint plus variée. Outre le porc salé, on se mit à manger de la viande fraîche, principalement celle du chevreau. La sainte Bible nous informe que le chevreau est un animal timide et nourrissant ; elle donne même la bonne recette de sa préparation : les anciens Hébreux le faisaient cuire dans du lait. Chez les Bons Dieux, on préféra relever sa chair fade en la piquant de gousses d'ail, en l'arrosant d'une sauce aigrelette et persillée. Mais on ne se permettait cette lippée qu'une fois l'an à l'occasion de la cuisson du mois d'avril qui célébrait l'établissement de leur entente, quatre siècles auparavant. On l'appela *lo féto do boutchí,* la fête du chevreau.

Et ce fut très longtemps chez eux la seule occasion de mieux manger, avec celle des baptêmes, mariages et enterrements. On ne mangeait guère mieux pour la Noël, sauf qu'au retour de la messe de minuit — on s'y rendait à la lumière d'un brandon de paille ; il en fallait une jolie longueur, si l'un s'éteignait, on le rallumait avec un autre ; s'ils s'éteignaient tous, on soufflait sur les braises ; s'ils ne se rallumaient point, on demandait du feu aux maisons rencontrées ; s'il ne s'en trouvait aucune, on se contentait de la lueur des étoiles, du scintillement de la neige ;

s'il ne brillait ni neige ni étoile, on se donnait la main pour ne pas se perdre — sauf qu'au retour, dis-je, de la messe de minuit chacun recevait une écuellée de soupe épaisse ; en plus, les femmes et les enfants une tasse de lait ; les hommes un verre de vin dont ils versaient une partie dans leur bouillon ; les animaux n'étaient pas oubliés, on leur portait une buvée d'eau tiède et sucrée, coupée aussi d'un peu de vin, ils s'en léchaient les badigoinces.

Tandis que Guillot, le *mouitre,* veillait sur le travail des hommes, Séraphine, la *mouitreço,* réglait celui des femmes et des enfants, mais aussi d'une façon plus générale les bonnes mœurs de la communauté. C'est elle qui mesurait à table les parts de saucisse, de lard et d'andouille. C'est à cause d'elle que le dimanche de Pâques n'était, chez les Bonnet, pas plus charneux, pas plus vineux que les dimanches ordinaires ; afin de se décarêmer, on mangeait seulement une soupe au lard et une omelette aux grattons. La joie pascale se tenait toute dans les cœurs, en rien dans les estomacs. Elle commençait la semaine précédente, le *Dimanche-avant-que-Jésus-ne-fût-vendu,* par la bénédiction des rameaux de buis, suspendus ensuite dans chaque maison, chaque pièce, chaque étable, sur chaque ruche. (Il ne fallait surtout pas oublier les mouches à miel qui sont des créatures excessivement susceptibles et veulent être informées de tout ce qui se passe d'important, bonheurs, deuils, maladies, dans la famille pour qui elles butinent. On savait qu'une fois les abeilles des Montbartoux avaient déserté leurs ruches, pour ne pas avoir été mises au courant du décès de leur *mouitre.* Aussi, chez les Bons Dieux, Guillot avait-il la courtoisie de se rendre auprès des siennes et de leur dire, le bonnet à la main : « Un enfant nous est né sous le toit de Georges et Antoinette ». Ou bien : « Nous avons eu la douleur de perdre notre tante Ernestine. Elle a beaucoup souffert ». A ce prix, on pouvait être sûr de leur fidélité.) Le jeudi saint — que les prêtres nommaient *jeudi absolu* — Séraphine en personne lavait les pieds du mendiant de service : pour être sûr d'en avoir un, on l'avait réservé plusieurs nuits à l'avance dans un lit bien chaud, bien moelleux de paille ; et si l'on n'avait personne sous la main, la maîtresse ordonnait que les membres de la communauté lavassent les pieds des serviteurs. Le *vendredi adoré,* jour de jeûne complet, excepté pour les enfants en bas âge ; les chats eux-mêmes participaient à la mortification : Séraphine les enfermait dans des cages pour les empêcher de se nourrir de chair ni de poisson. Le samedi saint, abstinence seulement. Le dimanche de Résurrection, toutes les cloches se remettaient à sonner, le curé d'Escoutoux secouait éperdument la sienne ; mais la table des Bonnet restait aussi frugale, sauf qu'après la messe on s'offrait les uns aux autres des œufs bleus, rouges, violets, cuits dans des teintures. A Pentecôte, les ménagères préparaient des *croustilles,* échaudés en forme de flamme, qu'on jetait dans l'église de la tribune ; les paroissiens qui les ramassaient s'en signaient avant de les manger ; car les croustilles représentaient les langues de feu du Saint-Esprit. On chômait pour la Saint-Jean, la Saint-Pierre, la Saint-Paul, la Saint-Julien, la Saint-Michel, la Saint-Givreman ; on entendait messe, mais on ne mangeait pas mieux. Ainsi l'avaient décrété ensemble saint Guillot et sainte Séraphine.

Hors des Bonnets, les réjouissances religieuses ne montraient pas une telle austérité. A Thiern, toutes étaient une occasion de se remplir le ventre et de se tenir les côtes. A Noël, on mangeait des toises de boudin aux noix ; le jour de l'An, on trinquait entre voisins en se souhaitant :

Bono nado, bono sandà,
è le Porodjí can chiren crevà.

Bonne année, bonne santé,
et le Paradis quand nous serons crevés.

A l'Epiphanie, on mangeait la brioche aux grattons ; aux Petits Rois, le *rapoutet,* talon d'un jambon de l'année précédente ; au Mardi gras, les *guenilles*[1]. Feux de joie et re-*guenilles* pour les Brandons. Au printemps, les filles se couronnaient de fleurs et allaient danser des caroles dans le cimetière. A Pâques, la jubilation était si forte qu'elle poussait à toutes les folies : les sires ordonnaient par précaution que les « folles filles » fussent temporairement expulsées, elles trouvaient quinze jours de refuge dans le plus proche village, appelé la Paillette, composé uniquement de chaumières, où elles passaient joyeusement ce temps d'épreuve en compagnie de leurs rufians. Re-*rapoutet* pour la Saint-Vincent, fête des vignerons, et la Saint-Eloy, fête

1. Pâte épaisse, découpée en formes diverses, frites dans l'huile.

des couteliers. En mai, les jeunes gens des deux sexes dansaient autour d'un arbre enguirlandé, dressé devant le château, en chantant :

Le mey, le mey torjou
que convë o noùtre age,
i o pa de mi pu jantche,
le mi de lu omou.

Le mai, le mai toujours
qui convient à notre âge,
pas de mois plus aimable,
c'est le mois des amours.

Après quoi, ils allaient débiter un couplet faussement innocent devant la porte des maris qu'ils croyaient trompés :

Le cocu co i z'in oùsel
qu'i o pa cható qu'i tan bel.
Ma che lu cocu treytou
se botesson o bioure d'ego
toririon toto lu riou.

Le coucou z'est est un oiseau,
n'y a pas chat qui soit si beau.
Mais si les coucous ensemble
se mettaient à boir' de l'eau,
tariraient tous les ruisseaux.

Et de rire, les jeunes bade-bec ! Et de s'envoyer des bourrades dans l'échine !

Mais aux Bonnets, de pareils débordements n'avaient pas cours, ni les mœurs ni les maîtres ne les auraient autorisés. Les autres communautés suivaient ces exemples et plus d'une aurait mérité le surnom de « Bons Dieux » s'il n'eût été déjà pris. Sainte Séraphine poussait la piété évangélique jusqu'à se sentir choquée par l'union libre des animaux. Passe encore pour les vaches et les taureaux, les chèvres et les boucs, les brebis et les béliers, qui n'étaient point de sa compétence ; mais elle ne tolérait point cette immoralité parmi la volaille et les lapins qui lui ressortissaient. Aussi, chaque fois qu'il lui arrivait de transporter une lapine au mâle, ne manquait-elle pas de proférer devant la cage une formulette de rigueur :

« Je vous marie au nom du Père, et du Fils, et du Saint-Esprit. *Amen.* »

Eux la considéraient de leurs petits yeux rouges en remuant le nez. Après quoi, les choses se passaient conformément aux règles de la nature.

On voyait beaucoup de mendiants, car ils savaient trouver dans les communautés de la région leur écuellée de soupe chaude et leur lit de paille dans l'étable. Il arrivait qu'on en reçût deux ou trois en même temps. Si bien que lorsqu'on cuisait douze tourtes de pain, on appelait la treizième « la tourte des pauvres ». Encore souvent ne suffisait-elle point, Guillot constatait avec quelque inquiétude :

« Le pain file vite dans cette maison. »

Certains de ces gueux étaient des figures connues comme le loup blanc, ils revenaient toutes les quatre semaines. Ainsi, la Tonine-qui-Pue. Car en vérité elle puait autant que trente-six pestes. On n'ignorait pas que, originaire de Volloûre, elle avait mené à Thiern une vie de débauche. Au bout de quoi, elle achevait sa misérable existence, aveugle, couverte d'ulcères et d'infirmités. Le jour prévu, elle arrivait appuyée sur sa canne, tenant de l'autre main un panier noir à couvercle et à double anse dans lequel logeait toute sa fortune : son chapelet, son boursicot, son peigne, quelques chiffes et son fuseau, car elle était encore capable de filer, pour peu qu'on lui garnît une quenouille.

Elle disait : « Me voici encore une fois. Vous ne m'attendiez guère ?

— Oh ! que si ! répondait Séraphine.

— Vous reste-t-il une goutte de bouillon ? Parce que je n'ai rien pris depuis avant-hier. Le bon Dieu vous le rendra. »

Elle était fort demandeuse et autoritaire. Elle s'installait dans un coin du feu d'en-haut — « ma place » disait-elle — et n'en bougeait de la journée. Tirant, si on voulait bien lui apporter une quenouille, le fil qu'elle mouillait de salive entre ses doigts, et il sortait à vrai dire aussi régulier, aussi fin que si elle avait eu ses deux yeux. Ou encore marmonnant son chapelet. A cause de l'odeur, chacun se tenait à distance. Mais elle n'avait garde de se laisser oublier :

« Vous ne pourriez pas ajouter un peu de bois au feu ? Mes doigts sont gelés comme des cornes. Le bois ne vous coûte pourtant pas bien cher, il vous suffit de le couper... Je n'arrive pas à me réchauffer. Qui va préparer une chaufferette de braise pour mes pieds ?... Je boirais bien une goutte de bouillon avec une larme de vin... »

Et le matin, au sortir de sa couche de paille :

« J'ai eu froid toute la nuit... Si vous pouviez me donner une autre couverture... Que voulez-vous, à mon âge, on n'a pas beaucoup de chaleur dans le sang... Ne vous étonnez pas si vous me trouvez un matin raide morte dans votre lit... »

Cette idée seule emplissait la *mouitreço* de frayeur. Bref, c'était, comme on dit, une vieille calamastre, jamais satisfaite, jamais assez gâtée, assez suppliée. On lui ramollissait son pain parce qu'elle n'avait plus de dents. On lui donnait une coiffe de nuit parce qu'elle n'avait plus de cheveux. Parce qu'elle n'avait plus d'yeux, un enfant la guidait chaque soir dans l'obscurité jusqu'à son étable, au moyen d'un bâton qu'elle tenait par un bout et lui par l'autre, trop répugnante pour que personne acceptât de toucher sa main. Un soir cependant, parvenue de la sorte au seuil de l'étable, pour remercier son jeune guide ou par on ne sait quelle honteuse inspiration, elle attira le jeune garçon à elle et voulut l'embrasser. Il se sauva en hurlant. Cette fois, la maîtresse prit une colère :

« Qu'est-ce donc que ces façons, Tonine ? Le vice par hasard vous reviendrait-il ?

— Vous m'offensez, maîtresse, et Dieu vous punira de votre méchanceté ! Moi qui avais en vous si grande confiance ! Comment pouvez-vous croire ? Et quel mal y a-t-il à vouloir remercier un enfant qui vous a rendu service ?

— Pas de cette manière, Tonine, pas de cette manière ! Et ne vous avisez pas de recommencer si vous voulez passer encore la porte de cette maison !

— Puisque c'est ainsi, je m'en vais tout de suite chez les Cognet. Eux du moins sont de vrais chrétiens qui ne m'accuseront pas de choses fausses ! Mais soyez sûre que le bon Dieu vous punira ! »

Là-dessus, elle rassemble sa fortune dans son panier noir. Et Séraphine, honteuse de ses soupçons :

« Quand reviendrez-vous ?

— Quand le Ciel voudra. Peut-être jamais.

— Vous n'êtes pas restée votre semaine.

— Pardi ! Puisque vous me chassez !

— Personne ne vous chasse. »

Mais elle s'entêta. Il fallut encore la guider au bout du bâton jusqu'à la route d'Escoutoux.

Un accord avait été passé entre quatre communautés voisines : les Bonnet, les Cognet, les Lamiraud, les Delaire, chacune s'engageant à recevoir une semaine sur quatre cette calamastre ; elle allait de l'une à l'autre selon ses humeurs et personne ne la refusait. Séraphine fut très contrite de ce départ précipité : chasser un pauvre, c'était comme chasser Jésus-Christ. Elle en parla aux autres femmes et à Guillot. Celui-ci fit une suggestion :

« Pourquoi ne pas lui proposer d'entrer à l'hospice de Thiern, où elle aurait le vivre et le couvert en permanence, sans besoin de courir les routes à l'aveuglette ? Nous pourrions même, nous, les quatre fraternités, verser une dîme spéciale afin d'en être débarrassés. »

Mais la *mouitreço* s'indigna :

« Son intention est de finir ses jours dans le pays de sa naissance, près de Volloùre. Elle mourrait peut-être de chagrin si nous l'obligions à cet exil, et nous serions la cause de sa mort. Ensuite, le bon Dieu qui nous l'envoie veut sans doute montrer à ses enfants jusqu'où l'on peut descendre par une mauvaise conduite. Enfin, nous qui sommes heureux, nous oublierions, si nous ne la recevions plus, qu'il existe sur cette terre des gens bien misérables.

— En fin de compte, peut-être ne reviendra-t-elle pas. »

Mais elle revint.

« Je vous pardonne, dit-elle, votre mauvais accueil de la dernière fois. Tâchez de ne plus recommencer. »

Et Tonine-qui-Pue continua de revenir aussi régulièrement que par le passé, assurant qu'elle ne voulait pas mourir ailleurs que chez ses amis, sa seule famille au monde. La chose lui advint quelques années plus tard alors qu'elle séjournait chez les Lamiraud : ils la transportèrent au cimetière d'Escoutoux, dans un coin que pouvait atteindre sur le soir l'ombre de l'église Saint-Sulpice, toutes les places sous les gouttières se trouvant occupées. Elle y dort toujours en attendant la Résurrection, insoupçonnée parmi tant d'autres poussières, car le champ des morts a été depuis longtemps transformé en place publique où vont s'ébattre les enfants et les joueurs de boules, je connais ces choses, moi qui les répète sept siècles après qu'elles ont eu lieu, telles que je les ai lues, entendu raconter ou vues en songe.

Les mendiants étaient de tous âges. Il en vint un entre quarante et cinquante ans qui parlait un langage difficile à comprendre, il dit être Poitevin, s'appeler Jehan, ce qui est la même chose que Joanis en terre d'Auvergne, et revenir de la croisade où il était allé faire la guerre aux Turcs mahométans.

« Avez-vous délivré le tombeau du Christ ? demandèrent les Bons Dieux qui avaient été informés de cette entreprise ; deux de leurs ancêtres y avaient même perdu la vie.

— Nous n'en avons pas approché. Il fallait d'abord combattre le sultan de Babylone. Au commencement, nous fûmes vainqueurs car nous étions menés par Louis, roi des Francs en personne. Je l'ai vu de mes yeux comme je vous vois.

— Qui ça ?

— Eh bien ! Louis ! Le roi des Francs ! Le plus grand roi qu'il y ait eu au monde depuis Charlemagne ! »

Les Bons Dieux ne savaient rien des Francs ni des rois qui les gouvernaient, leur politique ne dépassait pas les crêtes de Chignore d'un côté, la rivière Dore de l'autre. Mais ils avaient conscience qu'un roi est un homme extraordinaire, appelé par Dieu à commander à beaucoup d'hommes, presque l'équivalent d'un Pape. Ils regardèrent donc avec respect ce croisé dont les yeux avaient reçu l'image du roi des Francs. Qui l'eût cru, à le voir ainsi vêtu de guenilles, chaussé de bottes crevées.

« Comme je vous vois ! insistait-il. A pied et à cheval. A la tête de ses soldats et sous sa tente. N'empêche qu'il a été capturé par les Sarrasins d'Egypte avec beaucoup des nôtres. J'en étais. Pendant trois ans, ils nous ont tenus en esclavage. Nous étions deux attelés à une charrue que nous tirions à la façon de leurs ânes. Ils m'ont fait creuser des canaux, arroser leurs jardins et leurs vergers qui sont splendides ; porter des pierres ; condamné à mille besognes mortelles. Jusqu'au jour où j'ai réussi à m'évader en m'embarquant dans un navire vénigien. Savez-vous qui sont les Vénigiens ?

— Pas du tout.

— Des gens qui ont construit sur la mer une ville qu'ils appellent Vénigi. Une ville qui flotte. Leur profession est de flotter. Aussi fabriquent-ils de grands vaisseaux remplis de marchandises qu'ils vont vendre à tout le monde, même aux Sarrasins. L'un de ces bateaux est entré un jour dans Babylone, j'ai pu monter dedans sous prétexte de décharger les balles, et les Vénigiens m'ont emmené avec eux. Mais ils m'ont obligé à les servir pendant deux autres années, si bien que je suis tombé d'un esclavage dans un autre. Au bout desquelles je me suis enfui de nouveau. Et me voici devant vous. J'espère atteindre le pays des Poitevins qui se trouve au soleil couchant. »

Le croisé raconta mille autres choses curieuses qu'il avait vues au cours de ses voyages. Il parla du chameau, que les Sarrasins appellent *dgiamal,* ce qui veut dire l' « animal qui marche », la tête de bétail la plus répandue dans leur pays. Et c'est la même espèce que notre bœuf, expliqua-t-il, les cornes en moins, le cou beaucoup plus long et très barbu chez les mâles, la queue beaucoup plus courte, les pattes plus grêles et celles de devant quelque peu cagneuses ; avec aussi cette différence que son échine est surmontée de deux bosses entre lesquelles un homme peut s'asseoir comme il fait chez nous sur l'âne ou le cheval. Le chameau marche beaucoup en effet, et court rarement. Il lui arrive de boire cinquante pintes d'eau d'affilée, mais de rester ensuite une semaine sans boire, ce qui le rend très précieux dans ces contrées où manquent les sources. Les Sarrasins le font marcher et travailler pendant vingt ans ; ensuite, ils le pèlent et le mangent. Il parla de l'éléphant qui est la même chose que le sanglier, mais aussi haut qu'une maison, avec un nez plissé qui pend et se balance comme une andouille. Et du crocodile qui est pareil au lézard vert, sauf que ses mâchoires sont assez puissantes pour te mâcher un homme tout entier. Des choses semblables étaient incroyables, il fallait être allé là où le soleil sort de la mer chaque matin et se couche à pied sec pour les rencontrer.

Jehan le Poitevin fit ainsi voyager ses hôtes en paroles, et il en aurait dit bien d'autres s'il n'était tombé malade. On le trouva un matin dans sa paille grelottant de fièvre. Séraphine lui fit apporter un bouillon brûlant, une tisane de guimauve et une autre aux fleurs de sureau. Il voulut dire grand merci, maîtresse, mais ses dents cassaient encore les noix. On sacrifia une colombe blanche qu'on fendit en deux dans le sens de la longueur, qu'on lui appliqua chaude sur la poitrine, toutes ailes écartées, mais il ne guérit point. Alors, la *mouitreço* décida d'employer le révulsif suprême et commanda au serviteur qui lui prêtait ses mains, puisque, femme, elle ne pouvait toucher la peau d'un homme qui ne fût son proche parent :

« Frotte-le à la pisse de vache. »

Le valet courut à l'étable, en rapporta bientôt une demi-seillée, fumante et mousseuse. Là-dedans, il trempa un tampon de laine grossière, et hardi que je te bouchonne le malade, par-derrière et par-devant, au point qu'il en devint rouge comme un cardinal. Plusieurs fois par jour ce traitement.

Lorsque Jehan sortit de son mal, la neige remplissait les chemins, il n'était pas question qu'il mît le nez dehors. Il attendit un mois, au chaud dans sa paille comme un Jésus. Cependant qu'il se requinquait, les femmes avaient lavé, ramendé ses hardes, les hommes ressemelé ses bottes. Les drôles venaient lui rendre visite quelquefois demandant :

« Comment allez-vous, mon père ?

— Aussi bien que Dieu veut, mes enfants. »

Lorsqu'il eut enfin repris des forces, il profita d'un redoux pour reprendre sa route. Mais auparavant, il embrassa chacun et dit au maître :

« En remerciement de vos soins, je veux vous faire un cadeau.

— Aucun cadeau n'est nécessaire.

— Vous pourriez sans doute le refuser pour vous, mais vous n'avez pas le droit, maître, de le refuser pour vos descendants à qui il profitera jusqu'à la fin des temps si vous en prenez soin. »

Il plongea le bras dans une poche de sa besace, fouilla longtemps à l'intérieur, en retira son poing fermé qu'il brandit un moment à hauteur de son visage. Puis il l'ouvrit sous le nez de Guillot.

« Qu'est-ce que c'est ?

— Une fortune. »

Le *mouitre* prit la chose entre ses doigts : à double pointe, bombée en son milieu.

« On dirait, dit-il, une graine de potiron. Mais plus dure. Peut-être un noyau.

— C'est un noyau.

— Un noyau de quoi ?

— D'un fruit qui n'existe pas en Auvergne ni chez les

Francs. En terre sarrasine, on le nomme *albercoq.* Mais nous avons pris l'habitude de dire *abricot.* Appelez-le comme il vous plaira.

— Nous dirons aussi *abricot.*

— Mettez ce noyau en bonne terre, attendez qu'il en naisse un petit arbre, ce qui exigera un an ou deux. Qu'il grandisse, en le protégeant des chèvres, des vaches et de tous les bestiaux. Qu'il produise des fruits, cinq ou six ans plus tard. Des fruits jaunes comme l'or et doux comme le miel. Vous les consommerez en pensant à Jehan le Poitevin qui vous les a apportés de Babylone où il vécut esclave. »

Il s'en alla dans ses vêtements reprisés, emportant sa besace garnie de pain et de fromage.

Les Bons Dieux firent comme il avait ordonné. Ils enterrèrent celui-là et récoltèrent dix ans plus tard quelques fruits d'or et de miel. Ils eurent à les défendre des bêtes cornues, des guêpes et des merles. Ils vendirent chaque noyau un écu fleurdelisé, et la prospérité de leur entente s'en accrut. Des générations de Bonnet après eux firent leurs délices de l'abricot, sans se douter du long chemin qu'il avait suivi depuis les rives où le soleil sort de la mer chaque matin et se couche à pied sec.

V

Du pays des Sarrasins, les mendiants de passage ne rapportaient pas que des abricots. Certains trimballaient des maladies dégoûtantes qui leur avaient rongé les mains et la figure. Il s'agissait de ladres et de ladresses, ainsi nommés parce qu'ils souffraient du même mal que le pauvre Lazare que le mauvais riche de l'Evangile refusa de secourir. Aucun médecin, aucun apothicaire n'était en mesure de les guérir ; comme ils erraient dans les campagnes et risquaient de communiquer aux autres leur misère, on ne pouvait, dans l'intention de se protéger d'eux, que les détruire ou les enfermer. C'est alors que Thomé, maître des Bonnets, reçut en songe une vision très utile.

Ce *mouitre* était l'arrière-petit-neveu de sainte Séraphine, dont il avait reçu, en héritage de cœur, l'amour des hommes et de Dieu. Quoique chef élu de la fraternité, il se plaisait à prendre sa part des besognes qui rebutaient les moins délicats, comme le nettoyage des étables, le vélage des vaches, le curage de la mare. Ainsi voulait-il enseigner par l'exemple les serviteurs et les jeunes gens, toujours prêts à froncer le nez. Il jeûnait les quarante-six jours du Carême sans tricherie d'aucune sorte, ne s'autorisant que le repas de midi, exempt de chair, de poisson, d'œufs, de fromage. Il croyait au Père, au Fils et à l'Esprit Saint. A la Bonne Vierge. Aux trois cent soixante-six saints et saintes du calendrier. Au diable, à Satan, à Belzébuth, à Lucifer, au Drac, aux diablesses et aux diabletous. Aux fades, au loup-garou, à la louve-garelle, à la galipote, à la chasse-rigaude. Il croyait aux *pouvoirs,* bons et mauvais : ceux qui rendent la santé, ceux qui enlèvent la raison, ceux qui tuent, ceux qui nouent l'aiguillette, ceux qui la délivrent, ceux qui tarissent les vaches, éteignent le feu, empêchent la crue des fèves, changent le vin en eau. Il croyait à la lune, aux sources, aux plantes, aux araignées, aux chats noirs, aux chiens fous. On ne pouvait être plus croyant que lui. Et il l'affirmait fortement : « Vous ne croirez jamais assez. »

Mais il avait par-dessus tout la passion des Evangiles, tels que les prêtres les traduisaient, les énonçaient, les expliquaient. Celui du pauvre ladre l'avait particulièrement ému. Lui-même le racontait à ses petits-enfants :

« Il y avait une fois un homme riche, habillé de riches vêtements, dans une riche demeure. Il passait sa vie en chasses, en fêtes, en banquets.

— Mais c'est Guillaume, notre sire de Volloûre ! suggéraient les petits.

— Non, non, ne me faites pas dire ce que je ne dis pas. Il y avait, très loin de chez nous, en Philistine *(Il voulait dire en Palestine)*, un riche qui ne s'appelait pas Guillaume, mais chez qui rien ne manquait non plus. Ni le lard, ni la soupe, ni la *pompe* aux pommes, ni le vin. Il avait même coutume de jeter du pain aux oiseaux pour qu'ils viennent chanter sur ses murailles. Et voici qu'un jour un misérable appelé Lazare, dont le nom signifie *Dieu est mon secours*, vient se coucher devant sa porte sans rien demander, espérant toutefois qu'on lui lancerait quelque bouchée de pain, comme le riche faisait aux merles. Mais Lazare était couvert d'ulcères et de furoncles et le riche, le cœur soulevé par sa vue, lui lance au contraire ses chiens aux trousses. Ceux-ci, au lieu de le dévorer, se mettent à lécher ses plaies, se comportant de façon plus chrétienne que leur maître. A quelque temps de là, le pauvre mourut et son âme, emportée par les anges, monta au Paradis. Le riche aussi mourut un peu plus tard, et la sienne descendit en enfer pour y être la proie des flammes éternelles. Or un jour, levant les yeux, il reconnaît Lazare parfaitement guéri, couronné de fleurs, blotti entre les bras du Seigneur comme un petit enfant. Et le riche d'implorer : " Lazare, s'il te plaît, soulage mes peines ! Trempe dans l'eau le bout de ton doigt et viens me rafraîchir les lèvres, car ce feu me consume. " A quoi le Seigneur lui-même répondit : " Mon fils, tu as eu tous les biens possibles de ton vivant, la soupe, le lard, la *pompe* aux pommes, les richesses, les honneurs. Lui n'a eu en partage que les ulcères et le mépris. Il est donc équitable qu'il reçoive à présent des couronnes et que tu payes par des tourments ta fortune sans charité. ” Ainsi parla le Seigneur. »

Et tandis que les drôles badaient tout grands leurs yeux et leurs oreilles, maître Thomé ajoutait cette conclusion :

« Que Dieu nous garde de la misère et des furoncles. Et davantage encore de la fortune sans charité. »

Aussi, rien ne piquait plus l'ardeur charitable des petits Bonnet que la venue des mendiants ladres, ils allaient même les chercher au loin et les rabattaient sur le village, disant maître Thomé vous servira bien. Eux se passaient le mot, comme font les corbeaux s'il se trouve sous les couverts quelque charogne abandonnée, bientôt les voici tous sur elle à se repaître. Il en vint donc de partout, c'était un défilé continu de visages sans nez, de bouches sans lèvres, de jambes sans pieds. Il y eut certains jours une demi-douzaine de ces estropiés dans la grange où ils couchaient et mangeaient, la maîtresse leur faisant apporter une chaudronnée de soupe aux fèves et aux orties. Les parsonniers trouvèrent enfin que cela faisait un peu trop, ils le reprochèrent âprement au *mouitre* et menacèrent de le révoquer de sa charge, ce qui ne s'était encore jamais produit, s'il n'agissait pas autrement. Alors, par bonheur, le Ciel intervint et envoya une vision à maître Thomé. Il s'en entretint le lendemain avec Françoise, sa femme :

« J'ai vu en rêve une communauté nouvelle. Sur le modèle de la nôtre. Avec un *mouitre,* une *mouitreço,* et des familles, et des enfants, tous bénis par le Seigneur. Mais ce qu'il y avait de particulier, c'est que ces hommes, ces femmes ainsi associés étaient tous ladres et ladresses.

— Et alors ?

— Alors, cela signifie que nous devons réunir les mendiants qui nous accablent dans les maisons et sur des terres, comme nous le sommes nous-mêmes.

— Quelles terres ? Quelles maisons ?

— Nous demanderons aux prêtres, aux moines, au sire de Volloüre de les leur concéder. Ainsi, ils pourront vivre de leur travail et rester entre eux, au lieu de courir la campagne. »

Une communauté de ladres ! Cela parut à tous une idée merveilleuse, à condition qu'elle fût établie loin, loin, loin des autres habitations. Le sire Guidon et les religieux s'y montrèrent également favorables.

« Mais qui va bâtir leurs cabanes ? demanda le baron.

— Eux, naturellement. Avec notre aide, s'il le faut.

— Et où ? »

La campagne offrait de grandes surfaces inhabitées. On choisit un emplacement situé à mi-pente au septentrion de Volloùre, entre le village de Sapt et celui du Buisson. Entouré de bois, de prairies et de friches, il pourrait offrir à la fraternité des ladres assez de bonnes terres pour assurer leur subsistance. Le curé proposa même son nom futur : *la Maladerie.* Il n'y manquait que des malades consentants.

A mesure qu'ils se présentaient, on réussit à en rassembler une douzaine, ce qui ne fut pas chose aisée car ces gens-là avaient la bougeotte et préféraient courir ailleurs. Mais, encerclés d'hommes armés de fourches, d'épieux, de piques, ils s'y laissèrent conduire, s'attendant à être brûlés comme de la mauvaise herbe. En fait, on leur jeta du pain. Quand ils se furent rassasiés, se tenant à bonne distance, maître Thomé, qui avait eu l'idée de cette réunion, leur tint un beau discours :

« Frères ladres, sœurs ladresses, vous êtes venus chez nous, comme Lazare devant la maison de ce riche de Philistine. Mais c'est du pain que nous vous avons lancé, et non pas nos chiens, car nous voulons vous aider à vivre chrétiennement sans plus avoir à mendier votre nourriture : vous la gagnerez vous-mêmes... »

Il leur expliqua ce qu'était une communauté, de quelle manière elle fonctionnait, comment elle se perpétuait, ses rapports avec le sire et l'Eglise, ses façons de travailler, de manger, de dormir, de louer le Seigneur.

« Voici une grande occasion de sortir de votre état misérable, d'échapper au mépris dont on vous entoure. Nous vous aiderons à construire vos maisons, nous vous fournirons les outils, le bétail indispensables. Après quoi, vous vous débrouillerez tout seuls avec l'appui de Dieu. Vous vivrez ensemble et n'aurez plus besoin de mendier chez les autres. Que pensez-vous de cette proposition ? »

Ils applaudirent de leurs mains incomplètes. On fit comme promis. Chaque village, chaque fraternité, chaque paroisse y mit du sien, qui pour un carton de blé, un boisseau de châtaignes, un tonneau de vin, qui pour une pioche, une pelle et même un grand chaudron de cuivre, lequel deviendrait leur pot communautaire. On leur fournit une paire de bœufs et un araire pour les labours, deux chèvres pour le lait. Au bout de quoi, le curé de Vollòure bénit leur premier feu et les mendiants procédèrent à l'élection de leur *mouitre* : un misérable moins dévoré que les autres, à qui il ne manquait qu'un œil et qu'une joue, en sorte qu'on voyait les dents à l'intérieur, luisantes et hérissées. Le sire lui remit une *tartarelle,* sorte de moulinet en bois dont les prêtres se servaient pour remplacer le chant des cloches pendant la semaine sainte, et leur fit les ultimes recommandations :

« Et maintenant, restez entre vous ! Qu'aucun ladre ne franchisse jamais les limites de votre domaine sans avertir le voisinage de sa présence au moyen de cet instrument, sous peine d'être jeté en prison ! »

Il montra comment la chose fonctionnait en la faisant tourner, son mouvement était si joli qu'on trouvait grand plaisir à en jouer ; le maître des malades ne s'en lassait point, *rrrra, rrrra, rrrra.* Cependant, les religieux lui firent signe de se taire, et le curé de Vollòure les informa qu'il leur accordait dispense *ad vitam* d'assister aux offices et autres cérémonies dans l'église paroissiale :

« Priez entre vous, mes très chers frères, tant qu'il vous plaira. Je suis certain que, du haut des cieux, le Seigneur entendra vos prières avec autant d'attention que les nôtres. Que diriez-vous de plus en prenant la peine de monter jusqu'à Saint-Maurize ?

— Et la communion ?

— Quelle communion ?

— Le corps et le sang du Christ ?

— Je vous en donne dispense également, au nom du Père, et du Fils et de l'Esprit-Saint.

— Qui nous lavera de nos péchés ?

— Mais quels péchés pouvez-vous commettre, pauvre monde, alors que vous n'avez ni argent ni possession qui vous soient propres ? C'est tout juste s'il vous reste sur les os un peu de chair. En vérité, je vous dis que pour nous, prêtres de la paroisse, vous êtes des *morts,* des morts qui bougent un peu, des morts qui parlent de temps en temps, mais des morts quand même. Nous vous accordons l'absolution de vos péchés passés, présents et à venir. Et maintenant, laissez-nous nous débattre en paix dans nos tristes histoires de vivants, assurés que vous êtes déjà d'avoir gagné la vie éternelle comme le pauvre Lazare, votre saint patron. »

Pour mieux les convaincre qu'ils étaient aussi morts que possible, morts comme des grattons, les religieux récitèrent le *De profundis,* chantèrent à pleine gorge *In Paradisum* et les inondèrent d'eau bénite. Après cette joyeuse inauguration, les inventeurs de la Maladerie s'en furent, le baron vers son château, les prêtres vers leurs autels, les villageois vers leurs villages, abandonnant les ladres à leur ladrerie. Afin qu'ils connussent exactement l'étendue de leur domaine communautaire, on avait pris la précaution d'en marquer les limites avec des bornes de granit. Dans chacune, un tailleur de pierre avait gravé le signe *L* qui est la première lettre du mot *ladre* et qui a également la forme d'une tartarelle. Ainsi, chaque voyageur savait ce qu'il risquait en franchissant ces frontières.

Au cours des mois qui suivirent, les morts vivants suivirent exactement les consignes ; ils entreprirent de labourer leurs friches, de bêcher leur jardin, de paître leurs chèvres, de nourrir leur volaille. Ils ramassaient le bois mort, prenaient au piège la « petite bête » que le seigneur ne réservait point à ses chasses, lièvres, lapins, grives, perdreaux, hérissons, écureuils. Ils cueillaient les champignons, les orties, les doucettes, les artichauts sauvages et tous les fruits de la forêt. Quand un autre mendiant lépreux se présentait dans les hameaux, on le conduisait premièrement à Volloùre pour lui faire entendre dans l'église l'office des trépassés ; on le dirigeait ensuite vers la Maladerie afin qu'il prît place parmi ses frères de malheur. Comme on le leur avait commandé, ils ne s'écartaient guère du territoire assigné et, si cela leur arrivait, toujours ils agitaient leur tartarelle.

Une année passa de la sorte, les malades furent douze, puis quinze, puis une vingtaine. Il dut en mourir aussi quelques-uns pour de bon : ils les enterraient eux-mêmes, sans prêtre, sans bénédiction, sans cercueil, sans cimetière. Grâce aux précautions prises, ils n'importunaient personne, se suffisant à eux-mêmes, n'ayant rien à vendre ni rien à acheter. On les savait là-haut, invisibles, sauf par la fumée qui montait de leur maison commune, inoffensifs, sauf par leur aspect hideux s'il arrivait d'en rencontrer un hors de ses limites, précédé de son *rrrra, rrrra, rrrra.*

Et d'autres mois s'écoulèrent. Jusqu'au jour où Thomé, le *mouitre* des Bonnets, eut un rêve nouveau. Il se vit marchant dans la campagne un dimanche matin à la tête de sa communauté, tandis que les cloches volloùroises chantaient joyeusement pour convoquer les fidèles enfants de Dieu. Or voici qu'en travers du chemin se présente devant eux une forme humaine imprécise, un ladre secouant sa tartarelle. Maître Thomé s'arrête et derrière lui toute la troupe fait de même. Le sentier étroit n'offre pas assez de largeur pour qu'ils puissent passer sans se frotter au lépreux. Ils restent un moment immobiles, attendant que l'autre s'écarte. Impatienté, le *mouitre* finit par l'interpeller :

« Laisse-nous le passage, je te prie, car le Seigneur nous attend. »

Mais l'autre ne bouge point.

« Arrière ! crie encore le maître des Bonnets. Tu sais bien ce qui a été convenu entre les tiens et nous-mêmes ! Rentre dans ton territoire ! »

Et comme le ladre ne remue pas d'une ligne, les comparsonniers avancent tous ensemble, avec l'intention de le faire reculer. Ils distinguent sa face barbue, couverte de furoncles, ses longues mains saignantes. Alors, alors... Comment raconter de telles choses ? Soudain, le malade lève ces mains dévorées, les porte à son estomac, écarte ses guenilles, découvre sa poitrine, écarte aussi les chairs de sa poitrine. Et au beau milieu, ils voient battre son cœur, un cœur flamboyant comme un astre, un cœur couronné d'épines. En ce ladre qui leur barre le chemin, tous reconnaissent le Seigneur Jésus-Christ venu à leur rencontre. Le Christ mangé par la lèpre et dont la présence ici, dont la tartarelle, a une signification assez claire, vous avez cru accomplir une œuvre de charité en enfermant les ladres dans une Maladerie, mais la vôtre ne fut réellement qu'une charité pharisienne ; ainsi, puisque l'église, la communion, le cimetière leur sont interdits, je me suis fait ladre moi-même afin que vous me traitiez comme eux, que vous m'enfermiez parmi ces morts.

A ce moment, maître Thomé se réveilla et sortit de son rêve. Il se prit le front entre les mains, tourna ses idées dans tous les sens et conclut que les indemnes avaient traité les ladres d'indigne façon et qu'il fallait corriger cela. Il en parla d'abord à sa femme, puis aux autres membres de la communauté à qui il raconta sa vision. Plusieurs protestèrent :

« Nous avons déjà fait beaucoup pour les ladres. Même enfermés, ils se trouvent mieux dans leur domaine qu'à mendier leur pain de ferme en ferme, souvent chassés à coups de pierre, mordus par les chiens, maudits de tous. Que pourrions-nous d'autre ?

— Leur rendre visite quelquefois. A tour de rôle. Je commencerai, naturellement.

— Avez-vous envie d'attraper la ladrerie ?

— Le Seigneur m'en protégera s'il lui plaît. »

Il ne se trouva aucun volontaire pour suivre son exemple. Sa femme Françoise l'avertit que du jour où il serait allé chez les malades, elle ne partagerait plus sa couche, elle préférait dormir avec les pourceaux.

Rien ne put le retenir cependant. Le dimanche d'après, il suivit seul le sentier qui montait à la Maladerie. Après une heure de marche, il atteignit les premières bornes marquées d'un *L*. Ici commençait le royaume de la Lèpre. Des champs où ils menaient tout doucement leurs activités, des ladres le regardaient passer sans le reconnaître. L'un d'eux l'interpella :

« Hé ! L'homme ! Sais-tu où tu mets les pieds ?... Sur le domaine des morts. Chacun de nous a entendu son propre *De profundis*. Nous sommes tous ici des cadavres qui remuent. Eloigne-toi au plus vite si tu ne veux devenir pareil à nous. »

Mais il secoua la tête et continua d'avancer. Comme toute personne prudente qui va par la campagne, il s'était muni d'un bâton pour s'appuyer, pour écarter les broussailles, pour tuer les serpents, pour assommer les loups. Il portait en bandoulière un sac de pèlerin qui lui battait l'échine. Aux approches de la communauté lépreuse, aucun chien ne s'élança contre lui, selon l'habitude des villages ordinaires : celui-ci n'avait pas besoin d'autre gardien que de la lèpre pour tenir les pillards à distance. Thomé entra donc dans la Maladerie : un hameau de huit masures et de quelques granges, peuplé de fantômes. Certains erraient languissamment çà et là, occupés à des besognes mal définies, fatigués de traîner leur ombre. D'autres, étendus au soleil, assis au pied d'un mur la tête renversée, les yeux clos, bougeaient si peu qu'ils avaient l'air d'attendre qu'on les portât en terre. Les maisons semblaient aussi lépreuses que les hommes, avec leurs chaumes ébouriffés, leurs volets pendants, leurs murailles fendues. Thomé s'approcha d'une forme accroupie :

« Hé ! » fit-il en lui touchant l'épaule de son bâton.

L'autre leva les paupières, le vit debout, se passa une main sur le front pour écarter des cheveux qui tombaient sur la figure ravagée. Il y avait dans ces yeux une lumière, une douceur qui troubla Bonnet étrangement.

« Peux-tu me dire où se trouve votre maître ?

— Là-bas », dit le spectre, montrant du doigt ce qui devait être la maison commune ; puis il referma les yeux et remit sa tête entre ses bras.

Ces deux syllabes suffirent à faire comprendre à Thomé que le ladre était une ladresse, quoiqu'il ne lui restât plus rien de féminin excepté le regard, la voix et ce seul geste de coquetterie lorsqu'elle avait relevé ses cheveux. Maintenant, elle tirait très vite le rideau de ses paupières entre elle et le monde.

Bonnet se dirigea vers la maison désignée, côtoyant d'autres lépreux porteurs de fagots, de faix d'herbe, de brassées de foin, tirant un âne ou une chèvre par le licou, jetant aux poules des poignées de grain cassé mêlé de balle et de pierres, balayures de l'aire ou du moulin. Quelques enfants vêtus de guenilles, pieds nus dans la boue, surprenaient par leurs visages maigres mais intouchés.

Quand il fut au terme de sa marche, il s'aperçut qu'il ne se trouvait pas devant la maison commune, mais devant une grange à l'intérieur de laquelle on tapait du marteau. La porte était ouverte à deux battants, il s'avança, vit de dos un ladre occupé à besogner parmi des planches et des traverses. « *Mouitre !* » appela-t-il. Le marteau resta suspendu un moment, puis se remit à cogner. « *Mouitre !* » répéta-t-il. L'homme se retourna, Thomé reconnut son collègue élu par la fraternité lépreuse, celui à qui manquaient seulement un œil et une joue.

« Je suis, dit-il, Thomé, maître chez les Bonnet.

— Et moi, Euloge, maître à la Maladerie. »

Ils se saluèrent en croisant leurs poignets sur leur front. A cause de ses dents découvertes, Euloge avait l'air de ricaner en silence.

« Je suis également, ajouta-t-il, le fustier de notre entente. En ce moment, je construis un barot. »

C'est-à-dire un char à deux roues avec un unique timon.

« Ça nous aidera bien pour aller chercher du bois à la forêt.

— Un barot rend toujours de grands services, confirma Thomé. Nous autres, nous en avons trois.

— Vous autres, vous êtes riches.

— Oui, puisque Dieu, jusqu'ici, nous a gardés de votre mal.

— Vous courez de grands risques en venant parmi les ladres.

— Je le sais.

— Sans doute avez-vous quelque affaire importante qui vous amène ici ?

— Oui. Très importante.

— Je vous écoute.

— Elle consiste à vous dire que les Bonnet vous portent amitié parce que vous êtes leurs frères en Jésus-Christ.

— Vous êtes monté exprès pour ça ?

— Sans autre intention. »

Euloge secoua la tête, peinant à y croire. Thomé dégagea son sac de pèlerin, le tendit à bout de bras :

« Sauf que j'ai aussi cette musette à vider.

— Qu'est-ce que c'est ?

— Un modeste présent d'oignons que vous consommerez en souvenir des Bonnet. »

Il tira la botte, liée par une verge, les bulbes ventrus luisaient dans leur pelure d'or. Euloge les prit de ses mains quasi intactes, je les suspendrai dans notre salle commune, dit-il. Offrir des oignons était un cadeau de choix, car ces fruits de la terre rendent savoureux les aliments insipides ; les Hébreux chassés d'Egypte, nourris de manne et de cailles dans le désert par le Seigneur, se rappelaient avec mélancolie les oignons de la cuisine égyptienne ; les pèlerins auvergnats se rendant à Compostelle faisaient hommage d'un oignon à la statue de saint Jacques. Euloge remercia son collègue avec chaleur, puis le promena dans le hameau, lui montra les masures si dégoûtantes qu'on ne distinguait guère celles des hommes de celles des animaux. Seule la maison commune offrait un peu de propreté ; les ladresses les moins atteintes y cuisinaient les aliments ; certaines étaient seulement blanches de la tête aux pieds, comme si on les avait roulées dans la farine ; d'autres couvertes d'écailles comme les poissons ; d'autres percées de trous ressemblaient à des dentelles.

« Combien êtes-vous ? demanda le visiteur.

— Actuellement vingt-six. Rien de changé depuis six mois.

— Voulez-vous dire que personne depuis six mois n'est mort à la Maladerie ?

— C'est ce que je veux dire. La lèpre met longtemps à ronger son homme. Je dirais même que dans certains cas elle le conserve : nous avons deux vieillards quasi sexagénaires qui ont trente ou quarante ans de ladrerie. Faut dire qu'ils n'ont jamais rien fait de leur chienne d'existence, sauf manger et dormir quand ils le pouvaient. Des hommes bien portants auraient eu cent fois l'occasion, pendant ce temps, de se rompre le cou, de se noyer, de s'ouvrir une veine, de périr à l'ouvrage ou à la guerre. »

Il lui montra aussi une masure aussi pourrie que les autres par l'extérieur, mais proprette en dedans. Blanchis à la chaux, les murs étaient ornés de deux peintures maladroites, mais dont on reconnaissait sans peine les sujets. Ici, Jésus guérit un lépreux et lui recommande, un doigt sur la bouche, de n'en souffler mot à personne. Là, le lépreux samaritain se prosterne aux pieds de Jésus tandis que les neuf autres miraculés s'éloignent sans même dire merci. Euloge la présenta :

« Notre chapelle. Voici l'autel et la croix. Voici le bassin des baptêmes. Voici le bénitier. Il n'y manque rien sauf la consécration, l'eau bénite et le prêtre qui nous sont refusés.

— A quoi vous sert-elle donc ?

— J'y baptise moi-même les enfants au nom du Père et du Fils et de l'Esprit-Saint. Nous nous y réunissons le dimanche pour prier. Du moins ceux qui le veulent bien. Car nous avons parmi nous quelques frères qui passent leur temps à renier le Créateur et à le maudire. »

Et en effet, alors qu'ils se trouvaient dans l'oratoire, Thomé perçut hors les murs des sifflets et des vociférations et des jurements de toutes sortes, Dieu est un jean-foutre, la Vierge est une bougresse, longue vie au Cornu-Maître-du-Monde, l'enfer, c'est ici. Au point que le maître des Bonnet épouvanté se boucha les oreilles, demandant :

« Comment pouvez-vous, mon frère, souffrir de pareilles impiétés ? Ces gens-là méritent mille coups de fouet ! Et sans doute davantage !

— Ne parlez pas de souffrir à la Maladerie, mon frère ! Nos souffrances sont si grandes qu'il ne m'est pas permis de critiquer les soulagements que chacun cherche à se donner. Les uns en se trempant dans l'eau, d'autres en se jetant dans le feu, certains en priant de toute leur âme, d'autres en blasphémant de toutes leurs tripes. »

Ne voulant pas être en reste de générosité, Euloge fit présent à son collègue d'une tartarelle de sa fabrication, en diverses sortes de bois, buis, chêne et peuplier :

« Quand vous serez de retour aux Bonnets, purifiez-la dans

les flammes afin qu'elle ne répande pas notre mal parmi vous. Et gardez-la soigneusement, pour le cas où... »

Maître Thomé retourna chez les siens, il fut heureux de voir des visages frais, des mains entières, des enfants souriants. Pendant six semaines, comme elle l'avait promis, Françoise Bonnet refusa de partager sa couche et s'en alla chaque soir dormir chez une de ses filles. Néanmoins, après cette quarantaine, constatant qu'il n'était pas devenu ladre, elle reprit ses anciennes habitudes tout en se tenant aussi éloignée que possible de son corps. Si bien que la paillasse, écrasée sur les bords et respectée au centre, forma petit à petit entre eux une sorte de puy de Doume.

Le sire de Thiern, Montguerlhe et Volloùre, que certains appelaient Guillaume-Quatrième, et d'autres Guillaumet à cause de sa petite taille, avait épousé une demoiselle limousine nommée Agnès de Maumont qui aimait un peu trop la musique. Elle allait d'un de leurs châteaux à l'autre toujours suivie par une troupe de musiciens, de danseurs, de cuisiniers. C'étaient des fêtes sempiternelles, on consumait cent livres de chandelle, on dévorait un bœuf entier, on sifflait deux poinçons de vin chaque nuit. A ce régime, le trésor de Guillaume se trouva bientôt sec, le baronnet de Volloùre exigea pour le remplir que ses tenanciers, manants et villains eussent à payer deux fois par an la même *taille*.

« Nous l'appellerons, si vous voulez bien, expliqua-t-il aux Volloùrois qui n'ont pas la comprenette rapide, nous l'appellerons la *retaille.* »

Ils grognèrent, mais, craignant de voir fondre sur eux les archers du triste sire, apportèrent en rechignant leur nouvelle contribution.

Cependant, afin d'économiser, Guillaume s'établit à Montguerlhe, renvoya les trois quarts des joueurs de vielle, confiant la ville de Thiern à son beau-frère Pierre de Maumont. Or celui-ci se montra d'une telle voracité, écorchant si bien les bade-bec et les moines du Moustier qu'on le surnomma « le Chevalier juif ». Tremblant de le voir devenir leur seigneur définitif, les Thiernois mandèrent une délégation à Montguerlhe pour se garantir des impositions exorbitantes. En échange de quoi, après marchandage, ils versèrent trois cent vingt livres de Clermont, plus six pintes d'huile de chou, plus deux livres de cire. La cire et l'huile avaient été ajoutées par dame Agnès qui en avait besoin pour ses cosmétiques. Tout cela fut couché par écrit en langue latine sur bon parchemin et les bade-bec s'en retournèrent heureux comme des saints Georges, emportant sous le bras leur *charte* roulée, cachetée, estampillée.

Là-dessus, n'ayant plus rien de propre à faire en celui-ci, Guillaume-Quatrième s'en fut dans l'autre monde, laissant Thiern à son frère Guy, Montguerlhe et Volloùre à son frère Louys. Lequel n'eut rien de plus pressé, en cadeau de bienvenue, que de tripler les redevances anciennes. Cette fois, les Vollourois se fâchèrent tout rouges :

« Nous versons déjà une *taille* et une *retaille !*

— Eh bien ! Vous verserez aussi une *reretaille !*

— Rien du tout !

— Qu'entendez-vous par là ?

— Par là, nous entendons que nous ne verserons pas un liard, pas un grain, pas un œuf de votre *reretaille,* avec tout le respect que nous vous devons. Sinon, après viendra une *rereretaille,* et ainsi de suite jusqu'à la fin du soleil. Il y a une limite à tout.

— Et si je vous expulse ? Et si je vous emprisonne ? Et si je vous pends ?

— Nous payerons encore moins.

— Je saisirai vos récoltes !

— Nous les aurons brûlées avant. »

Louys renonça au triplement. Mais il revint à la charge sur la question des bouviérades, des corvées à bœufs dues jusque-là trois fois dans l'année. Il en voulut une quatrième avec, qui plus est, le pouvoir de l'envoyer au lieu de son choix, hors l'étendue de la châtellenie. C'est ainsi qu'il ordonna aux Bonnet de fournir une paire de bœufs, un barot et un bouvier tel jour afin d'aller quérir des barriques de vin à Millefleurs, à cinq lieues de distance. Rien de tel n'avait été de mémoire d'homme imposé aux paysans de la région. Maître Thomé décida de garder ses bêtes à l'étable et de se rendre à Vollоùre avec tous les Bonnet disponibles ; auxquels s'ajoutèrent d'autres mécontents recrutés en cours de route. Tout ce monde se rassembla devant le château à l'heure du rendez-vous, l'aiguillon droit, en sorte que le sire et sa garde crurent qu'il s'agissait de lances et de javelots.

Comme ils n'approchaient pas assez pour paraître menaçants, les intendants et les pitanciers vinrent parlementer aux portes : « Que signifie cette troupe ?

— Que nous ne voulons pas fournir de bouviérades nouvelles. Trois par an, un point c'est tout. Comme l'ont toujours fait nos pères et nos Grands.

— Mais qui commande ici : le maître, propriétaire de la terre, ou les serfs, villains, manants et tenanciers à qui il a fait la grâce d'en accorder la jouissance ?

— Il n'y a plus de serfs ! cria Thomé Bonnet. Plus de manants ! Plus de villains ! Nous sommes des hommes libres comme Dieu nous a créés ! Et nous ne cultiverons plus à n'importe quel prix ! »

La discussion dura des heures à travers la herse baissée. De temps en temps, les archers faisaient mine de bander leur arc, les visaient avec leurs flèches ; quelques-unes partirent même et se fichèrent dans le sol, autour des révoltés, qui frémirent, mais ne reculèrent pas d'un pouce. On dit cependant tant et tant de choses des deux côtés de la herse que les paysans finirent par comprendre exactement ce qu'ils voulaient et qui n'avait été jusqu'alors que vaguement perçu dans leur tête : ni plus ni moins qu'un écrit sur parchemin comme en avaient obtenu les bade-bec de Thiern et aussi, disait-on, les gens de Montbrison, de Clermont, de Billom. Une *charte* précisant par le menu leurs franchises et leurs devoirs afin qu'il n'y eût plus jamais à l'avenir de discorde entre eux ou leurs descendants et les seigneurs de Volloûre. Louys refusant de se montrer derrière la herse, le grand intendant dut accomplir de multiples allées et venues entre la porte et les appartements du baron, il en revenait chaque fois rouge et hors d'haleine à cause de ce gros ventre — apanage de l'homme le mieux nourri du château — qu'il lui fallait hisser, puis redescendre.

« Qu'a répondu votre maître ? » demandaient les révoltés. Et lui, la main haute : « Attendez... attendez... une minute par charité... laissez-moi reprendre mon souffle... Si vous n'arrivez pas à vous entendre bientôt... je crois qu'aujourd'hui j'y laisserai la vie... »

On s'entendit provisoirement : les chefs de toutes les familles de la terre de Volloûre, aussi bien celles qui habitaient le bourg que les campagnardes, se réuniraient pour discuter de la convention éventuelle à partir du lundi suivant, jour de la

Sainte-Marthe. « Où ça ? » L'intendant proposa la grande salle du château, mais la foule secoua ses têtes avec énergie, elle craignait de subir des pressions, d'être retenue prisonnière, de ne recevoir aucune nourriture avant d'avoir signé, que sais-je ? On stipula donc que les débats se tiendraient chez le curé de la paroisse, Joanis Boyer, homme unanimement respecté.

La saison, celle de la fauche et des premières moissons, n'était guère favorable ; les tenanciers n'hésitèrent pas néanmoins à quitter leurs champs et leur famille afin de participer à ce grand parlement. Thomé Bonnet revêtit ses chausses du dimanche, ses braies neuves, son bliaud de toile bleue, enfila ses brodequins en peau de vache, coiffa son bonnet pointu et se rendit à Volloûre, son bâton au poing. Il y trouva, rassemblés devant l'église, les *mouitri* des communautés volloûroises, Hugon Montbartoux, Peyre Delpomier, Joanis Lacout, Joanis Giraud de la Brunelhie, Jean Deponhat, Durant Melheyras, Peyre Borgade de la Dardie et son frère Antoine Borgade du bourg, Laurent Dumas, Annet Dunauld, Peyre Dutillet, Etienne Frayssenet, Giraud Lorilhe, Michel Michalias, Francis Gongeaud et plusieurs autres. Le curé Boyer vint et dit :

« Je n'ai dans ma maison aucune pièce assez grande pour vous contenir tous. Un moment, j'ai pensé que vous pourriez vous réunir dans l'église ; mais vous aurez à débattre de tailles, de corvées, de bouviérades, et je crains que les oreilles du Seigneur ne soient offensées par de tels propos. Je vous propose donc à la place la grange du prieuré. Les moines m'ont donné leur accord. Vous y serez au frais et au silence. »

La foule suivit Joanis Boyer, contourna l'église, pénétra dans le couvent et, sans déranger les religieux, se dirigea vers la grange dont une partie était encore occupée par le foin sec et des fagots de feuille de la saison précédente, qui servaient à nourrir leurs vaches en hiver. Mais il restait une vaste surface de terre battue sur laquelle, en guise de sièges, on disposa des ballots de foin ou des fagots ; certains délégués s'assirent sur le sol nu ; d'autres restèrent debout. Quelques bancs et une table furent apportés pour permettre les écritures. Quand tout le monde fut installé commodément, qui le dos au mur, qui le cul par terre, le curé parut de nouveau et ordonna :

« Mes chers frères, levez-vous et découvrez-vous ! Car voici le seigneur Louys de Thiern, baron et seigneur de Montguerlhe et de Volloûre ! »

Chacun se leva donc, quitta sa coiffure, et Louys fit son entrée, ganté malgré la chaleur, botté, vêtu d'une cotte de velours rouge bordée d'hermine, coiffé d'un chaperon à plumage. C'était un homme sur la cinquantaine, de courte taille comme son frère Guillaumet, se tenant fort droit, ni gras ni maigre, le visage rasé et poudré. Ses yeux d'une noirceur intense observaient cette assemblée dont plusieurs membres le dépassaient d'une tête, réunis pour affirmer leurs droits et leur condition d'hommes libres. Il leva la main pour les remercier de leur hommage et s'écarta aussitôt afin de livrer passage à une personne qui venait derrière lui, vêtue de noir, coiffée d'un bonnet carré, porteuse d'une liasse de documents, d'une poignée de plumes à écrire, d'un flacon d'encre et d'un petit marteau d'ivoire. Elle ouvrit la bouche et dit, dans un parler que les Volloùrois comprirent sans trop de peine :

« Je suis Gérard de Saint-Romain, juge en la cour du Forez, chargé par le très illustre seigneur Louys de discuter avec vous et en son nom les termes des franchises que vous prétendez obtenir de lui. Mon rôle sera de rapprocher vos demandes de ses offres et je compte y mettre tout mon cœur, si vous m'acceptez.

— Oui bien ! Oui bien !

— Puisqu'il en est ainsi, je commence tout de suite en vous priant de répéter après moi les paroles de votre imploration : Très illustre seigneur Louys de Thiern... »

Et l'assemblée de marmonner fidèlement :

« Très illustre seigneur Louys de Thiern... nous vous supplions bien humblement... afin d'éviter entre nous toute discorde future... de bien vouloir nous octroyer certaines libertés et privilèges... en échange des devoirs auxquels nous nous obligeons pour nous et nos descendants... »

Quand ils furent au terme de leur psalmodie, Louys de Thiern leva la main et prononça un seul mot :

« Accordé ! »

Les manants applaudirent. Après quoi, le chevalier disparut, les délégués se rassirent sur leurs fagots et la discussion commença, dans la bonne odeur de tisanes qu'émettaient les feuilles sèches. Elle devait durer dix-neuf jours, interrompue seulement par la cloche des moines sonnant les heures canoniales ; les hommes alors se levaient, se signaient, grommelaient une prière, puis se remettaient sur leur cul. Soixante-deux articles furent examinés, certains exigèrent quelques minutes de débat, d'autres plusieurs jours. Il en résultait à chaque coup un texte rédigé en langue latine qu'un assistant du juge forézien crayonnait sur des tablettes d'ardoise en se servant d'un style de métal ; après quoi, Gérard de Saint-Romain en donnait la traduction en langue forézienne et questionnait :

« Etes-vous d'accord ? »

La grange se partageait alors en trois catégories ; il y avait ceux qui approuvaient de la tête ; ceux — les plus nombreux — qui n'en pensaient rien du tout ; et ceux qui marmonnaient.

« Etes-vous d'accord ? » répétait l'homme noir.

Si les marmottements ne prenaient pas trop de volume, le juge frappait la table de son marteau d'ivoire en criant :

« *Approbatum.* Adopté. »

Et aussitôt il enchaînait : « Article suivant. *Item.* »

Car chaque paragraphe, à l'exception des tout premiers, commençait par ce mot mystérieux, que personne n'expliqua. En sorte qu'il finit par susciter des craintes : n'y avait-il pas dans cet *item* quelque piège caché, une formule magique, une conjuration pour annuler le reste, pareille au clin d'œil dont on accompagne un récit de fantaisie pour avertir qu'il n'y faut pas croire ? A la fin, Thomé Bonnet prit son courage par l'anse et leva sa seconde main :

« Sauf votre respect, messire, j'aimerais bien savoir ce que veut dire *item.*

— *Item ?*

— Oui, en langage ordinaire.

— Mais *item* ne veut rien dire d'autre qu'*ensuite.* Ou si vous préférez : *douzièmement, treizièmement, quatorzièmement.* C'est une façon d'interrompre la lecture pour prendre sa respiration. Voulez-vous que je le supprime ?

— N'en faites rien, s'il en est ainsi. Laissez-le à sa place. Il ne faut pas empêcher le monde de respirer. »

« *Item !* » continue donc le juge forézien au commencement de tout article nouveau. Le premier, quoique la chose soit présente dans les esprits et sur les rôles de taille, retaille et reretaille, fixe les frontières de la terre de Vollouïre où la charte aura force de loi. Par le deuxième, le seigneur Louys accorde, concède et octroie officiellement aux habitants et aux manants, dès à présent et à perpétuité, le droit de s'associer en communautés, fraternités ou condamines qui portent dans le texte latin le nom d'*universitates.* Elles pourront, par le suffrage de tous les citoyens, hommes et femmes, âgés d'au moins quatorze ans, choisir dans leur sein quatre consuls parmi les personnes de bonne réputation, lesquels auront pouvoir d'administrer les affaires de la ville et de son territoire jusqu'aux frontières définies comme ci-dessus. Les consuls élus seront obligés d'accepter cette charge : *Que si un refus se produisait, l'élu qui essaierait de s'y soustraire encourrait une amende de cent sols perçue immédiatement au profit de la paroisse.*

Les articles IV et V stipulent la nomination d'un gastier et d'un forestier pour la garde des bois ; d'un bailli et de deux sergents — *mais pas davantage* — pour la surveillance et la police de la ville ; lesquels ne pourront pénétrer de nuit et à une heure indue dans le domicile des habitants : sauf s'ils portent un flambeau et sont escortés de deux ou trois compagnons assez connus pour qu'on puisse les identifier à leur langage.

L'article VI apporte une grande victoire aux hommes de la grange ; il limite et précise les corvées dues au seigneur Louys par chaque feu ou ménage, les réduisant à deux annuelles : *Ceux qui ont des bœufs et un char feront la corvée avec leurs bœufs et leur char ; ceux qui ont un roussin, une jument, un âne ou une ânesse fourniront la corvée avec ces bêtes ; et ceux qui n'ont ni bœufs, ni char, ni roussin, ni jument, ni âne ou ânesse fourniront la corvée avec leur personne ; le seigneur pourvoira aux frais de nourriture des hommes et des bêtes.*

L'article VII stabilise à jamais le montant actuel des *cens et prestations de blé, d'argent, de gélinage et toutes autres redevances, en sorte qu'à raison des biens que les manants tiennent de lui, le seigneur Louys et tous ses successeurs ne pourront exiger rien de plus sans leur consentement.* En quatre cas seulement un droit de retaille de trente livres et pas davantage sera versé par la paroisse entière : *Lorsque le successeur du seigneur Louys sera fait chevalier ; si le seigneur Louys en personne ou son successeur, faits prisonniers à la guerre, devaient payer rançons (ce dont Dieu les garde !) ; s'ils faisaient le voyage en Terre sainte ; s'ils célébraient les fiançailles de leur fille ou son entrée en religion.*

Item. Le seigneur Louys retient et se réserve à perpétuité tout le mois d'août pour vendre son vin, en sorte que durant ces trente et un jours aucun vigneron ne puisse faire commerce du sien sans la permission expresse du chevalier ou de ses successeurs. Mais à toute autre époque de l'année, lesdits habitants et manants auront licence de le faire.

D'autres articles règlent le partage des bois, l'étalon des mesures, le salaire des sergents, les amandes pour faux poids, vagabondage d'animaux, maraudages, coups et blessures : *Si quelque habitant de la franchise a frappé quelqu'un jusqu'à effusion de sang, mais sans employer pierre, bâton ni couteau, il paiera trois sols ; si le coupable majeur de quatorze ans a employé pierre, bâton ou couteau, il paiera soixante sols ; mais rien du tout s'il n'est pas majeur de quatorze ans.*

Nul ne sera obligé d'accepter le duel judiciaire et de se battre contre son gré, même si le défi lui est jeté à l'occasion de quelque crime. Si les gens du seigneur, en exécutant ses ordres, causent un dommage sans raison légitime, le seigneur, sur la requête des consuls, le réparera de ses deniers.

Le juge forézien frappa de son marteau et proclama :

« *Article X.* Il est d'usage, dans la rédaction des lettres de franchise, que soit examiné un délit très couramment inspiré aux hommes et aux femmes par le seigneur diable, ennemi de Dieu : je veux dire l'adultère.

— Quoi ? Quoi ? Quoi ?

— Il veut dire, précisa un des villains, mieux instruit, il veut dire la façon du coucou.

— Ha, ha, ha ! rigolèrent les autres. La façon du coucou !

— C'est une façon, protesta Thomé, qui ne se pratique point aux Bonnets.

— Qu'en sais-tu ? Cette façon-là reste toujours secrète.

— Sans doute chez vous, pas chez nous. Il se peut donc que les Vollòurois aient grand besoin d'un tel article.

— La poule qui chante…

— Silence ! cria le juge noir en tapant du marteau. Plusieurs cas sont à considérer : suivant les lieux, les moments, les personnes qui perpètrent le délit ; mariées ou non ; étrangères ou non au territoire de la franchise ; honnêtes femmes ou professionnelles du procédé… »

La discussion de l'article X fut un heureux moment dans la grange, ponctué d'exclamations, d'éclats de rire, d'interrogations burlesques. Un homme et une femme pouvaient-ils être accusés d'adultère simplement parce qu'ils se trouvaient ensemble en un lieu public, peut-être étaient-ils venus là pour jouer à cligne-musette ou enfiler des perles ? Pouvait-on accomplir réellement la façon du coucou en présence d'une tierce personne ? La chose était-elle plus aisée avec ou sans lumière ? Quelles peines étaient édictées par les chartes de Montbrison, de Thiern, de Billom, de Maringues ? A la fin finale, en en vint à peu près à la rédaction du texte ci-dessous :

Article X. Si un homme et une femme mariés de la paroisse sont surpris en adultère par un sergent de Volloûre, tous deux seront fouettés et promenés nus par la ville, suivant la tradition, à moins qu'ils ne préfèrent, au lieu de la promenade, payer soixante sols tournois au seigneur, plus cinq sols pour la prestation du sergent.

S'il s'agit d'un homme célibataire surpris avec une femme qui fait notoirement commerce de son corps, alors même qu'elle passerait pour mariée, il ne payera rien avant qu'on ne sache très certainement qu'elle est mariée réellement, et dans ce cas dix sols d'amende seulement.

Si un homme marié est surpris avec une femme non mariée ou l'inverse, en présence d'une tierce personne, on ne devra pas les accuser d'adultère à moins qu'on ne les ait trouvés ensemble la nuit et sans feu. Sauf si, accusés précédemment par la rumeur publique, ils avaient été mis en demeure par le sergent, en présence de deux témoins dignes de foi, de n'avoir plus à se trouver ensemble en aucunes circonstances. Auquel cas, surpris de jour comme de nuit, ils seront arrêtés jusqu'à ce qu'ils aient, à leur choix, subi la promenade ou payé l'amende de soixante-cinq sols.

Et si quelque homme est trouvé seul avec une femme mariée cabaretière ou vendant dans sa maison des provisions de bouche, à moins que ce ne soit la nuit, porte close et sans feu, on ne devra pas les arrêter pour motif d'adultère.

Ce dernier paragraphe semblait avoir été composé spécialement à l'intention de Simonette Fafournol qui tenait auberge dans Volloûre, près de la porte de Montguerlhe, et proposait à sa clientèle toutes sortes de restaurations. Afin de lui laisser plus entière liberté dans son commerce, Fafournol, son mari, passait une grande partie de ses journées dans sa cave, en la compagnie infaillible de ses tonneaux. Quand Gérard de Saint-Romain traduisit la rédaction que son scribe venait de gribouiller sur son ardoise, les Volloûrois éclatèrent en applaudissements, acclamations, rires, gestes obscènes. Dans la grange, les *mouitri* des communautés secouaient la tête en silence, avec désolation. « *Approbatum !* » fit le juge noir.

En échange de ces avantages considérables, franchises, privilèges et libertés, les délégués s'engagèrent à assurer le guet du château : *Au premier signal d'alarme que jettera avec sa trompe le maître du guet pour appeler au secours dudit château contre l'incendie ou l'ennemi quel qu'il soit, un homme au moins par feu devra le plus tôt qu'il pourra accourir ; et s'il ne le faisait point, il paierait au seigneur une amende de cinq sols.* A faire la nuit garde de la ville de Volloûre en période de guerre. A museler leurs chiens. A se servir uniquement des fours et moulins banaux. A payer au seigneur un droit de lods égal au douzième pour toute vente de maison ou immeuble. Tout homme qui prendrait possession de l'héritage de sa femme lui verserait un droit d'intrage égal à deux livres de cire et rien de plus.

Au terme de ces longues discussions, le texte latin des franchises fut couché par le scribe en belle écriture sur deux feuilles de parchemin vierge, jointes et collées ensemble ; afin que les marges en fussent respectées, Gérard de Saint-Romain y apposa le sceau de plomb de son seigneur le comte du Forez ; il apposa de même et appendit le sceau de cire rouge dudit comte à la fin des lettres, les soussigna et les fit soussigner par Louys de Thiern, seigneur de Volloûre et plusieurs personnes respectables en mesure d'écrire leur nom, qui avaient participé à l'établissement des libertés volloûroises.

VI

Dès les premiers jours de septembre, quand les grains commençaient de noircir sérieusement, les petits enfants des Bonnet s'en allaient chanter dans les vignes :

> *Setembre, setembrin !*
> *bouélo-nou de groù rosin,*
> *de ploïo po noùtri pra,*
> *lo sandà po lu itropià.*
>
> Septembre, septembrin,
> donne-nous de beaux raisins,
> de la pluie pour notre pré,
> de la force aux estropiés.

En même temps, ils frappaient l'un contre l'autre deux morceaux de bois, deux pierres, deux sabots usés jusqu'au ventre, ce qui devait mettre en fuite les merles et les vendangettes, amateurs de grappes mûres. Dans la région, l'on ne cultivait que deux espèces de cépages : l'un, pâle de feuilles, produisait des grains assez petits, de teinte violette, parfois comme embués d'une fine poudre blanche, on l'appelait le *pouzin,* parce qu'il était originaire d'une ville ainsi nommée en pays vivarais ; l'autre, à grains plus gros, s'appelait à cause de ses feuilles très larges le *pano-tchou,* le torche-cul, et il était en effet bien propre à cet usage. Naturellement, leurs deux vins étaient aussi dissemblables que l'ajasse et le coucou : le premier avait de la couleur, une saveur âpre et relevée, bu tout seul il te tenait la bouche ouverte un long moment, tu avais besoin d'une tape dans l'échine pour pouvoir la refermer ; le second apportait la quantité avec une certaine douceur ; une fois mélangés, chacun complétait l'autre. Les drôlets s'en allaient donc dans les vignes dès la Sainte-Rosalie invoquer pour elles le soleil de septembre et chasser les oiseaux maraudeurs, afin de préparer les imminentes vendanges.

Vers la même époque, le *mouitre* et la *mouitreço* s'employaient à d'autres préparatifs : ils engraissaient les porcs, les vaches réformées, les oies, les chapons qu'ils voulaient vendre à la foire du Pré qui se tenait le 14 septembre, fête de l'*Exaltatio Sanctae Crucis*. Les Auvergnats ignoraient tout de cette Exaltation, mais ils comprenaient qu'il s'agissait de glorifier la Croix de Jésus-Christ : seule assurance qu'ils eussent contre les fléaux qui frappent le pauvre monde : le feu, la foudre, la grêle, la sécheresse, la stérilité, la ladrerie, la peste et les millante sortes de maladies qui existent. Une croix de buis protégeait leur maison, leur étable, leurs ruches ; une croix de paille protégeait leurs sillons ; une croix de pierre protégeait leur cimetière et leurs carrefours ; avant de découper des tranches dans le chanteau de pain, le maître traçait une croix sur la croûte avec la pointe de son couteau ; les enfants se signaient avec le premier fruit de la saison en prononçant une formulette vaguement rimée :

Bon Djeù dé Tchè è dé Corpéyro
dé Cotoù è dé Volloùre,
ch'ou pley, foza-m'oví coqu'ime
e biocò, biocò de celeyra.

Bon Dieu de Thiern et de Courpière,
d'Escoutoux et de Volloùre,
siouplaît donnez-moi quelque esprit
et beaucoup, beaucoup de cerises.

Les adultes se signaient plusieurs fois par jour, en se levant, en commençant leur ouvrage, en le finissant, en se mettant à table, en se couchant. Bref, la croix était présente dans toute leur vie et ils en avaient grand besoin. Rien n'était plus juste que de l'honorer le 14 septembre. C'est pourquoi les moines de l'abbaye Saint-Symphorien avaient ce jour-là organisé une grande foire dans un pré qui leur appartenait, sur la rive gauche de la Durolle ; ils y apportaient eux-mêmes les produits de leur culture et de leur élevage, y conviaient tous ceux qui, à dix lieues à la ronde, avaient quelque chose à vendre ou à acheter. Il en venait à pied, à cheval, en voiture. Il en venait même en barque, qui remontaient le vin, le blé, les pommes de la Limagne. Les jardiniers étalaient leurs légumes sur le pont en dos d'âne qui, pour cette raison, s'appelait le pont aux Choux. Les couteliers, les corroyeurs, les taillandiers, les fustiers, les forgerons descendaient les produits de leur industrie. La clientèle arrivait de toute l'Auvergne, des provinces voisines, du Forez, du Bourbonnais ; du « côté d'en-haut » : le Lyonnais, l'Alsace, la Provence ; et même des « pays-bas » qui sont situés au-delà d'un grand fleuve appelé la Loire, où l'argent, dit-on, existe en telle abondance qu'il suffit de se baisser pour le ramasser, comme chez nous les pierres.

A cinquante ans environ, maître Adrien, père de deux filles et d'un garçon, se trouvait *mouitre* élu de la communauté des Bonnet qui comptait douze parsonniers âgés de plus de quatorze ans, seize parsonnières de même sorte et treize enfants mineurs ; plus deux serviteurs et une servante. Les Bonnet étaient la plus ancienne *universitas* de la région. Ils avaient réussi à célébrer jusque-là leurs mariages entre eux, allant chercher parfois une fille dans quelque communauté voisine, mais refusant l'entrée des garçons pour n'avoir pas ensuite à risquer un partage. Car, en même temps que le nom qu'elle portait, une fille en se mariant perd son indépendance, elle doit obéissance en toutes choses à son mari et lui remet une légitime dont la valeur est prise nécessairement sur les biens de ses parents ; le mari reçoit, et ne donne rien. L'ennui est qu'à rester toujours dans la même cage, lapins et lapines deviennent quasi stériles ; aussi le bon ménager va-t-il de temps en temps chercher un mâle ailleurs. Les enfants étaient rares aux Bonnets : treize en tout pour huit familles en âge d'en avoir. Maître Adrien réfléchissait souvent à ces choses la nuit, la tête sur l'oreiller, et envisageait le moment où il lui faudrait comme à ses lapins renouveler l'espèce.

D'autres communautés environnantes avaient déjà sauté le pas. Par alliance, les Chastel étaient devenus Chastel-Goutte ; les Rossias, Rossias-Goutte ; les Quittard, Quittard-Terme, Quittard-Anglade ; les Bourdier, Bourdier-Thuel ; les Pradel, Pradel-Quittard, Pradel-Courty ; les Dozolme, Dozolme-Chevalérias. On connaissait même les Montbartoux devenus Montbartoux-Cathonnet-Gueslon. D'autres condamines s'étaient, au contraire, par on ne sait quelle bénédiction du Ciel, montrées si prolifiques et prospères qu'elles avaient quitté la ruche primitive pour essaimer vers d'autres territoires. Ainsi, les Ferrier possédaient quatre domaines ; les Bourgade dix ; les Quittard onze ; les Dunaud douze ; ces derniers prétendaient courir deux jours entiers sur leurs terres sans en franchir les limites ; ils tenaient leur fortune du bétail, plus lucratif que la culture. Quelle bonne semence avait répandue ce Bonnet Joanis, premier maître et fondateur de leur entente, on ne sait combien de siècles auparavant ! Si bien que sa tombe s'était perdue au cimetière de Volloùre, mais que son nom se gardait fidèlement parmi eux et se prononçait à chaque prière du soir, quand tous les parsonniers et serviteurs, enfants et grandes personnes, se tenaient agenouillés sur la terre nue :

« *Mouitre Joanis Bonnë,* récitait Adrien en langue auvergnate, toi qui fus le père de notre famille, garde-la de tous maux et guide-moi à bien t'imiter, avec l'aide du bon Dieu. *Amen.* »

C'est ce même Joanis qui avait gravé de son couteau deux feuilles de chêne croisées pour marquer sa place au bout de la table sur laquelle des générations de Bonnet avaient pris leurs repas. A moins que ce ne fût un autre. N'importe. Or Adrien, son lointain successeur, avait eu cette étrange idée : de faire broder par sa femme deux feuilles de chêne croisées sur le chaperon de feutre dont il se coiffait en permanence, ayant renoncé au bonnet traditionnel, afin que fût honorée, non point la personne humaine qui portait ce chapeau, mais la fonction représentée par les feuilles. Chaque matin, au saut du lit, son premier geste était de poser cet accessoire sur sa tête. De même, suppose-t-on, qu'un évêque en se levant commence avant toutes choses par se coiffer de sa mitre.

Adrien Bonnet avait deux filles, une de quatorze ans, bonne à marier, une de huit qui pouvait encore attendre. « Qui leur donnerai-je ? » se demandait-il. Passant en revue les quatre Bonnet disponibles, il n'en trouvait aucun à son goût : un oncle, un cousin, un petit-cousin, un goitreux. Il restait trois solutions : qu'elle restât fille ; qu'elle partît dans une autre communauté ; qu'il lui dénichât un homme hors du village. Tout cela représentait bien des nuits de calcul et d'insomnie.

En attendant, il offrit à son aînée, Elise, de l'accompagner à Thiern. Elle devint toute rouge, n'en crut pas ses oreilles : « Sire père, que m'avez-vous dit ?

— Que je voulais t'emmener à Thiern voir la foire du Pré. »

Elle lui aurait sauté au cou s'il n'y avait eu entre eux une si grande distance, ce sont là des démonstrations qui ne conviennent pas à un porteur de mitre, il vit son élan interrompu, le regretta un peu, elle se contenta de lui baiser la main. Ils partirent dans le charreton tiré par la jument Patience, en compagnie de la *mouitreço* Séraphine-Deuxième, de deux gorets et d'une cage remplie de volailles diverses, poules, oies, canards, toutes caquetantes et jabotantes à qui mieux mieux. Séraphine II possédait comme la première les plus belles qualités chrétiennes et domestiques, mais un défaut lui était propre qui aurait suffi à gâter ses vertus ailleurs que chez les Bonnet-Bons Dieux : du matin au soir, il lui fallait cancaner, bavarder, jacasser, babiller, pérorer, dégoiser, au point que son mari, le seul qui eût cran sur elle, s'exclamait quelquefois :

« Arrêtez, Séraphine, je vous en prie ! Vous nous saoulez ! »

Elle restait un moment tête basse, toute camuse, aussi mal à l'aise dans le silence que le poisson dans la farine ; puis elle repartait malgré elle, disant :

« Faut que je parle ou que je crève ! »

D'autres fois, elle s'enfermait seule dans la souillarde et se mettait à jaser en tête à tête avec elle-même, se plaignant de la façon dont elle était traitée en cette maison, du temps qu'il faisait, de ses douleurs de ventre, et pia-pia-pia, et pia-pia-pia, et pia-pia-pia.

Ce 14 septembre, tout le temps que dura le voyage, elle ne manqua pas de commenter le chemin, les personnes, les bouses rencontrées. Ils étaient partis avant le jour, Elise pressée contre son père humait la bonne odeur de sueur chevaline et de crottin et sommeillait un peu, sourde aux pia-pia-pia de Séraphine, les canards et les oies lui donnant seuls la réplique. Ils franchirent la porte de l'abbaye, gardée par des moines patibulaires qui leur demandèrent dix deniers en monnaie de Riom. La *mouitreço* essaya de protester :

« Mais nous avons avec nous une enfant qui ne vient pas ici pour faire commerce !

— C'est deux deniers par tête humaine, quatre deniers pour l'ensemble de votre bétail, et fin finale, dame Caquet ! Personne ne vous oblige à venir ! »

Il fallut s'acquitter et avaler en plus l'injure de « dame Caquet » proférée par un moine. Patience avançait prudemment au milieu de la foule qui allait s'épaississant. Bientôt l'on fut dans le pré, étendu de la rivière jusqu'à un monticule boisé nommé le Breulh ; du côté de la plaine, il était bordé de jeunes peupliers comme d'une file de sentinelles ; au-delà, un mur d'enceinte marquait la limite du domaine bénédictin. D'autres religieux se tenaient à l'entrée du pont aux Choux, sur la rive droite, et encaissaient les redevances. Ainsi il était impossible de participer à la foire sans verser péage. Adrien attacha la jument au tronc d'un arbre. Les frères de Saint-Symphorien occupaient à eux seuls le quart de la surface ; ils y avaient le carré de leurs potirons, chacun avec ses tranches bien marquées, obscènes comme des fesses ; le carré des pastonades ; le carré des choux et des raves ; le carré de la basse-cour ; le carré du miel et de la cire. Le reste du pré appartenait aux vendeurs de toutes marchandises, vivantes ou mortes, paniers, tonneaux, échelles, melons, courgettes, chapeaux de paille, de laine ou de feutre, vaches, volailles, cochons, ânes, mules, le tout dans le plus grand méli-mélo qui fût possible au monde. Gorets tenus en laisse, ou couinant dans leur cage, ou courant entre les jambes des chrétiens, poursuivis par leurs propriétaires. Vendeurs et acheteurs tempêtant pour essayer de s'accorder sur le prix, jurant qu'on les écorchait, qu'on les réduisait à la mendicité :

« Tirez-en quelque chose, tout de même !

— Non, Monseigneur ! Je n'en tirerai pas le téton d'une puce ! »

Finissant néanmoins par s'entendre et se taper dans la main. Vaches léchant leur veau, jument hennissant leur poulain, truies fouissant la terre. D'autres marchands vendaient la santé : un apothicaire chantait la louange de ses herbes et de ses racines, offrait une liqueur qu'il remuait avec une petite cuiller métallique dans un gobelet transparent :

« Le nectar de vie ! Le nectar de vie ! »

Et comme personne n'en voulait, il finissait par le siffler lui-même. Un médecin en robe violette, ganté de rouge, observait dans le blanc de l'œil chaque badaud attentif et le classait immédiatement :

« Toi, tu es un respiratoire... Et toi, un bilieux... Toi, un lymphatique... Toi, un cérébral... Et tous vous avez besoin de mon clystère et de ma lancette ! »

Un astrologue en chapeau pointu prédisait ton avenir en déchiffrant une poignée de grains versée sur une planche.

D'autres encore débitaient des nourritures et des boissons, pâtés, saucisses, guenilles, pichets de vin blanc, rouge, châtain ou d'eau miellée.

Les étrangers venus des pays-bas ou des pays d'en-haut, fournis en pièces de Tours, de Lyon ou de Paris, devaient les convertir en livres clermontoises ou riomoises ; ils recouraient aux services d'un changeur qui, entouré de ses aides, tenait boutique sur une table à tréteaux ; il y avait disposé ses balances, ses poids gros et petits, alignés par ordre de grandeur dans une boîte doublée de satin bleu ; ses piles de monnaies diverses, livres d'or, sols d'argent, deniers de billon, liards de cuivre, métal jaune, métal blanc, métal noir, métal rouge. Ses aides tenaient l'œil à tout dans ce trafic de pécunes, au quibus, aux clients, aux cure-bourses.

Tant de choses ! Tant de monde ! Tant de langues ! Tant d'argent !

Elise s'efforçait de tout voir, de tout entendre, de tout sentir, afin de s'en remplir la tête et de pouvoir ensuite se les raconter à elle-même ou les raconter aux autres, durant la longue vie sans histoires, donc sans bonheur que connaissaient les femmes de la campagne :

« C'est la première fois que je suis allée à la foire du Pré... »

Mais y aurait-il d'autres fois ?

Comme elle regardait ainsi éperdument autour d'elle — son père lui avait dit : « Promène-toi à ton plaisir, mais ne manque pas de revenir de temps en temps à cet arbre où se trouvent la jument et la charrette » — elle vit luire quelque chose dans l'herbe, elle se baissa, il s'agissait d'une petite croix d'argent comme en portent les moines au bout de leur chapelet. Quel moine avait perdu la sienne ? En attendant de décider ce qu'elle allait en faire, elle la garda au creux de son poing.

Elle alla plus loin et s'ébahit devant des bateleurs en train de faire des tours d'agilité, de marcher sur les mains, de grimper l'un sur l'autre, ils furent ainsi quatre empilés, pareils à une échelle qui marche. Ils portaient un étrange costume parti de rouge et de vert, et un bonnet pointu orné de grelots qui grelottaient à leurs cabrioles. Quand ils eurent fini, ils ôtèrent leur coiffe bigarrée et, redevenus des hommes jeunes et de bonne présence, promenèrent çà et là parmi les spectateurs leur capuchon pour recueillir quelque monnaie. L'un d'eux s'arrêta devant Elise et la regarda intensément, de ses yeux verts comme en ont certains chats, ils devaient briller la nuit ; alors, un sourire, si beau qu'elle crut voir un ange, se répandit sur le visage du jeune bateleur et jusqu'à ses cheveux blonds. Elle resta pétrifiée, la bouche ouverte, tandis que le sang courait en elle d'une émotion jamais éprouvée. Puis, comme le garçon secouait en riant son épuisette, elle ouvrit la main, laissa tomber la petite croix d'argent qui fit au fond un tintement minuscule. Là-dessus, pour la remercier, il mit un pied en arrière et s'inclina devant elle profondément — ainsi fait le prêtre passant devant le tabernacle — et prononça deux syllabes incompréhensibles : *Tanque*. Elle le suivit des yeux tandis qu'il s'éloignait pour continuer sa quête. Celle-ci se prolongea longtemps, mais, afin de retenir la foule, un des baladins se lançait parfois dans quelque nouvelle pirouette.

La voiture revint au bord de nuit, tout le bétail vendu. La maîtresse raconta de quelle adroite façon elle avait su se défaire de la volaille, même de la poule boiteuse et stérile, tout juste bonne à finir en court-bouillon. De son côté, maître Adrien se glorifia d'avoir tiré quatorze livres de ses deux gorets et de n'avoir rien acheté du tout, de n'avoir pas dépensé un rouge liard en dehors du droit de péage, quoique la communauté eût besoin de clous à chaussures et de règles de fer pour les araires.

« Y a pas presse, affirma-t-il avec force. Acheter et mourir, on a toujours le temps. On fera avec ce qu'on a. »

Si les sabots perdaient les clous de leurs semelles, on en creuserait quelques paires de plus, et baste ! Le bois ne coûtait que la peine de le travailler. En principe, les Bonnet vendaient tout le possible, mais n'achetaient rien. Excepté le fer absolument indispensable. Excepté des terres nouvelles pour agrandir l'exploitation. Quant au sel, on allait s'en munir à deux lieues de là, chez les sauniers du Salet, un village situé près de Courpière, où, comme son nom l'indique, jaillissait une source salée. Ils en faisaient évaporer le bouillon au soleil pendant l'été, dans des chaudrons pendant l'hiver, en tiraient une poudre grisâtre qu'ils proposaient sous le nom de « sel » bien qu'elle eût plutôt l'apparence de la cendre.

« Celui-là ne vous fera jamais de mal à l'estomac, affirmaient-ils. Pas comme celui de la gabelle ! »

A cause de leur métier, les hommes du Salet souffraient d'une soif permanente. Et si quelqu'un de la région se montrait un jour particulièrement altéré, on disait de lui :

« *Co i pa rey ! T'a lecà le tchou d'en Saletin !* Pas possible ! Tu as léché le cul d'un Saletain ! »

Aussi échangeaient-ils volontiers leur poudre contre un poinçon de vin.

Les pécunes s'accumulaient donc chez les Bonnet-Bons Dieux de génération en génération dans la cachette que le *mouitre* était seul à savoir et dont il révélait le secret à son vigier au moment de mourir. Sous forme d'écus jaunes à fleurs de lys, d'écus blancs où l'on voyait le roi de France sur une chaise, de livres tournois, de livres parisis.

Maître Adrien et Séraphine II s'entretinrent ainsi de leurs écus tout le long du chemin. Mais les pensées d'Elise étaient ailleurs : sur le pré de la foire, sur la petite croix de chapelet qu'elle avait laissé tomber dans l'épuisette à grelots, dans les yeux verts du jeune bateleur qui l'avait regardée si intensément, sur ses lèvres rouges qui avaient prononcé deux syllabes mystérieuses. Elle demanda, s'adressant à la maîtresse, spécialiste de la parole :

« Qu'est-ce que ça veut dire *Tanque ?*

— Quoi ?

— *Tanque.*

— C'est en quelle langue ? En français ? En turc ? En latin ?

— Je ne sais pas.

— Tu demanderas ça au curé de Volloùre. »

Elle le chuchotait en elle-même, le mot tintait doucement dans sa tête, comme une cuiller dans un verre, *tanque, tanque, tanque.*

Chaque soir et chaque matin, Elise trayait les chèvres communautaires. Elles se levaient d'elles-mêmes à son approche et déjà écartaient les pattes, offrant leur pis au soulagement qu'apportaient ses mains. Mais certaines, par on ne sait quelle lubie inexplicable, ou quel jeu, la repoussaient fermement de la tête, jusqu'à ce qu'elle les eût caressées entre les cornes, ou sur leur échine maigre. La Châtaine était la plus chèvre de toutes ses chèvres, la plus fantasque, la plus inattendue, celle qui cherchait le plus couramment à embêter la société. Après avoir donné son lait, il lui arrivait de renverser la seille d'un coup de sabot. Et la pauvre Elise pleurait sur sa fortune répandue, tandis que la Châtaine, contente de sa prouesse, happait à larges dents dans le râtelier les branches de frêne. Aussi la drôlette prenait-elle de grandes précautions chaque fois qu'elle devait tirer cette galapiate, allant jusqu'à s'agenouiller près d'elle sur la fougère humide, pour maintenir la seille entre ses bras et sa poitrine pendant que ses doigts lui pétrissaient les trayons.

Tandis qu'elle se trouvait ce matin-là dans une telle posture, une ombre vint derrière elle par la porte ouverte. Elle ne sourcilla point, croyant qu'il s'agissait de la *mouitreço,* s'attendant à un prêche de Séraphine-Seconde. Mais comme rien ne venait, elle tourna la tête et reconnut Garnaud. En réalité, il s'appelait Anthème ; mais il se trouvait baptisé Garnaud à cause de son gros cou — c'est ainsi qu'on appelle en Auvergne le goitre, il avait le *groù couey* — qui gonflait encore en parlant et le faisait ressembler à une *garnaude,* une grenouille. Des mioches essayaient de le prendre pour victime : polissons appartenant à la famille d'en face, les Saton, farouchement indépendants de la communauté, et que les Bonnettes qualifiaient de *guéris-de-bien-faire :* « Retourne-t'en chez les Saton, guéri-de-bien-faire ! » Ils lui chantaient donc parfois dans le dos « Coa ! Coa ! Coa ! Brèquèquec ! » avec l'espoir de le rendre enragé ; mais c'était un garçon d'humeur douce : il se contentait d'imiter le cri de l'*escoufle,* du milan rouge, *vuiiii-vuiiii-vuiiii,* ouvrait ses vastes ailes et fondait sur eux pour les saisir, ce qui les mettait en fuite.

« C'est donc toi, Garnaud ? dit Elise.

— Oui, c'est moi. Est-ce que tu récites ta prière ?

— Je me tiens à genoux à cause que la Châtaine est une bougresse, elle cherche à renverser le seau. »

Et ce fut tout. En silence, il la regarda traire. Les deux jets enfonçaient leur *pchi-pchi* dans le lait mousseux. De temps en temps, quelqu'une des autres bêtes chevrotait, impatiente.

« Et comme ça ? fit Elise au bout d'un long moment.

— Et comme ça quoi ?

— Tu n'as rien à me dire ?

— Non, rien.

— Alors, pourquoi es-tu venu ?

— Pour... pour te voir.

— Tu me surveilles ?

— Non, je te regarde.

— N'as-tu rien d'autre à faire ?

— Rien qui soit mieux.

— C'est là ton plaisir ?

— Oui bien, ça l'est.

— Prends-en donc tout ton saoul. »

Elle ne dit plus rien, mais poursuivit sa traite comme si elle eût été seule.

Quand elle en eut fini, ses trois seilles pleines ras-que-bord, Garnaud voulut les porter, disant c'est trop lourd pour tes bras. Mais elle protesta, je suis une forte fille, ne m'as-tu pas bien regardée ? Oh ! si que je te regarde !

« Et à présent, laisse-moi passer.

— Attends un peu. Que je te regarde encore.

— Ne m'as-tu pas assez vue ?

— Jamais assez. »

Elle songea aux yeux verts du bateleur, à son sourire angélique. Anthème se tenait gauche devant elle, son bonnet pendouillant dans l'échine, tout pareil avec son goitre à une énorme grenouille qui cherche à faire la belle. Elle se sentit tout par un coup devenir méchante :

« Quand tu m'auras examinée suffisamment, tu iras t'examiner toi-même dans quelque verre à mirer.

— Pour quoi faire ?

— Pour comprendre ce nom qu'on te donne : Garnaud. »

Il devint tout pâle et se mit à pleurer, par hoquets qui gonflaient son goitre, c'était une chose affreuse. Elise eut un peu pitié de lui, elle lui flatta la joue de la main, allons, allons, là, là, là. Il saisit cette main, la couvrit de larmes et de baisers. Elle le laissa faire un moment, puis se dégagea.

« A présent, il faut que je parte. Sinon, gare à la maîtresse ! Tiens, je te permets quand même de porter deux de mes seaux. »

Il s'essuya la figure de sa manche, empoigna les anses et la suivit docilement.

Quelques jours plus tard, maître Adrien attira sa fille aînée dans une grange sous prétexte d'une aide, et lui annonça :

« Ma fille, j'en ai une belle à t'apprendre. »

Elle leva vers lui ses yeux violets, presque couleur de l'airelle, qu'elle tenait de sa mère défunte, et dont la teinture coulait en lui quand elle le regardait de la sorte, et le troublait jusqu'aux genoux. Il la prit par les épaules :

« Mon Elise, quel âge as-tu ?

— Quatorze ans et demi. J'aurai quinze ans pour Sainte-Geneviève.

— Eh bien ! Sache qu'on t'a demandée en mariage.

— En mariage ? Qui donc ?

— Anthème Bonnet.

— Le Garnaud ? Avec son gros cou ? Oh ! non ! Jamais !

— Ta, ta, ta. Ma fille, voilà une réponse qu'il ne faut pas donner : jamais. En cette sorte d'affaires, ce ne sont pas les jeunes qui décident, mais les parents.

— Jamais, s'il vous plaît.

— Anthème, bien qu'il s'appelle Bonnet comme nous, n'est pas réellement notre parent. Dans les commencements de notre entente, il y eut plusieurs familles sans parenté entre elles qui s'associèrent et prirent petit à petit le nom du village. Ce qui a permis et permet encore des mariages de l'une à l'autre. Voilà pourquoi, sur cette seule raison, je ne verrais pas d'inconvénient à ce qu'il devienne mon gendre. Il paraît qu'il t'a regardée...

— Pardi ! Il me regarde depuis que je suis née ! Depuis quatorze ans et demi ! Puisqu'il a au moins dix ans de plus que moi !

— L'âge importe peu...

— Mais son gros cou !

— Voilà que tu as encore parlé à ma place, ce que ne doit pas faire, je te le répète, une fille bien apprise.

— Son gros cou, s'il vous plaît !

— Mon avis est que ce gros cou est un empêchement, et je n'ai pas l'intention de donner mon Elise à un estropié. Telle est la réponse que j'ai dans l'esprit de faire au père d'Anthème qui m'a entretenu à ce sujet. En le remerciant cependant de l'honneur qu'il nous a fait avec sa demande. Pour ce qui est de te trouver un autre homme, j'y penserai moi-même et je t'en parlerai le moment venu. »

Elle l'inonda encore avec le violet de ses yeux, puis lui baisa la main comme le jour où il avait parlé de l'emmener à la foire au Pré.

Quelque temps plus tard, à ce même moment de la traite du matin, Elise sentit ressurgir derrière ses épaules l'ombre du goitreux. Elle la reconnut tout de suite à son volume et à son silence, et cette fois elle tourna la tête :

« C'est encore toi, Garnaud ?

— Ben oui, c'est encore moi.

— Tu es venu de nouveau me regarder tirer les chèvres ?

— Ben oui.

— Va-t'en, je te prie. Tu me gênes et tu leur fais peur.

— Pourquoi que je leur fais peur ?

— A cause de ton gros cou ! Tu ferais bien peur au diable !

— Justement... je voulais... t'expliquer... »

Il tremblait de tous ses membres, c'était une chose bien comique de voir ce gros gaillard claquer des dents devant des chèvres et une drôlette, même si elle avait des yeux couleur d'airelle.

« T'expliquer... Mon père m'a dit que vous ne vouliez pas de moi à cause de ce gros cou. Si je ne l'avais pas, est-ce que vous m'accepteriez ?

— Faut demander à maître Adrien. C'est lui qui décide.

— Oh ! je sais bien que ton père fera ta volonté ! Y a qu'à l'entendre dire toujours mon Elise par-ci, mon Elise par-là.

— Ben, ben... ça se pourrait. Mais comment veux-tu ?... Est-ce que tu comptes l'effacer ?

— Peut-être.

— Ça ne s'est jamais vu.

— Ça se verra. »

Le dimanche suivant, voulant prendre la communion, elle se confessa à l'un des neuf prêtres de Volloûre.

« Mon père, lui dit-elle, agenouillée sur les marches du chœur, j'ai eu des pensées pour un garçon. Faut-il que je les confesse ?

— Quel genre de pensées ?

— Des pensées... J'ai pensé à lui, j'ai pensé que je serais heureuse de le revoir.

— Dites-moi très exactement à quoi vous avez pensé. Est-ce à des choses impures ?

— J'ai pensé à ses yeux.

— A ses yeux, bon. Et après ?

— A son sourire aussi.

— Et puis ? Et puis ?

— Rien qu'à ses yeux et à son sourire.

— Les yeux et le sourire, ça n'est pas réellement impur. Mais tout juste ! Vous êtes sûre que vous n'avez rien eu d'autre dans l'esprit ?... Que c'est vraiment tout ?

— Oui, c'est vraiment tout.

— Il vaut mieux, ma fille, que vous tourniez vos pensées ailleurs.

— J'essayerai. Et puis, mon père, je voudrais vous demander aussi une petite chose.

— Dites.

— Ce que signifie la parole *Tanque.*

— Quoi ? *Tanque ?*

— Oui, *tanque.* Ce jeune homme m'a dit : *Tanque.*

— Je ne comprends pas ce mot-là. Ce n'est ni du français, ni du latin, ni du grec. Peut-être de l'hébreu. Vous avez dû mal entendre. Pensez à autre chose. *Ego absolvo te...* »

Elle soupira : elle ne saurait jamais le sens de ce mot dont le bateleur lui avait fait cadeau, comme d'un objet rare et précieux, un caillou bleu ou doré, mais qui ne sert à rien.

Dans le lit où il couchait seul, séparé par une cloison de la chambre de ses père et mère, Anthème mordait son oreiller toute la nuit et pleurait dedans, si bien qu'au matin la toile en était tout humide.

La renommée de Bertrand Dutil, barbier à Courpière, avait couru de foire en foire, de village en village ; était remontée le long de la Dore et de ses affluents jusqu'à Volloùre, Saint-Flour, Trézioux, Saint-Gervais, Augerolles, le Buisson. Dutil n'avait pas son pareil pour réduire un abcès, arracher une dent, retrancher des orteils, voire un pied pourris par la gelure ou quelque méchante épine ou la mauvaise circulation. Il savait châtrer les animaux et avait même un jour — le risque, assurait-il, n'était pas grand — opéré sa belle-mère d'une poche d'air sur le ventre. Bref, ce Dutil était un maître dans son art. Anthème décida de faire le voyage de Courpière pour que le barbier le débarrassât de son goitre, de cet horrible sobriquet de Garnaud, et lui permît d'épouser la fille de maître Adrien ; d'avoir tous les jours devant lui ces yeux d'airelle qui l'empêchaient de dormir.

Il n'en souffla mot à ses parents, sûr qu'ils refuseraient sa démarche et s'y opposeraient de toutes leurs forces. Il songea aussi au salaire de Dutil : avec quoi le payer quand on appartenait à une entente dont la plupart des membres ne voyaient jamais une pièce de monnaie, ni de face ni de profil ? Il dut ruminer toutes ces choses dans sa tête et prendre seul les dispositions nécessaires.

On était aux premiers jours d'octobre, quand les nuits sont déjà longues, mais encore tièdes. Garnaud se leva bien avant le jour, se vêtit à tâtons, se coiffa de son bonnet et sortit sur ses pieds nus, tenant ses sabots sous le bras. Il se dirigea vers le poulailler où commençait une douce agitation car la volaille sentait sous ses plumes les approches de l'aube. Déjà le coq émettait un raclement de gorge pour s'éclaircir la voix avant de jeter son premier kékeléké à la face du ciel. Lorsque le garçon entra là-dedans, au milieu des fientes et des plumes qui voltigeaient, ce fut un beau remue-ménage. Les bras en avant, il saisit ce qui se présentait, une poule de bon volume, lui ferma le bec, lui tordit le cou, l'emporta toute chaude et pantelante, et s'enfuit par le sentier qui descendait vers la Dore, en direction de Courpière. Au passage, il attrapa une pomme à un pommier et mordit dedans.

« Il te faut, se conseilla-t-il, descendre toujours, jamais ne remonter. Comme ça, tu arriveras sans faillir à la Dore. De là, il ne sera pas malin de trouver Courpière. » Et il était si pressé d'arriver que la moitié du temps il courait ; après quoi, il reprenait la marche et son souffle, avant de se remettre à courir.

Quand le soleil émergea derrière la muraille de Chignore, il se trouvait encore loin de la rivière, mais déjà il en distinguait au loin sa présence, à la brume qui montait de sa vallée.

Il marcha, il courut, il marcha, il courut. Elise, je fais ça pour toi, j'espère que tu ne manqueras point à ta promesse. Les herbes lourdes de rosée l'avaient trempé à présent jusqu'aux genoux, mais la poule morte, serrée contre son estomac, lui donnait les derniers restes de sa chaleur, il en avait quelque émotion, songeant qu'elle était un don secret de la communauté des Bons Dieux.

Quand il fut à la Dore, il demanda à un pêcheur où se trouvait Courpière, l'autre tendit son bras vers le haut, de sorte qu'Anthème n'eut qu'à remonter le courant. Bientôt en effet il aperçut la ville perchée sur une hauteur, entourée de ses murailles, et ses cloches sonnaient à qui mieux mieux leurs angélus. Quand il voulut franchir le pont de bois, un gardien barbu sortit d'une guérite et lui demanda deux deniers de péage.

« Je n'ai pas un liard.

— Tu as bien une poule, donne-la-moi.

— Non, j'en ai besoin pour autre chose.

— Alors, tu ne passeras point ! » dit le barbu en tendant une hallebarde en travers du pont.

Comme Garnaud avait l'air très déconfit, l'autre sembla avoir un peu pitié et lui désigna un point de la rivière en aval où il pourrait la franchir à gué. Il redescendit donc, remit ses sabots sous le bras gauche et traversa la Dore au risque de se noyer, mais gratis, en se mouillant seulement jusqu'au ventre. De l'autre côté, sur le gravier, il quitta ses chausses et ses braies, les tordit, les enfila toutes fraîches, ma chaleur les séchera bien.

A la porte de la ville, des bourgeois lui demandèrent qui il était, d'où il venait, ce qu'il venait faire :

« Voir le barbier Bertrand Dutil pour lui demander ses soins. Je lui apporte cette poule en payement. »

Ils le laissèrent passer, lui expliquèrent même son chemin, et le regardèrent en riant qui s'éloignait, à cause de son cul mouillé. Un moment plus tard, il était devant l'échoppe de Dutil, reconnaissable à son enseigne : un plat à barbe jaune et aux petits carreaux blanc et bleu de sa façade. Il poussa la porte, trouva l'artisan en train d'opérer autour d'une barbe assise au milieu de l'étroite boutique. Le client tenait sous son menton un bassinet de cuivre demi rempli d'une eau savonneuse que Dutil puisait avec une éponge pour lui enduire la figure ; il frictionnait ensuite de ses doigts nus afin de ramollir le poil. Puis il lui fourra dans la bouche une cuiller de bois : l'homme collaborait à l'ouvrage en la manœuvrant comme le timon d'un gouvernail, la poussant à gauche pour gonfler la joue droite, à droite pour gonfler la gauche et faciliter le passage du rasoir. Cela ne se faisait pas tout de même sans tourment, car le rasé ne pouvait retenir certains soupirs. Enfin, on le débarbouilla, l'enfarina. Quant au lait savonneux, il servirait à d'autres, jusqu'à épuisement.

« Je ne vous connais pas, fit le barbier à Garnaud quand ils furent seuls. Vous n'êtes point de mes pratiques. Est-ce pour l'épouillage ? Pour les cheveux ? Pour la barbe ?

— Non point. C'est pour le cou. J'ai le gros cou.

— En effet. Et alors ?

— Je voudrais que vous me l'enleviez.

— Que je vous enlève votre gros cou ?

— Faudrait l'ouvrir et vider ce qu'il y a de trop en dedans. Garder le reste. Oh ! je vous demande pas ça pour rien ! »

Et il posa sur le tabouret la poule étranglée.

« Si ça ne suffit pas, je vous en apporterai une autre après l'opération. On m'a dit que vous étiez le meilleur chirurgien de Courpière et de partout.

— Sans doute. Mais ce que vous me demandez là est bien délicat. Faut que je consulte mon associé. »

Il disparut, alla parlementer dans son arrière-boutique, en ramena un autre barbier-chirurgien qui examina comme lui le goitre d'Anthème, le tâta, secoua la tête :

« Non, dit-il. C'est une cure trop périlleuse.

— C'est bon, dit le jeune homme. Si vous refusez, j'irai raconter partout que vous êtes des incapables et je vous ferai perdre votre clientèle.

— Holà ! Holà ! Confiez-nous un abcès, un furoncle, une morsure de serpent, une dent cariée, un pied pourri, et vous verrez ce que nous savons faire !

— Je vous ruinerai, par les foires, par les villages, par les villes ! Je dirai partout : Bertrand Dutil et son associé sont deux incapables !

— Puisque je vous dis qu'il y a trop de risques !

— Des risques pour qui : pour vous ou pour moi ?

— Pour vous...

— J'en fais mon affaire.

— ... et pour nous aussi. Si l'opération ne réussit pas, nous pouvons être traduits en justice. Il nous faudrait un mot écrit de vous...

— Je ne sais pas écrire.

— ... une déclaration devant deux témoins qui nous décharge.

— D'accord. Trouvez deux témoins. »

La chose était facile : par-devant deux voisins du barbier, Anthème se fit connaître, expliqua d'où il venait, affirma qu'il insistait pour être débarrassé de son gros cou et qu'il prenait sur lui toutes les conséquences de l'opération. Après quoi, Bertrand Dutil le fit asseoir sur le même tabouret, lui lia les mains dans le dos, lui recommanda de serrer les dents tant qu'il pourrait. Garnaud ferma aussi les yeux et pensa très fort à Elise, au bonheur infini qu'ils goûteraient ensemble lorsqu'ils seraient mari et femme, à leurs futurs enfants, à leur vieillesse commune. L'aide de Dutil lui tenait par-derrière l'échine et la tête. Alors, le chirurgien saisit son rasoir et ouvrit le gros cou sur toute sa longueur. Anthème ne fit pas même aïe. Mais le sang coula si vite et si fort qu'en quelques instants il rendit à Dieu son âme simplette.

Le corps fut rapporté aux Bonnets sur un charreton tiré par un âne. Le châtelain de Thiern, informé de l'affaire, fit comparaître les barbiers devant sa justice. Ils démontrèrent leur bonne foi en produisant les témoignages, rejetant tout le tort sur le jeune homme qui leur avait forcé la main, et furent acquittés. On ne sait pas s'ils mangèrent la poule.

Ainsi, la communauté des Bons Dieux, qui n'en avait pas beaucoup, perdit un de ses jeunes garçons, même s'il s'agissait d'un estropié de corps et d'esprit. On sut en outre que Garnaud avait laissé sa vie dans l'affaire par *amitié* pour Elise. Chez eux, on n'appréciait guère les histoires d'amitié excessive, l'amitié n'a rien à voir, estimait-on, dans la conclusion des mariages; elle doit venir *après* et non *avant.* Et si elle ne vient pas après non plus, chacun des époux fait comme si. L'homme reste fidèle à sa femme, la femme à son homme, ils s'entraident, s'entresoignent, s'entre-respectent, se penchent ensemble sur le berceau de leurs enfants. Dieu n'en demande pas davantage.

Pour combler la perte et pour éviter le retour d'un pareil malheur, maître Adrien décida de marier sa fille dès que possible. Ayant examiné dans sa tête les communautés environnantes et les gens qui les composaient, il se dit que les Lavest de Laurençon devaient posséder le gendre en tout point souhaitable : un nommé Grabiè, c'est-à-dire Gabriel, vigoureux, de belle présence, qui montrait entre vingt-cinq et trente ans. Adrien enfourcha son âne et se rendit à Laurençon, village qui regarde les Bonnets du versant opposé, au-delà du ruisseau des Roches. Il fut reçu par le maître des Lavest avec les honneurs dus à son rang, on lui offrit du vin et des châtaignes. Après quoi, les deux *mouitri* entrèrent en discussion au sujet d'Elise et Gabriel.

« Nous sommes bien d'accord pour vous donner un homme,

dit Yaùde, c'est-à-dire Claude Lavest. A condition que vous nous en rendiez un autre.

— Ça n'est pas impossible.

— Seulement voilà, en ce moment, nous en avons plutôt de trop. Nous aimerions mieux une fille.

— Les nôtres, excepté mon Elise, sont un peu petitounes.

— Nous attendrons qu'elles grandissent. Ça sera pour dans deux ou trois ans ?

— Mettons quatre. Et marchons comme ça. »

Il fallut s'entendre aussi, non pas sur la dot du garçon qui n'en devait point, mais sur l'apanage qu'il aurait à verser aux Bonnet pour acquérir le droit d'entrer complètement dans leur communauté. Un apanage exactement semblable accompagnerait plus tard la fille Bonnet qui prendrait place parmi les Lavest de Laurençon. Comme ils ne savaient écrire ni l'un ni l'autre, ils firent appel au notaire du château qui en établit la description, non sur parchemin, mais sur une double feuille de papier d'Ambert à couronne — on la voyait par transparence — comme il suit :

Une vache pleine ;
six brebis avec leurs agneaux ;
une truie avec ses petits ;
un lit accompagné d'une couverture de bougras marquée de laine, de deux oreillers et d'une arche fermant à clé et contenant quatre linceuls ;
une cotte de drap bureau ;
une paire de chausses de poulangis ;
un poinçon de vin.

Ce n'était pas considérable, maître Lavest le reconnut, comme droit d'entrée, car il devait y avoir réciprocité.

« Mais l'apanage n'est rien, dit-il. Vous y gagnez bien davantage : une paire de bras comme vous n'en trouverez guère dans la région. »

Elise fut informée des dispositions prises par son père et maître. Elle avait aperçu quelquefois ce garçon à la messe, autant que le lui permettait l'attitude imposée aux drôlettes par les sermons des prêtres :

« Vous devez marcher dans l'église la tête droite, votre regard toujours dirigé devant vous, à environ quatre toises de vos pieds, sans rire ni bavarder avec personne. Placez-vous dans un endroit tranquille, en face d'une belle image de pierre, de bois ou de peinture représentant le Christ, la Vierge ou saint Maurize. Et gardez pendant toute la messe les yeux baissés sur votre patenôtre (c'est-à-dire votre chapelet) ou fixés sur ladite image. Ayez ainsi le cœur au Ciel et adorez Dieu de toutes vos forces, le remerciant de ses dons plutôt que lui en demandant de nouveaux. »

Seules les vieilles avaient le droit de bouger les yeux, notamment pour surveiller la conduite des jeunes. Elise n'avait donc pas un souvenir très net de ce Gabriel.

« Quel âge a-t-il ? demanda-t-elle.

— Entre vingt-cinq et trente.

— Plutôt vingt-cinq ou plutôt trente ?

— Vingt-neuf, me semble-t-il. Est-ce que ça compte ? Plus il aura de l'âge, et mieux il te servira de père quand j'aurai quitté ce monde. »

Elle soupira, se demandant quel âge pouvait avoir le bateleur aux yeux verts que sans doute elle ne rencontrerait jamais plus. Elle pensait encore à ce garçon la nuit, malgré d'autres recommandations des prêches :

« Si vous n'arrivez pas la nuit à prendre le sommeil, quand vous entendez les cloches sonner matines ou laudes, louez, vous aussi, Notre-Seigneur et demandez-lui de vous endormir. Ou bien, priez pour les trépassés qui prient pour nous. Recommandcz-vous à la Vierge Marie, aux saints ou aux saintes. »

Dans de telles situations, elle essayait bien de prier sainte Elise, sa marraine céleste, dont elle ne savait rien ; mais toujours, toujours ces yeux de chat dont elle savait quelque chose venaient luire entre sa patronne et elle-même.

Elle consentit à tout, posant une seule condition, d'être mariée au mois d'octobre de l'année suivante.

« Pourquoi si tard ? demanda le père.

— Parce que je me sens un peu jeunette. »

Quand vint un nouveau 14 septembre, elle s'arrangea pour être invitée de nouveau à la foire du Pré. Elle y alla dans les mêmes circonstances que la première fois. Elle erra en tous sens sur le pré des moines, mais ne revit pas les mêmes bateleurs. Le souvenir du jeune homme blond ne s'effaça jamais cependant de sa mémoire ; vieille et ridée, son cœur se mettait encore à battre quand elle voyait dans l'ombre luire des prunelles vertes.

On maria Elise et Gabriel en octobre, comme promis, juste avant les vendanges. Ils vécurent trente années ensemble, s'entraidant, s'entre-soignant, s'entre-respectant comme Dieu le souhaitait. Etant de souches différentes, ils eurent neuf descendants ; six atteignirent l'âge adulte, mais deux de ceux-ci moururent de la peste.

Depuis l'entrée de Gabriel, la communauté des Bonnet prit le nom de Bonnet-Lavest. Mais comme c'est une appellation qui par sa longueur fatigue un peu la langue, le voisinage continua de dire les Bons Dieux.

La famille Saton voisine depuis des générations avec celles de la communauté sans se laisser absorber par elles. Ce sont de grands éleveurs de porcs, ils en ont toujours une demi-douzaine à la glandée ; conduits par un de leurs guéris-de-bien-faire, ils envahissent tous les bois à une lieue à la ronde, ne laissant rien que des crottes après leur passage. Or voici un matin que Maurizot, le plus jeune de leurs garnements, s'en revient seul et ventre à terre de la forêt, hurlant :

« L'homme rouge ! L'homme rouge !

— Quel homme rouge ?

— Il est passé un homme rouge qui marchait dans l'air ! Sans toucher le sol ! Il portait une longue verge à la main et en a frappé la terre ! Il est resté un moment au-dessus de mes cochons qui se sont éparpillés dans tous les sens.

— Va-t'en chercher tes porcs, fidepute ! Et ne reviens pas sans eux, sinon tu sentiras tes côtes ! »

Mais lui pleure, se tord les mains, refuse d'y retourner, l'homme rouge m'emportera : il faut réellement saisir un bâton et lui en faire tâter pour qu'il se décide à regagner le bois. Par prudence, son frère aîné l'accompagne, ils ont le plus grand mal à retrouver les bêtes, à les rassembler, à les ramener, car elles courent çà et là et refusent d'obéir. Quand ils reviennent enfin, Joan et Maurizot ont les yeux hors de la tête :

« J'ai vu... nous avons vu... la terre grouiller de serpents, de vermine, de crapauds, de lézards... Tout ce qui vit dessous monte à la surface... On les écrasait à pleins sabots... Alors, figurez-vous si nos cochons avaient raison d'avoir peur ! »

Dans le même temps, d'autres personnes honorablement

connues et dignes de foi — ainsi Jaque Ducognet qui s'en revenait d'Escoutoux ; Marcel et Louyse Lamiraud qui descendaient de Volloùre — voient courir l'homme rouge avec sa longue verge et ses yeux brillants au-dessus des prairies, passer d'un village à l'autre, s'asseoir sur les cheminées, s'emparer de la fumée qui en sort et la modeler en forme de cercueil, puis disparaître.

Ayant donc ramené leurs porcs, les frères Saton se prennent à claquer des dents, portent leurs mains à leur front, disent qu'il y a dans leur tête un chaudron et qu'il va éclater d'un instant à l'autre. On les couche. Le troisième jour, il leur pousse des enflures noires à l'aine et sous les aisselles. Puis Maurizot commence à cracher le sang et il meurt le cinquième tandis qu'une flamme bleue sort de sa bouche. Son frère le suit dans la tombe le surlendemain.

La peste ! On comprit que la peste venait de frapper le village. Depuis cent ans ou plus, elle rôdait en Auvergne, s'allumant ici, s'éteignant là, épargnant telle ville ou tel village, s'acharnant sur tels autres, tuant parfois la moitié de la population. Elle n'avait pas les mêmes effets en tout lieu. A Riom, le corps des pesteux se couvrait de taches rouges et bleues qui les faisaient ressembler à d'énormes truites. A Clermont, elle leur montait au cerveau et leur causait une si grande frénésie que les personnes atteintes se jetaient dans la Tiretaine, ou encore sautaient de leurs fenêtres et se mettaient en pièces sur le pavé. A Yssoire, ils vomissaient des matières vertes. A Ambert, ils étaient pris de hoquet et répétaient sans discontinuer : *Aigo belido ! Aigo belido ! Aigo belido !,* réclamant par là du bouillon contre une soif inextinguible. A Maringues, ils se vidaient par le cours de ventre. A Lezoux, leur langue enflait tellement qu'elle finissait par leur emplir la bouche et les étouffer. A Billom, ils prenaient le nombril noir et épineux, comme une bogue de châtaigne. A Champeix, il leur venait dans les oreilles un sifflement modulé pareil à celui du merle qui les rendait fous en deux jours, et depuis ils ne s'en sont jamais remis complètement.

Pour échapper à l'épidémie, ceux des villes se réfugiaient dans les campagnes, ils vivaient sous des huttes de branchages ; ainsi, jadis, racontaient les vieillards, nombre de Thiernois s'étaient répandus jusqu'aux alentours des Bonnets : on leur apportait à manger en disposant du pain, du fromage à des endroits convenus où l'on trouvait le payement en pièces de monnaie ; il ne fallait les approcher à aucun prix car la peste se communique par le souffle, par la parole et même le regard. Quand les bade-bec eurent regagné leur ville, on brûla leurs cabanes et l'herbe à vingt pas alentour de chacune. Grâce à ces précautions, grâce peut-être aussi aux vertus des habitants qui leur méritaient la considération céleste, le village des Bonnets était resté jusque-là indemne de l'affreuse maladie. Or voici qu'à cause sans doute des Saton, ces mal-vivants, l'homme rouge — qui n'était rien d'autre que Belzébuth — vient de le pestiférer à son tour.

Que faire contre le mal ? Tous les remèdes ont été employés précédemment. Thuret, en pleine Limagne, s'en est protégé en faisant tracer un sillon autour de ses murailles par six filles vierges et nues, tirant et menant un araire. A Isserteaux, le diable porteur de peste s'étant dissimulé dans une maison, tous les prêtres des alentours sont venus l'en déloger ; ayant inondé d'eau bénite chaque meuble, chaque recoin, ils s'en sont retournés chez eux et ont porté la peste dans leurs villages respectifs. A Noirestable, sur les conseils d'un vieux sage, on a enterré debout à l'entrée de la ville une femme morte pesteuse ; afin que le mal voie en cette victime une sorte de gage et parte s'installer ailleurs. A Thiern, les bade-bec tracent sur la porte de leur maison des signes d'exorcisme : croix fléchées ; chiffre 4 à la hampe croisetée une ou deux fois, porteur des quatre vertus cardinales ; lettre *tau* grecque, qui est aussi le *T* latin, pour suivre les instructions du Seigneur au prophète Ezéchiel : *Va au travers de la ville, au milieu de Jérusalem et marque un tau sur le front des hommes qui gémissent.* A Courpière, les religieuses bénédictines portent pendu au cou un tuyau de plume rempli de poudre de crapaud. A Montferrand, les consuls ordonnent que chaque jour à midi, à la sonnerie du bourdon de Notre-Dame, cinq *pater* et cinq *ave* soient récités par chacun là où il se trouve, toutes besognes cessantes.

Les Vollourois se sont placés sous la protection de saint Roch dont les prêtres leur ont enseigné les merveilleuses vertus. Dès sa naissance, ce grand saint portait sur la poitrine une trace rouge en forme de *tau,* aussi l'appela-t-on Roch de la Croix. Déjà les commandements de la Sainte-Eglise avaient si bien pénétré son esprit enfantin que, nourrisson, il jeûnait le vendredi en refusant le sein de sa mère ! A l'âge de vingt ans, il perd ses parents. Renonçant alors à ses biens, il part pour Rome en pèlerinage. Il parvient en Italie tandis qu'y sévit une peste épouvantable. Il entreprend de se consacrer au soin des pestiférés et, ne sachant quel autre remède leur appliquer, il trace sur leur corps ce signe qu'il porte sur le sien. Il en guérit beaucoup de la sorte. Lui-même cependant frappé du mal, pour ne pas encombrer l'hôpital qu'il ne peut plus servir, s'enfuit dans la campagne et se traîne jusqu'à un bois où il tombe d'épuisement. Il y est découvert par un chien. Chaque jour, la bonne bête lui apporte un morceau de pain qu'elle dérobe à la table de son maître. Celui-ci finit par s'apercevoir du manège, il la suit, elle le conduit à la forêt où il découvre le malade qu'il recueille et soigne de son mieux. Roch retourne ensuite chez lui, à Montpellier, y est pris pour un espion étranger et jeté en prison. Il y meurt cinq ans plus tard, secouru par un ange qui écrit sur le mur du cachot, au-dessus de sa tête : *Eris in pestis patronus. Tu protégeras de toutes les pestes.*

A Volloùre donc, le seigneur, les consuls, le clergé et tous les habitants, après avoir jeûné, prié, distribué des aumônes, processionnent à travers le bourg, remontent la Chaussade, continuent de quelque deux cents pas vers l'orient et plantent une croix de pierre portant une image du saint. Désormais, la peste tournera autour de Volloùre, affligera Escoutoux, Courpière, Augerolles, la Renaudie et autres lieux circonvoisins, mais épargnera la ville filleule de saint Roch.

Les Bonnet-Lavest n'ignorent rien de toutes ces médications et défenses, la nouvelle en est parvenue jusqu'à eux, à travers foires, marchés et colportages ; bien avant que l'homme rouge ne soit venu les frapper de sa verge, ils les ont commentées ensemble et plusieurs fois en ont ri. Maintenant, il faut agir. Plus qu'en l'efficacité de la poudre de crapaud, ils croient en la protection du Seigneur. Aussi, maître Adrien ordonne-t-il que leur domaine soit entouré par une enceinte de croix de bois, aussi serrées que possible. Tous les parsonniers, hommes, femmes, enfants travaillent à les confectionner et les planter : il en faudra plus de cinq mille.

Mais elles laisseront entre elles plus d'intervalle qu'il n'en faut à l'homme rouge. N'oublions pas qu'il peut d'ailleurs voler à dix toises au-dessus des maisons. La peste entrera quand même chez les Bons Dieux, leur enlevant trois personnes adultes et une enfant en bas âge, après beaucoup de souffrances, de vomissements et de crachements de sang. Volloùre refusera son cimetière. Ils les enterreront, suivant l'exemple des ladres, à l'orée d'un bois. Tout cela en l'espace de quelques semaines. L'hiver suivant, particulièrement rigoureux, aura raison pour longtemps des germes de la peste sur la terre de Volloùre.

Afin de remplacer partiellement leurs deux enfants pestiférés, le Ciel, dans sa grande bonté, fera don à Gabriel et Elise Bonnet-Lavest quelques années plus tard d'un petit retardataire. Pour en exprimer leur joie, ils baptiseront *Bienvenu* ce tard-venu.

Au cours de ce même siècle qui était, disait-on, le quinzième depuis la naissance de Jésus-Christ, l'Auvergne fut affligée d'autres malheurs aussi cruels que celui de la peste. Il lui venait des hommes d'armes qui couraient le pays sous prétexte de guerroyer entre eux, qui soutenant les Anglais, qui les Français, qui les Bourguignons, qui les Armagnats, qui l'enfer, qui le purgatoire. En réalité, ces troupes guerroyaient toutes les populations innocentes, attaquaient les châteaux, rançonnaient les villes, incendiaient les bourgs, s'emparaient des vaches, des chevaux et des porcs, ravissaient les enfants pour en obtenir le rachat, violaient les femmes, les vieillards, les chèvres, les brebis, les cornes à sel.

Une armée de ces mal-vivants avait un jour assiégé le château de Montguerlhe ; ils y furent accueillis par une telle volée de flèches d'arbalète, de pierres et d'huile bouillante qu'ils allèrent se faire pendre ailleurs. Ils étaient aux ordres d'un capitaine espagnol au nom imprononçable : les uns l'appelaient Vilandro, d'autres Vilalandro, d'autres Villandrando, d'autres encore Villandéridéro. Il avait l'habitude de peler ses prisonniers comme des raves ; avec leur peau séchée il se faisait confectionner des gants et des gourdes à vin. Il établit quelque temps sa résidence non loin de Thiern, dans la forteresse de Chasteldon, après en avoir massacré les propriétaires légitimes. On rapportait qu'il avait plusieurs fois livré bataille aux Anglais, ennemis du roi de France, leur causant beaucoup de mal ; mais à coup sûr il ne faisait aucun bien aux Auvergnats. On appelait ses hommes les *Ecorcheurs*. Ils rançonnaient même les blés en racine, menaçant de les faire piétiner par leurs chevaux si l'on ne cédait pas à leurs exigences.

Ces mauvaises manières suscitaient des vocations parmi les

jeunes gens guéris-de-bien-faire. Ainsi le troisième des fils Saton, Michel — qui n'était pas réellement un drôlet mais un garçon de trente ans, il était tombé sur le nez dans son enfance et l'avait toujours gardé depuis viré du côté de Chignore — Michel Saton fut reconnu en compagnie de deux autres ; tous les trois porteurs de braquemarts et coiffés de salades en fer, ils entraient dans les maisons sans défense, se faisaient remettre des vivres et de l'argent :

« Ces biens ne sont pas pour notre usage, affirmaient-ils effrontément, mais pour le capitaine Rodrigue de Villandrando qui combat les Anglais afin de les chasser de notre sol. C'est votre devoir de ravitailler son armée libératrice. Vive le Roy ! »

Ainsi, au nom du Roy et de Villandéridéro, ils se livraient à des pillages éhontés, n'hésitant pas en cas de résistance à donner de leur braquemart.

En fils affectionné, Michel jugeait bon de rentrer de temps en temps aux Bonnets dans sa famille et de la faire profiter de ses rapines. Or un jour il se jeta dans une entreprise singulière. Depuis longtemps, quoiqu'elle fût très largement son aînée, lui aussi avait remarqué la beauté d'Elise et ses yeux couleur d'airelle. Sans doute les nombreux enfants nés de ses flancs n'avaient-ils pas suffi à éteindre ses sentiments adultères, puisqu'un soir du mois d'avril, se rappelant le proverbe *O mi d'obrí, quen bon dormí !* (Au mois d'avril, quel bon dormir !), il conçut l'idée criminelle de dormir avec sa voisine. Ne voulant pas répandre toutefois un sang inutile, il attendit la bonne occasion, guettant les allées et venues de Gabriel, le mari. Enfin, il le surprend un soir qu'il s'est écarté de sa maison jusqu'à un certain poirier sous lequel il a coutume de satisfaire à des besoins naturels. Comme il s'y attarde, accroupi parmi l'herbe ainsi qu'un crapaud contemplant les étoiles, Michel Saton vient par-derrière et lui administre sur le sommet du crâne un coup de trique si convaincant que l'autre s'assoit dans sa merde et en reste là. Michel le ramasse, le traîne au poirier, le ficelle au tronc, lui remplit la bouche de charpie et l'abandonne. Puis il court à la maison des Lavest, pénètre dans la chambre où Elise est couchée avec son dernier enfant, Bienvenu, encore nourrisson à la mamelle. Un moment il contemple avec émotion son beau visage que baigne la lune. Puis il se déchausse, se déshabille jusqu'à la peau et se glisse hardiment dans le lit. Or ce faisant il commet une erreur considérable : il y entre du mauvais côté. Alors qu'il se préparait à jouir dans les bras de sa voisine de délices si longtemps espérées, elle soupire, se réveille, proteste :

« Grabiè, voyons ! Ce n'est pas votre place ! Etes-vous ivre ? Prenez garde à l'enfant ! »

Et Michel, ivre d'amour en effet, de répondre :

« Ça ne fait rien, ma ratoune, pour une fois ! »

Seconde erreur : il ne convient pas d'appeler *ma ratoune* quelqu'un qui n'y est point habitué. Entendant ce mot d'amitié que jamais ne lui avait donné Gabriel, Elise comprend alors qu'il y a tromperie sur la marchandise, jaillit du lit épouvantée et crie à la fenêtre comme un putois :

« A l'aide ! A l'aide ! On veut me forcer ! »

Tout est perdu. Michel ramasse ses cliques et ses claques et disparaît au clair de lune. A ce vacarme, les parsonniers accourent. Ils trouvent Elise en larmes, serrant le nourrisson dans ses bras.

« Qui était-ce ? demandent-ils.

— Michel Saton. Je l'ai bien reconnu avec son nez qui regarde Chignore !

— Et Grabiè ? Et ton homme ? Où donc est-il ? »

On le découvre attaché à son arbre et bien emmerdé. On le délivre.

Michel Saton disparut du village et l'histoire eût fini en eau de boudin s'il n'avait commis, quelques mois plus tard, une troisième erreur en y revenant seul. Tandis qu'il se tenait assis, une après-dînée, à prendre honnêtement le soleil de juin devant la porte de ses parents, Gabriel le remarqua et se mit à l'insulter de loin :

« Ah ! canaille ! Ah ! guéri-de-bien-faire ! Le voici donc le vaut-peu qui cherche à forcer les femmes endormies !

— Prends garde à ce que tu dis, cul-terreux !

— On t'a bien reconnu, va, à ton nez qui regarde Chignore ! »

S'échauffant à ses propres paroles, Grabiè s'élance les deux poings levés, tandis que Michel s'enfuit, ce qui est tout avouer, sans salade de fer, braquemart ni bâton. L'un poursuivant l'autre, ils arrivent ainsi à la croix de la Pierre, ainsi nommée parce qu'elle se trouve dressée au pied d'un éboulis descendu de la montagne, où les manants depuis des siècles, sans en venir à bout, puisent les matériaux nécessaires aux soubassements de leurs masures de pisé.

« Arrête ! crie de temps en temps Gabriel. Attends-moi que je te corrige ! Ensuite, on n'en parlera plus ! »

Mais Saton ne l'entend pas de cette oreille. Plus leste et plus jeune que son rival, il espère bien lui échapper. Quand ils sont à l'éboulis, Lavest ramasse une pierre et la jette en avant : elle atteint Michel à l'épaule. Celui-ci s'arrête, en ramasse une seconde et la lance en retour sans toucher l'ennemi. Alors commence, en dépit de la croix toute proche qui leur prêche le pardon des offenses, un effroyable duel à la pierre. Les petites volent vite, mais les grosses font plus de dégâts. Une vingtaine de pas tout juste les sépare, la distance exacte de leurs jets. Et ils voudraient réellement se bombarder réciproquement de tous ces éclats, de ces pans de roc dégringolés de Chignore, émiettés par on ne sait quel cataclysme, ou par la patience des eaux, des vents, des gels, de la foudre. Chacun se baisse sans quitter l'autre des yeux, écarte le buste pour esquiver, ou saute de côté comme un cabri. La plupart des pavés manquent leur but, mais quelques-uns frappent fort et dur au front, au visage, à l'estomac ; la fureur les étouffe, les empêche de sentir le mal, le sang les aveugle, mais rien n'arrête le combat, han ! et han ! et han ! et celle-ci ! à toi ! la pareille ! fidepute ! gros verrat ! Gabriel porte un peu plus de graisse qu'il ne conviendrait à un parsonnicr, du moins le protège-t-elle des projectiles qui s'enfoncent dans son lard en faisant plouf. Michel, long et sec, les évite mieux que lui, mais quand ils le touchent on entend un craquement, comme s'il se brisait.

« Si tu me tues, crie-t-il, Villandrando me vengera ! Je fais partie de sa compagnie ! Il vous brûlera tous, vous, les Bons Dieux de bon dieu !

— Oui, je veux te tuer, mal-vivant ! Et tout le monde m'approuvera ! On te laissera pourrir en plein air et dévorer par les corbeaux... pour instruire les gens de ton espèce ! Et nous n'avons pas peur de ton Vilandro ! »

Et han ! Et han ! Et han !

Tout par un coup, Michel Saton reçoit un énorme pavé dans la poitrine qui le plie en deux, il vacille, fait quelques pas, puis commence à dévaler la pente, tandis que le parsonnier l'atteint plusieurs fois encore à la nuque et dans l'échine. Il tombe, se relève, se sent perdu. Il réussit pourtant à joindre la croix de granit. Il embrasse son fût et crie trois fois :

« Sauveté !... Sauveté !... Sauveté ! »

Les bras de Gabriel lui en tombent, il lâche ses munitions, stupéfié, désarmé par le Signe de Jésus. Les croix comme les églises protègent les criminels qui les prennent pour refuge ; certes, on peut ensuite les remettre à la justice officielle, mais celle-ci a l'obligation de respecter *leur vie et leurs membres.* Lavest ne peut donc rien contre Saton, tant que celui-ci s'accroche. Mais à vrai dire, le jeune Ecorcheur semble sur le point de lâcher prise : il dégouline sur le socle, recroquevillé, mais touchant d'une main le tronc salutaire.

« Tu m'as tué, gémit-il, tu m'as tué... Pourquoi ?... Que t'ai-je fait ? »

Comment, ce qu'il m'a fait ? répond Lavest dans sa tête. Comment, ce qu'il m'a fait ? Et voici qu'y réfléchissant il s'aperçoit que l'autre, en vérité, ne lui a pas fait grand-chose : il y a eu ce coup de bâton sur l'occiput, cette merde à ses chausses, cette charpie dans la bouche, cette tentative de forcer Elise, mais sans y parvenir. Du moins lui a-t-elle donné l'occasion de reconnaître la fidélité de sa femme. Tout cela est-il suffisant pour tuer un homme ?

« Sauveté... sauveté... implore l'Ecorcheur.

— D'accord, dit Gabriel. D'accord.

— Tu m'as tué... Je vais mourir...

— Mais non. On ne meurt pas pour un caillou. »

Comme pour le démentir, l'autre vomit une goulée de sang.

« Tu vois bien que je vais mourir... Va me chercher un prêtre.

— Quoi ?

— Je me repens de tout le mal que j'ai commis... Va me chercher un prêtre... Pour l'amour du Christ.

— Tu te repens... pour de bon ?... Ou cherches-tu à me flouer ?

— Je te dis que je suis près de ma fin... Hâte-toi... un prêtre... Sinon, tu iras en enfer en ma compagnie.

— Ne peux-tu marcher un peu ?... Je t'aiderai. »

Il soulève le suppliant, le remet sur ses jambes, ils se hissent vers Volloùre, l'un traînant l'autre. Michel pleure et crie à chaque pas, aïe, aïe... maudit le jour... où je me suis fait Ecorcheur.

Après un peu de cette marche difficile, Gabriel comprend qu'ils n'atteindront jamais le bourg ainsi. Alors, il charge le blessé sur son échine et le porte, lui-même meurtri de la tête aux pieds, à petits pas, reprenant son souffle aussi souvent que nécessaire. De temps en temps, il l'allonge sur l'herbe, demande :

« Es-tu encore vivant ?... Devons-nous continuer ? »

Quand il a vu le garçon secouer la tête, baisser les paupières ou remuer ses lèvres couvertes d'une mousse rouge, il le recharge comme un sac de grain, et ils repartent, aussi mourants l'un que l'autre.

Après des efforts infinis, ils atteindront la porte du bourg, puis le porche de l'église. Un prêtre aura le temps de donner l'absolution à l'Ecorcheur qui, après des pardons réciproques, mourra dans les bras de son meurtrier.

VII

Elise et Gabriel Bonnet-Lavest, comme il a été dit, eurent neuf descendants dont quatre, Ernest, Ernestine, Paul et Pauline, survécurent aux maladies de l'enfance, aux accidents et à la peste.

Ernest engendra deux garçons, Firmin et Anthème, et trois filles dont les noms se sont perdus.

Firmin eut à son tour un terne sec de mâles : François, Benoît, Geoffroy.

« *Oi, oi, oi!* se moquaient les voisins Saton. Trois jars et aucune oie ! »

Geoffroy, le plus jeune, fut élu *mouitre* des Bonnet-Lavest dans sa cinquantième année. Lui et sa femme Augustine avaient alors un seul garçon en vie, Joan, et une fille, Annette.

Vient un colporteur avec sa hotte remplie de choses précieuses. On lui achète des aiguilles, des épingles, du fil. Il bavarde avec le maître et la maîtresse autour d'un pichet de vin, explique ce qu'est le monde hors de l'Auvergne, raconte comment chez les Poitevins on engraisse la terre avec elle-même, en allant chercher la marne à dix toises de profondeur ; comment les Lorrains traitent l'aubépine pour qu'elle produise des prunes ; comment les Savoyards fabriquent leur fromage et les moines de Provence leur vin.

Quand le colporteur eut repris sa route, maître Geoffroy parla ainsi à Joan, son fils unique :

« Mon garçon, ici, aux Bonnets, nous ignorons vraiment trop de choses. La plupart d'entre nous n'ont jamais porté leurs sabots plus loin que Courpière ou Vollore. Nous ne savons rien de ce qui se passe ailleurs et ne profitons pas de l'expérience des autres hommes. Alors, je te demande de rendre un grand service à notre communauté : de partir quelque temps, d'ouvrir bien grands les yeux autour de toi et de nous rapporter ce que tu auras vu. Je te donnerai un peu d'argent. Mais n'hésite pas à gagner ton pain en travaillant, car tu es plein de vigueur. Interroge les forgerons, les fustiers, les sabotiers, et rapporte-nous leurs secrets.

— Combien resterai-je absent ?

— Reviens dans une année, jour pour jour. Nous t'attendrons et te ferons grande fête.

— Quelle route dois-je suivre ?

— Celle qui te plaira. Pendant six mois, tu pourras t'éloigner de notre village ; mais ensuite reviens-nous les six mois restants. Visite tous les pays dont tu comprendras le langage, sans jamais manquer au respect de Dieu ni à ses saints commandements. »

Afin de le chausser de façon appropriée, il lui fit coudre une paire de souliers à tige par un cordonnier de Thiers, lui recommandant d'y placer triple semelle ; il lui en coûta six livres et dix-huit sous. Pour lui, les femmes des Bonnets filèrent, tissèrent, cousirent. Quand il fut ainsi équipé, muni de son viatique, armé de son bâton et d'une dague pendue à sa ceinture, il embrassa l'entière communauté et s'éloigna avec ses bénédictions. C'était le jour de la Saint-Joan, fête de son parrain céleste.

« Reviens-nous à la Saint-Joan prochaine ! » répéta son père.

Ce fut bien dur de rester un an sans rien savoir de lui. Chaque fois que passait un mendiant, une mendiante, n'importe quelle espèce de pieds-poudreux, on les questionnait, n'avez-vous pas rencontré par hasard un garçon d'environ vingt-cinq ans, fait comme ci et comme ça, nommé Joan Bonnet-Lavest ?

« Attendez ! disait le passant. N'avait-il pas un œil rouge et l'autre violet ?

— Mais non ! faisait sa mère Augustine avec indignation et frayeur. Il les avait violets tous les deux en partant. A moins qu'on ne lui en ait gâté un... »

Et elle pleurait un moment dans un coin, songeant aux yeux de son fils, à ces beaux yeux couleur d'airelle qu'il tenait d'on ne savait quel grand-père ou grand-mère perdus dans la nuit des temps. Elle creusait chaque jour une coche dans une certaine poutre, se disant, quand il y en aura trois cent soixante-cinq comme ça, mon Joan ne sera pas loin.

Le beau temps passa tout entier. Puis vint l'hiver, neigeux, glacial, les linges humides qu'elle pendait le soir à une cheville de la souillarde pour les faire sécher étaient au matin raides comme des cornes de bouc. Augustine se demandait, où est mon fils en ce moment ? Que fait-il ? Que mange-t-il ? Comment dort-il ? Boit-il chaud ou bien froid ? N'a-t-il pas des douleurs de poitrine, des engelures aux pieds, des éblouissements de la vue comme quand il était petit ? Sa fille Annette — qu'elle appelait sa Providence, que ferais-je sans toi qui es ma Providence ? — l'encourageait et la consolait.

Les mois passèrent, le vilain temps fut enfin traversé, le beau lui succéda. Augustine gravait ses coches et les comptait. Il y en eut deux cents, puis trois cents, puis trois cent cinquante. La semaine avant la Saint-Joan, toutes les maisons de la communauté se parèrent de fleurs et de feuillages qu'on alla couper dans les forêts à brassées. La veille, qui est le jour de sainte Audrine, drôles et drôlettes entreprirent de caroler sur le coudert en chantant un couplet très irrévérencieux :

Demò, demò chirò florí,
Oùren de bla, oùren de vi,
de moufa djin noùtre jardjì,
ma de curà nen viren ji...

Demain sera fleuri, demain
nous aurons du blé et du vin,
des fraises dans notre jardin,
mais des curés n'en verrons point...

Quel vaut-peu avait composé ces paroles de carnaval ? Cependant, les prêtres qui venaient à l'entendre ne s'en offusquaient pas trop, on leur avait expliqué depuis longtemps que les *curés* en question sont ceux qui viennent à domicile porteurs de l'extrême-onction et annonciateurs de la mort.

Et demain tint ses promesses ! Vers la fin de l'après-dînée, tandis que le soleil commençait à descendre vers le puy de Doume, un homme parut sur le sentier qui venait d'Escoutoux et du reste du monde. Tout le village le reconnut, à son bâton, à son pas allongé, à son bonnet, même s'il lui était venu une belle barbe noire et drue.

« C'est Joan ! Notre frère ! Notre fils ! Notre cousin ! Notre neveu ! Notre comparsonnier ! Vive Joan Bonnet-Lavest ! Hosanna ! Hosanna ! »

Tous coururent à sa rencontre, derrière Augustine et Geoffroy. En un instant, il fut dévoré de baisers, soulevé de terre, porté sur les épaules, aboyé par les chiens, carolé sur le coudert. De leurs fenêtres et de leurs portes, les Saton éberlués assistaient à cet accueil époustouflant sans y prendre part, à cause des mauvaises relations qu'ils avaient toujours eues avec leurs voisins, se frottant le derrière contre leurs murs en signe de dérision. Pour une fois, les Bons Dieux festoyèrent la nuit suivante et ne s'endormirent qu'aux petites heures, sans quitter leurs cottes ni leurs braies, au moment où les moines de Vollore se levaient pour chanter laudes.

Pendant des mois, le revenant eut millante choses à dire pour raconter une partie de ce qu'il avait vu « chez les autres ». Il rapportait dans sa besace deux semences nouvelles : des fèves inconnues dont les tiges s'enroulaient à des échalas ; elles produisaient des grains plus petits que les anciennes *fageoles* et l'on pouvait même les manger dans leurs gousses encore vertes et tendres ; des grains en forme de dés, couleur de miel et de lait, qu'il dit s'appeler *maïs* ; très bons à nourrir la volaille, les porcs et même le monde.

Il fit incruster le versoir des araires de petits silex qui en ferrèrent le bois comme font les clous aux semelles des sabots, en sorte qu'il résista bien mieux à sa besogne et dura plus longtemps. Mais la merveille des merveilles qu'il introduisit chez les parsonniers fut une mécanique nouvelle. Elle associait l'ancien bayart à fumier qu'ils appelaient *civière* — qu'il fallait porter à deux, l'un devant, l'autre derrière et qui te cassait les bras à pleine charge — à la roue si utile sous les barots, chars, charrettes et charretons. Il supprima deux jambes à la *civière*, ajouta quatre ridelles par-dessus, une roue pleine devant, entre les deux brancards, expliquant que ce qu'il était en train de bâtir portait le nom de *bèrouette* ; qu'il en avait vu à deux roues, à trois roues, mais que le modèle à une seule lui paraissait supérieur. Quand il l'eut complètement agencée, les Bons Dieux grands et petits se rassemblèrent autour pour admirer ses lignes, sa légèreté, sa facilité de manœuvre. Joan en fit la démonstration à vide, tournant sur place, puis en circonférence, montrant qu'on pouvait la conduire de deux façons : en la poussant devant soi, ce qui convient mieux en plaine, ou en la tirant comme fait un cheval attelé, ce qui convient mieux aux côtes. On le questionna sur ses performances :

« Combien peut-elle porter ?

— Facilement un cochon de deux cents livres.

— Un cochon de deux cents livres ? Feignant qui s'en dédit ! »

Comme on n'avait pas de porc sous la main, on fit monter dedans le gros Paulin qui devait bien les peser, il fera la même chose. Il s'assit comme il put, les jambes repliées, et Joan le promena sans effort à travers le village, sous les applaudissements et les rires. A ce moment, il voulut pousser une pointe de vitesse, mais Paulin prit peur, chercha à se lever et tout le monde, homme, véhicule, cochon, se retrouva le cul en l'air. Sans autre mal qu'une ridelle à remplacer.

On en conclut que cette mécanique, pour ne pas être dangereuse, devait se conduire avec prudence. Bèrouette ailleurs ou pas bèrouette, les Auvergnats des Bonnets lui conservèrent l'ancien nom de *chiveyro*.

La bèrouette-civière révolutionna le pays. Chaque hameau, chaque famille voulut avoir les siennes et copia effrontément le modèle de Joan. Il y en eut pour les hommes, pour les femmes, pour les enfants. Ce fut désormais un plaisir que de curer les étables, de transporter le linge au ruisseau, d'aller chercher du bois au bûcher. Le père de famille offrit une promenade en bèrouette à ses drôles pour les récompenser de leur sagesse, et même à son épouse, à sa mère, à sa belle-mère.

Ainsi va le monde, qui change de siècle en siècle, d'année en année, de saison en saison. Les hommes d'aujourd'hui ne dorment pas, ne marchent pas, ne se mouchent pas comme ceux d'hier. La bèrouette deviendra un objet si indispensable aux villes et aux campagnes que, bien longtemps plus tard, les gens se demanderont :

« Comment nos ancêtres ont-ils fait pour vivre sans bèrouette ? »

L'idée d'envoyer Joan chez les autres et d'en rapporter leurs secrets fit merveille. Les tiges des nouvelles fageoles crûrent si haut dans le jardin qu'elles dépassaient les tuteurs et retombaient comme des cheveux. Elles se couvrirent de fleurs innombrables, rouges, blanches, violettes, non point en lourdes grappes comme celles des fèves anciennes, mais accrochées par petits paquets tout le long de la plante. Leurs gousses, mangées vertes, s'accordaient aussi bien que les choux avec le lard salé. Meilleures encore froides, avec un peu d'huile et de vinaigre. Les grains, moins lourds, moins venteux que les fèves, ne chargeaient ni le ventre ni l'estomac. Après quelques années d'exploitation, elles eurent un tel rendement qu'il fallut aller les vendre à pleins paniers aux moines de Vollore et aux moinesses de Courpière. Aussi longtemps qu'ils purent, les Bonnet-Lavest se réservèrent l'exclusivité de cette culture ; mais elle finit par se répandre malgré eux dans toute la région. Plus tard, les gens des villes et spécialement Paris où habite le roi de France les accommoderont avec de la chair de mouton harigotée, c'est-à-dire coupée en menus morceaux, et s'en lécheront les doigts ; alors, confondant, comme ils ont l'habitude de faire en maintes circonstances, le zig avec le zag, ils donneront à l'accompagnement le nom du ragoût tout entier : *haricots.* Quant aux Auvergnats, fidèles à leur vocabulaire, ils continueront de les appeler *fageoles.*

Le voyage du fils changea bien d'autres choses chez les parsonniers. Ils pratiquaient déjà, depuis toujours, le greffage des arbres fruitiers par approche de deux espèces parentes, poirier sur cognassier, prunier sur aubépin, pêcher sur amandier, cerisier bigarreau sur sauvageon. Il suffisait, par une entaille bien nette, d'écorcer sur la même longueur en enlevant un peu d'aubier deux rameaux voisins, de juxtaposer leurs blessures, de les ligaturer, de les mastiquer avec un peu de bouse de vache ; quand la soudure était accomplie, on séparait la branche d'apport de la plante mère, et elle continuait de prospérer, nourrie par la sève du porte-greffe. Par un moyen semblable, ils avaient même, un jour, enté un Lavest sur la vieille souche des Bonnet. Or voici que Joan se faisait fort d'obtenir des croisements inouïs en prenant pour sujets des plants de vigne, des néfliers, des rosiers. Sa plus belle prouesse fut d'enter la vigne sur cerisier et de produire des raisins sans pépins. Chacun se mit à rêver du vignoble futur composé d'arbres de plein vent qu'il faudrait vendanger avec des échelles. Malheureusement, ce mariage ne fut pas une réussite durable, après quelques années de vie commune le porte-greffe dépérit, puis sécha. Les raisins sans pépins passèrent dans la légende familiale qu'on se racontait l'hiver au coin du feu, avec celle du *mouitre* dont les oreilles finissaient en pendants rouges, ce qui lui avait valu le surnom de Guillot-Cerises.

Après trois cent soixante-cinq jours d'absence, Joan était revenu aux Bonnets différent lui-même : il avait appris à parler le français. Quoi d'étonnant, après un si long voyage en France ? Il en enseigna quelques bribes à ses comparsonniers ; elles désignaient les choses courantes : le *soleil,* les *étoiles,* le *feu,* l'*eau,* le *pain,* le *vin,* la *table.* Et comme ça, des panerées ! Ils s'aperçurent que ces mots n'étaient en général pas tellement éloignés de ceux qu'ils employaient dans leur parler quotidien, et comprirent qu'il serait bon de connaître les deux langues.

« Pour quoi faire ? grognèrent les Grands. Est-ce que la nôtre ne vous suffit pas ?

— Vous savez bien, Grand, que, lorsqu'il nous vient quelque étranger, nous avons de la peine à nous entendre.

— Tant pis pour l'étranger. C'est à lui d'apprendre à parler comme nous, pas l'inverse. Ne comptez pas sur moi pour *franciser.* »

Les personnes instruites de Vollore, les seigneurs et leurs valets, les moines, les prêtres, les médecins, le notaire se moquaient de ceux qui cherchaient à franciser sans savoir, qui disaient par exemple :

« Vois cette dame comme il est beau !

— Employez le langage de vos pères, mes chers fils, recommandaient en patois d'Auvergne les sermons des curés, d'accord avec les Grands. Celui des hommes-venus-de-loin ne peut vous apporter que des pensées périlleuses pour votre foi chrétienne. Si vous avez quelque grâce à demander à la Sainte Vierge, faites-le en auvergnat : elle comprend toutes les langues de la terre. »

Aux Bonnets, le parler des Français ne servait donc pas à grand-chose. Les seuls mots d'étranger qu'on y sût étaient ceux des prières latines.

Peu de temps après, il vint justement de France un marchand de poisson, avec ses caques dans une charrette tirée par une mule. Une fois sur le coudert qui occupait le centre du village, il agita une sonnette, criant :

« Harengs ! Harengs ! »

La *mouitreço* vint à lui, et d'autres femmes dont trois de chez Saton, et des enfants, parce que c'était une belle curiosité.

« Venez ! Venez toutes et tous ! Venez acheter de beaux harengs pour faire vos pénitences ! »

Le poisson de leurs deux étangs agrémentait parfois les vendredis, jours sans lard ni viande d'aucune sorte. C'étaient des carpes pêchées à la fève cuite quand elles voulaient bien y mordre. Grasses et jaunes comme des potirons, leur chair gardait un certain goût de vase. Aussi les poissons de mer apportaient-ils une diversion bienvenue. La maîtresse les faisait dessaler dans du lait coupé d'eau, griller sur les braises ardentes, et les servait avec une purée de pois ; les parsonniers mangeaient même la tête et les nageoires, ne laissant que les grosses arêtes ; le mélange de lait et d'eau allait ensuite aux cochons.

Le marchand vendait quatre deniers les gros harengs et deux les petits, il les saisissait par la queue, les secouait pour faire tomber le sel et les livrait aux chalandes qui les recevaient dans une feuille de chou, de rave ou leurs mains nues. Or, en servant chacune, il recommandait après le payement :

« Ne partez pas ! J'ai quelque chose d'important à vous dire. Ou bien allez quérir vos maris, vos frères, vos pères. »

Elles restaient tout ébaubies, les harengs entre leurs doigts. D'autres partaient et revenaient comme il l'avait dit. Tous regardèrent l'étrange étranger, vêtu d'une sorte de souquenille déchirée, sous laquelle paraissaient ses genoux et ses pieds nus dans des sandales. Quand la vente fut finie, il plongea une fois encore le bras dans une caque, en tira un dernier hareng et commença un discours en français dont ils ne comprirent que quelques mots :

« Poisson ! disait-il, le tenant en l'air. *Ichthus !* Les premiers chrétiens eurent bien raison de prendre le poisson pour signe de leur foi. Car aujourd'hui, mes frères, la religion pue si fort que cette caque en comparaison sent la rose.

— Que dis-tu ? s'écrièrent les Bons Dieux et les Saton. Parle notre langage.

— N'y a-t-il personne ici qui entende le français ?

— Comment ?

— Y a-t-il quelqu'un qui puisse interpréter ?

— Interpréter ?

— Traduire. Faire passer dans votre langue ce que je dis dans la mienne. »

Quand on eut enfin deviné le sens de ses paroles, on alla chercher Joan, occupé à tailler la vigne des Fouirades, il vint, sa serpe encore accrochée dans le dos à sa ceinture ; il écouta, traduisit :

« Je vends du hareng pour vivre. Et quand je ne peux le vendre, je le mange. Mais en vérité je suis un moine jacobin dégoûté des prêtres et des moineries. Regardez les vôtres ! Car vous en avez, n'est-ce pas ?

— Quoi donc ?

— Des moines et des prêtres.

— Oui, quelques-uns, à Vollore.

— Observez-les bien. Pleins de soupe et d'argent !

— C'est vrai qu'ils ne sont ni pauvres ni maigres. Nous leur servons de bonnes dîmes.

— Ils vivent, j'en suis sûr, en compagnie de leurs maîtresses et d'amis de débauche.

— Ça, nous ne l'avons pas remarqué.

— Pourquoi seraient-ils différents de leurs confrères ? Croyez-moi : ils sont confits dans le péché et l'iniquité comme mes harengs dans la saumure. Car l'homme est ainsi, prêtre ou non : plein d'une perversité naturelle qui le pousse nécessairement vers le mal. Il ne peut désirer que le mal et le commet de toutes les façons. De sorte qu'il n'existe aucune partie de sa personne qui soit exempte de péché... »

Les Bons Dieux se regardèrent avec stupeur, se demandant si Joan rendait bien les paroles de l'étranger, ne se reconnaissant pas dans ce portrait qu'il traçait de l'homme. Pas nous ! Pas nous ! Certes, nous ne nous croyons pas sans péché, loin de là ! Mais tout de même, chaque partie de notre personne...

« Eh bien soit ! poursuivait le jacobin aux harengs. Péchons donc, puisque ainsi le veut notre nature ! Péchons fortement, du matin au soir et du soir au matin ! Tant que nous serons ici-bas, il faut que le péché existe. Mais au lieu de le susurrer dans l'oreille d'un homme, pécheur comme vous, fût-il abbé, évêque, cardinal ou même pape, et plus que vous parce qu'il a fait vœu de pauvreté, d'abstinence, de chasteté, d'obéissance, vous devrez, mes frères en Jésus-Christ, reconnaître vos fautes devant le Seigneur, directement, en tête à tête, en cœur à cœur. Car lui seul peut vous laver, vous pardonner. Et Il le fera, quand bien même vous auriez connu mille femmes dans la journée et assassiné mille de vos semblables !

— Mille femmes dans la journée ! » firent les Bonnet-Lavest éberlués.

Tout à coup, le prêcheur lâche son public d'adultes et s'adresse uniquement aux drôlets :

« Dites-moi, les enfants, quel est votre conte préféré ? »

Eux se regardent avec surprise, ils n'y comprennent rien. Vous comprendrez tout à l'heure. Quel est le conte que vous demandez toujours à votre grand-mère quand elle garde les chèvres avec vous ? Tiens donc ! Il sait même, celui-là, qu'ils vont garder les chèvres avec leur Grande !

« Plampougnis ! » crient les petits enfants.

L'histoire de ce mioche si minuscule qu'il fut avalé par une vache, un jour qu'il avait commis l'imprudence de s'abriter de l'orage sous les feuilles d'une rave. Et fallut-il en faire pour le délivrer ! Et que d'aventures il eut ensuite dans le ventre de la vache, dans celui du loup, sur l'échine d'un lièvre, sur les ailes d'un pigeon et sur la queue d'un âne !

« Plampougnis, c'est bon, je m'en souviendrai », dit le poissonnier.

Puis il retourne aux grandes personnes. Il en dit de la sorte tant et tant et de si grosses que tous ceux qui l'écoutent finissent par éclater de rire. Mais la plus grosse — et elle ne passerait pas sous le pont de Courpière — est la suivante :

« Priez aussi tant qu'il vous plaira, mes frères ! De jour et de nuit ! En mangeant, en travaillant, en éternuant. Mais priez uniquement le Seigneur Dieu. Perdez cette habitude ridicule que vous ont enseignée vos prêtres de prier les saints, les saintes et la mère de Jésus.

— Et pourquoi donc ?

— Parce que la plupart de vos saints n'ont jamais existé. Ou s'ils ont existé, ils n'ont aucun pouvoir. Croyez-vous que le Seigneur Dieu ne soit pas assez grand pour prendre seul ses décisions ? Qu'il ait besoin, comme nos princes, de conseillers ? Demander leur intercession, c'est comme si vous adressiez vos prières à Plampougnis ! »

Voilà donc l'usage qu'il voulait faire de toi, ô Plampougnis ! Se servir de ta renommée pour se moquer des saints et des saintes ! Mais c'est du harenger que fait rire à présent l'idée de te mettre dans un même sac avec eux. Pas existé, saint Maurize, saint Sulpice, saint Genès, saint Anthème, sainte Agathe ? Alors qu'ils en ont vu des représentations sur les murs de leurs églises, en couleurs, et si vivantes qu'il ne leur manquait que la parole ! Aucun pouvoir, la Bonne Vierge, saint Joan, saint François, saint Antoine, saint Givreman ? Alors que chacun se rappelle les faveurs obtenues ! Ils en rient tellement qu'ils se tiennent le ventre, que les yeux leur pleurent. Constatant le succès d'hilarité qu'il obtient, le prêcheur entre alors dans une belle rage :

« Qu'avez-vous à vous rigoler de la sorte quand je vous dis les choses les plus sérieuses du monde, troupeau d'illettrés, bande d'Auvergnats et de papistes plus rustres que vos cochons ? Allez donc baiser les pieds de vos curés et de vos moines si vous y trouvez du contentement, et leur lécher le cul en guise de dessert ! Moi, je vous dis que l'Agneau divin nous délivrera seul de nos péchés et qu'aucun prêtre ne peut le faire à sa place, car Il ne confie son jugement à aucun suppléant ! Implorez donc, si vous y croyez, tous les saints de l'almanach, saint Gris, sainte Nitouche, saint Lâche, saint Rabonni, saint Frusquin, saint Plampougnis ! Allez donc... »

Il n'aurait pas dû, lui, aller jusque-là, remettre Plampougnis dans le commerce. N'en pouvant plus d'outrages, les Bonnet-Lavest, mâles et femelles, se jettent sur lui pendant que les drôles et les chiens le mordent aux mollets. On l'empoigne, on meurtrit sa bouche sacrilège, on lui tire la barbe, on l'enfonce enfin dans une de ses caques, la tête en bas bien plongée dans la saumure, les pieds gigotant au soleil. On fouette la mule et elle l'emporte avec ses harengs et ses blasphèmes vers les lieux d'où il est venu.

On avait bien ri de l'affaire. Cependant, après la fuite du harenger, les membres de l'entente réfléchirent à ses propos et s'en entretinrent longuement autour du feu d'en-haut, dans la salle commune, alors que les petits enfants et leurs mères avaient déjà déguerpi. Sans causer un véritable scandale par leurs mœurs, les prêtres de Vollore prêtaient le flanc à certaines critiques. La mémoire qui se transmettait de leurs prédécesseurs ne correspondait guère à leur image présente. Au lieu des cinq ou six d'autrefois, ils étaient maintenant une trentaine à exploiter les dîmes et les usufruits de la religion. Tous la mine fleurie, comme il est naturel à des hommes bien alimentés et de faible exercice corporel. Ils formaient une très ancienne communauté appelée « filleuls de la paroisse », point tenus le moins du monde à vivre ensemble néanmoins, puisque chacun jouissait d'un domicile propre, plus ou moins éloigné de l'église, au sein de sa famille naturelle ou dans sa résidence particulière. Ils pouvaient occuper leur temps comme ils voulaient, travailler leurs terres, pratiquer certaines professions comme la médecine, la fabrication des cierges et chandelles, la confection des chapelets et vêtements sacerdotaux, n'ayant d'autre obligation que de célébrer ou concélébrer au moins une messe par semaine, sous la direction d'un responsable, l'*hebdomadier*. Encore celui-ci pouvait-il se faire remplacer par un confrère moyennant une juste rémunération. Chaque participation à un office, messe, vêpres, sépulture, baptême, mariage, confession, attribuait un *point* au participant. A la fin de la semaine, les revenus récoltés en argent, blé, aliments divers par toute l'église étaient partagés en proportion du nombre de points acquis. Afin de réprimer certains abus, les règlements intérieurs, approuvés par Monsieur l'Evêque de Clermont, les obligeaient toutefois à un minimum de présences : ainsi devaient-ils, pendant le déroulement de leur messe obligatoire célébrée par l'hebdomadier, se trouver dans l'église avant la fin de l'épître et y rester jusqu'à l'*Ite, missa est*; aux vêpres, avant le *Gloria patri* du premier psaume. Il faut dire qu'au cours de ces cérémonies, la conduite de quelques prêtrerots n'était guère édifiante; au lieu de se recueillir et de prier, on les voyait ricaner ensemble, bavarder insolemment de choses profanes, se plonger dans des livres qui n'étaient aucunement de messe; se lever, s'asseoir, entrer, sortir; on en vit, sous le regard irrité de saint Maurize, se quereller, échanger des soufflets, se disputer des bouts de chandelle comme des chiens les reliefs d'un repas. Bref : la messe ressemblait alors à une sorte de foire au Pré plutôt qu'à un office divin.

« Cela n'est pas bien fait, dirent les vieux parsonniers des Bonnets. Dans les temps anciens, il existait moins de prêtres à Vollore, à Escoutoux; mais chacun ne pensait qu'à remercier Dieu et le servir. Il y aurait là, semble-t-il, des choses à changer. »

Il fut convenu entre eux que maître Geoffroy et son fils Joan monteraient, le dimanche suivant, raconter au curé de Vollore, nommé Louis de Bonnevie, la visite du moine marchand de harengs et les propos qu'il avait tenus ; ils examineraient avec lui s'il n'était pas bon de réformer certaines habitudes des prêtre-rots, afin de rendre aux offices leur dignité ancienne. Le prêtre les reçut après la messe à son domicile particulier, les fit asseoir sur de belles chaises à dossier, chacune garnie d'un coussin de plume, leur offrit du vin de sa vigne, leur demanda des nouvelles de tous les Bonnet-Lavest, qu'il connaissait bien, après vingt années d'exercice à la tête de la paroisse, interrogea pour finir Joan sur son voyage en France. Quand il eut parlé son content, il demanda enfin :

« Vous aviez, je crois, quelque chose de spécial à me dire ? »

Joan, qui possédait des deux la langue la mieux pendue, raconta toute l'histoire, et répéta les paroles du harenger, et narra comment il avait fini la tête dans sa caque. D'abord, le vieux curé en rit de grand appétit ; mais soudain son visage se figea :

« Malheureux ! s'écria-t-il en joignant ses mains fines et blanches. Malheureux et fortunés tout de même, car vous l'avez échappé belle ! Savez-vous qui était ce faux moine ? Un huguenot, tout simplement ! Un de ces suppôts de Satan qui battent les villes et les campagnes pour détruire notre sainte Mère l'Eglise catholique et pour dresser les chrétiens les uns contre les autres ! Vous avez eu mille fois raison de lui mettre la tête dans sa saumure, et que le diable l'emporte ! Maintenant, buvons à la santé de notre saint Père le Pape, Pontife unique de toute la chrétienté. Et à celle du roi de France défenseur de nos frères en Dieu et pourfendeur des hérétiques huguenots et protestants. »

Ils ne comprirent pas grand-chose à ces toasts, mais burent quand même le vin du curé qui était vif et pétillant.

« Mes enfants, reprit-il, partez l'âme en paix et complètement rassurés. Ici, à Vollore, notre foi chrétienne est placée entre de bonnes et vaillantes mains.

— Cependant...

— A votre santé à vous tous également ! Merci d'être venus.

— Nous sommes venus aussi pour vous dire...

— Et à celle de vos femmes, de vos parents, de vos enfants présents et futurs !

— Il nous a semblé que certaines choses dans votre église...

— Certaines choses peuvent sembler étranges à qui les voit de l'extérieur. Mais moi qui les vois chaque jour du dedans, j'en comprends les raisons. Faites donc confiance à votre curé qui vous aime et qui vous bénit ! »

Là-dessus, il les régala d'un large signe de croix qu'ils reçurent en pliant le genou. Après quoi, ils finirent leur verre et partirent à reculons.

La terre de Vollore ne connut pas d'autre violence religieuse que les coups de poing sur la figure du harenger. Mais dans le voisinage, les choses ne se passèrent pas si doucement. Les huguenots surgissaient de toutes parts, ce fut une invasion comme il s'en produit quelquefois de sauterelles. On se mit à les détruire frénétiquement, par le sabot, par le feu, par le fer, par le poison. Plus on en tuait, plus cependant se multipliait l'espèce. Certains huguenots se déclaraient ouvertement, d'autres se dissimulaient sous un voile hypocrite. C'est ainsi — qui eût jamais cru la chose possible ? — qu'il en apparut un dans la communauté même des Bons Dieux. Et voici comment sa présence se découvrit.

La communion aux dimanches ordinaires, chez les Bonnet-Lavest, était laissée à la liberté de chacune et de chacun ; mais elle était de rigueur aux grandes fêtes religieuses, Notre-Dame d'Août, la Toussaint, Noël et Pâques. En entrant à leur service, les domestiques s'entendaient dire par le maître :

« A partir de ce jour et jusqu'à ce que tu nous quittes volontairement ou que nous te chassions, tu vivras comme nous, mangeras comme nous, te reposeras comme nous et prieras comme nous. »

Effectivement, agenouillé sur le sol en terre battue au milieu des parsonniers, chaque serviteur ou servante marmonnait les prières du soir avec autant d'application que les autres. Celle du matin, il la récitait à sa convenance, dans son lit, au saut du lit, durant la traite la joue contre le flanc de la vache, ou à tout autre moment. Il allait entendre messe le dimanche à Vollore ou Escoutoux selon la décision du *mouitre*. Il devait faire gras, faire maigre et prendre ses Pâques avec l'ensemble de la communauté.

Or voici qu'un certain dimanche de Résurrection, maître Geoffroy remarqua dans l'église une chose surprenante. Etant passé dans les premiers à la sainte table, comme il convenait à son rang de chef parsonnier parmi les autres *mouitri* ses égaux, Geoffroy, revenu à sa place, eut le loisir, tout en récitant son action de grâces, de suivre des yeux le mouvement de l'assemblée qui se pressait vers le Pain de Dieu. Ainsi le bon berger compte-t-il ses ouailles dans leur parc avant de pénétrer dans sa cabane à roulettes. Ce faisant, il remarqua l'attitude étrange de Philibert, leur premier valet, un garçon sans père ni père qu'ils employaient depuis plusieurs années. Celui-ci s'approcha bien comme les autres de la balustrade recouverte de sa nappe ; mais au dernier moment, profitant de l'affluence, il esquiva la communion, alla plus loin, puis regagna son ancienne place en prenant, de corps et de figure, une expression fort dévotieuse.

Geoffroy en reçut un coup au cœur. Que signifiait ce simulacre ? Philibert n'avait-il pas eu le temps de se confesser avant la messe ? Mais non : ils étaient arrivés ensemble avec une avance suffisante. Entre confesse et la communion, avait-il commis quelque péché soudain — il ne faut pas longtemps au sire Belzébuth pour t'inspirer un regard, une pensée impurs — et, se sentant de nouveau l'âme souillée, s'était-il abstenu par scrupule ? Dans ce cas, il communierait le dimanche suivant. Il n'en fut rien : ni celui-ci ni aucun autre. Le *mouitre* voulut donc en avoir le cœur net et, un matin qu'ils se trouvaient ensemble, il interrogea le domestique de la manière la plus directe :

« As-tu communié aux dernières Pâques ? Il m'a semblé que non. »

Le valet leva vers lui des yeux agrandis par l'étonnement, bientôt par la frayeur, tandis que le sang se retirait de son visage. C'était un garçon jeune et beau comme saint Georges, quelques poils blonds ombraient à peine sa lèvre supérieure. Comme il tardait à s'expliquer, le maître répéta :

« As-tu communié ? »

Dans un souffle, Philibert reconnut que non.

« Pourquoi ? »

Là encore, son silence parut interminable.

« J'attendrai ta réponse. Je ne suis pas pressé. Pourquoi ? »

Et l'autre, alors, d'une voix sourde :

« Je... ne crois pas... que ça me soit utile.

— De quoi parles-tu ?

— De la communion. De ce morceau de pain qu'on me pose sur la langue... Je ne crois pas que le Créateur s'enferme dans un croûton.

— Un croûton ? Tu blasphèmes le Pain de Dieu !

— Je crois bien que je ne crois pas non plus... en Dieu.

— Quoi ?

— Non. Je ne suis pas certain que Dieu existe. »

Maître Geoffroy serait tombé sur le derrière s'il ne s'était cherché quelque appui. Il trouva dans son dos le pilier du bûcher où ils se tenaient l'un et l'autre, Philibert sa mailloche encore à la main, car il l'avait surpris en train de fendre aux coins les grosses bûches. A mesure qu'il s'exprimait, le serviteur gagnait en assurance et c'était au *mouitre* de perdre son souffle :

« Pas certain... que Dieu existe ?... Mais alors, qui donc a fabriqué le monde ?

— Ça, je sais pas. Peut-être qu'il a toujours existé, d'une façon ou d'une autre. Pourquoi faut-il qu'il ait eu un commencement ? Y a-t-il eu un temps où rien n'existait, sauf Dieu ? Et si rien n'existait, que pouvait bien foutre le Seigneur Dieu au milieu de cet immense vide ? Je sais pas, je sais pas. Une chose est sûre pourtant : si Dieu existe, c'est un Dieu bien cruel. Car s'il a tout fait, il a fait aussi la méchanceté des hommes et des animaux, les vipères, la peste et toutes les maladies, et la foudre. Tenez, *mouitre* : savez-vous que mon père et ma mère ont été tués ensemble par la foudre, un jour d'orage ? J'ai été élevé par ma Grande. Elle est morte aussi quand j'avais huit ans. Depuis, j'ai toujours servi chez les autres. Ah ! j'ai vraiment été fait pour en voir ! Et pourquoi tant ? Et pourquoi tant ?... Alors, je me sens pas le courage de remercier Dieu et de chanter son nom. Je comprends que les prêtres de Vollore le fassent, eux qui ont toujours du bon temps. Pas moi ! Pas moi ! »

Tandis que se déroulait ce discours surprenant, Geoffroy, qui était vieux avant l'âge, courbe et boiteux de la jambe gauche, se disait, voilà un garçon jeune et beau, plein de sang, plein de vie, et qui ne voit aucune raison de croire en Dieu et de le remercier. Et me voilà, moi, à côté, tordu, avec ma patte folle, ma poitrine creuse, mon poumon qui siffle, et je remercie Dieu à chaque heure du jour pour tout ce qu'il m'a donné et donne encore, mes yeux qui voient, mes oreilles qui entendent, mon fils, ma fille, mes frères et mes enfants parsonniers. A tout ça, il ne trouva qu'une explication :

« Tu es huguenot ?

— Je sais pas si je suis huguenot. Mais je peux pas croire que Dieu existe comme les curés nous le présentent.

— Si tu es huguenot, dis-le carrément. Tu n'as plus rien à faire chez nous.

— Je sais pas, vous dis-je, si je le suis ou non. Est-ce que vous me chasseriez ?

— Ça dépend de toi seul.

— N'êtes-vous pas satisfait de mon travail ? De mon obéissance ?

— Si, si... Là n'est pas la question.

— Je sais pas, vous dis-je, je sais pas.

— Faudra que tu saches ! Et très vite ! »

Là-dessus, maître Geoffroy s'en alla tout furieux, appuyé sur sa canne. A la prière du soir, il observa le comportement de Philibert. Il le vit s'agenouiller comme les autres et remuer les lèvres, mais avec une telle frénésie qu'elles ne pouvaient prononcer des mots et ne produisaient que du vent. Se rappelant les paroles d'accueil qu'il servait à chaque nouveau domestique — « tu prieras comme nous » — il ne put trouver dans l'attitude du jeune garçon un motif convenable de renvoi. Il n'avait jamais précisé : « Tu croiras en Dieu comme nous ». Le serviteur jouait avec sérieux la comédie de la prière et se montrait un excellent travailleur le reste du temps. Mais un huguenot parmi les Bons Dieux était aussi intolérable qu'une pomme pourrie dans un panier de pommes saines.

« Qui donc t'a mis ces idées en tête ? lui demanda-t-il une autre fois. Est-ce le marchand de harengs ?

— Que non. Je me les suis mises tout seul, depuis que mes père et mère ont été tués par la foudre, alors que j'avais tant besoin d'eux.

— En tout cas, je te recommande de n'en parler à personne par chez nous. Si je m'aperçois que tu essayes de gâter quelqu'un d'autre, tu ne resteras pas un moment de plus à notre service.

— Je m'y engage. »

En attendant, Geoffroy chercha, sans que sa conscience lui en fît reproche, le moyen de renvoyer ce serviteur : infidèle à Dieu, il pouvait l'être à ses maîtres. Du matin au soir, il épiait son travail, en quête du bon motif. Mais l'autre, sentant sur lui en permanence ce regard de feu, se tenait sur ses gardes et demeurait irréprochable. Huguenot ! Huguenot ! *Iganàu !* grommelait en l'observant le *mouitre* dans sa barbe. Il dut le surveiller des semaines. Mais l'occasion finit par se présenter.

Ce jour-là, il l'a chargé de défricher profondément, à la bêche de bois ferrée par le bout, un carré de terre vierge où il veut semer des petits pois.

« Ne te contente pas de bêcher, a-t-il recommandé. Enlève fil à fil toutes les mauvaises racines — spécialement les *grames* — et fais-en un tas par côté que tu brûleras une fois sec. N'oublie pas : fil à fil. Faut que la terre devienne propre comme la farine.

— Je n'oublierai pas. »

Après quoi, il le quitte et retourne à ses propres besognes. Un peu avant l'heure du dîner, il revient toujours appuyé sur sa canne de la main gauche, mais portant un bigot sur l'épaule droite. La terre de Philibert fait plaisir à voir, nette, poudreuse, régulière. Geoffroy plonge son croc là-dedans, tire, fourgonne, sans rien ramener qui vaille, finit quand même à force de patience par y trouver un ruban de chiendent oublié, long d'un quart de coudée.

« Qu'est-ce que c'est que ça ? s'écrie-t-il, courroucé.

— Ça ? Un bout de *grame.*

— Ne t'avais-je pas dit de n'en laisser aucun ? De me rendre la terre propre comme la farine ?

— Voyez tout ce que j'ai sorti. »

Et le valet désigne un monceau de racines et de mauvaise herbe.

« Sans doute. Mais tu as laissé ce *grame.* C'est du mauvais travail !

— Du mauvais travail ? A cause de ce seul *grame* ?

— Si tu le trouvais dans ton pain, dirais-tu : c'est du bon pain ? »

Philibert comprend que ce bout de chiendent a fourni au maître son prétexte et que la partie est perdue. Il n'essaye plus même de se défendre.

« Je te chasse ! confirme le *mouitre.* Dès demain, je te réglerai ton compte et tu quitteras les Bonnets. »

Aussitôt, le garçon rentre au village, si pâle qu'on ne distingue plus ses lèvres. Le soir, il a le courage de participer au souper comme si de rien n'était, espérant encore que Geoffroy reviendra sur sa décision, qu'on ne peut le congédier pour une raison si dérisoire. Quand tout le monde a avalé sa part de soupe, de pain et de companage, que même les femmes et les enfants ont achevé leur repas, le maître fait taire le brouhaha des conversations en tapant de son couteau le bois de la table, et il annonce :

« Faut que je vous dise une chose. A partir de demain, Philibert ne sera plus valet dans ce domaine. Je l'ai chassé à cause de son mauvais travail. »

L'entière condamine en a la chique coupée, même la marmite s'arrête de bouillir. Les yeux vont du valet au maître et du maître au valet, mais Philibert dédaigne de répondre. Et voilà que tout par un coup, tout par un coup... Cela vient de la table des femmes et des enfants : les regards s'y portent. Et que voit-on ? Annette, la fille de Geoffroy, sa Providence, qui pleure et sanglote comme une désespérée.

Lui se lève, pâle comme la mort :

« Qu'est... qu'est-ce que ça veut dire ?... Annette !... Qu'est-ce que ça veut dire, par les cinq cents diables ? »

Voilà qu'il jure, à présent, lui, l'homme le plus dévot de la paroisse ! Mais la drôlette se contente de se tordre les bras et de se cogner la tête au bois de la table. Alors, Philibert se lève à son tour et dit, d'une voix glaciale :

« Annette est prègne de moi. »

Il dit vraiment *prègne,* comme lorsqu'on parle d'une vache prête à vêler, d'une chèvre à chevreter, d'une truie à cocheter. La foudre tombant au milieu de la table ne produirait pas plus d'effet que ce mot-là. Geoffroy se dresse à sa place, lève les bras au ciel, fou de colère et de douleur, puis il saisit sa canne et, tout clopinant, tout crochu comme il est, se précipite sur le huguenot, hurlant des insultes, essayant de le frapper, l'écume aux lèvres, tandis que les autres s'accrochent à lui :

« *Iganàu ! Iganàu !* Vaut-peu ! Guenille ! Je veux te tuer de mes mains ! Je veux te manger le poumon !

— Arrêtez, maître ! Arrêtez ! supplient les autres parsonniers.

— Mais comment ont-ils fait ? se demandent les femmes avec curiosité. Jamais on ne les a vus ensemble ! Faut qu'elle se soit changée en pêche, et lui en perce-oreille ! Elle en trou de serrure, et lui en vent coulis !

— Hi, hi, hi... sanglote Annette inconsolable.

— Laissez-moi faire, que je l'étouffe comme un pigeon ! » implore maître Geoffroy.

Au milieu de cette fin du monde, seul Philibert demeure imperturbable, sûr de ses arguments.

Il fallut les marier au plus vite. Voilà comment un huguenot, qui n'en était peut-être pas un, entra chez les Bons Dieux, sans même avoir besoin de payer péage.

Environ à la même époque, et très exactement le 2 janvier de l'an 1568, de vrais huguenots commirent à Thiers de grandes brutalités. Il faisait un froid intense et tous les bade-bec se tenaient au chaud, y compris la milice qui aurait dû être de garde sur les murailles — d'ailleurs fort délabrées — et aux portes de la ville. Mieux encore : les protestants, qui venaient du Forez, commandés par un certain Broniquel, casqués, cuirassés, armés de lances et d'arquebuses et certains à cheval, arrivèrent à l'aube grise au pont de Seychal, se hissèrent par la montée du Portal jusqu'à la porte dite de Lyon qu'ils enfoncèrent sans difficulté et pénétrèrent dans la ville, cependant que les Thiernois dormaient toujours sous leur bonnet de nuit. Réveillés par les clameurs, par le piétinement des chevaux, ils enfilèrent leurs chausses, se mirent aux fenêtres et se virent envahis de toutes parts avant de pouvoir esquisser un geste de résistance. Les étrangers occupèrent les rues, les places, fracturèrent la grenette où les consuls tenaient en réserve quelques quintaux de blé, les négligèrent, réclamèrent des vivres immédiatement consommables.

« Adressez-vous au château », leur conseilla-t-on.

Ils y furent donc, et, sitôt arrivés, commencèrent à fusiller les portes de quelques arquebusades. D'une fenêtre, le châtelain-gouverneur leur demanda qui ils étaient, ce qu'ils voulaient de lui, s'affirmant disposé à les satisfaire dans la mesure du possible. Ils répondirent qu'ils étaient des calvinistes savoyards aux ordres du vicomte de Broniquel ; qu'ils n'avaient l'intention que de faire étape en la ville, avant d'aller rejoindre l'armée du prince de Condé près d'Orléans ; ils exigeaient seulement d'être nourris et abreuvés. Le châtelain leur fit porter plusieurs poinçons de vin et une quantité de saucisse et de lard salés.

« Pour le complément, ajouta-t-il, je vous recommande de vous adresser aux moines du Moustier qui possèdent de grandes réserves dans leur abbaye.

— Merci du renseignement. Nous n'y manquerons point. »

Comme le froid se faisait de plus en plus vif, le capitaine huguenot dit à ses coreligionnaires :

« Ne trouvez-vous pas, compagnons, que le gel risque de nous donner l'onglée ? Afin de nous réchauffer, je propose que nous fassions un beau feu de joie. »

Avisant l'église Saint-Genès, ils commencèrent d'en fracasser les portes et les boiseries à coups de hache, d'accumuler dans le chœur de la paille et tous les aliments nécessaires à leur joyeuse flambée. Puis ils battirent du briquet et la malheureuse église vomit bientôt la fumée par tous ses pores, tandis que les huguenots applaudissaient sur la place, criant :

« Aux renards ! Aux cafards ! Aux idolâtres ! Qu'ils soient tous enfumés ! »

Mais un seul papiste se trouvait dans l'église : le sacristain Genestel ; il réussit à s'échapper par-derrière et s'en courut avertir le premier consul, nommé Benoît Allaigre, qui demeurait rue des Escuyers. Celui-ci, vieil homme à tête blanche, revêtit sa robe bleue en serge de limestre avec parements de satin rouge, coiffa son chaperon garni de même, on eût dit un martin-pêcheur, et se précipita dans cet accoutrement sur les lieux de l'incendie. Tout d'abord, à ses protestations, les religionnaires eurent l'idée de le pendre par le cou à l'intérieur de l'église pour qu'il brûlât avec elle. Mais le consul criait comme un perdu :

« Eteignez l'incendie ! Eteignez l'incendie ! Et nous vous payerons rançon ! Mais éteignez d'abord ! »

Et, comme Broniquel se tenait devant lui, les poings sur les hanches, Benoît Allaigre tira sa bourse, lui en versa le contenu entre les mains, que le capitaine se mit aussitôt à compter de l'index, y trouvant septante-deux livres.

« C'est bon, dit-il. Arrêtez le feu. Nous allons discuter. Naturellement, cette poignée de pièces ne représente que des arrhes sur la valeur de votre église. »

Ses hommes d'armes obéirent et s'en allèrent étouffer les flammes. Il y eut ensuite dans la maison commune un long marchandage qui associa l'abbé du Moustier au châtelain-gouverneur, aux consuls et à d'autres notables, face au capitaine-vicomte et à ses officiers. Les huguenots exigèrent le droit de logement et nourriture, plus une rançon de vingt mille livres tournois, moins les septante-deux déjà versées. Les Thiernois accueillirent ces chiffres avec de grands gémissements, mais ils réussirent à rassembler la somme en trois jours. Au bout desquels Broniquel et les siens s'éloignèrent, accompagnés de huit mille quatre cent soixante et deux malédictions, car tel était le nombre des bade-bec.

De cette contribution exorbitante, la ville se releva en deux années, grâce à la merveilleuse prospérité que lui procuraient ses deux activités principales, la papetière et la coutelière, lesquelles lui avaient valu de devenir la ville la plus nombreuse et la plus active de toutes les Auvergnes. Une quarantaine de moulins à papier et autant de rouets fonctionnaient sur les deux rives de la Durolle, faisant la fortune de deux cent cinquante maîtres papetiers ou maîtres couteliers : cinq cents au début du siècle suivant, sept ou huit cents à la veille de la Révolution. Au-dessous d'eux travaillaient plusieurs milliers d'ouvriers, tous habitués à bien vivre, bien boire, bien manger, bien chanter.

Les papetiers surtout formaient une curieuse engeance, pourvue de privilèges incroyables. Le premier, le plus absurde : celui de besogner la nuit de préférence au jour. Ils donnaient à cela diverses raisons, toutes plus mauvaises les unes que les autres : ils pouvaient ainsi préserver leurs secrets de fabrication ; l'eau est plus lourde, plus agissante quand elle ne voit pas le soleil ; la pâte se ramollit à la lumière... Ils commençaient donc leur journée à minuit et la terminait vers midi, ce qui exigeait une quantité considérable d'huile à brûler.

« De toute manière, rétorquaient-ils, on y voit si peu dans notre atelier souterrain que nous avons besoin d'éclairage même le jour. »

En fait, ce qu'ils désirent avant tout, c'est la libre disposition de leur après-dînée qu'ils emploient à piller les potagers des bourgeois et à s'enivrer au cabaret. Comme les maîtres les nourrissent, ils exigent cinq repas par jour, chacun comportant pain, vin, viande, légumes, fromages à leur suffisance. Et leur suffisance est grande ! En outre, à certaines occasions solennelles, il leur faut des plats convenus, dits « plats d'étiquette » : une dinde au Jour de l'An, une oreille de cochon au Mardi gras, un jambon et des croûtes dorées au Jeudi gras, des *guenilles* le dimanche des Rameaux, une carpe le Vendredi saint. Et si le maître renâcle, dès le lendemain ils « lèvent la pille » ; c'est-à-dire qu'ils arrêtent leurs marteaux, désertent leur cuve à pâte et le moulin se trouve en chômage. La grève peut durer des mois. Mieux : ils exigent que le maître papetier les supplie de revenir et leur paye les jours sans comme les jours avec. Quand un ouvrier quitte son moulin par caprice ou par renvoi, il rend visite à ceux du voisinage. Dès son arrivée, tout travail cesse dans la fabrique : on doit fêter le camarade et lui payer sa *rente.* On mande les apprentis chercher du vin. Le maître lui-même est tenu de participer aux réjouissances en versant cinq sous au visiteur. Si celui-ci se charge un peu trop et se trouve empêché de continuer son voyage, il doit le loger jusqu'au lendemain.

Autant que les seigneurs à imaginer *tailles, retailles* et *reretailles,* les papetiers sont inventifs en droits divers. Lorsque l'apprenti s'assoit pour la première fois à la table commune, il paie deux livres : c'est le droit d'*assetage.* Un nouvel ouvrier doit verser un droit de *bienvenue.* Il existe encore des droits de fiançailles, d'épousailles, de parrainage, d'accouchement et cent autres également ingénieux. Le plus fort est une amende infligée au buveur mal entraîné qui vomit son trop-plein : droit de *gueulage* qui lui coûte quarante sous. Dans la même religion, ils s'infligent des amendes les uns aux autres : pour refus de boire, pour être né à tel endroit plutôt qu'à tel autre, pour avoir travaillé quand il ne fallait pas. Et si quelqu'un refuse de payer, on menace de lui casser bras et jambes. Le maître subit le même sort ; s'il se rebelle, on parle de brûler son moulin. Ce qui arrive de temps en temps.

Malgré ces mangeries, beuveries et pilleries, les papetiers de Thiers produisaient les plus belles feuilles du monde, spécialement aptes à recevoir l'encre d'imprimerie, tandis que celles d'Ambert convenaient mieux à l'écriture manuscrite. Avec le papier thiernois, les imprimeurs mayençais, genevois, romains, vénitiens éditaient leurs ouvrages de grammaire, de science, de religion. Mais une grande quantité se trouvait utilisée sur place par des imprimeurs cartiers qui en produisaient des cartes à jouer, aux figures marquées d'or et de couleurs précieuses représentant des rois assis, des empereurs, des reines entourées de petits princes, des valets en armes, le tout fleuri de devises latines. Les cartiers auvergnats fournissaient depuis longtemps les seigneurs de France et d'Aquitaine, certains de leurs jeux avaient passionné si fort le roi Charles VI qu'ils lui avaient tourneboulé l'esprit. A cause de la manière fantasque dont les Thiernois les fabriquaient, il fallait qu'il y eût dans ces cartes quelque folie communicative.

Les couteliers auraient bien voulu jouir de comparables privilèges, eux aussi se sentaient capables de bien boire sans soif et bien manger sans faim. Seulement, ils besognaient, non point réunis dans le même antre, la même moiteur, les mêmes ténèbres, mais en ordre dispersé, chacun chez soi, près de sa femme et de ses enfants, dans son propre atelier, au service d'un employeur disposant parfois de douze ouvriers à domicile. Cela produisait dans la ville et dans la campagne à cinq lieues à la ronde un perpétuel carillon de marteaux et d'enclumes. Le maître ou fabricant se contentait de fournir la matière première, acier des lames et des ressorts, cuivre des platines, bois, os ou corne des manches. Mais une fois forgés, montés, garnis, il manquait aux couteaux l'essentiel de leur fonction : le tranchant, conféré par la meule. Celle-ci était jadis tournée à force de bras, à moins que ce ne fût grâce aux services d'un chien enfermé dans une cage ronde. A présent, des *émolandiers* spécialistes, couchés sur leur planche au-dessus de l'énorme meule de grès large de quatre pieds et demi, se sont installés le long de la Durolle torrentueuse : elle anime les roues à aubes qui ont donné leur nom de *rouets* à ces ateliers aquatiques. Les couteaux de la campagne reviennent donc à dos d'homme ou de bourricot chez le maître qui les distribue aux émolandiers. Après cette nouvelle façon, dernier retour à la maison du fabricant distinguée par l'enseigne de sa marque : une botte, une couronne, un trèfle, une tête de bélier, une lune croissante, un homme d'armes...

Entre ces travailleurs, éparpillés, l'entente est difficile. D'autant plus qu'ils mangent généralement à deux râteliers : l'artisanal et l'agricole. Même ceux de la ville ne peuvent s'empêcher d'élever un cochon, de cultiver un jardin, de donner leurs soins à un carré de vigne. Chacun besogne à ses heures, comme il lui plaît, de jour ou de nuit, le dimanche excepté. Le maître les paye peu et, s'il leur passe par la tête le caprice de protester, il leur refuse les fournitures, sachant qu'il trouvera sans peine d'autres manouvriers. Les couteliers-paysans préfèrent donc augmenter leurs gains en prolongeant le temps de leur travail, en recourant à l'aide de leur femme, de leur père, de leurs enfants. Seuls les émolandiers manifestent quelque esprit d'indépendance et, se sachant irremplaçables, obtiennent de bons salaires dont ils boivent la plus grosse part et mangent la petite.

Le fabricant non plus n'est pas libre de ses prix car il dépend à son tour du négociant grossiste chargé de vendre en France et à l'étranger, par l'intermédiaire de ses correspondants, les divers produits thiernois : papiers, cartes, fils, draps, bougettes de cuir, chandelles, couteaux. Il trafique dans toute l'Europe et jusqu'aux Indes orientales et occidentales. Sur ces marchés, la quincaille thiernoise concurrence victorieusement celle de Langres, de Moulins, de Châtellerault, de Solingen, de Nuremberg et de Bâle.

Deux inventions successives ont fait son bonheur. L'une, celle de la poche, dite *bougette,* cousue au vêtement, d'abord de façon extérieure et visible, ensuite par-dessous et dissimulée. Avant elle, hommes et femmes accrochaient leurs objets personnels à leur ceinture, clés, ciseaux, couteau, encrier, chapelet, escarcelle, il en résultait des ballottements et tintinnabulements. Maintenant, tout cela a disparu. La seconde trouvaille est celle du couteau fermant, dont la lame se dissimule dans le manche, moins cher et moins encombrant que l'ancienne dague dans son étui. Chaque bourgeois, chaque paysan, chaque ouvrier veut désormais posséder le sien, être en mesure de le tirer de sa poche, d'en faire claquer joyeusement la lame, de découper un manche d'outil, une tranche de pain, de partager une pomme en deux. On ne sait pas qui est venu en premier : si la poche a inspiré le couteau fermant, ou si le couteau fermant a voulu s'abriter dans la poche. Mais Thiers se charge des deux productions.

Aux Bonnets, les Saton indépendants se mirent à fabriquer des couteaux pour le compte de la marque le *Hameçon* rue des Estourneaulx. Ernest Saton, qui avait toujours été un adroit forgeron, n'eut aucune peine à appliquer aux lames sa dextérité. Dès lors, les tintements de son enclume firent partie du paysage comme le caquètement des poules et les abois des chiens. L'arrivée de cet artisanat au village devait produire par la suite de grands bouleversements parmi les hommes et conduire plusieurs communautés à leur fin.

VIII

Décidément, les Saton ont pris goût aux nouveautés ! A peine soixante-quinze ans après s'être mis à faire des couteaux, voici qu'ils décident à leur tour de fonder une entente pareille à celle des Bonnet-Lavest. Ils y ont tout de même réfléchi près de huit siècles. Elle associe un grand-père, trois frères, deux beaux-frères, deux cousins, sans compter les femmes, enfants et autre menu bétail. Mais une ordonnance exige à présent un acte écrit prouvant l'établissement de toute société possédant plus de cent livres de capital. Les nouveaux parsonniers doivent se rendre donc à Vollore chez Jean Ferrand, notaire royal et arpenteur juré, afin de coucher noir sur blanc la surface et les limites de leurs terres, bois et prairies, la substance et la valeur du cheptel mort et vif, l'inventaire du mobilier et des ustensiles, le montant de l'argent liquide disponible. Ils s'engagent à exploiter en communauté tous ces biens, *et autant l'un comme l'autre en tous et chacun ses meubles et immeubles, et même héritages, passés, présents et à venir en quelque pays et province qu'ils soient situés et assis, sans aucune chose se réserver en propre ni tenir l'un plus que l'autre.* Ils notent enfin qu'ils ont élu maître et maîtresse Josion, le grand-père Saton, et Louise Cathonnet sa petite-nièce par alliance. La fondation amène pendant six mois beaucoup de grabuge dans le village, mais enfin tout finit par trouver sa juste place, les maisons, les bêtes et le monde. Cette responsabilité écrite d'un homme et d'une femme sur les travaux, le domestique et les mœurs s'avère une excellente chose : elle contribue à assagir les Saton, naguère réputés pour leur turbulence. Et en effet les relations entre les deux communautés voisines deviennent amicales.

Maître Josion, en dépit de ses fonctions nouvelles, continuait de façonner et monter des couteaux dans la vieille *boutique* où avaient fait de même avant lui son père et son grand-père, derrière la fenêtre garnie, en guise de vitres, de papiers huilés : ils arrêtaient les vents coulis, mais laissaient filtrer la lumière. En été, les jours de chaleur, il en retirait le châssis tout entier et l'on pouvait du dehors le voir forger les lames, râper les côtes ou claveter les diverses pièces de ses couteaux. On entendait en même temps les chansons dont il accompagnait sa besogne, tantôt en parler auvergnat, tantôt en parler français. Car c'était un homme instruit qui avait étudié au séminaire de Thiers, mais en définitive avait renoncé à porter la robe à cause de celle d'une certaine Marguerite, dont plus tard il avait fait sa femme. Voilà pourquoi ses comparsonniers l'avaient choisi pour *mouitre :* il était capable de tenir tête à tous les gens savants du monde, à leur répondre en français et même en latin, *secula-seculum,* et de lire l'écriture qu'on lui ferait signer. Aussi rendait-il de grands services aux communautés voisines qui venaient le chercher, dans les cas de chicanes, afin qu'il leur servît de truchement et de porte-parole. Et toutes s'en étaient bien trouvées.

Le petit Jean Bonnet-Lavest, dit Jantou, venait le voir souvent dans sa boutique, et Josion s'était mis dans la tête de lui apprendre à *franciser.*

« Ça pourra te servir plus tard. Et ça n'est pas difficile : tu n'as qu'à répéter sans faute la prière que je vais te dire. Quand tu la sauras, tu sauras tout le français. Si quelqu'un te parle dans cette langue, tu lui récites ta petite prière, et il s'en va content. »

Là-dessus, il lui débitait les deux couplets qui suivent, dont Jantou ne comprenait pas une syllabe, excepté le mot *Jésus* trois fois prononcé, mais qu'il répétait avec ferveur :

Dans cette église où j'étais,
Je vis une vieille qui pétait.
Allons donc, vieille vilaine !
Vous avez mauvaise haleine !
Z'avez pété devant Jésus :
On vous coudra le trou du cul.

Si devant Jésus j'ai pété,
Dans mon cœur j'en suis fâchée.

Pardonnez à la vieillesse
Qui ne peut plus serrer les fesses.
Pardonnez-moi, doux Jésus :
Devant vous, je ne péterai plus.

Quand Jantou sut parfaitement la prière, Josion le complimenta, tu francises aussi bien qu'un Français ; il le récompensa même en lui faisant boire une goutte de son vin dans une tasse de bois culottée de violet comme un évêque :

« Suce-toi bien les moustaches, recommanda-t-il, sinon les autres sauront que tu as bu de mon pouzin et ils seront jaloux. »

En sorte que Jantou s'en alla un peu pompette en fredonnant *Si devant Jésus j'ai pété, Dans mon cœur j'en suis fâchée.*

« Tu es bien content aujourd'hui ! s'étonna sa grand-mère Sidonie.

— Grande, annonça-t-il, Josion Saton m'a appris une prière en français.

— Vraiment ? Et qu'est-ce qu'elle chante, cette prière ? Je voudrais bien l'entendre. »

Et Jantou de la marmonner avec le ton qui convient aux prières, *Dans-cette-église-où-j'étais, Me-ne-me-ne-me-ne-me-ne...* Si bien que la grand-mère n'y vit que du feu, rassurée elle aussi par l'église et les trois *Jésus* qu'il y avait dedans.

Chaque fois que l'enfant rendait visite à Josion, le vieux coutelier lui redemandait ladite prière, tu comprends, je ne voudrais pas que tu l'oublies, et il le récompensait soit d'une larmichette de son vin violet, soit d'un coutelou, soit d'une poignée de nèfles en lui recommandant bien de cracher les noyaux, sinon ils lui boucheraient le pétard. Jantou était très fier de posséder maintenant une prière française qu'il était seul à employer chez les Bonnet-Lavest, une sorte de passe-partout capable de lui ouvrir toutes les serrures célestes. Par exemple, il en récitait un petit bout quand son père, pour l'habituer aux ténèbres, l'envoyait de nuit prendre une bûche au bûcher sans l'accompagnement d'aucune lampe ; il suffisait alors qu'il récitât *Allons donc, vieille vilaine, Vous avez mauvaise haleine...* pour que s'évanouît toute sa crainte.

« Tu ne manqueras pas, recommanda encore le coutelier, de réciter la prière au curé quand tu iras te confesser. »

Mais Jantou était trop petit encore pour avoir rien à déclarer.

Heureusement, il arrivait de loin en loin qu'un prêtre de Vollore ou d'Escoutoux se rendît dans les villages pour rencontrer les malades intransportables ou bénir les maisons. Ainsi, l'abbé Rossias, un vieux prêtre aux cheveux blancs, vint en tournée et il ne manqua pas d'entrer chez les Bonnet-Lavest où tout le monde lui fut présenté, vieillards, adultes, femmes, enfants. Il eut pour chacun un mot aimable, une caresse pour les petits. Alors, Jantou tira la robe de sa mère et ne cessa ce manège que le prêtre ne s'en fût aperçu.

« Que veut-il donc ? s'enquit-il en auvergnat.

— Vous réciter une prière française.

— Voilà qui est très bien ! Je t'écoute, mon petit. Viens sur mes genoux. »

Jantou s'assit sur les rotules scabreuses du vieil homme, et commença. Dès les premiers mots, *Dans cette église où j'étais, Je vis une vieille qui pétait...*, les sourcils de l'abbé lui montèrent au milieu du front, ses yeux s'écarquillèrent, sa bouche s'arrondit ; tous les présents se réjouirent dans leur cœur, croyant voir là des signes d'admiration. Quand l'enfant reprenait son souffle, le vieillard l'encourageait, continue, continue, je veux entendre ça jusqu'au bout. Jantou arriva finalement à la chute, *Devant vous je ne péterai plus.* Alors, l'abbé Rossias éclata de rire, il se tenait les côtes, il en pleurait, et en même temps il embrassait Jantou sur les cheveux :

« O mon innocent chérubin ! O délices de mes yeux !... Savez-vous, vous autres, ce que tout ça signifie ? »

Il entreprit de traduire les termes de la supposée prière, devant toutes les familles consternées.

« Qui t'a appris ça ? demanda-t-il enfin, reprenant un peu de sévérité.

— Maître Josion Saton.

— Je m'en vais lui dire deux mots. Comprends-moi : tu peux réciter encore, pour jouer, si tu veux, tes deux couplets, il n'y a point péché. Mais sache qu'ils ne sont pas une prière. Seulement une sornette, une bagatelle. Si cependant tu t'en es servi déjà pour prier Jésus, il a l'oreille tellement fine qu'il aura, j'en suis sûr, compris tes intentions. »

Il traversa la rue qu'ils appelaient la *charreyre*. Un moment après, on entendit des éclats de voix sortir de la boutique du coutelier. Jantou cessa donc de réciter la prière de Josion dans les circonstances délicates. Aucune autre ne sut la remplacer valablement : il se remit à trembler dans les ténèbres. Ses parents lui interdirent de fréquenter le vieux Saton et il y eut entre les deux communautés une nouvelle brouille qui dura huit ans et quatre mois. Elle devait même se transformer en une guerre ouverte comme il sera plus loin raconté.

Jantou grandit un tout petit peu sans y gagner beaucoup d'esprit. Sa grand-mère Sidonie ne l'appelait pas autrement que « Mon *chimploret* », c'est-à-dire mon « simplet », mon « nigaud », mon « folichon », mais il n'y a pas de terme dans la langue de Paris pour associer si tendrement la folie et la petitesse. Il était encore à l'âge bienheureux où l'on ne peut être employé à grand-chose, sauf à recevoir des caresses ou des taloches suivant les circonstances et les nécessités. La seule personne qui recourût à lui quelquefois était précisément cette grand-mère, qui, après s'être longtemps et vainement évertuée, l'appelait pour qu'il enfilât son aiguille à sa place :

« *Chimploret !* Viens à mon secours ! Moi, bonnes gens, j'y vois gros comme un cheval ! »

Elle voulait dire par là que sa vue avait si fort baissé que les objets moins volumineux qu'un cheval lui échappaient. Il venait donc, suçait le fil de laine pour l'affiner davantage, le réduire à un brin, et du premier coup de ses doigts minuscules l'enfilait dans le chas. La Grande le remerciait en l'embrassant sur les cheveux. Puis elle se remettait à ravauder les chausses, les braies, les cotillons de toute la famille, bouchant tant bien que mal les gros trous, *au grossimodo* comme elle disait, seule expression française incorporée dans son patois. De temps en temps, sur sa demande, elle lui permettait même de prendre l'aiguille, et il la poussait bravement, lui faisait sauter les fils traversiers, dessus, dessous, dessus, dessous, pour former une texture finement serrée. C'était aussi l'occasion d'apprendre une *devinaille* :

Je ne suis pas bien grandette,
Ni davantage épaissette.
A chaque pas que je fais,
Je perds un peu de ma couette.

L'*aiguille,* pardi ! Cette même aiguille qui tire derrière elle sa queue constamment raccourcie.

Chaque membre de la famille lui enseignait quelque chose. Sa mère Micheline à bercer la petite sœur, si étroitement emmaillotée dans son berceau qu'elle ressemblait à une *fève* de papillon, c'est-à-dire une chrysalide. Son père Ferdinand lui enseignait à porter les gerbes et les fagots. L'oncle Gaspard à mettre un grain de sel sur la queue des moineaux pour qu'ils se laissent saisir. La cousine Juliette à traire les chèvres. La tante Jeanne à casser les noix avec un marteau, en tapant sur l'échine ronde et non point sur la couture. Le cousin Alphonse à faire des grimaces. La cousinette Margot à s'enfoncer un épi dans la manche et à le faire remonter jusqu'à l'épaule. Son aînée d'un an, c'est elle aussi qui lui apprit le jeu de l'Echo, qu'elle appelait l'*Ichargnou,* parce que sa fonction consistait à *ichargnir* le monde, à répéter, à l'imiter en se moquant de lui. Un jour qu'ils gardaient ensemble les biques au-dessus du ravin des Roches, elle lui avait révélé l'existence d'un *Ichargnou* qui vivait dans une grotte sur la pente opposée. L'un et l'autre lui avaient adressé la parole, pour aboutir au dialogue suivant :

« *Ichargnou !*

— ...argnou !

— Aimes-tu le fromage ?

— ...mage !

— Et la soupe aux pissenlits ?

— ...senlits ! »

On l'entendait bien, mais jamais, au grand jamais personne ne l'avait vu. Quand ils ne l'avaient point à portée de voix, les drôlets se dissimulaient dans les granges, les fenils ou derrière un arbre et l'un des interpellateurs confiait à plus innocent que lui, généralement au plus nigaud, le rôle de l'*Ichargnou,* afin qu'il prononçât des syllabes plus ou moins scandaleuses. Ce qui, transporté dans la langue de Paris, donnait ce genre de conversation :

« *Ichargnou !*

— ...argnou !

— Voudrais-tu bien répéter ?

— ...péter !

— Pendant que nous, nous curons...

— ...curons !

— ... l'écurie que tu verras.

… verras !

— Ensuite, nous t'y mettrons.

— …ettrons ! »

Et de rire ! Et de rire ! Même le plus nigaud finissait par comprendre.

Mais la meilleure enseignante de Jantou était sa Grande, qu'il fréquentait de jour et de nuit, couchant parfois avec elle dans l'étable des vaches, sur la paillasse remplie de feuilles de maïs qui bruissaient dans les mouvements. Elle lui apprenait les prières latines, les chansons auvergnates, les contes qu'elle-même avait reçus de sa grand-mère, les dictons de la lune, du soleil, de la neige et de la pluie. Elle était un almanach vivant, bourrée jusqu'aux oreilles de recettes de médecine et de secrets pour bien vivre. Elle savait comment on éloigne la foudre en brûlant un brin de buis bénit dans la cheminée ; le loup-garou avec l'herbe Notre-Dame ; le diable et ses diablotins en plaçant un écheveau de chanvre bien entortillé sur l'appui des fenêtres : comme il cherche à faire ce qui est défait et à défaire ce qui est fait, il passe sa nuit à débrouiller le fil et l'aube le met en fuite. Comment on gagne l'amitié d'une personne — et c'est là un truc fort précieux pour le garçon qui a jeté les yeux sur une fille — en se frottant la paume avec des feuilles de verveine avant d'aller lui serrer la main. Elle avait engrangé tout cela dans sa tête au cours de sa longue vie.

« Grande, quel âge avez-vous donc ? lui demandait l'enfant. Moi, j'ai cinq ans et demi.

— Mes ans, je les ai comptés au grossimodo jusqu'à la septantaine. Ensuite, y en avait trop, j'y ai renoncé. A quoi ça m'avancerait de les savoir ? L'âge n'est fait que pour les mules, quand on leur regarde les dents. Il n'a pas d'importance pour le monde. Quant à mes dents… »

Et elle riait de toutes ses gencives roses, où il n'en restait plus aucune de plantée depuis belle lurette.

Elle lui enseignait la politesse ; à dire *grand merci* chaque fois qu'on vous donne quelque chose, ne serait-ce qu'une patte de mouche ; *Dieu vous bénisse* quand quelqu'un éternue ; *ménagez-vous* quand on se quitte ; et *tomber de l'eau* à la place d'un vilain mot qu'emploient seulement les vaut-peu. L'expression convenait parfaitement à grand-mère Sidonie car elle avait une façon de procéder très spéciale. Tandis qu'ils marchaient ensemble, elle et lui, sur un chemin, il arrivait tout à coup qu'elle s'éloignât de quelques pas, qu'elle écartât un peu les jambes ; sitôt après, il entendait un ruissellement et voyait une flaque se former et fumer entre ses sabots. Lui, jamais il n'était parvenu à en faire autant, malgré ses exercices.

Elle lui enseignait l'honnêteté, la haine du mensonge, l'obéissance et toutes les vertus théologales. Quand elle n'avait rien d'autre à faire, elle l'emmenait avec elle pour qu'il lui donnât la réplique ; ils longeaient les champs de seigle, ou d'orge, ou de sarrasin, elle tirait d'une poche dissimulée son chapelet en noyaux de cerise, et ils récitaient ensemble tous les *Avémaria* qu'il contenait afin que leurs prières fissent bien pousser les plantes. Et s'il se trouvait un endroit où elles semblaient souffreteuses, ils s'arrêtaient pour redoubler d'oraisons.

Elle lui enseignait le respect absolu des choses qui se mangent et spécialement du pain. Quand la table communautaire avait été débarrassée, elle se plaisait à « passer par-derrière », c'est-à-dire à revenir sur le travail des autres femmes, trouvait encore quelques miettes à recueillir, à picorer çà ou là, à rassembler dans le creux de sa main et à s'envoyer dans la bouche. A la saison des premiers fruits, elle emmenait les enfants cueillir des cerises : celles-ci figureraient à table toutes crues ou bien dans les *milhars,* qui sont des *clafoutis* auvergnats, cuits dans le four à pain après la sortie des tourtes : immenses comme des roues de brouette, les bords ondulés par le moule et gonflés par la cuisson. Tandis que les drôles, à califourchon sur les branches, remplissaient alternativement leur ventre et leur panier, grand-mère Sidonie s'obligeait à ne manger que celles qui avaient été entamées par les oiseaux, crevées d'un coup de bec, encore toutes saignantes. Heureusement, merles et étourneaux lui avaient fait la part belle. Les enfants lui en apportaient donc de tous côtés et, quoique déjà repue, elle se forçait à les finir, pour ne pas les laisser perdre.

Rien donc ne devait se perdre dans la maison du même pot. Le fromage se consommait avec sa croûte, le lard avec sa couenne, les pommes avec leurs pépins, les choux avec leurs côtes et leur trognon, les harengs avec leur tête. Aussi fut-elle très irritée un jour lorsqu'elle vit, à la table des enfants, Jantou jeter un croûton à la chienne Perlette, qui le dénonça aussitôt en gémissant de bonheur, en frétillant de la queue, en en réclamant davantage. Pour commencer, la Grande se contenta de lancer un regard noir. Mais voici que, se croyant inobservé, un second croûton suivit le premier. Et toujours cette couillonne de Perlette d'en accuser réception dans le même style. Alors, Sidonie se lève et va cracher le morceau à Jantou, lui expliquant que le pain n'est pas fait pour les chiennes, qu'elles doivent se nourrir de leurs propres crottes, et d'eaux grasses empruntées aux cochons, respect que je vous dois, et de coups de pied sous la queue. Or voici que Jantou, à qui elle a pourtant bien appris que jamais, jamais un drôle ne doit ouvrir la bouche en face d'une grande personne qui parle, voici qu'il ose dire :

« Mais ce pain, Grande, était à moi ! Je peux faire ce qu'il me plaît de ma portion !

— Ta portion, attrape-la ! »

En même temps, elle lève la main pour lui assener une calotte. Mais elle s'y prend si mal, elle a tellement peu l'habitude de calotter ses petits-enfants que sa main heurte le rebord de la cheminée et, ralentie, n'atteint qu'à peine la tête rase du galapiat. Ayayaye ! gémit-elle, ramenant à elle sa main meurtrie. Un autre drôlet que Jantou se serait réjoui de cet accident, aurait trépigné de satisfaction, bien fait, bien fait, c'est le bon Dieu qui t'a punie, ça t'apprendra : de telles choses se sont vues et entendues au cours de notre longue histoire de France. Lui, au contraire, reste cloué de stupeur ; puis il se lève et court, pour la consoler, vers sa Grande qui geint sur sa main douloureuse, ayayaye, ayayaye !

« Oh ! Grande ! dit-il. Oh ! Grande ! Tu t'es bien fait mal ?

— Ayayaye !

— La prochaine fois, Grande, la prochaine fois, quand tu voudras me battre, prends un bâton ! »

Cette année-là, les Bonnet-Lavest décidèrent d'ajouter un pigeonnier à leurs bâtiments. Ils possédaient suffisamment de terre à blé, orge, seigle ou sarrasin pour nourrir les oiseaux qui, en compensation, fourniraient leur chair, leurs plumes et leur fiente dite « colombine », engrais particulièrement recherché pour les jardins ; ainsi que leur aimable compagnie, leur douceur, l'exemple de leur fidélité conjugale et leurs roucoulements. Ils y élèveraient aussi un certain nombre de blanches colombes qui iraient se multipliant et placeraient tout le village sous leur sainte protection, car la colombe fut toujours l'oiseau préféré de Dieu, comme l'atteste celle qui porta un rameau d'olivier dans son bec aux passagers de l'Arche après le déluge ; et aussi les colombes du Saint-Esprit qui étaient peintes sur la voûte de l'église Saint-Maurize. Le seigneur de Vollore, François Gaspard de Montmorin-Saint-Hérem, suzerain des domaines exploités par l'entente, donna une expresse autorisation écrite de construire, pourvu que ledit colombier ne fût point *en pied,* c'est-à-dire entièrement détaché de tout bâtiment, qu'il fût *carré et non point en forme de tour ronde,* qu'il ne présentât *ni créneaux ni meurtrières même factices à imitation d'aucune demeure de noble seigneurie.* On résolut de le situer à l'extrémité orientale du village, *vers les trois heures,* en surplomb du ravin des Roches et face au puy de Chignore, libre de ses quatre faces mais non pas entièrement, car soudé par un angle à la maison habitée par Claude Fayard, gendre de Louis Bonnet-Lavest et de Sidonie son épouse.

Ainsi, la communauté s'accrut d'une cinquantaine de volatiles, grands et petits, toujours à voleter au-dessus des toits de chaume, sauf quand ils se posaient dessus comme de gracieux ornements. Sauf aussi quand ils piétaient sur le sol, si familiers et amicaux qu'on les surprenait quelquefois entre les pattes des vaches et des ânes. Ils acceptaient même de se poser sur la tête, les épaules, les bras des enfants et de becqueter dans leurs mains.

Or voici que la communauté voisine, celle des Saton, s'émut de la présence de ces oiseaux divins, prétendant qu'ils se nourrissaient sur toutes les terres sans distinction et pas seulement sur celles des Bonnet-Lavest. Ce qui sans doute n'était pas faux, mais ne portait aucun préjudice aux Saton. Il y eut de longues discussions là-dessus entre les deux *mouitri :* « Ils nous portent préjudice, protesta le Saton, car ce qui est mangé par vos pigeons ne peut l'être par nos poules.

— Vous avez raison pour ce qui concerne les terres proches du village où vos poules peuvent aller. Mais vous avez tort pour les terres éloignées qui sont hors de leur portée, où le grain tombé des épis serait de toute manière perdu.

— Perdu, il ne l'est point pour vos oiseaux, assurément ! Ils s'engraissent avec ça nôtre !

— Sans doute. En compensation, je vous propose de vous donner deux couples de pigeons gras chaque année.

— Vous vous moquez de nous ? Deux couples quand nous vous en nourrissons vingt ?

— Disons quatre couples. Cela vous paraît-il raisonnable ? »

Mais l'autre, manifestement, ne voulait pas entendre raison. Il dit qu'il en appellerait au bailli de Vollore, à la sénéchaussée de Riom et même, s'il le fallait, au Parlement de Paris ; qu'il ne laisserait en paix ses voisins que lorsque juste justice serait rendue et ledit pigeonnier condamné à être extirpé jusqu'à la racine. On voyait que ce Josion Saton, si farceur à ses moments, savait quand il le jugeait utile employer le beau langage, comme quelqu'un qui avait jadis étudié au séminaire.

Et c'est bien ainsi que se déroulèrent les choses. Le bailli vollorois s'en vient faire enquête aux Bonnets, examine le colombier, note sur son calepin les doléances de Saton, parcourt les terres des uns et des autres et rend une sentence par laquelle *il est constant que ledit colombier ne peut en aucune façon troubler et empêcher la jouissance des terres exploitées par les demandeurs Saton ; mais qu'il est accordé néanmoins à ceux-ci par les susdits défendeurs et tant que ledit colombier restera pourvu de pigeons, colombes, tourterelles ou autres volatiles de même affinité, à titre de bon vouloir et voisinage, une gratification annuelle de six couples de pigeons, chacun pesant au moins une livre constatée, ou l'équivalent en grain estimé à une quarte de seigle.*

Le maître des Saton ne s'en tient pas là, mais adresse une supplique écrite à la sénéchaussée de Riom qui confirme à peu près la sentence du bailli. Après quoi, Josion, accompagné de son fils, ne craint pas d'entreprendre le voyage de Paris. Tous deux chaussent leurs souliers de cuir et partent la besace sur l'épaule, le bâton à la main. Ils vont par terre et par bateau, emportant les sentences précédentes sur parchemin avec l'intention de les attaquer, et deux douzaines de couteaux avec manches d'ivoire incrustés d'argent pour épicer le juge. Après un mois d'absence, n'ayant pas répandu suffisamment de couteaux pour corrompre le Parlement tout entier, ils reviennent avec un arrêt qui les déboute. Le pigeonnier des voisins leur a coûté près de mille livres, plus la honte de leurs procès bredouilles.

Alors, aux chicanes procédurières, succéda une longue guerre de menues vexations, violences dissimulées, outrages aux personnes, aux animaux et aux biens. Cela commença par les roses de Philippine, mère de Jantou, devenu un solide gaillard de quinze ans. Le jour de son mariage avec Claude Fayard, elle avait reçu en cadeau de noces de dame Montmorin-Saint-Hérem un rosier grimpant à fleurs petites mais violemment parfumées, qu'elle avait planté devant sa porte. Et depuis près de vingt ans, aussi luxuriant qu'au premier jour tel un amour qui ne passe pas, ce rosier embellissait sa maison et embaumait sa vie. Inutile de dire qu'elle le soignait comme la prunelle de ses yeux, l'engraissait de colombine, le taillait, le tuteurait, le protégeait des vents, des gelées, des sécheresses. Or voici qu'un matin, Philippine trouva son beau rosier détruit : quelqu'un était venu pendant la nuit et, d'un coup de serpe à fagoter, l'avait tranché par la base. Elle en pleura tout le jour, comme si elle avait perdu une personne de sa famille. Tout le monde soupçonna d'où était venu le coupable ; mais comment le prouver, et qu'y faire ? Par bonheur, le rosier renaquit de ses tronçons : le printemps suivant, deux repousses se formèrent sur le pied mutilé et devinrent en peu de mois aussi florissantes que la plante originelle.

Les enfants Saton et les petits Bonnet-Lavest jouaient ensemble malgré les querelles des adultes. Cependant, des disputes naissaient parfois de leurs jeux. Alors, la vieille détestation familiale se dressait entre eux comme une vipère ; ils échangeaient des injures, se traitaient de *Bons-Dieux-de-bon-dieu* et de *Triquots*, puis s'envoyaient des cailloux ; mais ils oubliaient ces disputes le lendemain.

Il y eut plus grave. Non seulement les colombes du Saint-Esprit se nourrissaient iniquement sur les terres des Saton, mais ceux-ci accusèrent les cochons de leurs voisins de divaguer de même.

« De tous temps, argumenta le *mouitre* pris à partie, les cochons du village ont eu le droit de prendre leur glandée dans n'importe quelle forêt. Vous n'avez pas l'intention, je suppose, de changer des coutumes aussi anciennes ?

— Qu'ils mangent les glands, d'accord, répliqua l'adversaire. Mais ils n'ont droit à rien d'autre : ni à un seul brin d'herbe, ni à une châtaigne, ni à une airelle, ni à un champignon. Or les vôtres se comportent chez moi comme s'ils étaient chez eux, fouissant la terre, dévorant les jeunes pousses et commettant tout le mal possible, ainsi que je l'ai fait constater à deux témoins dignes de foi.

— A deux témoins, vraiment ? Peut-on savoir qui ils sont ?

— Vous le saurez si vous nous obligez à un nouveau procès.

— Que vous perdrez comme le premier.

— C'est ce que nous verrons. En attendant, je vous interdis à vous et à vos pourceaux grands et petits de pénétrer sur nos terres, en quelque saison que ce soit. »

Il s'en alla en crachant sur le sol. Un mépris si clairement exprimé mordit au ventre le maître des Bonnet-Lavest qui, fort de son bon droit, ne fit rien pour retenir ses porcs.

Mais voici que, quelques jours plus tard, le jeune Jantou qui les menait à la glandée le matin, les abandonnait sur place et les reprenait le soir, revint du bois tout bouleversé, disant notre truie, notre truie !

« Ben quoi, notre truie ?

— Morte ! Saignée ! Eventrée ! Affreuse ! »

On y courut, on la trouva comme il avait dit, massacrée sans doute à l'épieu comme font les chasseurs de sanglier. Autour d'elle erraient encore ses six porcelets. Leur douleur faisait peine à voir, car ils cherchaient dans cet amas d'entrailles sans les trouver leurs six tétines habituelles et tétaient à défaut n'importe quel débris de chair. Accusés de ce crime, les Saton nièrent effrontément et personne ne put prouver leur faute. Après donc le procès des colombes, il n'y eut pas de procès de la truie. Sur ces entrefaites, le vieux Josion Saton rendit son âme à qui la voulut, mais aucun des Bonnet-Lavest n'assista à son enterrement ; ce fut une cérémonie lugubre, très différente des joyeuses obsèques qui avaient cours chez les Bons Dieux.

Tout le long de son existence millénaire, la communauté des Bonnet-Lavest dut affronter beaucoup d'autres chicanes ; et sa cause fut chaque fois si bien fondée qu'elle s'en tira toujours honorablement. Ainsi, contre les Lamiraud à propos d'une source. Contre les Ducognet au sujet d'un droit de passage. Et même contre les Montmorin-Saint-Hérem, leurs suzerains vollorois qui prétendaient restaurer une redevance abolie par la charte de 1312 sous prétexte de réparations indispensables au château de Montguerlhe. Le *mouitre* de l'entente traita d'égal à égal avec le seigneur de Vollore et ne fit aucune concession. Le procès qui en résulta dura cent quatre-vingt-dix-sept ans et se conclut à l'avantage et honneur des feudataires, alors que ceux qui l'avaient entamé étaient, dans les deux camps, depuis belle lurette morts et oubliés. Le château de Montguerlhe tomba en ruine. Les Montmorin-Saint-Hérem se succédaient, agissaient par impulsions plus ou moins conséquentes, puis disparaissaient de la scène, cependant que l'association des comparsonniers semblait immortelle et suivait avec patience et sûreté le chemin entrepris.

Après huit ans et quatre mois de brouille, les deux communautés du village se réconcilièrent à l'occasion d'un incendie qui ravagea la moitié des maisons Bonnet-Lavest. On sut très bien quelle en avait été la cause.

Il était passé un colporteur spécial qui ne vendait ni fil, ni pommades, ni almanachs, mais une plante qu'il appelait l'*herbe sainte.* Il tenait entre les dents un curieux petit fourneau allumé avec lequel il produisait une fumée odorante, à cause d'elle il embaumait comme un encensoir.

« Cette herbe, expliqua-t-il, nous vient du Portugal. Un pays où, grâce à elle, il n'y a plus ni peste, ni pulmonite, ni échauffements de la bile, ni cours de ventre, ni aucune des maladies qui nous font mourir avant l'âge. Les puces et les punaises ont même disparu de leurs lits et de leurs personnes. Vous ne sauriez imaginer, mes amis, la belle chose qu'une maison sans puces ! Au Portugal, la plupart des hommes et des femmes deviennent plus que centenaires, parce qu'ils se protègent en fumant toute leur vie cette herbe à tous maux. C'est-à-dire qu'ils la font brûler dans une pipe pareille à la mienne, en terre, en bois ou en argent. La fumée pénètre dans leur personne jusqu'au ventre, nourrit leur estomac, soutient leur cœur, nettoie leur intestin, puis remonte dans le poumon et ressort par le nez ou les oreilles. Goûtez-moi ça ! »

La pipe allait à qui voulait l'essayer, de bouche en bouche ; les uns suffoquaient dès la première bouffée, d'autres y prenaient plaisir. Spécialement l'oncle Gaspard qui vivait sans femme ni enfants et couchait dans l'étable avec les domestiques. Il demanda le prix de l'herbe sainte, l'homme répondit 12 francs le paquet d'une livre, la pipe en terre par-dessus le marché, ce qui était un prix épouvantable.

« Ne pourriez-vous partager en deux votre paquet ? demanda Gaspard.

— Pour vous, je le ferai, quoique ce ne soit pas mon habitude, mais il vous en coûtera 7 francs. »

Une somme encore considérable. Mais l'oncle Gaspard était aimé de tous ; de plus, en cinquante années de vie et de labeur, jamais il n'avait demandé pour son usage personnel le moindre colifichet, ni un mouchoir de cou, ni une épingle. Le *mouitre* lui accorda aussitôt les sept livres nécessaires et le colporteur lui remit en échange un rouleau d'herbe sainte, ceinturé d'un ruban. Voilà, malgré son nom, d'où vint leur malheur.

Le soir, autour du feu, Gaspard garnissait le fourneau de sa pipe d'un peu de ces feuilles, après les avoir hachées menu comme le lui avait montré le marchand. Et la fumée se répandait dans la salle commune, faisant tousser les femmes et les drôlets.

« Ne pourriez-vous aller faire ça dehors ? lui dit sévèrement la *mouitreço.*

— Mais puisque cette fumée vous garde de tous maux ! Si vous ne la respirez pas, je serai le seul protégé ! »

Il en faisait donc profiter toute la compagnie, se levant de sa place chaque cinq minutes pour aller cracher sur les bûches de la cheminée.

« C'est une herbe bien dégoûtante ! protestait quand même la maîtresse. Et elle pue si fort que j'ai peine à croire qu'elle nous fasse du bien ! »

Bref, elle en dit tant et tant qu'il finit par fumer son herbe en Suisse, assis sur le banc de pierre devant la porte s'il faisait doux, ou bien dans une grange, dans une étable en cas de froidure. A l'abri des récriminations : je serai seul à dépasser les cent ans, tant pis pour les autres, et spécialement pour vous, *mouitreço* qui n'êtes qu'une couillonne. Mais ces grommellements-là, personne ne les entendait, sinon le fourneau de sa pipe. Le soir, derrière la queue des vaches, il ne s'endormait pas sans son secours. Les jeunes valets le regardaient faire, envieux, et il les autorisait à en tirer quelques goulées. Quand le contenu du culot s'était réduit en cendres, il le secouait sur la bouse, plaçait avec délicatesse la pipe vide sur un rebord de poutre et s'endormait l'estomac nourri, le cœur soutenu, l'intestin purifié. Quant aux puces et aux punaises qui infestaient leurs paillasses, la fumée semblait les incommoder en effet, car elles se tenaient tapies dans leurs cachettes et n'en sortaient qu'au petit matin, sûres alors de ne pas être renardées.

Or une nuit, Gaspard fit un rêve affreux, il se trouvait en enfer et le diable, qui avait la barbe rousse et frisée du marchand d'herbe sainte, lui serrait le quiqui et le tenait de force sur un brasier de soufre, disant respire fort, ça te nettoiera la conscience. Tiré du cauchemar par l'étouffement, il se réveille soudain, se voit entouré d'une fumée épaisse qui n'est pas celle de l'herbe à tous maux, s'aperçoit qu'il s'est endormi sans éteindre sa pipe, que celle-ci a mis le feu à la paille et que tous les habitants de l'étable vont griller comme des porcs, lui, les domestiques, les vaches et les punaises. Alors, il saute de son lit en hurlant, au feu, au feu, réveillez-vous mille dieux de mille dieux. Le blasphème secoue si fort les valets qu'eux aussi ouvrent les yeux, comprennent la situation, se lèvent en pan de chemise, enfilent leurs braies.

« Les vaches ! Les vaches d'abord ! »

Elles tirent sur leurs chaînes, folles de terreur, contrariant la manœuvre. Ils réussissent quand même à les détacher, à les faire sortir dans une horrible bousculade. Les flammes déjà mangent l'une après l'autre les couvertures de chaume, tandis que monde, bétail, volaille jaillissent des maisons, courent et volettent et caquettent et jappent et brament et bêlent et montent aux échelles et jettent dans la rue le mobilier, le linge, les outils, les tonneaux de vin, les réserves de semences.

C'est alors qu'interviennent les Satons. Tous les Satons, Satonnes, Satonnets et Satonnettes. Ne se voyant pas directement menacés par l'incendie, ils organisent avec sang-froid la lutte, assomment les feux naissants à coups de pelle, sortent tous les seaux et seilles disponibles, forment une chaîne. De main en main, l'eau arrive de la mare, est jetée sur les flammes qui s'aplatissent et feulent, puis se redressent, puis s'affaissent encore, définitivement éreintées. Après des heures de combat, l'aube qui arrive voit l'incendie éteint, les toitures effondrées, une fumée grise et puante flotte sur les décombres, les Bonnet-Lavest sont ruinés.

Tels furent les bénéfices apportés du Portugal à leur entente par l'herbe à tous maux. Parti de la pipe de l'oncle Gaspard, le feu avait rempli l'étable, puis s'était communiqué de chaume en chaume. Seul le pigeonnier lui avait échappé, couvert de tuiles en terre. Personne du moins n'avait péri dans le feu, excepté quelques poules, un bouc mort de suffocation et deux millions six cent quarante-neuf mille trois cent cinquante-deux puces et punaises. Quant à l'oncle Gaspard, responsable du désastre, il fut traité de plus bête que l'eau n'est longue, de vieil essargaillé, de couillon de la lune, d'estropié de l'esprit, et la punition s'arrêta là. Son nom devint toutefois proverbial dans la mémoire de la communauté ; voulant se moquer d'un innocent dangereux, on dit longtemps encore après lui : « Celui-là, il est fin comme Gaspard qui mit le feu à sa paillasse pour étouffer ses puces. »

Par leur action efficace, les Saton regagnèrent l'amitié de leurs voisins et l'on enterra les anciennes rancunes. Tous les communistes du village œuvrèrent au coude à coude quand il s'agit de reconstruire et de restaurer. La résistance que le pigeonnier avait offerte à l'incendie fit renoncer aux toitures de chaume et les nouvelles maisons furent couvertes de tuiles. Cela exigea un long transport depuis Bort, près de Lezoux, où se trouvaient les plus fins potiers, tuiliers et terrailleurs de toutes les Auvergnes. Leurs mules vinrent en procession, chargées de grandes bennes en noisetier, remplies de paille et de tuiles. Les couleurs allaient du rouge vif au jaune presque blanc, dont le mélange produisit un bel effet. Quand tout fut en place, après deux années d'efforts, le village rechapeauté de neuf, il y eut une grande fête d'inauguration où l'on vit danser ensemble les Bonnet-Lavest, les Fayard, les Saton et d'autres invités du voisinage, au son de la vielle et de la chèvre, une cornemuse à trois tuyaux.

Au terme de la cérémonie, tandis que les cloches volloroises sonnaient matines, un malheureux incident fit toutefois tomber l'allégresse générale : le nommé Ernest Chèze, venu de Chèze Haute, ayant consommé plus de vin qu'il n'était raisonnable, chercha querelle à ses hôtes, les traitant de couillons, de bougres et de Bons-Dieux-de-bon-dieu. Personne ne voulut l'entendre, chaque Bonnet-Lavest se bouchant les oreilles, excepté ce *chimploret* de Jantou qui entreprit de renvoyer rudement l'individu vers son village. Ils s'éloignèrent ainsi dans l'ombre, l'un poussant l'autre ; mais le susdit Ernest ramassa une pierre et en porta un tel coup à son adversaire qu'il le coucha sur le sol ; puis il disparut. On retrouva Jantou ensanglanté, la peau du front fendue jusqu'à l'os. Ramené aux Bonnets, il fut lavé, couché ; les femmes posèrent sur sa blessure un emplâtre fait d'huile de noix et de suie malaxées ensemble. Il guérit en deux semaines, mais garda toujours le front blasonné d'un large trait noir, comme d'une barre d'honneur.

Toutes ces belles et bonnes choses furent rendues possibles par l'empressement qu'avait eu le *mouitre* des Bonnet-Lavest, maître Bertrand, à sauver de l'incendie le trésor de la condamine, dissimulé en un endroit qu'il était seul à connaître. Serrant sur son cœur le précieux sac de cuir, les vêtements en flammes, il avait couru jusqu'à la mare éteindre le feu qui déjà lui mordait le cul. Une grande part de la somme fut dépensée pour payer les nouvelles charpentes, la chaux, le sable, les pierres de taille, les tuiles. Besogne faite, chaque communiste s'employa à reconstituer ou accroître la réserve d'or et d'argent qui les protégeait des grandes calamités. C'est ainsi que, sur l'exemple des Saton, plusieurs familles se mirent à fabriquer des couteaux pour le compte de maîtres thiernois. Les sommes ainsi gagnées tombaient dans l'escarcelle communautaire. Les couteliers y gagnaient tout de même quelque chose : des couteaux d'agrément et la poudre de corne. Les premiers étaient des fantaisies inventées par les couteliers pour leur propre plaisir ; ils s'amusaient ainsi à composer des couteaux mixtes comprenant une ou deux lames ordinaires, plus quelque supplément insolite, comme on greffe de la vigne sur un cerisier ; de la sorte, ils obtenaient des couteaux-cuillères, des couteaux-bilboquets, des couteaux-crécelles et même un couteau-flageolet produisant un excellent turlututu. La poussière de corne, provenant des côtes limées, était un prodigieux engrais capable de ressusciter un piquet de barrière, de lui faire produire des feuilles, des fleurs et des fruits ; les femmes en nourrissaient leurs rosiers, leurs coloquintes, leurs plantes à tisanes ou à parfums.

A la longue, ce travail rapportait gros ; mais il venait à manquer périodiquement à cause des pestes fréquentes qui affligeaient la ville. Les consuls essayaient de les arrêter en condamnant les portes, mais alors toute industrie s'endormait : les moulins à papier cessaient de mâchouiller leurs guenilles, les émolandières de tourner ; les ventres des Thiernois sonnaient creux et la colère du peuple menaçait de renverser l'ordre établi. A la moindre accalmie du mal, les consuls transigeaient, laissaient entrer quelques balles de *peilles,* les chiffons nécessaires aux papeteries ; ils arrivaient des ports et des villes, criblés de puces et autres germes morbifiques, et la peste relevait la tête. Les prêtres voyaient dans cette épidémie un châtiment envoyé par le ciel aux bade-bec pour leurs mauvaises mœurs. Notamment pour cette déplorable habitude qu'ils avaient de jurer en moyenne soixante fois dans chaque heure. Aussi obtinrent-ils du châtelain une ordonnance publiée à son de trompe qui interdisait de *blasphémer en aucune façon, par pensée, par geste ou par parole, les noms du Seigneur, de la Sainte Vierge et des saints, à peine d'une amende de 4 livres pour les gros jurons et de 2 livres pour les petits.*

On accusa aussi les *infecteurs* ou *engraisseurs* de répandre volontairement le mal en empoisonnant les sources, en huilant les portes avec du pus de bubon ou d'autres onguents maléfiques. Il vint aux Bonnets deux cavaliers de la milice thiernoise armés de lances, qui demandèrent :

« N'avez-vous pas vu rôder par ici des Egyptiens engraisseurs ?

— Des Egyptiens ?

— Oui. Des hommes et femmes crasseux, vêtus de haillons ou d'habits galonnés, fruits de leurs rapines, de robes multicolores, portant aux oreilles de larges anneaux d'or. Ils couchent sous des tentes ou dans des chariots bâchés.

— Nous n'avons vu personne de cette sorte.

— S'ils viennent par ici, chassez-les de toutes les façons : ils répandent la mort.

— Nous n'y manquerons pas. »

Il y eut une battue d'envergure et l'on trouva près du hameau de Botheriges un campement d'Egyptiens ; ceux-ci furent battus, malmenés, poussés en direction du Forez avec injonction de ne plus revenir, s'ils ne voulaient être brûlés vifs.

Les pestiférés officiellement reconnus étaient eux-mêmes pourchassés. S'ils avaient permission de se promener dans les rues, ils devaient porter une gaule blanche. Expulsés de leurs maisons, relégués dans les cabanes, loin de la ville, au milieu des vignes, ils y mouraient souvent de solitude et de tristesse avant que de leur mal.

Parmi ce désastre, deux professions du moins se réjouissaient : celle des notaires et celle des croque-morts, dits *corbeaux.* Chaque possédant se hâtait de coucher par écrit ses dernières volontés. Mais, par crainte de la contagion, le notaire se tenait à quarante pas de distance. Le client lui parlait de sa fenêtre, criant pour être entendu, pendant que le tabellion rédigeait les articles sur ses genoux. Après quoi, de la même voix forte, il faisait lecture de l'ensemble du texte et demandait :

« M'avez-vous parfaitement entendu et compris ?

— Parfaitement. »

Il ajoutait donc la ligne de rigueur : *Ledit testant auquel a été faite lecture a déclaré avoir bien entendu.*

Les *corbeaux* — toujours vêtus de noir et portant des grelots cousus à leurs jambes — n'accordaient leurs services qu'à prix d'or, même si on devait les nourrir et payer au bout d'une perche ; sinon ils refusaient d'enlever les cadavres. A Thiers, la mortalité fut si forte qu'il fallut créer un cimetière spécial pour les *infects* au gour de la Mouchardie, proche du Franc-Séjour, à l'angle formé par l'ancienne route de Maringues et le sentier surplombant la Durolle qui conduisait au village de Terme. Les *corbeaux* y transportaient les morts et les jetaient dans des fosses sans cercueils, sans bénédictions, comme des betteraves.

Quand l'épidémie s'affaiblissait provisoirement, les bade-bec survivants sortaient de leurs demeures ou de leurs cabanes, remerciaient le Ciel qu'il les eût épargnés et faisaient, en reconnaissance, don d'une partie de leurs biens à l'Hôtel-Dieu de la Trinité. On citait le cas de ce sieur Gilbert Boudyment, riche marchand exportateur et de bonne conscience — il avait un jour impitoyablement *fermé dehors* une de ses servantes sortie au plus fort de la peste pour aller soigner son frère, si bien qu'elle était morte dans la rue comme un chien — qui fonda hors la ville, sur une éminence appelée puy Seigneur, une chapelle consacrée à saint Roch, riche de tous les meubles nécessaires et d'un tableau représentant le sieur Boudyment, sa femme et ses enfants, congratulés par Notre-Dame, saint Roch et saint Sébastien. Les couteliers comprirent que Dieu favorisait l'exportation.

Aux Bonnets, un seul cas de peste semble avoir frappé les deux communautés voisines au cours de ce siècle maudit. Le pauvre Jantou-*Chimploret* en fut la victime ; encore n'en mourut-il point, grâce aux soins dont il fut comblé. La maladie se manifesta chez lui par une fièvre infernale, des taches rouges sur tout le corps et une excitation de l'esprit à ne pas croire, comme si tous les germes de folie qu'il portait en lui depuis sa naissance s'étaient soudain exaltés : il sortit un matin de son lit, grimpa le long du mur de la maison comme un lézard, se hissa sur le couvert, y dansa un moment la gigue, puis se mit à faire voler les tuiles en tous sens. Il fallut le capturer à bras-le-corps, le redescendre, l'attacher sur sa couche.

La *mouitreço,* comme c'était son rôle, le soigna de son mieux. Chaque jour, au mépris de la contagion, elle venait réciter sa patenôtre à son chevet. D'autres fois, en compagnie de la mère du malade, de ses tantes et d'autres femmes communistes, elle invoquait par d'interminables litanies le secours des habitants du Ciel spécialistes de la peste rouge, sainte Mère de Dieu, guérissez notre Jantou ; saint Roch, guérissez notre Jantou ; saint Sébastien, guérissez notre Jantou ; saint Antoine, saint Joseph, sainte Anne, saint Jean-Baptiste, saint Jacques, guérissez notre Jantou. D'autres fois encore, elle le faisait mettre tout nu et le frictionnait avec de l'eau bénite. Elle lui purifiait l'intérieur avec ses tisanes. Mais celui qui le sauva fut assurément l'oncle Gaspard. Depuis l'incendie qu'il avait provoqué, on le tenait un peu en bouderie, avec interdiction de rallumer sa pipe ; son herbe sainte demeurait enfermée dans un sachet de toile ; il se contentait d'en délier le col de temps en temps et d'en humer le parfum retenu. Or, quand son neveu Jantou se trouva pestiféré, il osa, sans demander permission à personne, ressortir la pipe interdite et venir l'allumer dans la chambre du malade, certain que la fumée de l'herbe à tous maux étoufferait celui-là. Et c'est bien ce qui se produisit. Après quelques semaines de ces fumigations, la fièvre s'éteignit, les rougeurs disparurent, Jantou se remit à raisonner comme auparavant, c'est-à-dire sans folie excessive. Pendant qu'il y était, Gaspard enfuma toutes les autres personnes réunies dans la salle commune et chaque pièce de leurs demeures. Depuis ce jour, on ne le laissa point manquer de cette herbe salvatrice que les colporteurs appelaient maintenant *tabak.*

Vers l'âge de cinquante ans, devenu homme à barbe grise et de sens rassis — car il n'est guère de folie que le temps ne transforme en sagesse — père de trois enfants vivants, Jantou fut élu *mouitre* des Bonnet-Lavest. Et ce fut le premier maître de cette condamine à connaître bien la langue parisienne, comme il va être conté ci-dessous.

Dans son enfance, il en avait reçu les rudiments d'un coutelier voisin qui lui faisait répéter à plaisir une sornette française, *Dans cette église où j'étais, Je vis une vieille qui pétait...* Mais il s'aperçut en rencontrant dans les foires des Français, des Savoyards et des Champenois que ce vocabulaire ne suffisait point à bien se faire entendre. Une autre leçon lui vint des prêtres de Vollore qui entreprirent, au cours des offices, de faire réciter trois anciennes prières en langue de Paris, *Je vous salue, Notre Père, Je crois en Dieu,* ce qui ne les rendit d'ailleurs pas beaucoup plus claires à l'assemblée marmonnante. Additionnant ainsi ce qui lui venait de bric et de broc, des curés, des Champenois, des Savoyards, maître Jantou fut capable de *franciser* dans les choses courantes.

« Mais vous ne saurez vraiment le français, l'avertit Philibert Dufraisse, curé de Saint-Maurize, que lorsque vous serez capable de le lire.

— De le lire où ?

— Par exemple dans un livre, comme on en trouve les jours de foire. »

L'occasion se présenta à celle de la Sainte-Marguerite à Courpière où il alla vendre une vache et son veau pour le compte de la communauté.

« Vous en profiterez, lui avait recommandé la *mouitreço,* pour nous rapporter un boisseau de sel. De vrai sel, pas de la poudre de perlimpinpin comme celle du Salet, même si vous le payez plus cher. »

La chose ne fut pas si simple. Six marchands sauniers exerçaient leur commerce dans la ville ; mais lorsqu'il leur rendit visite, tous prétendirent qu'il ne leur en restait pas un grain et lui montrèrent leurs tonneaux vides ; des clients d'importance l'avaient précédé, raflant tout le disponible. L'un des commerçants reconnut toutefois qu'il en avait préservé une quarte pour son propre usage, mais qu'il ne s'en démunirait pas pour moins de huit livres. Après un long barguignage, il l'abandonna pour six et maître Jantou s'en alla presque content. Il connaissait la pratique des faux sauniers, ces « clients d'importance », qui vidaient les greniers à sel en Auvergne, province redîmée de la gabelle, pour aller le revendre au double de son prix dans les pays de grande gabelle où l'impôt s'abattait le plus lourdement. La contrebande est toujours fille de l'inégalité fiscale.

Comme il errait sur le foirail, il remarqua l'étal d'un marchand de livres, gravures et autres feuilles imprimées, en noir ou en couleurs. Voilà, se dit-il, ce que le curé Dufraisse m'a recommandé pour bien apprendre le français. L'intérêt des chalands illettrés se portait plutôt sur les images représentant des scènes de la vie de Jésus. Jantou s'approcha, saisit un volume qui lui parut juste à la mesure de sa main, le soupesa comme s'il se fût agi d'un melon, et demanda :

« Combien celui-ci ?

— Quarante-cinq sous. Relié en cuir. Il vous fera long et bon usage.

— Est-ce un livre en français ?

— En français de Paris. Voyez. »

Il l'ouvrit à la première page et lut à voix haute les caractères du fond, les soulignant du doigt : *A PARIS, chez les Frères Estienne, rue Saint-Jacques, enseigne à la Vertu.*

« Vous le laisseriez bien pour trente-cinq, si je le prenais ?

— Disons quarante et il est à vous. »

Le *mouitre* l'ouvrit au hasard, constata qu'il était rempli de lettres fines comme des graines de rave. Un semis si bien aligné qu'un moment il lui donna la berlue. Dire, pensa-t-il, que toutes ces graines représentent des mots français ; toute la langue française, forcément, a été nécessaire pour ensemencer tant de pages ; toute la langue française pour quarante sous, ça n'est vraiment pas cher. « Je prends », dit-il en tendant une double livre. Et il emporta l'ouvrage sans avoir la moindre idée de ce que pouvait dire son contenu. Contrairement à la recommandation du proverbe, il avait acheté un âne dans un sac.

Les jours suivants, il emporta secrètement le petit livre sous son bliaud et en scruta les caractères avec acharnement, tantôt à l'ombre et tantôt au soleil, espérant que par cet examen soutenu quelque chose passerait des pages imprimées en lui-même, comme lorsqu'on respire le parfum d'une fleur. Mais rien ne passa, si ce n'est qu'il comprit que chaque signe avait sa forme particulière et par conséquent son sens particulier. Il s'aperçut aussi que chacun se trouvait répété un grand nombre de fois par page, notamment le signe *O,* le plus fréquemment employé, donc le plus utile. Il se demanda quelle pouvait en être la signification, quel était le son, le mot le plus utile de toute la langue française. Il en vint ainsi à se persuader que *O* signifiait *Dieu.* D'ailleurs, dans les peintures de Saint-Maurize, Dieu avait toujours un *O* sur la tête. Voilà, se dit-il en se frottant les mains, que j'ai deviné le sens d'une lettre. Mais il y en a tant d'autres ! Toutes ces graines de rave !

Le dimanche suivant, il montra son acquisition au curé Dufraisse qui le félicita :

« *L'Imitation de Jésus-Christ !* Vous ne pouviez mieux tomber, mon cher fils.

— Et pour quarante sous !

— Il ne vous reste plus maintenant qu'à apprendre à la lire et à la pratiquer. »

Et maître Jantou, avec un sourire heureux :

« Je crois que j'ai trouvé déjà le sens d'une lettre. Celle-ci... Je suis quasi sûr que ce cercle veut dire *Dieu.*

— Dieu ?

— N'est-ce pas notre mot le plus utile ?

— Assurément. Mais ce cercle se prononce *o.* Comme l'*eau* de la fontaine.

— Ce cercle veut dire l'eau de la fontaine ?... L'eau de la fontaine est très utile aussi.

— Non point. Seulement *o.* Comme *mot,* comme *sabot* ou *potiron.* Mais il sert également à dire *oi* et *on* et *ou.* Selon les circonstances. Je vois que je vous étonne. Soyez certain d'une chose : vous n'apprendrez pas à lire tout seul. Il vous faut un maître compétent. Si vous étiez un enfant, vous pourriez fréquenter notre école paroissiale. Mais à votre âge !... Maintenant, rentrez chez vous. Si je peux dénicher quelque instituteur, je vous l'enverrai aux Bonnets. »

Jantou se rappela le coutelier Josion Saton qui savait lire et écrire en français comme en latin ; mais, jugeant ce savoir inutile à des laboureurs, il ne l'avait transmis à aucun des siens, en sorte que sa science était morte avec lui. Le maître des Bonnet-Lavest n'agirait point de même car le siècle amenait de grands changements dont quelques-uns parvenaient jusqu'au fond de l'Auvergne. Un envoyé du roi était arrivé de Paris porteur de semences nouvelles, trèfle, luzerne, dont la culture produisait un excellent fourrage et en même temps fertilisait le sol. Si bien que celui-ci n'avait plus besoin de son repos triennal. Ce fut comme si leur domaine s'était agrandi d'un tiers. Mais la chose la plus surprenante était cet intérêt du roi pour ses pauvres sujets. Jusque-là, il s'était soucié d'eux seulement pour prendre leurs fils, leur argent, leurs récoltes. Aussi n'avait-on point coutume en Auvergne de se plaindre de son royal oubli et lui rendait-on la pareille. C'est à peine si l'on connaissait son nom et son visage, ne les voyant jamais que de très loin en très loin sur les pièces d'argent, quand il venait à t'en passer une devant le nez. Or voici qu'on ne sait pourquoi ni comment il leur donnait une marque d'amitié !

« Je vous enseignerais bien d'autres choses à faire pour améliorer votre condition, conclut l'envoyé du roi, si vous saviez parler le français : le mûrier, le ver qui vomit la soie, la taille des arbres fruitiers, l'engraissement des poules d'Inde. Et je vous donnerais ce petit livre où tout est expliqué. Mais à quoi bon ! Vous ne savez pas non plus lire ! »

Il était reparti dans son carrosse avec son livre plein de figures représentant des outils, des plantes, des animaux inconnus, les laissant aussi bêtes que l'eau est longue. Maître Jantou se persuada que les livres contiennent les secrets du bonheur. Voilà pourquoi il était nécessaire que quelqu'un parmi les Bonnet-Lavest apprît à comprendre le langage des graines de rave alignées.

Plusieurs mois s'écoulèrent, l'hiver était venu qui permettait aux hommes et à la terre de se reposer. Et voici que le jour de la Sainte-Agathe, un matin si froid que le sol gelé sonnait sous les sabots comme une cloche, un piéton enveloppé et coiffé de fourrures, poussant devant lui le nuage de son souffle, portant sur son dos un sac de cuir, parut sur le coudert et demanda maître Jantou.

« Je suis, dit-il, Pascal Reynal, d'Aurillac. Je viens de la part du sieur Philibert Dufraisse, curé de Vollore, qui m'a dit que vous aviez besoin d'un maître écrivain. Je me mets aussi au service des personnes qui ont quelque contrat, acte ou lettre à rédiger. »

Tout de suite, le *mouitre* le mit à l'épreuve en lui présentant la première page du petit livre acheté à Courpière. L'homme en lut le titre sans hésiter : *L'Imitation de Jésus-Christ.*

« C'est bien, dit Jantou, je pense que nous pourrons nous entendre. »

Il fut convenu que Reynal recevrait nourriture et logement, plus huit livres de gages par mois de présence. Car sa méthode de travail consistait à rester un mois chez le même employeur ; après quoi il passait au service d'un second, puis revenait chez le premier si nécessaire, et ainsi de suite. Sa classe chez les Bonnet-Lavest fut composée de six enfants, garçons et filles, de moins de quatorze ans, et de deux adultes, maître Jantou et son vigier Marcelin. La communauté trouva suffisante cette participation qui retenait deux paires de bras loin des champs tant que durerait la prestation de l'instituteur. Celui-ci fut installé dans la salle commune, la seule pièce chauffée. Il sortit son matériel, essentiellement fait de gravures sur gros papier qu'il appelait ses *chartes.* Toutes les lettres de l'alphabet figuraient sur une face sous quatre formes et en quatre couleurs : majuscules et minuscules, imprimées et manuscrites. Chaque feuille était vendue quatre sous.

Avant de commencer son enseignement, il se coiffait de son chapeau à larges bords et ruban noir qui semblait l'insigne de sa profession, tandis que les drôlets se pressaient autour de lui, assis sur des bancs, des tabourets, une botte de paille ou même sur leurs talons. Derrière eux, Jantou et Marcelin, tête nue, sur des chaises à dossier, mais un peu rouges de leur ignorance et de leur présence parmi ces marmots. A l'autre extrémité de la salle, les femmes préparaient la nourriture du jour, en produisant le moins de bruit possible. D'autant plus silencieuses qu'elles tendaient aussi l'oreille aux propos du maître écrivain :

« La lettre *B* a cette forme parce qu'elle reproduit celle de nos deux lèvres — regardez bien ! — quand nous la prononçons... La lettre *C* a celle de la main quand nous l'ouvrons pour y former un *C*reux qui commence précisément par un *C*... Le *f* minuscule représente le *f*eu et sa *f*umée qui s'enroule au-dessus de lui... La lettre *L* s'appelle ainsi parce qu'elle ressemble à une aile... Le *S* est exactement un *S*erpent déroulé et qui *S*iffle... »

L'Aurillacois s'exprimait en français, et la langue de Paris entrait lentement dans leur mémoire comme une douce pluie pénètre la terre.

Les premiers jours furent employés à réciter par cœur les noms des vingt-cinq lettres représentées sur les chartes et dans l'ordre exact où elles s'y trouvaient. Ce que les enfants réussirent sans aucune peine, car une chansonnette auvergnate courait parmi eux depuis toujours :

A,bě,cé,dé,é,
Ase que te sé !
Eff,gé,ach,i,ji,
Chabo ton chomí.
Ka,ell,emm,enn,o,
Te soùrà belhó,
Pé,cu,err,ess,té,
Djir sen te coté
Vé,ix,igrec,zed,
Conten mo l'oùsè. [1]

Les jours suivants, il fallut identifier chacun de ces signes au hasard, dans une de ses quatre figures ; bien distinguer ceux qui portent l'estomac à droite, comme le *b* et le *p*, de ceux qui l'ont à gauche, comme le *d* et le *q ;* les pattes en l'air comme le *u* et le *v* et les pattes dans la rosée comme l'*m* et l'*n*. Quand toutes furent aussi familières que des personnes grâce à leurs visages, leurs noms et leurs voix, il fallut encore les assembler deux à deux, trois à trois, quatre à quatre, et en tirer des mots complets, des brefs puis des longs, réunir enfin ces mots pour qu'ils forment un discours. Afin d'y parvenir, on recourait au verso de la charte, où était imprimé un texte de trente lignes, en caractères de plus en plus menus à mesure qu'on descendait. Il commençait ainsi :

Regardons a terre les pauvres gens que nous voyons espandus, la teste penchante apres leur besongne, qui ne scavent ny Aristote ny Caton, ny exemple ny precepte. De ceux la tire Nature tous les jours des effects de constance et de patience plus purs et plus roides que ne sont ceux que nous estudions si curieusement en l'escole. Combien en voy-je ordinairement qui mescognoissent la pauvreté, combien qui desirent la mort ou qui la passent sans alarme et sans affliction ! Celuy la qui fouit mon jardin, il a le matin enterré son père ou son fils. Les noms mesme dequoy ils appellent les maladies en addoucissent et emollissent l'aspreté. La phthysie, c'est la toux pour eux ; la dysenterie, devoyement d'estomach ; un pleuresis, c'est un morfondement ; et selon qu'ils les nomment doucement, ils les supportent aussi.

1. A, b, c, d, e,/Ane que tu es !/F, g, h, i, j,/Finis ton chemin./K, l, m, n, o,/Tu sauras peut-être,/P, q, r, s, t,/Dire sans t'arrêter/V, x, y, z,/Content comme l'oiseau.

Elles sont bien griefves quand elles rompent leur travail ordinaire ; ils ne s'alictent que pour mourir...[1]

Lorsque Jantou et son vigier Marcelin eurent compris tout entières ces lignes qui semblaient avoir été composées spécialement à leur intention, ils en furent si émus que leur gorge se serra. Quoi ! Quelqu'un d'instruit qu'ils ne connaissaient aucunement, quelque homme de plume comme on en voyait dans les châteaux de Vollore, de Thiers, de la Barge qu'ils avaient eu l'occasion de fréquenter, s'était intéressé à la condition des pauvres laboureurs de leur espèce ! Ils pensèrent voir là un autre bienfait de la lecture et du savoir : ils élargissent l'esprit à la connaissance des hommes et complètent l'enseignement du Christ qui dit, aimez-vous les uns les autres. Sortir de l'ignorance, c'était donc suivre exactement la voie de Dieu.

Et l'écriture ? « Chaque chose en son temps », les avait prévenus l'instituteur. Apprenez d'abord à lire. Ecrire viendra plus tard. Vous pouvez d'ailleurs vous y exercer tout seuls en dessinant les formes manuscrites des diverses lettres. » Ils les traçaient donc au hasard avec un bâton sur la terre, avec un charbon sur les portes et les murs. Mais on eut l'impression que l'Aurillacois ne désirait pas faire entièrement partager ses connaissances. Ainsi les riches n'accordent-ils aux pauvres que les miettes de leurs festins.

Quant au texte du verso, drôlets et drôlettes le surent bientôt par cœur et le récitèrent les yeux fermés, sans avoir besoin de la charte. Aussi, lorsque le maître écrivain s'en alla après un mois d'enseignement, se hâtèrent-ils de l'oublier en attendant son retour. Il avait dit, dans deux mois, quatre au plus. Il ne revint jamais et tous les Bonnet-Lavest seraient retombés dans leur ancienne ignorance sans les efforts personnels de maître Jantou pour déchiffrer, avec l'aide de la charte, le petit livre acheté à Courpière, à la foire de la Sainte-Marguerite. Chaque veillée, il y travaillait un peu, suivant les lignes de l'index et remuant les lèvres. Après une année d'acharnement, il put faire profiter les autres communistes de *L'Imitation de Jésus-Christ.* Groupés autour de lui, ils écoutaient bouche bée, les mains jointes. Le *mouitre* lisait d'une voix lente et douce, accompagné par le pétillement des bûches :

1. Montaigne.

Tournez les yeux sur vous-mesme et gardez-vous de juger des actions d'autruy. En jugeant les autres, on travaille en vain; souvent l'on se trompe et l'on peche facilemens; au lieu qu'en s'examinant et se jugeant soi-mesme, l'on s'occupe toujours avec fruict. Nous jugeons presque toujours des choses selon qu'elles nous tiennent au cœur, et notre amour-propre nous met bientôt hors d'etat d'en juger sainemens. Si nos intentions et nos desirs tendoient toujours puremens a Dieu, nous ne serions pas si aisemens troubles lorsque quelque chose repugne a nos sens...

Mais la concentration qu'ils mettaient à comprendre cette langue étrangère était si forte que bientôt la fatigue les assoupissait, que leur tête se mettait à sonner les cloches. Ils se retenaient les uns les autres pour s'empêcher de tomber dans le feu. Quand Jantou voyait son auditoire endormi et sur le point de s'écrouler en masse parmi les braises, il revenait à la parlure auvergnate :

« *Co forò por oneù.* C'est assez pour aujourd'hui. Nous allons réciter ensemble la prière, et puis nous irons faire téter les puces. »

Car toutes n'avaient point péri dans l'incendie allumé par la pipe de Gaspard. Les survivantes avaient crû et s'étaient multipliées merveilleusement, selon la recommandation du Créateur, et en quelques années elles avaient reconquis les positions perdues.

IX

Parlant de quelqu'un que sa bêtise protège, épaisse comme une crasse de deux doigts, imperméable aux intempéries, à la méchanceté du sort comme à celle des hommes, l'on dira des siècles après l'année en question : « Le grand hiver ne le tuera point. » Car l'hiver de 1709 enleva les meilleurs, les plus fragiles, les plus précieux. Une infinité d'enfants morts la bouche ouverte et les yeux écarquillés, sans comprendre ce qui leur arrivait, pourquoi le sein de leur mère s'était tari, pourquoi il ne restait pas un croûton dans le tiroir, pourquoi on les nourrissait seulement d'eau chaude. Leur père bûcheron les emmenait perdre dans les bois ainsi que le raconte l'histoire de *Jeannot et Jeannette,* avec l'espoir que Dieu les nourrirait comme il fait des petits oiseaux. Ou bien leur mère les prenait par la main et les tirait vers la ville, comptant y recevoir peut-être une bouchée de ce pain qui manquait si cruellement dans les campagnes. Les curés des trois paroisses de Thiers notaient sur leurs registres : *Avons trouvé ce jour deux corps morts et inconnus, un grand et un petit, et les avons enterrés dans le cimetière sous l'Hôpital... Je soussigné certifie avoir enterré depuis deux mois soixante personnes tant petites que grandes décédées dans la paroisse dont les noms m'ont été inconnus pour être mortes dans les granges, dans les rues et grands chemins à cause de la famine.* Les gens d'Escoutoux envoyèrent à M. l'Intendant de Clermont une requête certifiée par leur curé et leur vicaire implorant un secours : *Plus de la moitié des habitants de la paroisse demande l'aumône et, quant au surplus, quatorze maisons à peine ont assez de blé pour attendre une moisson qui peut-être ne viendra pas.* A Saint-Rémy, dans la montagne thiernoise, les affamés portaient chez les riches les cadavres des morts de faim qu'ils avaient ramassés sous le porche de l'église, afin d'appuyer leurs demandes d'aumône. A Lezoux, à Vollore, à Châteldon, à Paslières, le nombre des décès quadrupla. Si bien que les curés débordés renoncèrent à inscrire ceux qui leur paraissaient âgés de moins de dix ans.

D'où était venu le malheur ? Tout d'abord, de froids excessifs qui s'étaient répétés plusieurs hivers de suite, gelant les blés en herbe, la vigne, les arbres fruitiers. D'un printemps affreusement sec, suivi d'un été pourri. Le blé qui, en temps normal, se vendait de 8 à 10 livres le septier était monté jusqu'à 55 livres à la grenette de Thiers. Ce renchérissement était dû aussi à l'arrivée de marchands étrangers, les *forains,* originaires du Forez ou du Lyonnais, qui achetaient les grains à n'importe quel prix. La plupart des couteliers se trouvaient réduits au chômage à cause des guerres continuelles entreprises par le roi de France contre d'autres têtes couronnées, si bien que les négociants qui avaient coutume d'exporter en Espagne, en Hollande, en Autriche, en Italie ne trouvaient plus preneurs. Beaucoup d'artisans avaient dû abandonner atelier, femme, enfants pour s'enrôler dans la milice royale qui les avait emmenés trouver leur mort à l'autre bout de l'Europe. Et voici que, pour accroître la misère générale, les marchands étrangers viennent faire main basse sur le peu de blé que la Limagne envoie aux bade-bec. Alors, les chômeurs font une chose inouïe : ils s'arment de bâtons, de dagues, de pistolets, envahissent la grenette qu'ils mettent à sac, chassent les forains à grands coups de trique, s'en vont crier sous les fenêtres des consuls, échevins et autres notables :

« Du pain ! Du vin !

— De la saucisse ! Du boudin ! »

A cause des rimes, les bourgeois croient d'abord qu'il s'agit d'un badinage, d'une sorte de carnaval poétique. Très vite, ils changent d'avis lorsqu'ils voient les émeutiers approcher les torches de leurs maisons barricadées. Mais des femmes innombrables, qui ne sont pas les moins vociférantes, les entraînent ailleurs : vers l'hôtel de ville, situé place de la Chabre, derrière Saint-Genès, qu'ils envahissent en jurant et blasphémant le nom de Dieu, en proclamant que la justice n'est qu'une assemblée de couillons, qu'ils pissent au cul des consuls, des échevins et des capitaines de police, et qu'ils exigent incontinent une réunion de ces magistrats de merde afin qu'ils prennent une ordonnance contre les forains. Jamais des mots pareils n'avaient été proférés à voix haute sous les respectables voûtes de la maison commune ni à ses abords. Lesdits magistrats, horrifiés, claquant des dents et des genoux, se rassemblèrent donc tant bien que mal, *et l'on fist ce que le menu peuple vollut.* Pendant trois journées, celui-ci resta maître de la ville ; puis, ayant obtenu satisfaction, il se retira dans ses masures sans commettre d'autres *grièvetés.*

Alors, les marchands étrangers s'adressèrent directement aux moulins à farine. Ou bien, profitant du délabrement des murailles qui n'arrêtaient plus personne, ils pénétraient nuitamment dans la ville et rendaient visite à certains boulangers qui acceptaient de vendre leur pain à prix fort et ne gardaient plus rien le jour pour les dents des bade-bec. La misère de la ville s'étendit sur les campagnes, et réciproquement. Les religieuses de Thiers et de Courpière désertèrent leurs couvents où elles mouraient de faim pour rentrer dans leurs familles. Les paysans-couteliers avaient dû fermer boutique.

Contre tant de misère, les autorités prirent force décrets et ordonnances. Taxant le blé à huit livres le septier, le pain à dix sous la livre. Interdisant le commerce des boulangeries après neuf heures du soir. Multipliant le nombre des capitaines, lieutenants, enseignes et sergents de police, celui de leurs patrouilles diurnes et nocturnes. Réduisant la taille qui obligeait certains paysans à vendre même leurs grains de semence, en sorte que certains champs demeuraient incultes depuis quatre ou cinq ans. Imposant aux familles encore aisées une nouvelle contribution dite *d'aumône,* destinée à soulager les innombrables pauvres qui erraient dans les villes et les villages. A Lezoux, le curé leur distribuait du pain et des fèves deux fois par semaine. Les receveurs des tailles vendirent à bas prix du blé de semence et une céréale nouvelle à grains blancs, le *riz ;* mais quand on sut qu'elle venait de l'Orient, berceau de la peste, personne n'en voulut. Pour le faire accepter, les distributeurs durent avaler publiquement du riz préparé par leur femme.

« Comment le cuisine-t-on ?

— Il faut le faire cuire dans l'eau depuis quatre heures du soir jusqu'à neuf heures du matin. »

Les Bonnet-Lavest traversèrent ces affreuses années sans trop de misère, sauvés par leur bonne entente et un partage rigoureux de leurs provisions. S'ils n'avaient à manger qu'une tourte de pain pour trente personnes, chacun en recevait un trentième.

Sauvés aussi par les soupes que savait composer la *mouitreço,* à base de raves, de chou, d'orties, de pastonades, de poireaux, éclairées par les cent mille yeux de l'huile de chènevis.

Sauvés enfin par leurs châtaignes. Il ne s'en perdait pas une seule sur leur territoire. Conservées dans leur bogue épineuse, elles traversaient les hivers jusqu'au premier chant du coucou. Les véreuses nourrissaient les cochons. Une fois sèches, on les pilait pour les réduire en poudre et, avec cette *farine douce,* les femmes préparaient des beignets.

Non seulement les communistes survécurent, mais ils secoururent un grand nombre de misérables venus des hameaux voisins, qu'ils réconfortaient de leur mieux, d'une poignée de châtaignes, d'une bouchée de pain, d'un verre de vin, d'une écuellée de soupe. Toutefois, étant donné leur affluence, ils refusaient de les garder plus d'un jour. Au bout de quoi — sauf cas exceptionnel — le maître disait à ces passants, reprends ta route, laisse la place à d'autres, et que Dieu te garde.

Leur réputation d'accueil se répandit si loin que l'on crut qu'ils possédaient cachées d'extraordinaires réserves. Un jour se présenta toute une horde d'affamés, les yeux exorbités, les gueules béantes, les bâtons brandis, qui envahirent les Bonnets en hurlant, Bons-Dieux-de-bon-dieu, donnez-nous à manger si vous n'êtes pas des jean-foutre. Alors, les parsonniers durent s'armer à leur tour, empoigner leurs fourches, leurs bigots, et livrer bataille à ces désespérés, dont trois restèrent sur le carreau, tandis que les autres se dispersaient aux alentours en vomissant le sang et les injures. Afin de mettre leur communauté à l'abri désormais de semblables assauts, les Bons Dieux l'entourèrent d'une muraille d'enceinte mi-pierre mi-pisé, haute de sept pieds et demi, couverte d'un chaperon en tuiles de Bort. Elle s'ouvrait par un portail large de six coudées, muni de battants de chêne, surmonté d'un panneau en pierre sculptée représentant une croix encadrée des deux initiales *B-L.*

Voilà pourquoi le grand hiver de 1709 est demeuré gravé dans la mémoire du peuple comme le plus terrible de tout son passé de misère. Mais le dicton qui le rappelle se montre injuste, car le grand hiver n'épargna point les sots : il en mourut un très grand nombre à côté des gens de cœur et d'esprit.

Les semailles ne purent se faire correctement que l'automne de 1711 et la France ne se remit un peu de sa grande famine qu'au cours des années 1712 et 1713. Toutefois, la misère revenait périodiquement, attachée à la condition du laboureur comme la boue à ses sabots.

On apprit que le roi venait de mourir, celui qui se prenait pour le soleil ; le peuple, qui avait tant souffert sous son règne, ne versa pas une larme sur sa mémoire. Son successeur, âgé de cinq ans, ne pouvait, croyait-on, se lancer dans des guerres nouvelles ; en fait la paix dura bien peu, car les tuteurs de l'enfant-roi déclarèrent la guerre à sa place et eurent besoin de beaucoup de soldats pour remplir les rangs de leur milice. Les hommes de dix-huit à cinquante ans devaient le service de l'armée s'ils avaient au moins cinq pieds de taille, étaient sains de corps et d'esprit, célibataires ou veufs sans enfants, n'étaient ni prêtres, ni médecins, ni chirurgiens, ni apothicaires, ni employés de la Poste, ni papetiers, ni notaires, ni juges, ni huissiers, ni soutiens de famille, ni serviteurs indispensables. Ils pouvaient toutefois payer un remplaçant qui irait éventuellement se faire tuer à leur place s'ils disposaient de la bagatelle de deux à trois mille livres.

Ce dimanche-là, tandis que la foule volloroise sortait de la grand-messe, le jeune Théodore Bonnet-Lavest fut abordé par Jean Courtadon, marguillier de Saint-Maurize, qui l'emmena dans la maison commune où il se trouva en compagnie de deux autres jeunes gars rabattus par les syndics Groisne et Delotz, chacun tenant son gibier par l'aisselle. Le marguillier prit note sur un registre de leurs nom, prénom, âge approximatif, situation de famille, profession et domicile exact. Puis il les colla à tour de rôle le dos à une porte marquée de graduations blanches afin de mesurer leur taille. Tous trois dépassaient les cinq pieds réglementaires.

« Vous voilà recensés, conclut Courtadon, aptes par conséquent à servir dans les armées du roi. Mais pas tout de suite : vous avez encore un mois ou deux devant vous. D'ici là, qui sait, vous pouvez profiter de quelque empêchement.

— Quel genre d'empêchement ?

— Le seigneur de Montmorin a besoin de serviteurs. Nos prêtres également. Ils vous signeront l'attestation nécessaire. A moins que vous ne préfériez la servitude du mariage. M'avez-vous bien compris ?

— Nous croyons, monsieur Courtadon, vous avoir bien compris.

— Rappelez-vous : dans un mois ou deux, je vous emmènerai moi-même à Clermont pour y être enrôlés. Sauf empêchement.

— Sauf empêchement. »

Informé du danger que courait le jeune Théodore, maître Léon Bonnet-Lavest fit à l'intérieur de la communauté son propre recensement et compta quatre hommes veufs sans enfants ou célibataires d'au moins cinq pieds de haut, en âge de porter les armes : Théodore, 18 ans ; Claude, 24 ; Sabin, 36 ; et Maurize, 45. Comme il n'était pas question de les placer chez le seigneur ni chez les prêtres, le mariage était la seule échappatoire. Restait à trouver à chacun sa chacune au sein de leur entente. Depuis neuf ans, aucunes noces ne s'étaient célébrées chez les communistes, à cause des temps de famine qui ne se prêtaient guère aux festins ni aux naissances. Il convenait donc de rattraper d'un coup le retard. Le destin avait heureusement fait les choses, puisqu'on disposait de cinq filles nubiles : Marinette, 16 ans ; Julie, 18 ; Célestine, 24 ; Antonia, 30 ; Marie-Jeanne, 33 ; et d'une veuve, Elodie, 38, suitée de deux drôlets. Toutefois, Marie-Jeanne, disgraciée par la nature, un peu bossue, un peu boiteuse, faisait profession depuis toujours de refuser le mariage, sachant bien que personne ne voudrait d'elle. Elle déversait toute son affection sur les chèvres et les biquets, les appelant mon belou, ma belette, mon belinet, allant jusqu'à coucher le plus souvent parmi eux dans la chèvrerie, si bien qu'elle sentait le bouc comme il n'est pas permis. Cinq candidates seulement demeuraient donc utilisables.

Maître Léon, qui savait écrire proprement, fit une double liste de tous ces noms et de tous ces âges afin de combiner les appariements. A première vue, la veuve Elodie, 38 ans, devait aller à Maurize, 45 et veuf lui-même ; mais la chose était impossible car ils étaient ensemble frère et sœur. Frère et sœur également Marinette et Théodore, Sabin et Antonia. Cousins germains Claude et Julie, Théodore, Marinette, Antonia et

Sabin. Après s'être longtemps gratté la tête et avoir refait plusieurs fois ses conjugaisons, le *mouitre* établit les accords suivants :

Théodore, 18 ans, avec Célestine, 24 ans ;
Claude, 24 ans, avec Marinette, 16 ans ;
Sabin, 36 ans, avec Elodie, 38 ans ;
Maurize, 45 ans, avec Antonia, 30 ans.

Pendant qu'on y était, on n'allait pas laisser Julie pour compte, bien qu'elle fût encore jeunette et en mesure d'attendre quelques années. C'est que les mariages coûtaient cher et causaient pendant des semaines, avant et après, de grands désordres. Quand il y en a pour quatre, il y en a pour cinq : plutôt que quatre, on célébrerait donc cinq unions. Et l'on serait ensuite tranquille pendant plusieurs années. Seulement voilà : il manquait un mari. Maître Léon se souvint alors que, quatre-vingts ans auparavant, un Bonnet-Lavest était sorti de la communauté pour entrer dans celle des Bournelias qui vivaient à la Bournelie. Les Bournelias leur étaient donc redevables d'un homme et le moment semblait opportun pour qu'ils s'acquitassent. Le *mouitre* chaussa ses guêtres longues, enfila son tablier blanc et s'en fut parlementer avec son collègue de la Bournelie. Il se trouva que ledit Bonnet-Bournelias n'avait eu dans sa descendance que des filles. Mais un Bournelias âgé de 39 ans était disponible.

« Si vous le voulez, il est à vous.

— De 39 ans à 18, cela fait bien un peu de différence.

— Ce sont là des choses courantes dont les femmes s'accommodent vite quand elles sont bien traitées. L'inverse serait plus difficilement acceptable. Notre Justin ne s'est pas marié jusqu'à présent parce qu'il a plutôt un tempérament de tonton. Il prend les enfants des autres sur ses genoux et leur apprend les sifflets des oiseaux, celui du merle, celui du pivert, celui de l'alouette, celui du rossignol, et tout va comme ça. Ou bien il s'endort au coin du feu en récitant son chapelet. Avoir des drôles à lui, ça ne l'a jamais tenté. Encore moins prendre femme. Mais il comprendra que l'intérêt de nos deux familles commande, et il fera son devoir. C'est d'ailleurs un caractère bien arrangeant, pas du tout calamastre comme il y a certains vieux garçons. Toujours le mot pour rire et disposé à rendre service. Vous pouvez le prendre sans crainte ; je, comme qui dirait, vous le garantis. Avec lui, votre Julie ne sera pas malheureuse car jamais il ne lui fera tort. »

Après quoi, ils s'accordèrent sur les droits d'entrée chez les Bons Dieux du nommé Justin, ce qui n'était en l'occurrence qu'un rendu pour un prêté. Lorsque tout fut réglé, ils se topèrent dans la main en crachant par terre.

Ce cinquième appariement s'ajouta donc aux quatre autres :

Justin Bournelias, 39 ans, avec Julie Bonnet-Lavest, 18 ans.

Maître Léon prit à part chacun et chacune des intéressés, qui portaient tous le même nom et se côtoyaient journellement. Nul ne trouva à redire aux unions projetées. Le cas de Julie méritait toutefois plus de délicatesse. Elle ne dit ni oui ni non, mais :

« Faut voir.

— Faut voir quoi ?

— Ce garçon que je ne connais point.

— Que si, tu le connais ! Un jour de reinage à Vollore, en sortant de l'église, tu as dégringolé les marches, tu es tombée sur le nez. Et c'est lui qui t'a relevée et consolée.

— J'avais quel âge alors ?

— Dans les cinq, six ans.

— Comment voulez-vous que je me souvienne de lui ? Il pourrait être mon père !

— Quelle chance tu as ! Voilà un homme mûr, d'expérience, qui te traitera avec toute la douceur possible comme on fait d'une drôlette, qui s'enlèvera le pain de la bouche pour te le donner, et qui en même temps te respectera comme sa femme. Ah ! combien de jeunes pucelles voudraient être à ta place ! »

Mais elle secouait la tête, songeuse. Le dimanche suivant eut lieu la présentation : Justin Bournelias vint tirer la cloche au portail des Bons Dieux, dans ses meilleurs affiquets : souliers à boucle comme le curé de Vollore lui-même n'en avait point les pareils ; guêtres de coutil ; culottes d'un autre siècle, si bouffantes qu'il semblait y avoir dissimulé une paire de coucourles ; casaque aux poches basses avec collet de dentelle ; chapeau à ruban rouge. Bref, si bien paré qu'il ne lui manquait que des grelots aux chevilles pour avoir l'air d'un polichinelle de foire. Maître Léon le reçut et le conduisit d'emblée chez les parents de Julie qui parurent fort impressionnés par cet appareil. Quant à la fille, elle considérait avec effarement ce futur de comédie, et surtout l'épaisse barbe grise qui lui couvrait la figure.

« *Moussu,* dit-il en auvergnat, s'adressant à Alfred le père, je me fais un plaisir et un honneur de vous demander la main de votre fille Julie. »

En même temps, il tira des pans de sa casaque un bouton de rose qu'il y tenait dissimulé et le présenta à la drôlette pour confirmer que c'était bien sur elle qu'il avait jeté son dévolu. Les yeux toujours fixés sur cette barbe grise, elle sembla ne point voir la fleur, mais au contraire recula d'un pas quand il s'approcha d'elle.

« Eh bien ! fit Alfred, mécontent. Vas-tu refuser un bouton de rose ?

— Mais ce n'est pas mon père ! s'écria-t-elle. C'est mon grand-père ! »

Justin demeura tout camus, sa rose à la main. Alfred la prit à la place de sa fille, et tenta de sauver la situation :

« *Moussu,* fit-il, je vous remercie de l'honneur que vous faites à notre maison. Maître Léon nous a parlé de vous et je connais vos grands mérites et qualités. Je vous accorderai donc volontiers la main de ma fille, lorsque je serai parvenu à lui faire dire oui.

— Non ! Non ! Non ! cria-t-elle, les mains dans les cheveux. Je n'épouserai jamais mon grand-père ! »

Et elle se jeta dans les bras de sa mère, aussi sanglotante l'une que l'autre. Il y eut un très long silence embarrassé, rempli seulement par ce bruit de reniflements et de hoquets. Ensuite, Justin toussota pour faire comprendre qu'il allait dire autre chose :

« Vous savez, je suis moins vieux que je ne parais. Trente-neuf ans seulement. Peut-être même trente-huit ou trente-sept, je ne me rappelle plus très bien. J'ai encore de bonnes dents... »

Il les montra, les lèvres retroussées, comme un cheval qui hennit, un peu jaunes, mais serrées, bien plantées sur le devant, juste un peu pourries dans le fond.

« C'est, continua-t-il en refermant la bouche, cette barbe qui me vieillit et qui lui fait peur, je le vois bien.

— Ça se pourrait, *Moussu.*

— S'il n'y a que ça, je peux me la couper.

— Y a également, dit Alfred, vos culottes.

— Mes culottes ?... Je ne peux pas venir sans culottes, *Moussu.*

— Assurément. Mais trouvez-en, s'il vous plaît, une autre paire. Quelque chose d'un peu plus conforme.

— Qu'appelez-vous conforme, *Moussu ?*

— De moins ancien. Qui fasse comme qui dirait moins d'abonde.

— J'essaierai, *Moussu.* »

Il se retira, l'on mit dans un vase d'eau le bouton de rose. Justin reparut le dimanche d'après. Transformé. En tenue modeste de paysan sur ses dimanches. La culotte beaucoup plus ajustée, le chapeau sans ruban, les souliers sans boucles. Et surtout le visage sans barbe. De deux couleurs à présent : blanc comme la neige dans la partie basse, depuis le temps qu'elle n'avait pas vu le soleil ; cuit comme le pain dans la partie haute. Mais en somme pas trop désagréable à regarder. Durant toute la semaine, les parents avaient chapitré leur Julie pour qu'elle consentît à cette union qui ferait son bonheur, ils en étaient certains, eux qui avaient beaucoup vécu, on ne peut juger des qualités d'un homme sur sa barbe ni son âge, la jeunesse et la beauté ne se mangent pas en salade, mariage d'amour belles nuits et mauvais jours, et ainsi de suite. Bref, elle s'était résignée au sacrifice : le changement de Justin acheva de la persuader. Elle prit le bouton de rose encore frais et le tint à la main contre son estomac. Justin entendit le sens de ce geste, il embrassa ses futurs beaux-parents et celle qui devenait sa promise. Tout était dit. Il ne restait plus qu'à manger l'omelette au lard avec l'ensemble des parsonniers, ce qui fut fait dans la salle commune, à la joie générale.

Pendant les trois semaines qui suivirent, ce fut aux Bonnets un remue-ménage de fin du monde, alors qu'en réalité c'en était le commencement : cinq familles nouvelles allaient se greffer sur la vieille souche dont les racines se perdaient dans la profondeur des temps ; elles allaient produire des rejets nouveaux qui feuilleraient, fleuriraient, fructifieraient plusieurs siècles encore, car leur semence avait été bénie par le Seigneur, à qui seul appartiennent le règne, la puissance et la gloire, de qui seul dépendent tout bonheur et toute prospérité. Ce fut une mobilisation générale des femmes, des hommes, des enfants, des vieillards, des chiens et des chats. Pendant trois semaines, on découpa les rouleaux de toile que les femmes tissaient toute une vie, laborieuses comme l'araignée ; on en fit des linceuls, des robes, des cotillons, des devantiers ; on remit en état les guêtres, les culottes, les vestes des hommes ; les sabotiers sabotèrent à tour de bras. Pendant huit jours, on pétrit, on fricota, on cuisit du pain, des pâtés, des crêpes, des choux farcis, des *panlades* à réchauffer, des *pompes* à la bouillie, des *pompes* aux pommes, des brioches aux grattons. Pendant vingt-quatre heures, on remplit les pichets de vrai vin, celui que d'ordinaire les parsonniers réservaient à la vente, se contentant de piquette pour leur boisson quotidienne ; on joncha les rues de feuillages, on fleurit les façades et les deux granges où se dérouleraient les festins. Jamais les chats et les chiens n'avaient connu tel régal d'os, de nerfs, de miettes et de noyaux ; n'avaient eu tant d'écuelles à lécher, tant de plats à essuyer.

Vint au bout du compte le jour des cinq noces ; c'était la Sainte-Marguerite, à la mi-novembre, car jamais les mariages ne se célébraient durant la période des grands travaux. Il y eut un défilé magnifique de plus de cent personnes, mené par deux sonneurs de vielle et un joueur de turlututu, que soutenait le chant de tous :

Lo menoren, lo poro novio,
Lo menoren tu duçomen ;
Lo menoren ché Mouijoguére,
Lo menoren ché Crèvofan.
Torjou lo velho credavo :
Choboren to, choboren to !
Torjou lo velho credavo :
Chobaren to, n'oùren pa pro[1] *!*

C'était une manière de conjurer à l'avance le manque éventuel de nourritures ; mais au fond chacun était certain que rien ne manquerait, ni la saucisse, ni le lard couleur de cire, ni même — réservé aux mariés car il donne de l'inspiration pour la nuit de noces — le cuissot de renard suspendu quinze jours à l'ombre dans une cave, au-dessus des tonneaux.

L'église de Vollore fut trop petite pour contenir invités et badauds. Le moment venu, sous le porche, de quart d'heure en

1. Nous la mènerons, la pauvre mariée, / Nous la mènerons tout doucement ; / Nous la mènerons chez Mangeguère, / Nous la mènerons chez Crève-faim. / Et toujours la vieille criait : / Nous finirons tout, nous finirons tout ! / Et toujours la vieille criait : / Nous finirons tout, nous n'en aurons pas assez !

quart d'heure, le curé de la paroisse, Pierre Vallé, posa la question rituelle :

« Théodore Bonnet-Lavest, ici présent, acceptez-vous de prendre pour épouse selon le rite de notre Sainte Mère l'Eglise catholique et apostolique, Célestine Bonnet-Lavest ici présente ? »

Et de la sorte cinq fois de suite. Puis l'on s'entassa dans la sacristie ; les jeunes mariés y signèrent le registre de leur nom ou d'une croix. Tous les époux, tous les témoins étaient des Bonnet-Lavest, à l'exception de trois Bournelias.

Voilà de quelle façon les Bons Dieux célibataires ou veufs sans enfants cessèrent de l'être et purent échapper à la milice royale. Justin Bournelias cessa d'enseigner le sifflet des merles à des drôles qui ne lui étaient pas grand-chose et en fit profiter les siens.

Ces noces quintuples avaient été rendues possibles par sept années de bonnes récoltes. En outre, les guerres s'étant un peu apaisées, l'industrie thiernoise rebourgeonnait. Aux couteaux, aux ciseaux, aux rasoirs de tradition, elle ajoutait même des fabrications nouvelles : celles de la cuiller métallique et de la fourchette. La politesse faisait de grands progrès à travers le monde : les hommes renonçant à tenir les viandes avec leurs doigts, il y avait une forte demande de quincaille. L'organisation du travail chez les bade-bec permettait d'y faire face vite, bien et à bon compte. Ainsi la manufacture du couteau se divisait en de multiples besognes parcellaires. Chaque artisan, au lieu de faire le produit en entier, se spécialisait dans une seule de ses pièces, la lame, le ressort, les côtes, les platines, la mitre, les rosettes ; ou même une seule opération : l'étirage des soies, le façonnage des manches, l'émouture, le polissage. Les éléments dispersés se retrouvaient à la fabrique en fin de parcours pour être montés, fignolés, essuyés, empaquetés. Vers ce milieu du siècle, sous le règne de Louis-le-Bien-Aimé, quinze ouvriers au moins concouraient à la fabrication d'un couteau. Ils pouvaient être réunis dans la même maison : au rez-de-chaussée, on affilait ; au premier étage, on brunissait ; au second, l'on ciselait des matrices à manches ; au troisième, on taillait les limes, on triait les cornes ; dans un réduit obscur, on mitonnait les os pour les dégraisser, on préparait la teinture des bois. Mais le plus souvent, ces travaux avaient lieu dans des ateliers différents, établis le long de la Durolle ou éparpillés à travers la ville ; et aussi dans des milliers de petites *boutiques* campagnardes, réduites parfois à un coin d'étable, de salle à tout faire, à un appui de fenêtre. Chez les Bonnet-Lavest, trois des nouveaux ménages employaient leur temps perdu à des activités coutelières. L'argent gagné par ce moyen devait tomber dans la bourse commune.

Il arriva cependant que Théodore s'entretînt à ce propos avec maître Léon, lui demandant s'il trouvait bien juste que lui, Théodore, chaque soir après sa journée aux champs, s'enfermât dans sa boutique pour forger des lames, tandis que les autres parsonniers prenaient place devant le feu, fumaient leur pipe et crachaient sur les bûches.

« Que ne fais-tu comme eux ? Qui t'oblige à forger des lames ?

— Je le fais pour le bien de la communauté.

— Voilà qui est bon. Mais ce que l'on donne de la main gauche ne doit pas être repris de la droite. Si tu en tires quelque satisfaction, c'est là ta récompense. Tu peux d'ailleurs aussi fumer la pipe en forgeant.

— Je n'y ai pas le goût. Tout de même, ne pensez-vous pas, *Mouitre*...

— Tout de même, tu as raison. Mais laisse-moi considérer. »

Lorsque maître Léon considérait, il tirait son chapeau sur ses yeux, portait ses paumes à ses oreilles, bouchait ainsi les fenêtres de sa tête. Il demeura de la sorte enfermé un moment dans sa considération. Au bout de quoi, il dit en relevant son chapeau :

« Tu as raison, Théodore. Dorénavant, je t'abandonnerai le vingt-cinq du cent sur tout ce que tu gagneras avec tes lames. Notre bourse se contentera du reste. »

Le jeune homme, très ému, remercia le maître de cette générosité. Elle s'avéra aussi un bon calcul, car plusieurs autres ménages devinrent couteliers, afin de recevoir le vingt-cinq du cent. Par voie de conséquence, on vit certaines jeunes femmes se parer le dimanche d'un foulard d'indienne, d'un châle de cachemire vendus par des contrebandiers à la sortie de la messe. Ce qui provoqua bien des murmures chez les vieilles.

Afin d'échapper à leur surnombre et à leur pauvreté, des jeunes hommes de la montagne thiernoise abandonnaient les fermes et roulaient le monde. Les uns s'enrôlaient dans des bandes de faux sauniers. D'autres allaient vendre la quincaille au-delà des montagnes et au-delà des mers. Certains, qui avaient franchi les Alpes, trouvèrent en Italie le riz beaucoup mieux cuisiné qu'il ne l'avait été en Auvergne après le grand hiver. Considérant que la plaine du Moûtier, au-delà du pré aux moines, n'était pas différente de celle du Piémont, ils se mirent en tête de cultiver à Thiers cette céréale. Les almanachs, les horoscopes, les gazettes, la comète de 1738 annonçaient que ce siècle amènerait des changements aussi importants que la naissance du Christ. Les Thiernois ne s'étonnèrent donc pas trop de voir un beau matin des Piémontais débarquer d'Italie, qui se mirent à creuser des canaux, élever des digues, aménager des écluses et des vannes, bref à transformer en rizières les marécages riverains de la Durolle. Ces travailleurs étrangers ne craignaient pas d'y patauger jusqu'à mi-cuisse ; ils en ressortaient les jambes dévorées par des sangsues. Ils ne laissaient d'ailleurs pas perdre ces insectes, mais les détachaient doucement de leurs mollets, puis les mettaient frire dans une poêle avec de l'ail haché, en sorte qu'ils récupéraient le sang détourné. Ils en offraient même aux bade-bec qui, malgré leur curiosité, les refusaient avec dégoût.

Une autre surprise fut de voir que le riz à semer — avec ses grains longs et bruns, pareils à ceux de l'avoine, bruissants et un peu âpres à la main — ne ressemblait en rien au riz à manger.

« Chez nous, dans la ferme, expliquaient en zézayant les Italiens spécialistes, on mange le riz brun. Bien meilleur, bien plus riche que le blanc, réservé à l'exportation. »

Sans doute, se disaient les Thiernois eux-mêmes mal instruits, mal vêtus, mal lavés, le riz est-il comparable à l'homme, le polissage lui fait-il perdre beaucoup de ses qualités premières. Tout allait bien, la récolte s'annonçait abondante. Dans la première semaine de juin, toujours pataugeant, les Piémontais arrachèrent à la main les mauvaises herbes dont ils faisaient des bottes jetées sur les digues ; puis ils repiquèrent comme des poireaux dans les espaces vides les plants qu'ils enlevaient là où ils avaient poussé trop épais. Ceux-ci atteignaient déjà une coudée de haut. Ils grandirent encore. En juillet, l'eau leur fut retirée ; mais la terre s'assécha difficilement à cause de pluies intempestives. La récolte était attendue vers la mi-septembre ;

les plantes, au lieu de blanchir, demeurèrent verdâtres et rachitiques, avec leurs épillets languissants.

Alors le désastre vint, d'une manière foudroyante. Un très grand nombre de bade-bec, spécialement dans la ville basse, furent pris de coliques épouvantables ; de fièvres, quintes, quartes, tierces, double-tierces et rebelotes ; de maux de tête enragés ; de délires ; de vomissements continuels par lesquels ils rejetaient, aux termes des médecins, *une abondance extraordinaire d'humeurs bilieuses, gluantes, visqueuses et porracées.* D'autres vomissaient quantité de vers et se vidaient *entièrement par le bas.* La plupart manifestaient des *enflures considérables aux jambes et une jaunisse sur tout le corps.* Tous enfin tombaient dans une *faiblesse étonnante.* En quelques semaines, le mal gagna la moitié de la population, les curés portaient jour et nuit les sacrements à ces nouveaux pestiférés. L'évêque de Clermont lui-même, Monsieur Massillon, s'émut, et écrivit à l'intendant Rosignol une belle lettre pour l'appeler au secours : *Voyez, mon cher Intendant, s'il n'est pas de beaucoup plus utile à l'Etat de conserver au roi la ville d'Auvergne la plus commerçante et la plus peuplée, composée de 20 000 habitants, qu'une plantation nouvelle de riz qui infeste toute la ville...* Un millier de malades moururent entre juillet et décembre, tandis que cinq mille autres se tenaient le ventre en gémissant ayayaye.

Des mesures énergiques furent prises en effet contre la céréale cause de tout ce malheur, on brûla les épis au lieu de les récolter, les Piémontais furent renvoyés chez eux et plus jamais personne ne s'avisa de semer une seule poignée de riz dans la région. Les marécages entre Durolle et Dore retrouvèrent leur ancienne tranquillité, à peine rompue les nuits de beau temps par le chœur innombrable des grenouilles qui ouvraient leur bouche large fendue pour gober les étoiles tombées dans l'ancienne rizière.

La peste avait frappé, selon les rapports officiels, surtout *le commun du peuple,* celui qui se nourrissait de pain noir de très mauvaise qualité, *en ayant déjà les entrailles quelque peu corrompues.* Le curé de Saint-Symphorien, dans la ville basse, en tira d'autres leçons :

« Mes biens chers frères, saint Anasthase écrit qu'il y a deux sortes d'épidémies : celles que provoque la colère de Dieu et celles qui sont dues aux " miasmes ", c'est-à-dire aux vapeurs putrides qui naissent au sein de la terre. Or il se trouve que les hameaux de la Croix-Blanche, de Terme, de Baruptel, sis en bordure des rizières, n'ont pas été contaminés. Maintenant que nous avons enterré nos mille morts et que la peste a cessé, demandons-nous si nous n'avons pas offensé Dieu mille fois chaque jour. Comptez bien, mes très chers frères, les blasphèmes que vous prononcez au premier prétexte venu, parce que vous vous êtes tapé sur les doigts, ou que la soupe n'est pas à votre goût. Comptez les verres de vin que vous buvez sans soif et par pure gourmandise. Les regards concupiscents, ou envieux, ou orgueilleux qui vous échappent. Les liards ridicules que vous laissez tomber dans le plateau des offrandes, ou même le simple geste du bout des doigts par lequel vous remuez les pièces qui s'y trouvent pour faire croire que vous donnez. Comme si cette ruse enfantine pouvait échapper aux regards du Seigneur ! Confessez-vous donc de tout cela, mes chers frères. Apaisez la colère de Dieu, étouffez les miasmes du péché qui s'élèvent de votre cœur ! »

Comme en Egypte, les vaches maigres alternaient avec les vaches grasses. Aux Bonnets, les deux communautés multipliaient le nombre de leurs porcs, les nourrissant d'une racine nouvelle apportée par un Saton qui avait servi dans la milice et combattu en Espagne : les guerres sont parfois bonnes à quelque chose. On l'appelait *poire de terre* ou encore *topine*. Elle poussait même dans les mauvais sols au milieu des cailloux, produisant de longues tiges qu'on pouvait brûler en hiver, des fleurs jaunes comme de petits soleils et surtout des fruits souterrains à la chair blanche teintée de rose dont les cochons se montraient friands. En quelques années, leur élevage devint si nombreux qu'il se fit proverbial aux alentours : quand un drôlet s'était bien barbouillé la figure, sa mère s'écriait :

« Dirait-on pas que tu as tété toutes les truies des Bonnets ? »

Les hommes essayèrent de goûter aux topines, frites, bouillies, à l'huile ou au vinaigre. Mais certains y gagnèrent une telle *fouire* qu'ils préférèrent les abandonner aux pourceaux.

Une autre vertu de la topine : elle ne craignait point le gel ; tu pouvais la laisser en terre toute la saison froide sans souci pour sa conservation. L'arrachage n'arrivait pas d'ailleurs à extirper complètement ses chapelets dont il restait toujours quelques grains dans le sol, si bien que tu avais à peine besoin de la replanter. Elle se montrait même quelque peu envahissante.

Plût au ciel que les blés eussent offert pareille résistance aux froidures, aux sécheresses, aux pluies excessives ! D'une année à l'autre, c'était l'abondance ou la disette. Mais les Bons Dieux gardaient jalousement au grenier leur réserve de famine dans douze jarres de paille, chacune d'une contenance de dix boisseaux, six pleines de seigle et six remplies d'orge qu'on renouvelait, autant que possible, chaque année. Douze géants au garde-à-vous, tout en ventre et tout en or, que le maître appelait ses « douze apôtres ».

Un certain printemps, il vint un marchand *fourinà,* un Forézien, qui demanda au *mouitre* s'il n'avait rien à vendre. Si, répondit celui-ci, des cochons. Mais l'autre ne s'intéressait qu'aux blés, froments, seigles, orges ou avoines.

« L'hiver, dit-il en français, que nous venons de traverser a été froid et rare de neige.

— La pire sorte, répliqua le maître.

— Il y aura encore de la faim cette année. A qui sont ces blés verts qu'on longe à main gauche en venant d'Escoutoux ?

— Les nôtres. L'endroit s'appelle Fontapade.

— Vous avez de la chance, ils ne semblent pas avoir trop pâti du gel. Ils sont bien drus et bien épais.

— C'est qu'ils sont gardés de la bise par le bois qui est en haut.

— Combien comptez-vous en tirer de grain, si je ne suis pas trop curieux ?

— Ce que Dieu voudra.

— Moi, je dirais en tout douze ou quinze septiers. »

Et le *mouitre,* que l'orgueil aveuglait : « Vos septiers sont bien plus grands que les nôtres. Sinon, vous pourriez doubler la mise.

— Quoi ! Trente septiers ?

— C'est le rapport habituel de Fontapade.

— Alors, je vous propose une affaire... Avez-vous peur d'entrer en commerce avec un Fourinà ?

— Pas plus avec un Fourinà qu'avec quiconque.

— Eh bien ! Voilà. Je vous propose de vous acheter votre blé en herbe. Celui que j'ai vu. Vous avez bien d'autres champs ?

— Nous en avons quatre autres.

— Je vous achète le produit de Fontapade. Et je vous en paye d'avance dix septiers. Le reste à la livraison.

— Monsieur, vous ne le paierez pas assez cher.

— Comment pas assez cher ? Douze livres le septier !

— Pas assez cher.

— Quinze livres !

— Pas assez cher.

— Vingt livres !

— Pas assez cher.

— Vingt-cinq !

— Monsieur, je ne vends pas mon blé en herbe, parce qu'en herbe il ne m'appartient pas.

— A qui donc appartient-il ?

— A Dieu qui le regarde et qui pour lui, si telle est son intention, pleuvra, ventera et soleillera. Ce blé est à Dieu. Pas encore à nous. Monsieur je ne vends pas notre blé en herbe. Dieu nous en punirait. »

Si le Forézien avait remarqué la présence de deux petites croix de paille aux confins de Fontapade, enterrées avec le premier et le dernier sillon, il n'aurait pas entrepris une démarche aussi incongrue.

L'hiver suivant, Dieu neigea jusqu'à la queue des ânes. Le froid fut rude et interminable ; fin février, on ne se rappelait plus de quelle couleur avait été la terre ; des chandelles de glace pendaient à tous les toits, que les enfants cassaient et suçaient comme des sucres d'orge. C'était pour eux le meilleur temps de l'année, celui où les adultes ne demandaient guère leurs services, celui des jeux sempiternels. Ils jouaient au *renard* qui cherche partout les poules et les dindons afin de les dévorer. Mais pour ce faire, il doit d'abord identifier sa proie, à ses cheveux, à son visage, à ses vêtements, avec le droit de farfouiller partout sans qu'elle puisse moindrement protester. Voici donc d'abord le renard qui *dort* dans son terrier, la tête contre un mur, enfermée entre ses bras. Tout en dormant, il compte d'une voix forte jusqu'à vingt : *une, deux, trois, quatre...* pendant que la volaille court se musser dans les retraites les plus ombreuses, les mieux dissimulées, tout au fond des fenières, *...dix, onze, douze, treize...* dans la remise du bois, toutes portes fermées, dans la crèche des vaches, dans les granges, parmi les chars et les barots, *...dix-huit, dix-neuf, vingt.* Le renard s'élance, hume le vent, commence la visite des cachettes qu'il connaît bien pour les avoir pratiquées lui-même quand il était dindon. Certaines fois, à cause d'un peu de lumière qui traîne par là, il a vite fait de nommer sa volaille sans recourir à la fouille. Mais d'autres fois, il déniche la poulette espérée, la plus tendre, celle qui lui met l'eau à la bouche. Alors ses mains — froides d'abord, mais vite réchauffées — la parcourent de la tête aux pieds, se glissent sous ses hardes, atteignent la peau même aux endroits les plus secrets ; la poulette glousse un peu et frissonne, mais n'a le droit ni de protester ni de fuir tant qu'il n'a point prononcé son nom. Et s'il ne le fait pas, il va plus loin et recommence avec une autre. Lorsque enfin il a reconnu à voix haute Marguerite ou Génie, il se repaît d'elle à grands coups de gueule, *houap, houap, houap.* Au bout de quoi, Génie ou Marguerite de poulette devient renarde et c'est son tour d'aller *dormir.*

Plus innocemment, ils jouaient à la *tavelle,* qui consiste à découvrir un bâton dissimulé, avec l'aide des dissimulateurs : *chaud... froid... chaud... glacé...* A *gribouillette,* tandis que joueurs et joueuses sont disposés en cercle dans une grange vide, les yeux bandés, le vainqueur précédent lance un palet de bois sur le plancher et tous cherchent à tâtons à s'en emparer. Aux osselets, à la toupie, aux gobilles, aux bagues, à la *muscaille,* au *rabutin,* au *biquillou,* au *duliamé,* au *drelin-drelin.* Jamais en panne de jeux ni d'accessoires : brins de paille, bûchettes, cailloux, crottes de chèvre, coquilles de noix, noyaux de pêche soigneusement conservés depuis la saison dernière. La neige ne leur faisait pas peur, ils en tiraient tous les bonheurs possibles. Ne fût-ce que celui de marcher dedans jusqu'à ce que, accumulée sous leurs semelles, elle eût transformé leurs sabots en échasses. On l'enfonçait dans le cou des filles, on s'envoyait des boules à la figure, on imprimait dans la neige fraîche son portrait par-devant ou par-derrière, on glissait sur la mare gelée. A force de la pétrir, de la manger, de s'en frictionner, on rentrait à la maison avec des joues si rouges qu'une allumette de chènevotte s'y fût enflammée ; et des mains gonflées comme des beignets.

Pendant ce même hiver, un mendiant allemand vint sonner à leur portail. Vêtu de hardes misérables, il paraissait avoir entre trente et quarante ans si l'on en jugeait par le poil de sa barbe rousse et la fraîcheur de ses yeux. Mais il était maigre à pouvoir embrasser une chèvre entre les cornes. Ses mains, plus que tout, effrayaient : décharnées, couvertes de croûtes purulentes. On le mena près du feu, on lui fit boire de la tisane miellée, on versa de l'huile sur ses plaies. Il jargonnait suffisamment la langue française pour se faire entendre et dit être originaire de Saxe, en terres hérétiques, s'appeler Franz, qui est la même chose en terres d'Auvergne que François, Francis ou Francillon. Poussif à ne pas croire, il s'interrompait pour tousser, pour aller jeter sur la neige des crachats sanglants. Il arrivait d'Auzat, un village sis au bord de l'Allier, où il avait travaillé quatre ans comme charbonnier.

« Dans une forêt ? Vous mettiez du bois en meule pour le faire cuire ?

— Non. Il y avait des puits... dans la terre. On descendait au fond avec une corde... On arrachait les pierres noires, on les mettait dans des paniers... Un camarade resté à la surface les remontait... Quatre ans j'ai arraché les pierres qui brûlent... Nous disons chez nous *Chtaïncôle*... Quatre ans comme ça... au fond du puits... avec ma pioche et mon panier. »

Et de tousser, et de cracher. Un jour, il se dit en son patois de Saxe : « Franz, mon ami, cette toux va te briser la poitrine. Il est urgent, si tu veux revoir ton père et ta mère, que tu quittes ce pays sans considérer le temps qu'il fait. » Voilà pourquoi il s'était mis en route au milieu de l'hiver, couchant dans les granges et les fenils, quand on voulait bien l'y recevoir. Sinon, dans les meules de paille, ou encore sous le porche des églises. Puis il repartait, traînant ses bottes crevées, semant derrière lui ses crachats rouges, souvent mordu par les chiens, hué par les loups, récoltant quelques croûtes de pain et beaucoup d'injures.

La *mouitreço* le fit coucher dans l'étable après avoir vérifié, selon l'usage, qu'il ne portait sur lui aucune sorte de briquet, et le nourrit de bonnes soupes. Mais la toux ne lui passait aucunement. Alors, on eut recours contre elle à la médication extrême. Les hommes le firent mettre tout nu et, le soutenant, le conduisirent à l'autre bout de l'étable où le fumier formait un grand monceau. Il en émanait une chaude et forte senteur. Ils découvrirent à la fourche cette meule suintante, dirent à l'homme, couche-toi là-dessus, et, quand il se fut allongé sur ce matelas de bouse et de fougère, le recouvrirent jusqu'à ce qu'il eût disparu entièrement, excepté la tête qui sortait, appuyée à une botte de paille. Il demeura six heures dans cette mouscaille dont la fermentation le pénétrait jusqu'aux moelles d'une chaleur bienfaisante. Au bout desquelles on le retira de son cataplasme, les yeux larmoyants, et complètement ivre : saoulé par les vapeurs de l'ammoniaque, chantant dans sa langue une chanson sans doute d'ivrogne, car il s'étouffait de rire. « A présent, se dirent entre eux les parsonniers à voix basse, il est guéri ou foutu. » On le lessiva de la tête aux pieds, on le rapporta dans sa caisse où l'ivresse lui passa bientôt, tandis que la langue française lui revenait.

« Mes amis, murmurait-il à chaque instant en versant des larmes, mes chers amis... »

Sa barbe rousse faisait dans l'étable obscure un flamboiement.

Il resta plusieurs jours entre la vie et la mort. Puis il se décida à passer du côté de la mort. Les crachements de sang le reprirent et, un matin, il en vomit une demi-seillée. Il s'affaiblissait de plus en plus. Le *mouitre* vint à son chevet, désolé de son impuissance. Il tint entre les siennes une main de l'étranger et dit :

« Que pourrions-nous faire pour vous, Franz, que nous n'avons pas encore fait ? Désirez-vous un médecin ?

— Non, maître, je vous remercie, mais je ne crois pas à la médecine. Je voudrais... seulement... un prêtre.

— C'est que, par ici, nous ne disposons que de prêtres catholiques. Nous savons que vous n'êtes pas de notre religion et sommes bien fâchés de ne pouvoir vous procurer un pasteur huguenot. »

Alors, le Saxon prononça ces paroles étonnantes : « Amenez-moi un prêtre catholique, je vous prie. »

On manda un jeune garçon quérir à Vollore, à défaut du curé lui-même, trop âgé, son vicaire Raymond Béringuier, qui descendit à cheval avec son porte-bon Dieu et resta seul au chevet du mourant. Ils chuchotèrent longtemps ensemble tandis que toute vie semblait suspendue chez les Bonnet-Lavest. Plusieurs hommes et femmes, rassemblés autour du feu d'en-haut, récitaient le *Miserere* en faveur de l'hérétique agonisant.

Or voici que soudain le vicaire Béringuier paraît à la porte de la salle commune, les bras ouverts et le visage rayonnant : « Mes frères ! Mes frères ! Il nous arrive un grand bonheur !

En remerciement des bons soins reçus de vous, l'Allemand-Saxon Franz désire abjurer la croyance luthérienne et se convertir à notre Sainte Religion Catholique, Apostolique et Romaine ! Venez assister à ce miracle ! »

Les communistes se levèrent avec stupéfaction. Le vicaire les emmena dans l'étable où le charbonnier achevait sa malheureuse vie. S'étant approché, le *mouitre* entendit ces faibles paroles :

« Maître... Dieu ne m'a pas accordé la grâce de pouvoir rentrer chez moi et revoir ma famille... Mais... il m'en a donné une seconde en chemin... la vôtre... qui m'a reçu comme son enfant... Que le Seigneur vous bénisse tous. »

On soutint l'échine du malade avec une botte supplémentaire et le prêtre, paré de son étole, se signa, imité par les communistes agenouillés sur la fougère humide. Invité à faire de même, pour la première fois de sa vie, l'étranger promena sa main sur sa propre personne et la marqua du sceau brûlant de la Croix. Le vicaire l'invita ensuite à répéter en français la formule de l'abjuration :

« Moi, Franz Kung, déclare devant tous et devant Dieu qui m'écoute renier à jamais l'hérésie luthérienne sous toutes ses formes et reconnaître les vérités professées par la Sainte Religion Catholique, Apostolique et Romaine ; l'efficacité de ses sacrements ; la sainteté de Marie, Mère de Dieu incarné. J'honorerai les saints, serviteurs de Dieu ; les reliques de leurs corps parce que ces corps ont été la demeure du Saint-Esprit et doivent ressusciter glorieux ; j'honorerai aussi et je prierai les anges, amis de Dieu, pour obtenir par leur intercession les grâces dont j'aurai besoin. J'implore la miséricorde infinie du Dieu Tout-Puissant de pardonner à mes longues erreurs et de bien vouloir me recevoir au sein de la Sainte Eglise Catholique, Apostolique et Romaine... »

La formule était si longue que bientôt la voix de l'agonisant devint inaudible ; mais ses lèvres remuaient conformément aux paroles, et chacun put juger de sa ferme détermination à sortir de l'erreur pour entrer dans la vérité. Au terme de la récitation, le nouveau catholique répéta de même le *Je vous salue,* le *Notre Père,* le *Je crois en Dieu* que le célébrant lui soufflait.

Les gestes devaient confirmer les mots. Afin de lui conférer le baptême catholique, signe d'alliance de Dieu et de l'eau, de la terre et du Ciel, de la créature et de son Créateur, le prêtre demanda un parrain et une marraine : le maître et la maîtresse s'offrirent. A ce moment, le Saxon leva un doigt, pour indiquer qu'il avait quelque chose à dire. Mais sa voix était si faible que Raymond Béringuier ne put distinguer le sens de ses paroles. Le *mouitre* à son tour se pencha, colla son oreille au centre de la barbe rousse.

« Il dit, fit-il en se redressant, qu'il a déjà été baptisé.

— Impossible ! dit le prêtre. Il a peut-être bien reçu l'eau baptismale, mais des mains d'un pasteur hérétique. Tout au plus pouvons-nous considérer cela comme un ondoiement, qui demande confirmation par le ministère d'un prêtre ordonné. »

Franz Kung fut donc gratifié du sacrement de purification et d'alliance ; dès lors, il devint membre de l'Eglise terrestre, soutenu par l'invisible main de son patron saint François, mendiant jadis comme lui, et comme lui consumé de fièvres. Aussitôt, il se sentit l'âme aérienne dans un corps sans poids. Le souvenir des puits au fond desquels il avait longtemps pioché les pierres noires disparut de sa mémoire, et il vit nettement penchés sur son lit les visages de Johan et d'Anna, ses père et mère. Il sourit à son tour.

Béringuier choisit cet heureux moment pour parachever son œuvre, en lui présentant le corps du Christ. Comme il semblait ne pas comprendre :

« Ouvrez la bouche ! Tendez la langue ! » chuchota-t-il d'une voix impérieuse.

Franz eut la force d'obéir. Puis, ayant accompli tout ce qui était nécessaire pour une parfaite abjuration, il mourut doucement, la sainte hostie collée au palais. Personne ne pleura autour de lui car son visage rayonnait de bonheur.

Comme avait prévu la comète, le siècle apporta des nouveautés considérables. La première, bénie par tout le monde, fut l'arrivée de la pomme de terre. Afin de ne pas la confondre par le nom avec la *poire de terre* ou *topine,* les Auvergnats lui préférèrent celui de *truffe,* parce qu'elle offrait quelque ressemblance avec le champignon souterrain de même appellation, connu dans la région seulement par les almanachs et les racontars, on disait que le roi Louis en mangeait une livre par jour, cuite sous la cendre, à cause de ses supposées vertus aphrodisiaques. A chacun sa *truffe :* au Périgord le mets précieux, rare et délicat destiné à chatouiller l'appétit des gourmands fortunés ; à l'Auvergne, au Limousin la bonne grosse *truffe* abondante, nourricière, qui remplit l'estomac des pauvres. Donnez-moi de la *truffe* auvergnate tous les jours, et je vous abandonne ma vie durant la *truffe* périgourdine.

Elle vint du Forez, qui l'avait reçue du Vivarais, apportée par on ne sait qui. Elle se propagea comme la variole. C'était alors un véritable arbuste, haut de quatre pieds, fort en tiges et lourd de feuilles. Véritable arbre à pistoles par la richesse qu'il produisait. Comme les pommes de l'air, ces pommes de terre avaient des couleurs variées : jaunes, blanches, bleues, roses, violettes. Les paysannes apprirent très vite à les accommoder. Elles découvrirent que telle ou telle convenait mieux à la friture, ou bien à la soupe, à la purée, à la salade, aux cochons. Mais même cette dernière convenait aux hommes : ils se réunirent les veillées d'hiver autour du grand chaudron de fonte noire, debout au milieu des flammes sur ses trois pieds comme celui du diable, point de convergence des regards d'abord, puis des mains. Et telle était la grande cocagne : chaque présent avait le droit d'y puiser selon son envie. Une première, une seconde, une troisième..., terreuses, fumantes, qu'il épluchait du bout de l'ongle et passait d'une main à l'autre pour moins se brûler. Même les chiens recevaient leur part qu'ils happaient en gémissant de douleur et de plaisir. Les drôles en pressaient, une fois pelées, deux l'une contre l'autre, comme on forme une boule de neige, et ils plaçaient la leur sur les braises, la tournant de temps en temps pour qu'elle reçût partout la chaleur : elle se dorait, se desséchait, devenait craquante comme un gâteau. Au terme de cette veillée qui n'était qu'une longue mangerie, le chaudron restait garni suffisamment pour que les cochons n'eussent pas à se plaindre. On ajouta la pomme de terre à la farine de blé, et l'on fit du pain mixte qui collait un peu au couteau, mais bourrait bien les estomacs. Grâce à la fausse *truffe,* le spectre de la famine fut chassé à jamais des campagnes.

La seconde nouveauté fut la Révolution. L'Auvergne accueillit avec enthousiasme les premières réformes. Ouvriers, artisans, paysans, bourgeois, prêtres fraternisaient autour des arbres de la Liberté. On en planta un superbe devant l'église de Vollore. Les curés enseignèrent au catéchisme la *Déclaration des Droits de l'Homme et du Citoyen* en même temps que l'*Evangile.* Les religieuses, le prieuré, les prêtres vollorois perdirent leurs richesses, devenues bien nationaux, mais gardèrent le cœur du populaire. On le vit bien lorsque fut votée la *Constitution civile du clergé* qui astreignait les ecclésiastiques à prêter serment, à devenir fonctionnaires, rétribués et contrôlés par l'Etat. La plupart refusèrent et choisirent la clandestinité, l'exil ou la prison. Plusieurs gagnèrent la Suisse. Quelques-uns furent pris en route et incarcérés à Riom ou à Bordeaux. L'un d'eux, qui s'était dissimulé sous un tas de foin, fut percé d'un coup de lance. D'autres vivaient dans les bois de Chignore ; sur une certaine pierre plate qui leur servait d'autel, le monde des alentours venait déposer en secret des tourtes de pain et d'autres victuailles.

Le curé insermenté d'Escoutoux, Antoine Bonnemoy, trouva refuge chez les Bonnet-Lavest qui l'habillèrent en domestique. C'était un homme de cinquante-trois ans, fort valide, quoique de mince corpulence. Le jour, il besognait aux champs ; la nuit, il célébrait la messe dans une grange, offrant des hosties pétries et cuites par les femmes de la communauté. En cas d'alerte, de visite nocturne des gendarmes, il se retirait dans le tronc creux d'un châtaignier, tandis que le *mouitre* offrait à boire et à manger aux patriotes. Il arrivait même que leur chef se laissât entraîner avec lui à une partie de piquet, pendant que ses hommes somnolaient devant la cheminée.

Les révolutionnaires de Paris allaient trop loin. La Province avait applaudi les droits de l'homme et du citoyen, les libertés, la suppression de l'esclavage, des dîmes, de la gabelle, de la taille, des privilèges. Et même la vente des biens ecclésiastiques. Mais les Parisiens voulaient maintenant tout changer : le calendrier, la pluie et le beau temps, les poids et mesures, la monnaie qui de ronde devint carrée, et surtout la religion. Le curé assermenté de Vollore, Jean Borel, assista sans protestation au pillage de sa propre église dont tous les objets d'or et d'argent, statuettes, calices, burettes, lampes, chandeliers, encensoirs, crucifix furent emportés à Thiers pour être fondus et convertis en monnaie. Il dit simplement que le sang du Christ ne se figerait pas dans un calice d'étain. Bref, il se rendit si odieux à la population que la veille de Noël 1792 il reçut deux coups de fusil, l'un à balles, l'autre à plombs, dirigés non contre sa personne, mais contre sa porte qui en fut transpercée et incrustée. Toute la montagne, d'Ambert à Thiers, était en fermentation.

On sut par les chansons que le roi avait eu la tête tranchée. A côté de l'église, un groupe de sans-culottes, mâles et femelles, dansaient sur l'air de la *Carmagnole* :

La tête à Louis, ce gros garçon,
Est dégringolée dans le son.
Ce n'était pas trop tôt !
Bonsoir, Monsieur Veto !

Et maintenant, qui allait le remplacer ? Qui gouvernerait la France à sa place ? La République ! répondaient les patriotes. Mais qui était la République ? Le gouvernement de tous ! Le gouvernement de tous, ça n'existe pas ; le gouvernement de tous, c'est le brouillamini ; car depuis le commencement des temps, il faut que tout groupe d'hommes soit mené par un seul ; sinon, l'association n'a plus qu'à se dissoudre. C'est ce qui était advenu, avant même que la Révolution n'éclatât, à de nombreuses condamines thiernoises vieilles pourtant de plusieurs siècles. Parce que les jeunes gens s'étaient mis à discuter les décisions des maîtres. Parce qu'ils n'étaient plus satisfaits de leur sort. Cela avait amené la fin de l'entente, le partage des biens communautaires ; ensuite, chaque individu s'était remis à cultiver son lopin personnel, qui bien, qui mal, qui misérablement. La France allait-elle faire de même ?

En attendant, les *mouitri,* rois élus de leurs petits royaumes, se sentaient menacés par la République des sans-culottes.

Mars était devenu pour moitié Ventôse et pour moitié Germinal. Ce qui laissait les laboureurs indifférents, toujours accrochés à leurs anciennes habitudes de langage :

En carême est de saison le saumon et le sermon.

Au temps du carême, maintenant, pour afficher leurs opinions, les patriotes se promenaient ostensiblement dans les rues de Thiers ou de Vollore un quignon de pain dans une main, une saucisse dans l'autre. Avec mars, arrivait la douceur de l'air :

En mars, qui n'a sabots aille déchaux.

Mais la queue de l'hiver était plus décisive pour les grains que la tête du printemps :

Neige en mars vaut blé en sacs.

La récolte de l'année 92 avait été excellente, les greniers auraient été pleins sans les réquisitions exercées par les commissaires du district. Aux protestations des paysans, ils répliquaient :

« Que voulez-vous : Paris a faim. Le pain y est rare et la viande introuvable.

— Les Parisiens ont faim ? Mais comment font-ils, après une si bonne année ?

— Ce sont les manigances des royalistes. »

Un soir de la mi-mars, les Bonnet-Lavest reçurent la visite d'un jeune homme dont maître Guillaume ne reconnut point d'abord le visage. Il était vêtu de fort bourgeoise façon, pantalons de casimir enfilés dans des demi-bottes, chapeau rond, manteau de laine bureau. Ayant regardé autour de lui, il chuchota :

« Je suis Gilbert Bourgade. »

Maître Guillaume connaissait bien la communauté des Bourgade à la Dardie, ayant toujours entretenu d'excellentes relations avec elle. Et il n'ignorait point l'existence du jeune Gilbert, envolé de la ruche pour se consacrer au service de Dieu.

« Gilbert Bourgade ? Je vous croyais séminariste à Thiers ?

— Je l'étais jusqu'au mois de janvier. Jusqu'au moment où j'ai appris l'assassinat du roi Louis. Du Roi-Laboureur. »

Il tira de sa manche une image de propagande en couleurs représentant un gros homme à perruque et bas de soie tenant compagnie à un paysan derrière sa charrue. Mais le gros homme se gardait bien de gouverner les mancherons et se contentait, tranquille comme Baptiste, de marcher à côté du croquant. Au-dessous, une banderole affirmait effrontément : *Le roi Louis XVI en train de labourer.*

« Voici celui, continua le séminariste, que les patriotes ont osé décapiter ! »

Le maître regarda et se tut, attendant de savoir où le prêtrerot voulait en venir. Celui-ci expliqua que la République, qui avait mis la main déjà sur beaucoup de jeunes gens de la commune, avait besoin de nouvelles recrues. Le tirage au sort aurait lieu le

18 mars, dans un chapeau où figureraient les noms de tous les hommes recensés d'après les registres de baptême.

« Je sais que vous avez un garçon recensé, Annet Bonnet-Lavest. Entendez-vous le laisser partir ?

— Si c'est la loi...

— La loi des assassins ! »

La discussion fut longue entre les deux hommes, auxquels se joignirent plus tard le jeune Annet lui-même et son père Jean-Baptiste. Ce dernier déclara farouchement qu'il n'y avait plus de roi, que la République était maudite de Dieu et que lui-même couperait le cou le 18 mars au premier qui mettrait la main dans le chapeau. Au bout de quoi, les deux jeunes gens s'armèrent d'un vieux fusil de chasse, d'une faux montée en pointe sur son manche et disparurent dans la nuit.

Les jours suivants, ils battirent les hameaux et les métairies jusqu'à Augerolles, jusqu'à Tours, jusqu'à Olmet et dans toutes les paroisses circonvoisines. Ils ne se cachaient plus, brandissaient des fourches, de vieilles hallebardes, quelques-uns parés de cocardes blanches, criant Dieu et le Roi, à l'enfer les sans-culottes et les couillons de commissaires. Les aubergistes leur offraient à boire, des femmes leur apportaient du pain. Au village des Grimardies, un ci-devant gentilhomme, le chevalier Alexis Bertrand de Provenchères, les munit de ce qu'il possède en pistolets, sabres et épées, puis se joint à eux. Ils gagnent aussi un autre noble, Jacques-Christophe Micolon de Guérines. Mais il s'agit de noblesses minuscules, venues de l'écritoire, et sans tradition militaire. Ainsi encadrés de séminaristes et d'avocats, armés de fourches et de pétoires, la troupe des révoltés semble bonne pour un charivari plutôt qu'une contre-révolution. Le 17, le jeune Moron, dit Laviolette, du village de Chassonnerie, sonne le tocsin et lui gagne d'autres participants, hommes ou femmes. Le 18 au matin, ils sont plusieurs centaines à marcher sur Vollore.

Le district de Thiers, prévenu de ces rassemblements et de ces cris, a envoyé trois cents gardes nationaux qui forment, ce dimanche sans messe, dans l'église du ci-devant Saint-Maurice deux haies de protection ; derrière eux, se masse le populaire. Le reste de la troupe garde les issues ou stationne sur la place avec une pièce de canon chargé à mitraille. Parmi la foule, Jean-Baptiste Bonnet-Lavest, père du jeune Annet, serre son couteau dans sa poche, prêt à couper le cou comme il l'a promis au premier qui mettra la main dans le chapeau. Autour d'une table, assis ou debout, le maire, les officiers municipaux, les commissaires du district, le procureur, le secrétaire-greffier communal. Et c'est pour le bas peuple un spectacle fort choquant que ces hommes coiffés du bicorne dans la maison du Seigneur.

Roulement de tambour. Un commissaire prend la parole : « Le décret du 1er Ventôse an II de la Convention ordonne une levée nationale de 300 000 hommes, sur laquelle un contingent de 28 recrues est fixé pour la commune de Vollore-Ville. Y a-t-il pour cette participation patriotique des volontaires présents ou représentés ? »

Aucun doigt ne se lève.

« Nous allons donc procéder au tirage. »

On apporte un chapeau à coiffe profonde, rempli de centaines de billets écrits aux noms des recensés. Jean-Baptiste se sent prêt au martyre pour son Dieu, pour son roi, pour son fils. Il ouvre la lame de son couteau et le tient dissimulé dans sa manche. A ce moment, le commissaire pousse devant lui un drôlet d'une dizaine d'années : c'est lui qui, le premier, mettra la main dans le chapeau et tirera les bulletins noirs. Jean-Baptiste, désarmé, laisse glisser le couteau et referme sa lame.

L'opération dure des heures, dans la lumière violette, rouge et bleue qui tombe des vitraux. Des gardes nationaux ont allumé leurs pipes et, de temps en temps, jettent par terre, sur la tombe des anciens prêtres, une giclée de salive qu'ils écrasent du pied. A chaque nom tiré, l'élu s'avance s'il est présent, est dirigé vers le chœur entouré de soldats. S'il est absent, il lui est enjoint de se présenter dans les vingt-quatre heures à la maison commune, sous peine de représailles contre sa famille.

Tout à coup, des vociférations éclatent au-dehors. Un commandant de la garde entre en courant :

« Un groupe de brigands, explique-t-il essoufflé, approche de Vollore par la route de Courpière. Ils sont armés de fusils et de divers instruments. Nous allons les recevoir comme il faut. »

Il repart de même. Le tambour sonne la générale, des coups de feu crépitent. Les bade-bec sans-culottes s'élancent, baïonnette en avant, à la rencontre des misérables culs-terreux. Un officier leur crie :

« Dispersez-vous, ennemis de la République ! »

Un des révoltés le met en joue et tire. Mais sa pétoire ne pète pas. L'instant d'après, c'est lui qui est couché par terre, une balle de plomb dans la poitrine. Les autres ont soudainement conscience que leurs armes sont maudites et que Dieu les renie. Les baïonnettes républicaines les lardent, les coups de feu les étourdissent, la panique les prend au ventre, ils s'enfuient parmi les genêts en courant comme des perdus qu'ils sont, excepté une demi-douzaine qui reste aux mains des bade-bec. Les jours suivants, après interrogatoire des prisonniers, soixante-dix-sept autres seront arrêtés.

Tous furent jugés à Thiers par un tribunal venu de Clermont, qu'inspirait l'abbé jureur Monestier, ci-devant curé de Saint-Pierre, puis député à la Convention et représentant du peuple en mission dans le Puy-de-Dôme et la Creuse. Chanoine repenti qui reprochait aux Auvergnates de porter des croix au cou, symboles du fanatisme, et les menaçait de graves châtiments. Contre les insoumis pris les armes à la main, les juges clermontois prononcèrent quatorze condamnations à mort dont neuf par contumace, huit peines de prison, cinquante-neuf acquittements. Trois rebelles seulement furent en fait exécutés, dès le lendemain : Gilbert Bourgade, Augustin Désormières et Jean Gouttegatta. L'échaufaud fut dressé devant le nouvel hôtel de ville. La fameuse *louisette* (ainsi nommée parce que le chirurgien Antoine Louis la recommandait bien avant le Dr Guillotin) parut un peu riquiqui aux Thiernois qui s'en faisait une idée plus grandiose :

« *Co i ma co-tch !* Ce n'est donc que ça ! »

Néanmoins, elle suffit à son rôle et l'on devait longtemps l'évoquer dans les chaumières avec horreur. Raconter que le sang des victimes ruissela à gros bouillons sur le pavé en pente jusqu'au fond de la rue des Barres, atteignit la Durolle dont les eaux coulèrent rouge pendant trois jours. Ainsi s'acheva la pauvre chouannerie volloroise.

Le jeune Annet Bonnet-Lavest figurait parmi les contumax. Il vécut deux ans caché dans les fenils et les troncs de châtaignier. Quant au ci-devant chanoine Monestier, de retour dans la capitale, il écrivit aux Thiernois une lettre-sermon pour les remercier de leur accueil. *S'il nous reste quelques regrets,* concluait-il, *c'est d'avoir été obligé, pour rétablir la tranquillité publique dans quelques cantons, de vous rendre témoins d'un spectacle qui contriste toujours la douce humanité, quoiqu'il soit impérieusement commandé par la sévère justice.*

Cette Révolution amena un peu de bien et beaucoup d'autres malheurs, causant sur la terre de Vollore, outre le décès des trois guillotinés, la mort de plusieurs hommes sur les champs de bataille. Le clocher d'Escoutoux ne courait aucun danger, puisqu'il n'existait pas ; mais celui de Saint-Maurice fut abattu, les cloches brisées, les cordes expédiées à Maringues pour récupération. Avant de les envoyer, on prit la peine de les peser, on en trouva 57 livres. Mais il en manquait la moitié en arrivant au port. Le reste s'était perdu en cours de route, découpé par des mains pieuses, distribué, transformé en reliques. Les Bonnet-Lavest, qui avaient participé à la chouannerie, en furent gratifiés d'un petit morceau qu'ils conservèrent toujours parmi leurs objets de piété.

X

Ruinée une fois encore par les débuts de la Révolution, quand manquaient les matières premières, chiffons, acier, charbon, ivoire, bois d'ébène, quand toute exportation était interdite par l'état de guerre, l'industrie thiernoise retrouva sa prospérité sous le Consulat et sous l'Empire. Elle dut cette renaissance à l'activité, à l'ingéniosité de ses artisans, aux salaires minimes dont ils se contentaient. En 1802, l'ex-ministre anglais de la Trésorerie, Charles Fox, fit une visite à l'exposition parisienne de l'industrie française, conduit par le chimiste Chaptal, alors ministre de l'Intérieur. Ils s'arrêtèrent devant un étalage de modestes couteaux de Thiers à manches de buis dont le prix était indiqué à sept sous la douzaine.

« Voilà, dit M. Fox, ce qui est le plus dangereux pour nous. »

Avec la chute de Napoléon, l'univers sembla pris d'une fringale de couteaux, de ciseaux, de rasoirs. Les colporteurs les distribuaient dans la France entière, la plupart des pays connus et quelques-uns inconnus sur les côtes d'Afrique ou d'Amérique. Ils tenaient boutique de coutellerie et quincaille aussi bien dans l'Etat de Bernique que sur l'île de Golo-Golo où les indigènes se nourrissent exclusivement de bananes qu'ils pelaient avec les ongles : les négociants bade-bec les convainquirent d'employer un canif. L'astuce thiernoise fit des merveilles : elle proposa des couteaux de poche à une, à dix ou à cent pièces ; des couteaux de table à lame ronde, inutilisables pour se curer les dents ; des ciseaux de brodeuse, de tailleur, de perruquier, de papetier, de chirurgien, de censeur, de moucheur de chandelles ; des rasoirs à deux manches pour frères siamois et sans manche du tout à l'usage des manchots ; un fabricant de

Saint-Rémy fit fortune en vendant aux hommes de Cuba cent mille guillotines miniature à épointer les cigares.

La gourmandise en même temps que la prospérité revinrent dans la ville coutelière : en un temps où le peuple ignorait presque la viande rouge, Thiers compta trente-deux boucheries. Auprès desquelles tenaient commerce une dizaine de tonneliers, quarante cabaretiers, une trentaine de débitants de vins et liqueurs à emporter, et un seul marchand de chapelets. Encore ce dernier devait-il pour vivre monter des couteaux dans son arrière-boutique.

A son exemple, des milliers de familles dans les campagnes environnantes ajoutaient la coutellerie à leur activité principale. Elles étaient trois chez les Bonnet-Lavest, ce qui devait causer de bien gros soucis au *mouitre* de l'époque, maître François. Il fut un jour abordé par son neveu Emile, gendre de la maîtresse, âgé de vingt-six ans, garçon de vive intelligence et de beau langage, qui lisait dans n'importe quel livre aussi facilement qu'il mangeait sa soupe.

« Mon oncle, combien avez-vous vendu les bœufs à la foire de Courpière ?

— Douze cents francs la paire.

— Et combien de cartons de blé avez-vous vendus ?

— Soixante et dix.

— A combien le carton ?

— Pourquoi me poses-tu ces questions ?

— C'est, mon oncle, parce que la jeunesse d'à présent est devenue curieuse.

— Et en quoi mes réponses t'avancent-elles, puisque tout cet argent entre dans le trésor de notre communauté ? N'as-tu plus confiance en son maître ?

— La confiance, je l'ai. Ce qui me manque, c'est la monnaie. Vous en abandonnez à ceux qui clavettent des couteaux ; mais nous autres, nous avons la bourse plate.

— C'est qu'ils travaillent plus que vous. Ai-je jamais cependant refusé de te satisfaire, toi et les tiens, sitôt que tu me le demandes, dans toutes vos nécessités ?

— Ce qui m'ennuie, précisément, c'est d'avoir à demander. Ne pourriez-vous accorder sans demande une petite somme à chaque famille, régulièrement ? Les célibataires oseraient sans honte participer aux reinages, boire un coup au cabaret, jouer aux quilles, acheter du tabac. Les personnes mariées feraient emplette de petites choses pas bien utiles : des mouchoirs, des rubans, un peigne, des épingles. Au lieu qu'il nous faut toujours demander et demander, et faire selon ce qui vous passe par la tête. Et comme qui dirait mendier ce que nous gagnons avec notre travail. »

L'oncle comprit que son neveu ne parlait pas pour lui seul, mais pour le compte de plusieurs autres. Ils s'entretinrent longuement en secret. « Pourquoi, demandait le *mouitre,* acheter des choses inutiles, puisqu'elles sont inutiles ? — Ce qui est inutile à l'un peut être indispensable à l'autre, car chacun n'a pas besoin des mêmes choses. — Tout le monde a besoin des mêmes choses, le manger, le boire, l'habillement, la chaleur... — Oh ! que non ! Moi, j'aime bien fumer ma pipe, quand je peux, et ma femme ne s'en soucie point. — Et combien serait cette somme que tu demandes ? — Tant pour un célibataire et tant pour un ménage. — C'est beaucoup ! — Disons tant, si vous voulez. — C'est encore trop ! — Alors, disons tant : mon dernier prix. »

Ils s'accordèrent là-dessus. Dès lors, chaque samedi, il y eut distribution de pécunes dans la salle communautaire. Petite somme pour petits plaisirs. Ce fut la seule, la vraie révolution chez les Bons Dieux, puisque la Grande de 89 n'y avait rien changé. Depuis des siècles, ces hommes et ces femmes vivaient sans argent. Du moins, sans le toucher de leurs doigts, sans le tenir bien au chaud dans leur bougette. Et par la même occasion, ils ou elles vivaient sans bagues, sans boucles d'oreilles, sans colliers, sans ces beaux pendentifs formés d'une colombe tenant dans son bec une perle que les orfèvres appelaient des *saint-esprit.*

« Le Saint-Esprit, disaient farouchement les maîtresses, nous ne le portons pas à notre cou, mais dans nos cœurs. »

Pendant des siècles, hommes et femmes communistes avaient vécu sans autres affiquets que ceux qu'ils ou elles pouvaient confectionner de leurs mains : coiffes à ruches tuyautées, devantiers de dentelle, gilets brodés de soie, sabots fins gravés de fleurettes ; tout au plus achetaient-ils les fils et les étoffes nécessaires. La seule coquetterie des hommes était, le dimanche, de s'en aller à la messe après s'être couvert la façade d'un beau tablier blanc, on eût dit des apothicaires. Or voici que chacun se mit à désirer davantage : les messieurs des guêtres à boutons de nacre et des redingotes à fronces ; les dames des châles espagnols, des jupons rouges qu'on découvrait en retroussant un peu la robe, des corsets qui remontaient et gonflaient la poitrine, des chapeaux de paille de riz. Le chapelier du Pirou, à Thiers, en exposait de deux sortes : un petit rond pour l'hiver avec ruban de velours, et un immense, appelé *armille,* à coiffe rentrante, qu'on pouvait se poser l'été sur la tête pour se parer du soleil, ou bien tenir, pour faire beau, accroché à la ceinture où il devenait tout plat et pareil à un bouclier. Aucune femme bade-bec ces années-là ne sortait sans son armille, bien que ce fût un embarras plus qu'autre chose.

Naturellement, toutes ces babioles, on ne les aurait pas, mais du moins on en rêvait. L'allocation du samedi n'y suffisait point. Certaines familles la laissaient accumuler ; et, au bout de six ou sept semaines, elles arrivaient à un joli pécule qui permettait d'acheter une paire de bottines ou un chapeau bicorne. Les autres, celles qui avaient bu ou mangé l'allocation au fur et à mesure, faisaient semblant de se moquer :

« Ça te va… ça te va comme un jupon à une chèvre ! »

Pendant ce temps, le *mouitre* et la *mouitreço* prêchaient les mérites de l'ancienne austérité, rarement entendus maintenant que les oreilles étaient remplies du bruit des pistoles. Et c'est ainsi que s'explique l'affaire du tonneau qui se produisit quelques années plus tard et eut de si graves conséquences.

C'était à la fin de l'hiver. Désirant vérifier, en vue des prochaines vendanges, l'état de certains tonneaux vides entreposés dans une grange, maître François pousse la porte un matin. Et la première chose qu'il voit, sortant d'un de ces tonneaux sans tête et debout sur son cul : une paire de jambes. A la lumière qu'il fait en entrant, les jambes s'agitent, et qu'est-ce qui sort du tonneau ? Rien d'autre que le jeune Francillon, son second neveu et filleul, âgé de vingt ans, la crête plus rouge qu'un dindon soit à cause de la position penchée qu'il venait de quitter, soit à cause de la surprise. A la question du *mouitre,* qu'est-ce que tu fabriques dans ce tonneau, il répond en bafouillant et cherche à s'envoler. Mais François le retient par l'aile, il faudra bien que tu t'expliques. Sans le lâcher, il se penche à son tour, promène une main sur les fonçailles, trouve quelque chose : un boursicot de cuir qu'il ramène au jour. Il l'ouvre : il contient sept écus de cinq francs et de menues pièces blanches.

« Je suis ton parrain, Francillon. Faut que tu me dises d'où vient cet argent. Est-ce que tu l'as volé ? »

Et l'autre soudain furieux, ce qui le rend presque bleu : « Pas volé ! Pas volé ! Gagné !

— Gagné comment ?

— En clavetant les couteaux de chez nous. J'ai fait ma part de travail, j'avais droit à ma part de salaire.

— Est-ce que ton père est au courant ?

— Il l'est. C'est pourquoi je ne l'ai pas volé.

— C'est notre entente qui l'a été, volée. Elle qui t'a nourri, élevé, habillé, soigné quand tu étais malade. Tu as un pied bot. Qu'aurais-tu fait sans notre entente ?

— Pour me soigner, j'avais mon père et ma mère. Et l'on peut très bien travailler avec un pied bot, même si l'on court moins vite. La preuve ! Je pouvais donc me passer de l'entente. Et pour tout vous dire, je veux que vous sachiez une chose : mes enfants, si j'en ai un jour, ne seront pas élevés comme moi. Les petits d'homme ne sont pas des petits de brebis, qui tètent n'importe quelle mamelle.

— Tu veux changer nos habitudes ?

— Non point. Je veux me séparer de vous.

— Nous quitter ?

— Vous quitter. Parce qu'ici je me sens comme qui dirait dans des culottes trop étroites, qui m'empêchent de grandir. J'irai chez les autres.

— Ah ! chez les autres ! Les culottes sont larges, chez les autres ! Et y en a grand de domaine ! Ainsi, tu iras domestique ?

— S'il le faut. Parce que je serai plus libre, domestique là-bas, que maître aux Bonnets. Mais quel maître ! Ici, le seul maître, c'est vous !

— Tu es déjà décidé ?

— Depuis longtemps. J'attendais seulement une occasion de le dire. Voilà qui est fait.

— Nous en reparlerons la semaine prochaine. Reprends ton boursicot. La communauté te le donne. »

Il lui imposa ce délai. Mais l'autre ne changea point d'avis et rien ni personne ne put le remuer, ni les supplications de Jeannette, sa mère, ni les bégaiements de son père Aristide, qui souffrait d'une difficulté de langage et ne disait guère autre chose dans une conversation que « Eh bè ! Eh bè ! Eh bè ! »

« Te rends-tu compte, reprit le *mouitre,* de ce que tu vas perdre ? L'amitié de nous tous, l'assurance de vivre ici tous tes jours dans la tranquillité, sans craindre ni la faim, ni le froid, ni le chômage, ni la maladie, ni l'accident.

— Ecoutez, dit Francillon. Je peux renoncer à la séparation si vous me permettez une chose. Qu'avec cet argent que j'ai gagné de mon temps et de mes mains, vous m'autorisiez à acheter une vache.

— Une vache ? Que tu mêleras aux nôtres ? Qui broutera la même herbe ? Qui fera les mêmes besognes ? Une vache étrangère ?

— Oh ! Elle n'en saura rien, qu'elle est étrangère ! Je ne le lui dirai pas !

— Et après la vache, tu en voudras sans doute une seconde ? Ensuite, tu achèteras un pré, un bout de champ, et nous formerons deux domaines emmanchés l'un dans l'autre ? Où sera dans tout ça notre entente et notre fraternité ? Ecoute. Il y a bien longtemps, peut-être mille ans, qu'un homme nommé Joanis, père d'une nombreuse famille, conseilla à ses enfants de ne point se séparer afin de ne pas avoir à partager leurs biens. Ils seraient plus forts, plus riches si, au lieu de prendre l'un un seul brin d'herbe, l'autre un seul fagot, ils mangeaient ensemble leurs herbes et brûlaient ensemble leurs fagots. Ils firent promesse, pour eux et leurs descendants, de respecter cette alliance. Le père étant mort, ils élirent pour le remplacer leur frère aîné et lui obéirent. Leurs enfants et les enfants de leurs enfants suivirent cet exemple, réunissant leurs bras pour se défendre et travailler, leurs herbes dans le même grenier, leurs gerbes dans la même grange, leur bois dans le même bûcher. De cette façon ils ont vécu peut-être mille ans, toujours fort hospitaliers, et sont allés en Paradis.

— Mais je sais, répéta Francillon sans s'émouvoir, ce que j'y gagnerai : ma liberté...

— ... et des culottes larges.

— Dites les choses comme il vous plaira.

— C'est bon. Tu recevras ton apanage. Ensuite tu pourras partir. Et il en sera de toi, chez les Bonnet-Lavest, comme de notre chien fou. Une bête qui auparavant était d'une grande douceur et nous rendait les meilleurs services. Si bien que chacun l'aimait de tout son cœur. Un jour, elle est devenue enragée, le poil hérissé, l'écume à la gueule. Je l'ai attachée aux rayons d'une roue et j'ai appelé un domestique, pour lui dire : " J'ai trop de chagrin et je m'éloigne. Pendant mon absence, tu lui tireras deux coups de fusil et tu l'enfouiras profondément. " C'est ce qui a été fait. En revenant, j'ai recommandé à tous : " Que personne plus jamais ne parle de notre chien fou. Mais que chacun, s'il le veut, y pense. " Voilà. Tu seras, Francillon, notre chien fou. »

On crut un moment que l'autre allait pleurer. Mais il se raidit, se racla la gorge :

« Je vous remercie, parrain, de vos avertissements et de ce que vous faites pour me retenir. Mais il faut que je m'en aille.

— Iras-tu jusqu'au bout du monde ?

— Peut-être. »

Quelques jours plus tard, le jeune laboureur reçut une bourse pleine d'or et d'argent qui représentait, selon les calculs du *mouitre,* sa part du domaine jusque-là aussi indivis pour eux que le ciel qu'ils avaient sur la tête ; puis il s'en fut au milieu des larmes et de la colère. Maître François l'accompagna vers le portail. Quand Francillon fut exactement sous l'arc porteur de la croix, le maître l'interpella d'une voix forte :

« Veux-tu vraiment, mon filleul, nous quitter ?

— Ça ne me serait pas arrivé si vous m'aviez permis de tenir une vache.

— Je répète ma question : veux-tu nous quitter ?

— Oui, je le veux.

— Le veux-tu vraiment ? demanda le maître une troisième fois.

— Je le veux vraiment.

— Passe donc ce portail. Mais plus jamais tu ne le passeras en sens inverse, sauf comme un étranger. »

On entendait derrière eux les cris déchirants des femmes, les pleurs des enfants, les malédictions des hommes. Francillon s'en alla boitillant de son pied bot, son bagage sur l'épaule. Il descendit l'étroit chemin qui rejoignait la route de Courpière et disparut au-delà des coudriers. Maître François s'en revint la tête basse. Plus jamais le mal inspiré ne repassa en effet le portail de la fraternité, ni comme étranger ni comme parent.

Du moins, ses père et mère reçurent-ils des nouvelles de lui. D'abord, trois mois plus tard, par une lettre venue de Bordeaux, qui leur coûta trente-deux sous à verser entre les mains du piéton avant remise. Elle disait qu'il avait l'intention de s'engager dans un équipage afin de gagner les Amériques. *Je vous recommande de ne pas porter peine pour moi. Si je suis parti des Bonnets, c'est que j'ai bien voulu. Un jour, je reviendrai avec une besace remplie de louis d'or et je vous nourrirai, chère maman, comme vous m'avez nourri, sans que vous ayez besoin de vous tuer de besogne comme vous faites à présent. Nous irons nous asseoir sous le tilleul du coudert et vous me chanterez comme autrefois* Le roi là-haut est sur son trône...

En écoutant ces lignes déchiffrées à voix haute par son frère, maître François, qui était le plus fort en lecture de toute la communauté, la pauvre Jeannette pleurait toutes les larmes de son corps.

Un semestre plus tard, le piéton qui venait de Thiers, sa musette dans l'échine et son encrier dans le chapeau, leur fit payer la somme exorbitante de trois francs et dix sous pour leur remettre un pli cacheté à la cire rouge. Il contenait une dizaine de lignes, ce qui les mettait à sept sous chacune. *Chers parents,* disait-elle, *je suis dans une République qui s'appelle Haïti, remplie de moustiques. Mais je m'y habitue, je dors la nuit sous une étamine qui me protège. J'ai trouvé un travail dans une plantation, c'est-à-dire un domaine, où je m'occupe spécialement des vaches et des veaux qui sont, vous le savez, ma partie. On me nourrit bien et l'on me respecte. Ne portez pas peine pour Francillon qui ne vous oublie pas. Je vous donnerai plus tard mon adresse...*

Sans doute ne souhaitait-il pas une réponse immédiate.

Ensuite, plus rien pendant six ans. Tout le monde le crut mort. Seule Jeannette disait, non, non, il vit toujours, je le sens dans mon cœur, même si sa République est remplie de moustiques, les moustiques ça fait des cloques, ça ne fait pas mourir, je suis certaine qu'il va bientôt nous écrire, nous donner son adresse, et moi je lui dirai de revenir pour que je le voie une fois encore avant de fermer les yeux. Et les choses se passèrent un peu de cette façon. Un pli arriva la septième année de son absence, disant : *Mes chers parents, j'ai été empêché de vous écrire ces dernières années à cause de toutes les affaires dont je suis accablé. Sachez en effet que je me suis marié avec la fille d'un planteur qui m'a donné trois beaux enfants, un garçon et deux filles, à qui j'ai donné les prénoms d'Aristide, de Jeannette et d'Eugénie en souvenir de vous. Nous cultivons la canne à sucre et avons beaucoup de valets et serviteurs, mais il faut avoir sans cesse l'œil sur eux car le Haïtien a deux grands défauts : la paresse et l'ivrognerie. Donnez-moi de vos nouvelles, à l'adresse qui suit...*

Ce fut une grande joie pour Jeannette et Aristide d'apprendre de si belles choses de leur fils. Voici donc qu'ils avaient à présent des petits-enfants inconnus ! Et lui se fortifiait de monde, là-bas, avec tous ces Haïtiens à son service ! Son pied bot ne lui avait porté aucun tort, puisqu'il avait parcouru un si magnifique chemin. La canne à sucre devait rapporter gros et sa famille avait sûrement les moyens de venir en France embrasser les vieux parents des Bonnets. On mit tout cela dans une belle missive écrite par le curé d'Escoutoux. Car maître François, qui lisait bien la lettre imprimée, pratiquait peu la lettre manuscrite et craignait de mal orthographier. Il ne restait plus qu'à attendre la réponse à leur appel.

Quelques jours après, se trouvant à Vollore un dimanche matin, Jeannette entra chez la mère Jolivet qui tenait négoce de sel, épices et mercerie place du Commerce, avec l'intention d'acheter une bobine de fil et des aiguilles. Or voici qu'elle remarqua un splendide pain de sucre dressé sur un plateau, tout enrubanné. L'épicière le proposait à ses clientes et en faisait l'éloge :

« C'est du sucre de canne, ma chère, le meilleur qui soit. Il arrive de nos colonies. En voulez-vous un peu ? »

Les femmes en demandaient timidement le prix, trouvaient que c'était bien cher et s'excusaicnt avec ce prétexte, vous n'allez pas le casser pour moi !

« Allons donc ! fit la Jolivette. Il est là pour être cassé ! »

Là-dessus, elle saisit un marteau et du premier coup décapite le pain. Aux mots de « sucre de canne », Jeannette Bonnet-Lavest sentit battre son cœur. Elle se le fit confirmer :

« C'est du sucre de canne, vraiment ?

— Comme je vous le dis, ma chère.

— Donnez-m'en une demi-livre. »

Elle emporta les précieux morceaux, roulés dans un cornet de papier bis, avec tant d'émotion qu'elle en oublia son fil et ses aiguilles. Une fois rentrée aux Bonnets, elle les plaça au milieu de la grande table de chêne où tous les Bons Dieux venaient prendre leurs repas, expliquant qu'il s'agissait de sucre de canne, pareil à celui que son fils Francillon produisait dans la République des moustiques. Et quand ils eurent été bien contemplés, admirés, reniflés, chacun eut droit à sa parcelle qu'il se posa sur la langue en un geste eucharistique.

Le soir de ce même dimanche, la *mouitreço* voulut demander une prière pour que leur parent Francillon revînt un jour voir sa famille auvergnate. Mais le *mouitre* précisa :

« Francillon nous a trahis et abandonnés. Je ne suis pas d'avis de faire cette prière. »

Alors, Jeannette se leva, toute furieuse, pour interpeller son frère :

« Tu veux interdire à ton filleul de revenir embrasser ses parents ?

— Je n'interdis rien du tout. Mais personnellement, je ne prierai pas dans ce sens. Je garderai mes prières pour de meilleures occasions.

— Tu as pourtant accepté un morceau de sucre, comme les autres !

— Le sucre vient pour moi de Vollore, pas de la République des moustiques. »

A court d'arguments, Jeannette fondit en larmes. Les autres femmes essayèrent de la consoler sans y parvenir. « Eh bè ! Eh bè ! Eh bè ! » faisait son mari Aristide. Elle finit par se retirer en claquant la porte, laissant toute la compagnie murmurante et embarrassée. Comme il risquait de naître là-dessus des disputes, les uns soutenant le maître, et d'autres sa sœur :

« Allons nous coucher, dit François. Chacun ce soir récitera sa prière dans son lit. »

Il resta seul avec Eugénie, sa femme.

« Etes-vous content de vous ? demanda-t-elle en dénouant ses cheveux.

— Content de moi ?... Je ne sais ce que vous voulez dire. J'ai fait et dit les choses qui m'ont paru nécessaires.

— Etait-il nécessaire de désespérer votre pauvre sœur ?

— Je dois défendre notre communauté. Ce petit Francillon a pour nous été un grand Judas. Il ne faut pas que les autres l'oublient. Ceux qui seraient tentés de faire de même.

— Pouvez-vous interdire à une mère de demander à Dieu le retour de son fils ?

— Qu'elle le demande donc. Mais qu'elle ne compte pas sur mes prières.

— Votre filleul, tout de même !

— Filleul ou pas. »

Eugénie avait mis sa coiffe, noué les brides sous son menton, ses longs cheveux gris lui couvraient à présent l'échine ; mais elle ne se déshabillait pas encore et demeurait assise sur le marche-banc.

« Ecoutez, François. Nous ne pouvons pas nous coucher comme si rien ne s'était passé. Aurez-vous le courage de dormir ?... Moi, pas. Il vous faut d'abord faire une chose : aller demander pardon à votre pauvre sœur. Personne ne le saura, sauf elle, Aristide et nous. Ensuite, nous dormirons tranquilles.

— Croyez-vous ?

— J'en suis sûre. »

Il sortit. La lune brillait sur les maisons sans lumière. On entendait le ruminement des vaches, le grognement des cochons. A son passage, les chiens reniflaient sous les portes, mais se taisaient, reconnaissant son odeur. Quand il fut devant le domicile d'Aristide et de Jeannette, il distingua le gémissement de sa pauvre sœur qui n'arrivait pas à digérer sa peine. Il cogna au battant. Le gémissement se tut, la maison se fit attentive. Il cogna encore :

« Qui... qui... qui... qui c'est ? fit Aristide.

— Moi, François, votre beau-frère.

— Què... què... què...

— Qu'est-ce que tu veux ? dit sa femme, le relayant.

— Te demander pardon.

— Quoi ?

— Ouvre-moi une minute, s'il te plaît. »

Il y eut à l'intérieur une hésitation, puis la porte s'entrebâilla, Jeannette parut en camisole, aux yeux de la lune qui les éclairait et de l'homme qu'on y voit porter un fagot, si on la regarde bien.

« Je te demande pardon, répéta le maître, pour ce que je t'ai dit. »

Ils s'embrassèrent. Elle avait encore les joues salées.

Aristide mourut huit ans plus tard, et sa femme le suivit de près, sans qu'ils eussent reçu d'autres nouvelles de leur fils. Mais ils pensèrent que des missives s'étaient perdues et ne cessèrent d'accuser la poste qui, certainement, a beaucoup à faire et doit fonctionner très mal entre les Bonnets et la République des moustiques.

La Révolution venue de Paris en passant par Thiers et par Vollore avait donné beaucoup d'idées au monde, les jeunes acceptaient mal dans les condamines de travailler toute leur vie sans rien posséder qui leur fût propre, ce qui était le principe même des communautés ; en demeurant aux ordres d'un maître et d'une maîtresse qui réglaient toutes choses ; en acceptant sans examen le mari ou la femme qui leur était attribué. Somme toute, affirmaient-ils, il n'y a pas grande différence entre notre condition et celle de nos vaches, de nos chèvres, de nos moutons. Sauf que, pour les animaux, on s'efforce de renouveler l'espèce en allant chercher ailleurs le bouc, le taureau, le bélier.

Ces idées pernicieuses, les hommes les trouvaient également hors de l'Auvergne, car les guerres avaient besoin d'eux et les entraînaient, de gré ou de force, bien loin de Vollore. Ils avaient vu dans les Flandres, la Picardie, l'Alsace, les fermiers à grosses bottes jouir, contre une faible redevance, de terres profondes, bonnes pour le blé, la betterave, le houblon ; leurs grandes armoires remplies de linge parfumé ; leurs cours pleines d'oies et de dindes grasses à crever. S'ils en revenaient, après plusieurs années de vie militaire, où l'on peut sans doute participer au risque de sa vie à des actions glorieuses, mais où l'on ne mène aucune de ces besognes modestes et assidues qui sont le lot des campagnes, sauf astiquer ses armes et ses boutons, après de si longs loisirs, ils n'avaient guère d'appétit pour l'araire ni la charrue. Ils considéraient avec mépris le fonctionnement des vieilles fraternités auvergnates, disant, chacun pour soi et le bon Dieu pour tous ; l'individu, l'individualisme, la république pour chaque famille, y a que ça de vrai.

Bref : après la mort de l'empereur Napoléon et le retour des rois, de nombreuses communautés de l'arrondissement de Thiers choisirent de se dissoudre. C'est ainsi qu'on vit disparaître en quelques dizaines d'années les Tarenteix et les Anglade à Tarenteix ; les Gardelle-Lamouroux à Billetoux ; les Bourdel-Thuel-Chassaigne à Lobarige ; les Baruptel à Baruptel ; les Guesle à Paslières ; les Beaujeu à Martignat ; les Chapet à Londie ; les Courty à Courty ; les Quittard à Pinon, qui se vantaient d'être associés depuis Charlemagne ; les Martin à Pont-de-Dore ; les Dunaud à Vollore ; les Brasset à Noalhat ; les Chastel à Louchamps. Une véritable débâcle. Quelquefois, les membres désunis continuaient de voisiner dans leurs anciennes maisons modifiées, agrandies, complétées de cheminées et d'étables, chacun labourant son lopin, élevant ses enfants à sa manière, mettant dans sa soupe des choux ou des raves selon ce qui lui convenait. D'autres se dispersaient, emportant sur des charrettes leur part d'héritage, meubles, cochons, lapins, foin, paille, et allaient s'établir métayers où ils trouvaient. Des jeunes partaient aussi pour les Amériques où l'on ramasse de l'or à la pelle. Ou seulement pour Paris qui avait grand besoin de ramoneurs, de décrotteurs, de porteurs d'eau auvergnats. Selon leur situation de famille, leur jeunesse, leur ambition.

Mais quelques-uns tenaient dur encore, accrochés à leurs anciens principes, sûrs de suivre la bonne route, mangeant ensemble leurs herbes et brûlant ensemble leurs fagots comme par le passé, vivant au même pot et au même feu ; les Ferrier aux Ferriers ; les Dozolme-Chevalérias à la Chabanne ; les Pion chez Pion ; les Thuel à Sainte-Agathe ; les Ducognet au Cognet ; les Bonnet-Lavest aux Bonnets.

Les rois, les républiques, les empires leur prenaient du monde. Douze chez les Bons Dieux depuis la chouannerie de 1793, dont dix leur furent rendus après usage. L'un des manquants, Maurice Bonnet-Lavest, fut tué à Rome en combattant les républicains qui avaient chassé le Pape ; il convenait à un Bon Dieu de mourir pour le Saint-Père. Le second disparut en 1870 dans la guerre contre les Prussiens ; mais il reparut ensuite après cinq ans d'absence comme il sera plus loin raconté.

Augustin, un de ces anciens combattants qui avaient vu des gens et du pays — on savait qu'il avait fait le zouave en Crimée — racontait ses campagnes avec tant de vivacité que tu croyais y être :

« A Sébastopol, mon pauvre ami, on recevait de ces boulets de canon, qu'on en rotait ! »

Les petits enfants, autour de lui, écoutaient avec admiration le récit de ces prouesses. Et ils imaginaient leur oncle Augustin passant ses jours de bataille à roter pendant que les boulets de fonte pleuvaient autour de lui. Avec ça, il n'était pas revenu très vaillant et préférait se chauffer les membres au soleil plutôt que de courir à la besogne.

« Faut bien, expliquait-il, que je me remette de tous les malheurs que j'ai eus ! »

Il évoquait l'Alma, qui est un fleuve dix fois plus large que la Dore, qu'il avait traversé avec de l'eau jusqu'aux épaules. Et le choléra qui leur donnait une courante indescriptible. Et l'hiver qu'ils avaient passé à grelotter dans leurs treillis de coutil, en mangeant de la neige russe. Pauvre tonton ! On le ménageait donc, glorieux vainqueur de Sébastopol. Mais il abusait un peu de la situation, ne remuant pas une paille de la journée à cause de ses douleurs, retrouvant à table seulement un peu de vigueur pour avaler sa soupe. Ce qu'il faisait aussi gaillardement qu'un autre.

Un jour, le *mouitre* le prit à part et ne lui cacha pas sa façon de penser :

« Quel âge as-tu, Augustin ?

— Dans les trente-cinq, quarante.

— Moi, je dirais plutôt dans les trente, trente-cinq.

— Croyez-vous ?

— Calcule toi-même, depuis le jour où tu tiras un mauvais numéro et partis faire tes sept ans. »

L'autre compta sur ses doigts, secoua la tête, recommença à l'envers, puis en avant de nouveau.

« Ma foi, conclut-il, vous avez peut-être bien raison. J'en aurais trente-deux que ça ne m'étonnerait pas.

— Disons même trente-cinq. Crois-tu que c'est vraiment l'âge pour ne rien faire ? Car tu me parais avoir décidé une fois pour toutes que nous devons te nourrir pour que tu passes ton temps à te gratter le bouton du ventre. »

Le bouton du ventre, en Auvergne, est le nombril, soit dit en passant pour ceux qui ne le savent pas.

« Oh ! je ne me gratte pas tout le temps le bouton du ventre. Quelquefois, je me gratte aussi l'oreille. Et d'autres fois aussi...

— Ça va bien. Je vois que le bec ne te fait pas défaut et que tu es plus fort de langue que de bras.

— Vous en dites trop, *mouitre,* et vous me faites tort. Hier, j'ai cassé du bois. Et avant-hier, remonté l'horloge.

— Et tu vas remonter l'horloge comme ça jusqu'à soixante-dix ans, si tu y arrives ?

— Oh ! je n'y arriverai pas, après toutes les misères que les Russes m'ont faites. Mais si vous n'êtes pas content de mon travail, il y a une solution bien simple : vous me donnez mon apanage, et je m'en vais. Comme a fait avant moi un certain Francillon qui vit à présent aux Amériques. »

Le maître ne fit plus de reproches au vainqueur de Sébastopol, sachant bien que celui-ci avait dans son jeu un atout irréfutable : versez-moi mon apanage, et je vous laisse à vos pourceaux. Et après lui, s'il le prenait au mot, ce serait le tour d'un troisième. De la sorte, la communauté se disperserait à tous les vents. Augustin put donc continuer à vivre heureux, bien entretenu, et se gratter tout son saoul le bouton du ventre.

N'empêche que son exemple était déplorable et qu'il suscitait bien des murmures. A telle enseigne que maître François, qui avait alors presque quatre-vingts ans d'âge, se demanda si le moment de la dissolution n'était point venu pour les Bons Dieux, après tant d'autres condamines. Il s'entretenait de ce souci un soir d'hiver devant le feu d'en-haut, en compagnie des communistes qui avaient bien voulu rester après la soupe.

« Rien n'est éternel, mes amis, disait-il en caressant sa barbe blanche, sauf l'Eternel lui-même et sa sainte Eglise. Nous avons vu tomber des rois et des royaumes, des empires et des républiques. Et peut-être cent fraternités pareilles à la nôtre. Alors sans doute devons-nous disparaître nous aussi. Qu'en pensez-vous ?

— Non, non, firent certaines personnes d'âge, dont le fameux Augustin. Nous avons le devoir de durer parce que nous vivons bien ensemble.

— Oui, oui, firent deux ou trois voix plus jeunes. La fraternité des Bonnet-Lavest a fait son temps. Elle est pareille à un vieux châtaignier qu'il faut abattre par le pied, si l'on veut en voir sortir des rejets tout neufs et tout vigoureux. »

Il y avait un moyen de savoir : faire voter. Mais le *mouitre* préféra consulter le Seigneur et demanda aux comparsonniers présents de se joindre à lui dans une prière qu'il allait lui adresser. Agenouillés sur les dalles, ils répétèrent après lui :

« Seigneur qui vois le passé, le présent et l'avenir, éclaire nos esprits. Devons-nous continuer à vivre ensemble au même pot et au même feu comme ont fait nos ancêtres depuis mille ans ? Ou bien nos familles doivent-elles se séparer ? Nous te supplions de nous fournir tes lumières. Ainsi soit-il. »

Après quoi, ils restèrent longtemps devant l'âtre, plus silencieux que d'habitude, chacun ruminant dans son cœur.

Un peu plus tard, comme baissait la chaleur du foyer, quelqu'un s'en fut chercher un fagot et le posa devant. Maître François avait tiré son chapelet et le récitait en lui-même, remuant à peine les lèvres. Sa barbe scintillait à la rougeur des flammes. Or voici qu'une chose étrange se produisit : les ramilles sèches du fagot frissonnèrent. L'instant d'après, l'on en vit sortir une bestiole que chacun reconnut au premier regard :

« Un serpent ! s'écria quelqu'un avec frayeur.

— Une *laïarde,* » précisa le *mouitre,* en levant la main pour signifier qu'il n'y avait pas péril, donc pas nécessité de lui écraser la tête.

L'innocent couleuvreau, de la grosseur du petit doigt, s'arracha au lit des feuilles où il dormait depuis des semaines sans doute, se coula sur le dallage, hésita un moment, puis rampa vers le vieux François qui tenait toujours son chapelet, s'enroula enfin devant lui et parut reprendre son sommeil interrompu. Chacun en eut le souffle coupé. Puis les parsonniers se regardèrent. Puis ils regardèrent le maître. Lui regardait la couleuvre endormie devant le nez de ses sabots.

« Mes amis, dit-il, je crois que voilà la réponse du Seigneur. C'est vers le maître des Bonnet-Lavest que la *laïarde* est venue. C'est au maître qu'elle a manifesté sa confiance.

— Et alors ?

— Alors, le Seigneur veut que nous demeurions ensemble. Ainsi ferons-nous. »

Maître François mourut, et il y eut à son enterrement beaucoup d'émotion et beaucoup de gaieté, selon l'usage des Bons Dieux. Il fut remplacé par quelqu'un qui ne resta en fonction que six ans, puis mourut à son tour. Après eux, vint maître Sylvestre, ainsi nommé parce qu'il avait eu la curieuse idée, racontait-il, de naître un 31 décembre. Les maîtres passent comme les rois et les empereurs. Les pièces d'un et de deux sous montraient le profil d'un autre Napoléon, moustachu et barbichu, dont les notables disaient le plus grand bien. Il avait l'habitude de venir chaque été en Auvergne boire les eaux salées, avait même rendu visite une fois à Thiers où les couteliers lui avaient réservé un accueil triomphal. Ce qui ne les empêcha point, quelques années plus tard, lors d'un plébiscite qui eut lieu au mois de mai 1870, de se trouver plus nombreux à lui dire *non* qu'à lui dire *oui,* alors que l'ensemble de la France lui donnait cinq fois plus de *oui* que de *non.* C'est qu'il n'avait guère tenu ses promesses de paix et de prospérité générale. Mais y a-t-il un seul homme de politique qui tienne ses promesses ?

Le Napoléon barbichu n'aurait laissé aucun souvenir personnel aux Vollorois si les gens de Sainte-Agathe n'avaient profité de protecteurs bien en cour pour obtenir leur séparation. Cela tint aux intrigues du vicaire desservant la chapelle de pierre et de boue qui leur servait d'église : dans l'espérance d'en devenir le curé officiel, il n'hésita point à faire le voyage de Paris pour exposer ses griefs à l'Auvergnat de Parieu, ministre de l'Instruction publique et des Cultes. Le premier était une histoire de cloche saintagathaire disparue on ne sait comment, tandis qu'elle rentrait de Rome au temps pascal en compagnie de ses sœurs de Saint-Maurice ; qui pouvait l'avoir détournée de son vol sinon quelques Vollorois jaloux et mal intentionnés ? Le second était une alléguée incompatibilité d'humeur entre les deux populations. Le troisième accusait l'absence du garde champêtre communal qui n'apparaissait autour de Sainte-Agathe qu'une fois l'an, à l'époque du vin nouveau, laissant le reste du temps dévaster les propriétés par les maraudeurs. Le quatrième était une raison de piété : les chemins entre les deux bourgs, devenus impraticables, empêchaient ceux d'en-haut de descendre à la messe. Il en dit tant, fit intervenir tant de puissances que les séparatistes eurent gain de cause.

Ainsi, après s'être divisée à la Révolution entre Vollore-Ville et Vollore-Montagne, la commune se trouvait amputée de deux mille hectares et de cinquante villages. La dissolution menaçait de toutes parts la vieille terre rassemblée autrefois par les Berts Resplendissants.

L'année suivante, un malheur plus grand encore fit oublier celui-là, qui n'était pas petit : la France entra en guerre contre la Prusse. Il y eut une levée d'hommes et quatre Bonnet-Lavest partirent d'abord pour Thiers, et de là pour Riom. Ils furent enrôlés dans le *32e Régiment mobile,* qui fut appelé aussi le *32e Mendiant,* parce qu'il ne disposait que d'une paire de souliers pour deux, d'un pantalon pour trois, d'une tunique pour onze. La plupart des recrues gardèrent leur blouse ouvrière ou paysanne et quelques-uns leurs sabots. Grâce au

Ciel, il y eut suffisance de képis, en sorte qu'on les distinguait tout de suite des non-mobilisés.

Les nouvelles des combats étaient très mauvaises : les Prussiens avançaient sur tous les fronts. Ils avaient atteint la Loire. On les attendait d'un moment à l'autre, les yeux fixés vers l'orient, vers la montagne de Chignore et le puy d'Oscot d'où ils devaient descendre avec leur attirail, leur casque à pointe, leurs bottes, leur figure rougeaude de soldats bien vêtus, bien nourris, bien armés, bien entraînés. Un jour, le ciel de ce côté s'empourpra, comme teint par l'immense saignée de nos hommes, et tous les villages gémirent de douleur, crièrent d'épouvante. Afin de ralentir la progression des envahisseurs, on tendit des chaînes en travers des routes et des chemins.

Des combattants eux-mêmes, pas de nouvelles. L'année suivante seulement, il vint une lettre écrite par un Bonnet-Lavest, alors qu'on croyait la guerre terminée, l'empereur déchu, la République installée, reste plus qu'à payer la facture, annonçait le marguillier-sonneur de cloches de Saint-Maurice. Et l'on apprit avec consternation que rien n'était fini, que Paris se trouvait aux mains de brigands que les mobiles s'employaient à détruire du mieux possible. La guerre entre Français succédait à la guerre contre les uhlans. On n'y comprenait plus rien. Heureusement, les hommes rentrèrent pour essayer de s'expliquer. Il en manquait un à l'appel, le dénommé Vincent. Le *32e Mendiant,* après avoir combattu en plusieurs endroits, était passé en Suisse pour échapper aux Prussiens, et aucun des trois autres ne pouvait dire à présent si Vincent était tué, blessé ou prisonnier, résident en France, en Suisse ou en Prusse. Ses parents le pleurèrent comme mort, tout en espérant quelque peu sa résurrection, de plus en plus faiblement à mesure que les années passaient.

Les saisons reprirent leur cours normal aux Bonnets, il y eut des enterrements, des mariages et des naissances. La guerre même fut un peu oubliée, sauf que le vocabulaire s'enrichit d'une nouvelle injure. Pour désigner un malfaisant de la pire espèce, on ne lui disait plus seulement vaut-peu, mandrin, coupe-jarret, mais aussi :

« Prussien ! »

Plus personne ne parlait de dissoudre l'alliance, même s'il disparaissait quelque autre communauté aux environs, de loin en loin. « Nous serons les derniers, comme nous avons été les premiers ! » affirmaient les *mouitri* successifs en serrant les dents, et quoiqu'ils ne fussent pas très bien informés de leurs origines exactes.

Et puis voici que, l'an 1876, la chose incroyable s'accomplit : Vincent de guerre revint, cinq années après la fin des batailles ! Non pas seul, mais en compagnie d'une citoyenne suisse et d'un lapereau, si jolis l'une et l'autre, avec leurs cheveux blonds, leurs joues roses et leurs yeux bleus, qu'on les eût mangés sans les faire cuire.

« Mais comment se fait-il ?... Mais comment as-tu pu ?... Mais d'où sortez-vous ?... Et qui est cette citoyenne ?... Et que s'est-il passé ?... Et pourquoi as-tu perdu les autres ?... Avais-tu oublié notre nom et notre adresse ?... »

Pour répondre à toutes ces questions, il eut bien du bagage. Parqués d'abord dans un camp comme des moutons, les internés français avaient eu plus tard l'autorisation de sortir et même de travailler dans les fermes environnantes. Voilà de quelle façon il avait connu Héloïse. Lorsque celle-ci, on ne sait comment, s'était trouvée dans une situation intéressante, il avait bien fallu les marier au plus vite, sans trop se soucier de demander en France aucun certificat de baptême ni de célibat, vu les circonstances de guerre. La paix revenue, l'armée de Bourbaki libérée, Vincent était quand même resté là-bas pour s'occuper des vaches suisses qui ont le pis deux fois plus gros que la tête. Retenu par la famille de sa femme dans l'attente que ses petits beaux-frères fussent en âge de prendre sa place. Voilà donc à peu près comment les choses s'étaient déroulées.

« Où allons-nous vous mettre ? s'interrogèrent avec désolation les parents du ressuscité. Pendant ton absence, ta sœur s'est mariée aussi et elle vit avec nous. Nous n'avons plus d'endroit pour vous recevoir. »

On chercha dans tout le domaine un logement disponible. Et l'on ne trouva que le pigeonnier, avec sa tour carrée composée de trois pièces l'une sur l'autre : un rez-de-chaussée de terre battue où l'on entreposait de l'outillage ; et les deux chambres des pigeons, dont une très basse leur servant de galetas.

« Quand ce sera bien arrangé, prédit le *mouitre,* quand nous aurons ouvert de vraies fenêtres, nettoyé les murs et les planchers, installé de bons lits, vous verrez que vous vous sentirez bien. »

En attendant, on sentait surtout la colombine, antique et fermentée, dont l'aigre puanteur te prenait au nez et à la gorge.

« N'ayez crainte ! On répandra du parfum.

— Et les pigeons, que deviendront-ils ?

— On en mangera le plus possible. Aux autres, vous laisserez bien le galetas ? Il est trop bas de plafond, n'importe comment, pour y loger des personnes. »

Chacun se mit donc à la tâche, toute chose fut décrottée, aérée, rénovée. Le sol du plain-pied recouvert de dalles rectangulaires :

« Tu pourras y faire des couteaux, si l'idée t'en prend. »

On ajouta une cheminée avec sa crémaillère. Le nouveau plancher fleura bon la résine de pin. Alors vint le mobilier : des chaises, des coffres, un petit lit pour Raphaël et, merveille des merveilles, un lit pourvu d'un matelas de plume et d'un sommier à ressorts pour les jeunes époux ! Ils seraient là-dedans les mieux couchés de toute la condamine. Le sommier était une invention nouvelle et peu connue encore, dont profitaient seulement quelques riches citadins. Un menuisier de Vollore en avait appris la recette dans son tour de France et il se la réservait, commandant toujours à son apprenti quelque commission longue et lointaine afin qu'il ne le vît pas dans son travail et ne pût lui faire concurrence plus tard. Pour chasser les odeurs, on fit brûler des branches de genévrier. Pour faire beau, on accrocha aux murs un crucifix, un calendrier des postes et un sabre prussien que Vincent avait conquis dans ses batailles. Le ménage enfin s'installa.

Tout le monde d'abord parut satisfait, excepté les pigeons qui venaient battre des ailes et de la tête contre les vitres de leur ancienne résidence. Certains émigrèrent vers des colombiers plus accueillants, d'autres se résignèrent au seul galetas. La famille les entendait la nuit gratter et roucouler au-dessus du plafond. Malgré les feux de genévrier, la poudre de camphre qu'on répandit, les murailles continuaient de puer la fiente, elles en étaient imprégnées comme une cruche qui a tenu du saindoux et sent le rance pour l'éternité. Très vite, Héloïse prit son pigeonnier en dégoût. Et les Bonnets tout entiers. Et l'Auvergne. Les roucoulements l'empêchaient de dormir. L'école tenue par les prêtres à Vollore était beaucoup trop éloignée pour y envoyer Raphaël. La *mouitreço* qui prétendait enseigner les enfants de la fraternité beaucoup trop ignorante elle-même, puisqu'elle était à peine capable de dessiner son nom. La Suissesse dut se fournir d'encre et de papier, s'occuper personnellement de son fils si elle voulut qu'il sût lire et écrire. Mais, par-dessus tout, la vie communautaire lui devint insupportable, avec sa routine, sa soumission perpétuelle, sa bigoterie, son manque d'argent et de liberté. Il y eut dans la tour carrée des explications orageuses, des chamailleries franco-suisses, des pleurs et des grincements de dents.

Les choses allèrent en empirant. Malgré l'excellence du matelas de plume et du sommier à ressorts, Héloïse refusa bientôt de se laisser toucher par son mari :

« Ne vois-tu pas que nous soyons quatre au lieu de trois, ou cinq, ou six, dans cette cagerotte ? N'y aurait pas même la place de respirer ! »

Il fit cependant de son mieux pour embellir sa compagne et la cagerotte. Un jour, vint un couple, homme et femme, de commerçants munis d'un cheval et d'une charrette. Ils se prétendaient alsaciens, en exil depuis que la Prusse occupait leur pays, et parlaient en effet avec un accent spécial. Leur voiture était pleine de châles, de foulards, de mouchoirs, de chapeaux, de rouleaux de toile et même de culottes pour dame. Etranges accessoires qu'aucune épouse honnête n'aurait osé enfiler, à cause de leur volume, de leurs rubans, de leurs dentelles, de leurs sous-entendus. Les épouses honnêtes préféraient ne rien porter du tout. Les Alsaciens, faux ou vrais, en appelaient aussi à leurs sentiments :

« Nous zommes te malheureux Français zans patrie. Fotre defoir est te nous aider à fifre. En même temps, fous ferez une très ponne affaire : examinez zeulement nos prix ! »

L'Alsacienne se parait de châles et de foulards qui sur elle devenaient irrésistibles. Son compagnon agitait comme un drapeau les culottes féminines :

« Afec za, fotre femme zera immétiatement transformée en Parisienne ! »

Autant que le lui permettaient ses gains de coutelier, Vincent n'hésita pas à acquérir pour la sienne ces fanfreluches de dessus et de dessous. Héloïse s'en pavoisait le dimanche et même la semaine, suscitant beaucoup de critiques. Mais le plus scandaleux, c'étaient les culottes à dentelles en train de sécher après la lessive, chacun venait assister à ce spectacle : le vent les secouant, les gonflant, en faisant des sortes de ballons monstrueux qui effrayaient les pies, les buses et les corbeaux.

« Dire, murmuraient les Auvergnates, dire qu'elle porte cette affaire-là sous ses jupes ! »

Malgré tant d'efforts pour l'acclimater, Héloïse décida un jour en secret de quitter son mari et de regagner la Suisse. Elle prépara longuement son coup, surveilla l'endroit où Vincent cachait ses économies, accumula des réserves de saucisson et de fromage. Puis, un matin d'été avant l'aube, elle fit main basse sur tout cela et s'enfuit, tenant son fils par la main, tandis que son homme, qui avait travaillé tard la nuit dans sa boutique, ronflait comme un coutelier. Lorsqu'il se réveilla, les fugitifs étaient déjà dans la diligence qui les emmenait vers Thiers, et de là, par le chemin de fer récemment mis en service, vers leur pays de naissance, là où les vaches ont le pis deux fois plus gros que la tête. La Suissesse avait laissé en partant, bien visible sur la table du bas, un billet écrit de sa main : *Deux de tes pigeons se sont envolés, mais il t'en reste beaucoup d'autres. Héloïse.*

Resté seul dans son colombier, Vincent pleura d'abord comme un veau. Le maître le consolait en lui apportant à boire.

Puis il but tout seul.

Puis il prit un chat qui voulait bien de sa compagnie. Jamais il n'eut l'idée d'aller en Suisse récupérer sa femme et son drôlet. Il ne sert à rien de retenir de force les gens qui ne vous aiment pas. Jamais non plus il ne songea à se remarier, ne fût-ce que derrière la mairie. Il vieillit avec son chat. Quand celui-ci crevait, il en prenait un autre. Il labourait, semait, moissonnait et clavetait des couteaux pour le plaisir autant que pour l'argent.

Chaque nuit, avant de monter se coucher, il laissait au fond de l'escalier ses sabots et gravissait les marches sur ses pieds nus. Au bout de quelque temps, son corps creusa une sorte de vallée au mitan du sommier à ressorts conçu pour deux personnes. Il prit l'habitude de ne plus se laver, de ne plus se raser, et de puer comme trente-six pestes. Mais les femmes changeaient ses draps environ tous les trois mois, à l'occasion des grandes lessives.

Avec ses chats, il s'entendait bien. Un seul fit exception, un blanc et rouge qu'il avait baptisé Gruyère parce qu'il portait les couleurs de la Suisse. Cette sale bête avait une manie très désagréable : celle de faire pipi dans les sabots de son maître, au bas de l'escalier. En sorte que, lorsqu'il se levait, il mettait le pied dedans. Alors, fou furieux, il décrochait le sabre prussien toujours pendu à son clou et se lançait à la poursuite de Gruyère avec l'intention de l'embrocher. On les voyait courir en tous sens par les rues du domaine, lui vociférant :

« Saloperie ! Grande charogne ! Prussien ! Attends un peu que je t'attrape ! Et je te fais passer le goût de pisser dans mes sabots ! »

Jusqu'au moment où la bête trouvait refuge dans une grange. Même s'il fourgonnait le foin avec sa lame. Ensuite, ils se réconciliaient.

Deux fois donc Vincent fut trahi par la Suisse, à qui cependant il n'avait rien fait de mal.

Le siècle se termina sans autres malheurs pour les Bons Dieux que ceux que nul n'évite : les maladies, les accidents, les morts. Il naquit dans une de leurs familles une enfant qui présentait l'étrange défaut d'être aveugle aux couleurs. Elle connaissait bien les mots qui les désignent : rouge, vert, jaune, bleu, mais confondait leurs qualités. Pour elle, les cerises mûres étaient bleues, les feuilles des arbres rouges au printemps et violettes en automne, mais les violettes lui semblaient jaunes. Comme aucune recette de tradition, aucune compresse, aucune tisane ne prétendait guérir cette infirmité, on fit appeler le médecin de Vollore, Henri Tournilhas, dit Saute-Genêt, parce qu'il avait dans ses déplacements l'habitude de jouer à saute-mouton avec ces plantes. On précisa, y a pas presse, ne venez pas exprès, mais quand vous aurez l'occasion de passer du côté des Bonnets. Il vint donc un jour, examina la petite, fit l'expérience des feuilles et des cerises, déclara :

« Elle est daltonienne. Un défaut qu'elle a dans l'œil de naissance.

— Croyez-vous que ça puisse se guérir ?

— Impossible. Elle mourra en croyant que les cerises sont bleues. D'ailleurs, des cerises bleues, des feuilles violettes, ce n'est pas vilain non plus. Autrefois, toutes les roses étaient roses. Je me suis laissé dire que des jardiniers arrivent à en produire des jaunes et des blanches. Pour ce qui est de votre enfant, la seule chose en mon pouvoir est de vous révéler d'où vient, selon moi, ce défaut. Du fait que vous vous mariez un peu trop entre vous, dans vos communautés. Il y a dégénérescence. Alors, essayez d'éviter cela à l'avenir, si ce n'est pas trop tard. »

Il partit sans vouloir, puisqu'il n'avait rien fait, rien accepter en payement, sauf un verre de cidre. La petite resta comme elle était, même quand elle fut grande fille, à cueillir des petits pois rouges et des fraises jaunes. On évita seulement de la marier pour qu'elle ne transmît pas son vice à sa descendance.

Vollore-Ville attrapera la queue du siècle sans avoir changé notablement. Sauf qu'on aura reconstruit son clocher, ce qui aura incité le curé d'Escoutoux à vouloir le sien au prix des plus grands sacrifices, depuis le temps qu'il branlait ses cloches sur un poirier, le seul arbre qui allie, même dans un âge avancé, la vigueur et la souplesse de l'échine. Un clocher tout neuf en pierre blanche sera donc ajouté à la vieille église de granit et l'on scellera sur le fronton une plaque de marbre portant le nom des promoteurs :

Joseph Guillemin, maire.
Etienne Crosmarias, adjoint.
Benoît Lévigne, curé bienfaiteur.
1883[1].

Il sera riche de deux cloches, une grosse et une petite, mises en branle désormais — le curé Lévigne se trouvant hors de course — par Hugues, dit Guetou Chambriard, coutelier à ses autres moments. Il s'acquittera de sa tâche avec beaucoup de conscience et un esprit parfaitement évangélique et météorologique, appelant les fidèles aux offices, et s'efforçant d'éloigner les orages par ses sonneries. En récompense de ces travaux, il passera dans toutes les maisons de la paroisse deux fois par an, muni d'un sac et d'une mesure, afin de recueillir un don de grain proportionnel à l'importance de la famille, à raison d'une mesure par tête.

1. Lire *Un front de marbre,* roman (Ed. Julliard).

XI

Vincent mourut sans avoir revu la Suisse. Les pigeons redevinrent les seuls habitants du colombier car à présent les Bonnet-Lavest avaient des logements de reste : des quatre douzaines d'associés qu'ils s'étaient trouvés à la veille de la Grande Révolution, il n'en demeurait plus que la moitié. Ces deux douzaines-là s'obstinaient à rester ensemble, formant quatre familles dont deux seulement étaient en âge de procréer. Le nombre de leurs enfants se raréfiait de plus en plus, comme si la vieille sève se trouvait épuisée.

La communauté d'en face, celle des Saton, s'était depuis longtemps dissoute, mais il en subsistait une famille composée de trois vieux, de deux jeunes et d'un enfant. Toujours aussi cherche-ligue, aussi chicaneurs que par le passé. C'est ainsi qu'un certain jour ils envoyèrent un huissier de justice chez leurs voisins. Celui-ci arriva en canotier et à bicyclette et faillit d'emblée se faire dévorer par les chiens des Bons Dieux. Le *mouitre* les rappela, puis vint expliquer leur attitude :

« Que voulez-vous, Monsieur, ils ne peuvent pas sentir les gens propres.

— Vraiment ? Sans doute n'ont-ils pas l'habitude.

— Sans doute. Ils n'aiment pas ceux qui se rasent trop bien, se parfument, se savonnent, que sais-je ? Les mendiants, le pauvre monde, c'est autre chose : ils leur font quelques jappements, rien que pour nous avertir. Mais les personnes délicates les mettent en colère. »

L'autre lui déploya sous le nez un papier bleu, expliquant qu'il était officier ministériel, requis par son voisin Ludovic Saton pour constater les dégâts de ses abeilles.

« Quoi ? Quelles abeilles ? Quels dégâts ?

— Celles de vos ruches. Ceux qu'elles commettent sur les terres de votre voisin. Il a dû vous en parler ?

— Lui ? Nous ne nous adressons pas la parole. Et quels dégâts peuvent-elles bien commettre, d'après vous ?

— Elles butinent les fleurs de ses prés, de ses arbres, de ses jardins. Elles n'en ont pas le droit. Cela s'appelle délit de vagabondage. Article 1385 du Code Civil : *Toute personne élevant des animaux domestiques est responsable de leur vagabondage et des dégâts qu'ils peuvent commettre.* Alors, première chose, je viens constater si vos abeilles restent bien sur votre domaine ou si elles passent de temps en temps sur les alentours. »

Le *mouitre* l'emmena près des ruches, pas trop près tout de même pour le cas où, comme les chiens, leurs habitantes auraient eu quelque aversion à l'égard des gens propres. Il en compta douze.

« Ce sont bien vos ruches ? se fit-il confirmer expressément.

— Ce sont celles de notre communauté. »

Et l'huissier de justice de noter sur son carnet au moyen d'un crayon-encre : *A ma demande expresse, le sieur Félicien Bonnet-Lavest, se disant maître élu de l'association agricole du même nom, reconnaît que les douze ruches appartiennent à icelle.*

« Je désire maintenant, ajouta-t-il, vérifier les chemins qu'elles empruntent. »

Et les voici tous les deux à poursuivre çà et là, dans leurs butineries et leurs hésitations, d'ombelle en ombelle, de glume en glume, de calice en calice, la promenade des avettes insoucieuses du Code Napoléon. L'huissier dut constater, et maître Félicien dut admettre que, n'ayant aucun égard envers les limites ni les bornes de la propriété privée, elles vagabondaient chez les Saton aussi bien que sur d'autres terres de la paroisse, à telle enseigne qu'elles les entraînèrent fort loin et qu'ils se fatiguèrent de les pister. L'homme de loi nota sur ses tablettes : *Lesdites abeilles ont volé à partir de deux heures de relevée environ dix minutes sur un pré appartenant auxdits Bonnet-Lavest ; mais ensuite elles ont franchi la haie de séparation et se sont introduites sur un champ de luzerne appartenant aux Saton, où elles sont restées à peu près quarante minutes...*

Au terme de ses observations, resalué par les chiens, l'huissier de justice grimpa sur sa bicyclette et disparut à l'horizon.

Trois semaines plus tard, maître Félicien dut descendre à Courpière pour comparaître, dans une salle de la mairie, devant la justice de paix. A ses côtés, le vieux Saton gongonnait dans sa barbe et roulait des yeux furibards. Ainsi, après le procès des pigeons qui avait brouillé leurs lointains ancêtres, éclatait entre les deux familles la guerre des mouches à miel. Ayant entendu les plaidoiries des deux avocats, le juge prononça contre les Bonnet-Lavest la sentence suivante : *qu'ils eussent à attacher chacune de leurs abeilles au moyen d'une laisse afin de les retenir de vagabonder sur les terres d'autrui ; faute de quoi, qu'ils eussent à payer au sieur Saton une indemnité pour dommages et intérêts égale à deux livres de miel chaque année, après la récolte d'automne.*

Ce jugement ne réussit pas à les réconcilier. Mais quelques années plus tard, la mort qui arrange tout emporta le vieux Ludovic et les Bonnet-Lavest suivirent son cercueil jusqu'au cimetière de Vollore-Ville. Ainsi s'éteignirent toutes leurs chicanes.

Pierre Goutte, le facteur, apporta un pli — ils n'en recevaient pas souvent — et leur fit remarquer que cette lettre unique l'avait fait marcher *tout spécialement* cinq kilomètres à l'aller, qu'il marcherait encore cinq kilomètres au retour, *exprès* pour eux. Maître Félicien comprit le sens de sa démonstration et invita le messager à s'asseoir, à casser la croûte, à boire un canon de vin. La lettre était restée sur la table, bizarre avec son enveloppe d'une dimension peu coutumière, son timbre représentant un fatras d'objets accumulés et non point l'habituelle semeuse aux cheveux répandus, et cette longue adresse *Famille Bonnet-Lavest, les Bonnets, commune de Vollore-Ville, Dépt du Puy-de-Dôme, France.*

« C'est une lettre de l'étranger, expliqua le facteur, dévoré par le désir d'en savoir plus long. Elle porte ce cachet : *Port-au-Prince,* et on peut voir imprimé sur le timbre *REPUBLIQUE D'HAITI.* Faut-il que je vous l'ouvre ?

— Pas la peine, dit Félicien. Nous savons lire. A la bonne vôtre. »

Ils trinquèrent, et Goutte précisa :

« Haïti, c'est pas la porte à côté ! D'après le tampon, y a deux mois qu'elle est partie. Vous avez des connaissances par là-bas ?

— Beuh... C'est où, Haïti ?

— Du côté de l'Amérique. En tirant sur la droite.

— En effet !

— Vous n'avez vraiment pas besoin que je vous la lise ?... Comme vous voudrez... Bon. Alors, je me rentourne. Merci pour le canon.

— A votre service. »

Il s'en alla, cria de loin, va p't-êt' ben pleuvoir. Félicien examina longuement l'enveloppe en papier blanc, épais, de meilleure qualité que les enveloppes françaises, on voyait qu'elle venait d'un pays de richesse. Sur le timbre, des canons, des épées, des drapeaux, un tambour, des ancres de marine, un bonnet républicain et cette ligne d'écrit : *L'union fait la force.* Exactement le principe de leur communauté. Il éprouva de la sympathie pour cette République inconnue. Puis il porta le pli à ses narines, le huma, lui trouva une senteur de choses exotiques, de sucre vanillé. Enfin il se décida à l'ouvrir, précautionneusement, avec la lame de son couteau, se plaça près de la porte pour y voir mieux et entreprit d'en déchiffrer le contenu.

Port-au-Prince, 4 février 1903.

Chère famille Bonnet-Lavest,

Cette lettre va bien vous surprendre, car elle vous est envoyée par un parent lointain que vous ne connaissez nullement, dont vous n'avez jamais entendu parler, le soussigné Bonaventure Bonnet-Lavest. Car vous le voyez je porte bien votre nom. Je suis le petit-fils d'un certain Francillon Bonnet-Lavest qui vint s'installer dans notre île autour des années 1820. J'ai trouvé ces renseignements dans les papiers qu'il laissa après lui. Il épousa une Haïtienne, ma grand-mère, qui lui donna dix-huit enfants, dont mon père Thomasdaquin Bonnet-Lavest, qui en eut à son tour seize, dont moi-même Bonaventure, actuellement âgé de quarante-cinq ans et pesant quatre-vingt-dix-huit kilogrammes. Je n'ai encore reçu du Ciel que quatorze descendants, mais il n'a pas dit son dernier mot. Nous exploitons en famille une plantation de canne à sucre qui emploie cent cinquante travailleurs au moment de la récolte et nous rapporte en moyenne mille tonnes de canne, valant au moins cinquante mille gourdes. La gourde est notre monnaie. C'est vous dire que nous ne manquons de rien, ni de nourriture, ni d'argent, ni d'instruction. J'ai fait mes études dans une école religieuse de notre capitale Port-au-Prince et je suis moi-même un parfait catholique et chrétien.

Chère famille Bonnet-Lavest, je serais heureux de recevoir de vos nouvelles, si vous existez toujours à l'endroit où j'écris. Expliquez-moi où est le Dépt du Puy-de-Dôme, comment il est fait, ce qu'on y fait, y a-t-il d'autres Dépts en France ? Travaillez-vous toujours dans l'agriculture, comme me l'expliquait mon grand-père Francillon quand il me faisait sauter sur ses genoux ?

En attendant de recevoir votre réponse, je vous envoie mille baisers affectueux. Votre parent haïtien Bonaventure Bonnet-Lavest.

La lettre fit le tour des quatre familles. Les vieux avaient entendu parler de ce Francillon boiteux qui était parti un jour pour aller faire fortune aux Amériques. Et il semblait avoir bien réussi, malgré son pied bot. Or voici qu'après un silence de quatre-vingts ans on entendait parler de lui et de sa descendance ! Le temps est grand, mais le monde est petit. On fut stupéfié de ses progénitures innombrables : dix-huit enfants, seize, quatorze. Et de ce poids fabuleux : quatre-vingt-dix-huit kilogrammes, ce qui faisait presque deux quintaux de cent livres ! Mais ce qui étonna le plus fut cette histoire de gourdes : comment pouvait-on payer le sucre avec des gourdes ?

Félicien fit donc réponse à Bonaventure dans les meilleurs termes possibles, l'appelant *cher cousin,* expliquant à peu près où se trouve le Dépt du Puy-de-Dôme, ce qu'on y fait, ce qu'on y mange, ce qu'on y boit, ce qu'on y dort. Il énuméra les vingt-deux personnes qui composaient encore la communauté des Bonnet-Lavest ; toutes seraient heureuses de le recevoir si l'idée lui venait un jour de faire le voyage pour leur rendre visite.

Ainsi s'établit entre la République d'Haïti et les Bonnets une correspondance qui dura une année complète : chaque lettre mettait de six à huit semaines pour faire le voyage dans un sens comme dans l'autre. De tels échanges ne faisaient pas l'affaire du facteur de Vollore-Ville car ils l'obligeaient à marcher *tout spécialement* sur ses souliers à clous cinq kilomètres à l'aller et cinq au retour, alors qu'aucun hameau des environs ne recevait quasiment jamais lettre, paquet ni dépêche. Il avait toutefois réussi à arracher des confidences à maître Félicien, savait à présent qui était l'expéditeur, son nom, sa profession, sa richesse :

« Un homme qui gagne au moins cinquante mille gourdes par an ! Car là-bas, il nous dit que les gens payent avec des gourdes. »

Et le facteur, les yeux hors de la tête : « Avec des gourdes ?

— Comme je vous le dis.

— Et qu'est-ce qu'ils font de toutes ces gourdes ?

— Ils se les refilent entre eux, comme nous les sous et les francs. »

Ensuite arriva la grande nouvelle : Bonaventure informa ses cousins qu'il acceptait leur invitation et débarquerait un jour aux Bonnets pour les embrasser. Viendrait-il seul ? Amènerait-il ses quatorze ou quinze enfants ? On n'osa pas lui poser la question, par crainte de paraître mal acueillants. *Venez donc quand il vous plaira. Nous serons très heureux de faire votre connaissance et de vous recevoir.* La langue française est bien futée qui peut, dans le même mot, *vous*, mettre un singulier ou un pluriel. A toutes fins utiles, on prépara des logements, des sommiers, des paillasses.

Des semaines encore s'écoulèrent. Et puis, un beau jour, Goutte le facteur eut entre les mains une carte postale multicolore représentant la ville de Port-au-Prince, avec au verso cette simple correspondance. *J'arrive. Mille baisers. Bonaventure.* A cause de ce seul bout de carton et de ces quatre mots d'écrit, il devait encore s'appuyer les cinq kilomètres de détour. Il marcha, marcha, sa musette de cuir à peu près vide dans le dos, scandant son pas de cette douce répétition :

« Mille baisers... Mille baisers... Mille baisers... Bonaventure... Bonaventure... Au gué !... Au gué !... Au gué !... »

Heureusement, se disait-il sous son chapeau de paille, y aura un canon au bout de la route pour te remonter, mon Pierrot ! Et même un casse-croûte ! Or, quand il eut sonné vainement et poussé le portail, il trouva le domaine des Bons Dieux désert de toute créature humaine, les enfants à l'école, les adultes dans les prés en cette période de fenaison qui exigeait l'entière main-d'œuvre disponible. Seul un vieux raplaplat, assis sur une chaise au soleil, secouait sa tête comme une sonnette.

« Y a donc personne ?

— Hun, hun.

— Qu'est-ce que je fais de ça ? demanda Goutte en montrant la carte de Port-au-Prince.

— Hun, hun. »

Il ne pouvait quand même pas la remporter. Il la glissa donc sous la porte principale et repartit sans canon, sans casse-croûte, répétant bien tristement pour scander sa marche de retour :

« Mille merdes... Mille merdes... Mille merdes... »

J'arrive, disait Bonaventure. Et non pas : *Nous arrivons.* Il viendrait donc seul. Chaque Bon Dieu l'imagina avec ses quatre-vingt-dix-huit kilogrammes de maigre et de gras, coiffé sans doute du bonnet phrygien, comme sur le timbre-poste, jouant peut-être du tambour, des centaines de gourdes suspendues à ses habits, par-devant et par-derrière, à la façon des marchands de louches. Mais comment transporterait-il ses deux quintaux jusqu'aux Bonnets ? Les jucherait-il dans la patache d'Amédée Gardette, chargée de coutellerie, qui passait par Escoutoux deux fois la semaine ? Finirait-il à pied ? Et que lui servirait-on à table ? Aimerait-il le lard, la soupe aux choux, le gaperon ?

Une autre carte leur parvint, du Havre cette fois, avec un timbre à la semeuse, et toujours la même formule : *J'arrive. Mille baisers. Bonaventure.* Puis une troisième de Paris. Il n'en finissait pas d'arriver et d'envoyer des baisers.

Succéda un silence de quinze jours. Les Bonnet-Lavest ne crurent plus en lui, c'est un farceur, il aura inventé ce prétexte de venir nous embrasser afin de passer du bon temps à Paris en compagnie des belles madames.

Et voici qu'un matin d'août :

« Coin ! Coin !

— Quoi, coin-coin ? »

Une automobile ! Une voiture sans chevaux ! Elle descendait le chemin qui n'avait vu jusque-là que des tombereaux et des chars. Et ils n'en croyaient pas leurs yeux, pire que s'ils eussent vu descendre Jésus-Christ. On se précipite, on lui ouvre les deux battants du portail, on distingue à l'intérieur une espèce de *babàu,* de croque-mitaine, enveloppé et coiffé de fourrures, masqué d'énormes lunettes. Il entre dans la cour en faisant coin-coin de toutes ses forces. Tous les Bons Dieux accourent, c'est lui ! Ce ne peut être que lui ! Bonaventure !

Et c'est lui en effet, sans gourdes suspendues, mais rond comme une barrique. Il descend, ouvre les bras, éclate de rire, et ses dents sont si éblouissantes, si complètes, qu'elles te donnent la berlue, tu ne vois qu'elles, comme si tu regardais le soleil. Il empoigne la première femme qui passe à sa portée, l'embrasse, la serre contre son immense poitrine, lui donne mille baisers, puis soudain l'entraîne dans une gigue à ne pas croire. Et voilà qu'aussitôt tous les Bons Dieux dansent avec lui, tapent du pied, battent des mains, crient et acclament le Seigneur, alléluia ! alléluia ! alléluia ! Notre fils, notre frère, notre cousin est revenu ! Que chacun de ses quatre-vingt-dix-huit kilogrammes soit mille fois béni ! Et bénies sa famille, ses cannes à sucre, ses gourdes qui lui ont permis de faire le voyage ! Bienvenue ! Bienvenue ! Bienvenue !

Après cet accueil, on se calme un peu, on se détache de lui, on s'éloigne, on le regarde, il enlève ses énormes lunettes d'automobiliste, et... et... et... Est-ce Dieu possible ? Doivent-ils croire à ce qu'ils voient ? Leur frère, leur cousin d'Haïti est un nègre ! Noir de la tête aux pieds ! De la figure jusqu'aux doigts ! Ça leur coupe le sifflet à tous. Puis ils éclatent de rire une seconde fois, se tordent de rire, se roulent par terre, pissent dans leurs culottes. Qui eût cru ça ?

« Tout de même, dit maître Félicien, vous auriez pu nous avertir !

— Vous avertir de quoi ?

— Que vous étiez noir.

— Je suis noir, moi ?... C'est bien vrai, je l'avais oublié !

— Respect que je vous dois, vous êtes noir comme le cul du loup ! »

Et les voilà qui repartent à rire, à l'embrasser. Les Bonnet-Lavest n'ont rien contre les nègres, ils vénèrent saint Balthazard qui fut nègre et souffla pour les réchauffer sur les petons de l'Enfant-Jésus.

Telle fut la manière dont les Bonnet-Lavest d'Auvergne firent la connaissance d'un Bonnet-Lavest d'Amérique. Après ça, ils surent que dans la République d'Haïti presque tout le monde est noir, si bien qu'on finit par ne plus penser à sa propre couleur : que le grand-père Francillon avait lui-même épousé une Noire, ainsi que tous ses descendants ; que lui, Bonaventure, avait acheté cette automobile à Paris pour venir les rencontrer, n'étant pas sûr de pouvoir en trouver une dans le Dépt du Puy-de-Dôme ; qu'il avait fait un excellent voyage, sauf une douzaine de poules écrasées et remboursées scrupuleusement. Il emporterait ce véhicule en retournant dans sa République où il produirait une impression plus forte encore qu'aux Bonnets.

En attendant, il promena sa parenté aux environs, de Vollore à Courpière et de Thiers à Augerolles, écrasant quelques autres poules au passage. Il resta trois semaines en leur compagnie, mangea des choux, des raves, du lard, du gaperon, on voyait qu'il avait dans le sang le goût de ces nourritures auvergnates. Il commença d'apprendre le patois, c'était une chose à mourir de rire que de le voir priser en lorgnant une drôlette, proclamant :

« *Djin-t-en ten, lamavo bien no biso ; anëu, i lame moué no priso*[1]. »

Lorsqu'il partit pour regagner sa République et ses hectares de canne à sucre, plus personne ne riait, tout le monde avait les larmes aux yeux. On l'accompagna aussi loin qu'on put sur cette route qui avait vu s'en aller tant de monde, et si peu revenir.

Il devait en partir d'autres encore. Une famille complète, père, mère et enfants, se fatigua de la fraternité communiste. Elle avait eu souvent des chamailleries avec les trois autres, pour des histoires de poules, d'outils, d'échelles, de places à l'ombre ou au soleil. Quand on s'était dit quelques gros mots et boudés quelques heures, maître Félicien prenait à part les uns et les autres et raccommodait adroitement la vaisselle brisée. La querelle se vidait complètement autour d'un pichet de vin qu'il allait lui-même tirer dans la cave. Tout allait bien de nouveau, jusqu'à la fois suivante. Mais le souvenir de ces querelles laissait au fond des cœurs une lie d'amertume.

Un hiver, après la messe, un père blanc commença de prêcher à Saint-Maurice une mission de propagande pour l'Afrique :

« ... Le Christ a besoin de vous, mes frères, dans ces pays infidèles. Venez par votre présence, votre piété, votre charité chrétienne, venez combattre la détestable doctrine islamique dont l'esprit de ces malheureux peuples est empoisonné. Savez-vous, mes frères, que l'Islam permet à un homme d'avoir plusieurs épouses ? Qu'il admet le divorce, le vol, l'assassinat, la guerre ? Qu'il encourage la paresse, la crasse, l'ignorance ? Venez, mes frères, faire œuvre de paix, d'amour, de travail et d'honnêteté. La terre et la main-d'œuvre sont d'ailleurs très bon marché dans ces régions et vous pourrez, vous qui peinez ici à vivre sur des sols ingrats, vous constituer à bon compte là-bas un vaste domaine, pour la plus grande prospérité de l'Afrique, de la France et du christianisme... »

1. Naguère, j'aimais bien une bise ; aujourd'hui, je préfère une prise.

Les Bonnet-Lavest en question entendirent ces propos et se laissèrent racoler. C'est tout juste s'ils ne se cousirent pas une croix rouge sur l'estomac comme avaient fait, dix siècles plus tôt, Etienne et Balthazard, deux communistes d'alors partis délivrer le saint sépulcre. Naturellement, ils demandèrent leur part d'héritage et il fallut vendre plusieurs terres pour leur donner satisfaction. Le *mouitre* comprit qu'il n'était pas nécessaire de leur crier trois fois sous le portail, est-ce vraiment votre intention de nous quitter ? Néanmoins, l'entente des Bonnet-Lavest subsista. Il ne restait plus dans l'arrondissement que trois communautés survivantes.

« Tant que je serai de ce monde, affirma maître Félicien, il n'y aura pas chez nous de dissolution. »

Née peu après le siècle, Marie-Louisette se trouva en 1908 le seul enfant de la communauté. Les deux autres familles étaient tombées en état de stérilité complète, après avoir perdu des drôlets en bas âge. Un vieux garçon ne se décidait pas, ou ne trouvait pas à se marier, même hors de l'entente. « Pas besoin de nous dissoudre, songeait le *mouitre*, d'ici quelques années, notre association se dissoudra toute seule, faute d'associés. » Marie-Louise portait sur ses frêles épaules leurs dernières espérances.

Elle grandissait dans ce hameau vide et délabré, sans autres copains-copines que les chiens, les chats, les cochons ; sans autres jouets que les cailloux, les bouts de bois et de ficelle, les coquilles d'escargots morts. A Vollore-Ville, sur la place de l'église, elle voyait des gamins jouer à la balle, à la toupie, aux billes de verre coloré. Et elle, rien. L'épicière, Mme Guillamour, femme du sacristain, vendait des bonbons et des jouets, mais qui n'étaient pas pour son vilain nez. Elle dit à sa mère Antonine :

« Siouplaît, maman, achetez-moi une balle.

— Pour quoi faire ?

— Pour jouer à la balle.

— Tu es toute seule ici. Comment veux-tu jouer à la balle ?

— Moi toute seule, je saurai bien.

— Tu n'as pas besoin de balle. Ce serait de l'argent gaspillé.

Pour le même prix, j'aurai deux cents allumettes. Et les allumettes nous font plus besoin que ta balle. »

Tout de même, parce qu'elle vit sa petite malheureuse, Antonine lui en confectionna une avec des bouts d'étoffe. Quand elle la reçut, Marie-Louisette eut un mouvement de joie et tout de suite elle la jeta par terre, où la balle fit *plouf,* et resta immobile et camuse. Et l'enfant désolée :

« Mais elle rebondit pas du tout !

— Comment peut-elle rebondir ? C'est une balle en petas !

— J'en aurais voulu une qui rebondisse.

— Si celle-ci ne te plaît pas, c'est bien simple ! »

Et hop ! la balle dans le feu de la cheminée, ça t'apprendra à faire la difficile et la malapprise, si l'on te donne un bouton, remercie pour un mouton, voilà, Madame la Princesse ! La drôlette éclata en sanglots et pleura sa balle en petas qu'elle méprisait l'instant d'avant, ce qui lui valut cette consolation :

« Pleure, je t'en prie ! Pleure tout ton saoul, tu pisseras moins ! »

Ne pouvant jouer donc à la balle dans la journée, Marie-Louisette y jouait la nuit dans ses rêves, d'une balle merveilleuse qui, ayant à peine baisé le sol, rebondissait jusqu'aux nues.

Elle eut six ans accomplis et commença de fréquenter l'école de Vollore-Ville, c'est-à-dire de marcher comme le facteur cinq kilomètres chaque matin et cinq chaque soir. Elle partait seule, mais trouvait en route de la compagnie, ils arrivaient souvent à six, parfois à sept, à huit dans les meilleurs jours. Elle emportait dans un bidon émaillé sa soupe de midi que l'institutrice, Mme Duclos, faisait chauffer sur le poêle. Et un œuf dur. Et un morceau de chèvreton, sec, mais sec, *mo no champoto,* comme l'amadouvier, elle n'arrivait pas à le faire descendre avec le pain, alors elle l'avalait d'abord et mangeait le pain après, émietté dans sa main, comme un pigeon.

Un matin de mai, tandis qu'elle allait seule encore dans la première partie du trajet, aux approches de Laurençon elle vit luire devant ses pieds, entre les cailloux, quelque chose qui ressemblait à un poisson. Elle se baissa, reconnut un boursicot à mailles métalliques, muni de deux billes qui produisaient un clappement à la fermeture. Elle l'ouvrit, y trouva une douzaine de pièces en bronze, les unes de deux sous et les autres d'un seul.

Les parents avaient coutume d'envoyer leurs enfants « à la glane », c'est-à-dire en quête de tout ce qu'ils pouvaient trouver sur les chemins, selon la saison, clous à sabots, fers de vache, flocons de laine, et touffes de foin accrochés aux buissons, noix ou châtaignes tombées de l'arbre, épis tombés du char. Menus cadeaux du ciel appartenant à qui les ramassait. Ils les rapportaient à leurs père et mère qui en remerciaient le Seigneur. Marie-Louisette fit de même et remercia dans son cœur le petit Jésus qui avait jeté sur ses pas cette fortune ; elle la glissa dans sa musette en attendant de la remettre à sa mère Antonine.

Or elle eut à passer, pour se rendre à l'école, devant la vitrine de la mère Guillamour : des balles y étaient exposées, de diverses grosseurs et couleurs, en compagnie de poupées et de jeux de quilles. Elle y pensa tout le jour et fut bien distraite aux leçons, ce qui ne lui valut point les compliments de l'institutrice. Elle y pensa même en mangeant sa soupe et rongeant son fromage : puisque c'est à elle, Marie-Louisette, que le petit Jésus avait donné cet argent, elle pouvait bien s'acheter une balle chez la mère Guillamour ! C'est ce qu'elle fit en sortant, à quatre heures : elle en choisit une en caoutchouc mousse, à la juste dimension de sa main, elle sentait le goudron qu'on met aux pieds des vaches quand elles se sont blessées. Bondissante et rebondissante comme il n'y avait pas mieux : Mme Guillamour lui en fit la démonstration sur le plancher de sa boutique.

« Payez-vous, dit Marie-Louisette fièrement, tendant son boursicot.

— Tu es bien riche, petite ! » s'étonna un peu l'épouse du sacristain, qui avait le défaut de postillonner en parlant. Mais le commerce est le commerce, elle prit deux sous, fit clapper le fermoir et rendit la bourse.

Le retour aux Bonnets fut plus long ce soir-là que d'habitude, car la fillette ne pouvait faire un pas sans voir sauter sa balle. De bond en rebond, elle finit quand même par arriver dans la cour du domaine, où elle continua son manège jusqu'à ce qu'Antonine sortît de la maison commune :

« Qu'est-ce que c'est que ça ?

— Une balle, vous voyez bien. Une vraie. En caoutchouc mousse. »

Et elle la tendit, radieuse.

« Où l'as-tu prise ?

— Chez la mère Guillamour.

— Avec quels sous ?

— Avec ceux que j'ai trouvés en chemin.

— Trouvés ? A quel endroit ?

— Après la Croix de l'Argent. Par terre. Devant mes pieds. »

Elle fouille dans sa musette et tend la bourse à mailles qui ressemble au ventre d'une carpe. La mère l'ouvre, y voit les pièces de bronze qui restent : toutes moins une seule. Alors, Antonine explose comme un *petaret*[1] :

« Et tu t'es permis ! Et tu t'es permis de prendre... combien, au juste ? Combien ?

— Je sais pas. C'est la mère Guillamour qui s'est payée.

— Ah ! elle s'est payée ! Ah ! elle s'est payée !... Lui as-tu dit que c'étaient des sous volés ?

— Volés ? Mais puisque je les ai trouvés par terre ! Puisque c'est le petit Jésus...

— Le petit Jésus ne perd pas sa bourse, malheureuse ! C'est une personne, qui l'a perdue ! Cette bourse ne t'appartient pas. Et puisque tu as pris des sous qui ne t'appartiennent pas, tu es une voleuse ! Une voleuse ! Toi, une Bonnet-Lavest, tu es une voleuse ! La honte de la famille ! Comprends-tu ? »

Elle n'a pas besoin de lever la main, Marie-Louisette s'enfuit, abandonne sur place balle, sacoche et porte-monnaie, se réfugie dans une grange, derrière un tombereau. Sa mère l'y poursuit, la trouve en larmes, suffocante.

« Maman, supplie-t-elle, ne me battez pas, siouplaît ! Ou alors, pas sur mon oreille, parce qu'elle me fait déjà mal. »

Et Antonine, soudain calmée : « Je ne veux pas te battre. Qu'est-ce qu'elle a, cette oreille ? Depuis quand, elle te fait mal ?

— Depuis... maintenant. Ça vient de me prendre.

— Montre-moi ça. »

Elle l'entraîne dehors, l'examine au soleil, ne remarque rien de spécial malgré les ayayaye de Marie-Louisette, pense qu'il s'agit d'une feinte, mais prophétise à tout hasard, c'est le petit Jésus qui t'a punie. Celui-là, on le sert à toutes les sauces. Mais elle ne se laisse pas détourner de son propos :

« Cette balle qui ne t'appartient pas, tu sais ce que tu vas en

1. Nom patois du *silène enflé* dont les enfants font éclater les capsules sur leur front ou le dos de leurs mains.

faire ?... La rapporter à la mère Guillamour. Et elle te rendra tes sous ! Ça lui apprendra à accepter n'importe quel argent !

— Ayayaye, mon oreille !

— Oui, tu as raison, ce soir, c'est un peu tard. Demain matin, en montant à l'école, tu partiras dix minutes plus tôt et tu feras ce que je t'ai dit. Ensuite, on cherchera le propriétaire de la bourse. »

Marie-Louisette passa une partie de la nuit à pleurer dans son traversin, parce qu'en cette affaire elle avait tout perdu : sa balle, ses sous, sa confiance envers le petit Jésus, l'amitié de sa mère et celle de son oreille. Parce qu'en un moment elle était devenue la honte de la famille. Elle pleura, elle pleura... jusqu'à ce que l'épuisement eût raison d'elle. Et le lendemain matin, les choses se firent selon les commandements d'Antonine.

La drôlette poussa la porte de la mère Guillamour et lui remit, le cœur dévoré de honte, la balle en caoutchouc mousse :

— Voilà, mère Guillamour, dit-elle. Ma maman ne veut pas que je garde votre balle, je vous la rapporte. Elle a dit que vous me rendiez mes sous, siouplaît. Que ça vous apprendrait à accepter n'importe quel argent.

— Ah ! vraiment ! J'accepte... Mais elle est toute mâchurée, cette balle ! Qui voudra me l'acheter, maintenant ? Hein ? Qu'est-ce que je vais en faire ? Peux-tu me le dire ? »

Après avoir un moment roulé des yeux furibonds et bien postillonné, la marchande jugea préférable d'en finir, elle rendit la pièce de bronze et mit la drôlette à la porte, lui défendant de plus jamais reposer le pied dans son épicerie.

Le dimanche suivant, le curé Demars, instruit par la mère de Marie-Louisette, informa les fidèles au moment de son prône qu'une bourse avait été trouvée, contenant des pièces d'un sou et de deux sous, et que le perdant ou la perdante pouvait la réclamer à Mme Antonine Bonnet-Lavest du village des Bonnets. Et voici que l'après-midi du même jour se présente chez les Bons Dieux la mère Giraud, dite la Giraude, demeurant à Laurençon. Prenant à peine le temps de saluer, elle interpelle Antonine aussi sec :

« Qu'est-ce que j'apprends ? Que mon porte-monnaie est chez vous ?

— S'il y est, c'est que ma petite l'y a rapporté.

— J'ai appris ça aussi.

— Par le curé Demars, à la messe ?

— Pas directement, vu que la messe aujourd'hui je l'ai manquée. Par la mère Guillamour, à qui je demandais si elle n'avait pas trouvé chez elle une bourse oubliée, faite comme ci et comme ça. Alors, elle m'a répété l'annonce du curé disant de vous la réclamer. Et elle m'en a dit une bien belle par-dessus le marché : que votre gamine avait puisé dedans pour s'acheter des balles ! C'est du propre !

— Pas des balles : *une* balle. Une balle de deux sous. Mais je l'ai obligée à la rapporter à la vendeuse. Et les deux sous sont rentrés dans la bourse.

— N'empêche qu'elle a de bien vilaines façons, votre drôlette ! Et qu'elle mérite une jolie correction ! J'espère que vous lui en avez passé une ?

— Ne vous souciez pas de ça, madame Giraud. C'est une affaire qui me regarde. Mais d'abord, qu'est-ce qui me prouve que cette bourse est bien la vôtre ? »

Et la Giraude, suffoquée : « Vous croyez peut-être que si elle ne m'appartenait pas je viendrais la réclamer ?

— Dites-moi un peu comment elle est faite.

— Elle est en mailles de fer. Avec deux billes qui font *clac* à la fermeture.

— Et combien qu'il y a dedans ?

— Trente-deux sous, en pièces noires.

— Et où donc que vous pensez l'avoir perdue ?

— Pas bien loin, sans doute, de la Croix de l'Argent. Un peu plus haut ou un peu plus bas.

— C'est donc bien la vôtre. »

Antonine se tourna vers la maison, et cria : « Marie-Louisette ! Apporte-moi la bourse que tu as trouvée et qui est sur la table de nuit. »

La drôlette vint, remit le boursicot à sa mère, qui le remit à la Giraude. Celle-ci lança un regard noir à l'enfant, remercia quand même Antonine, du bout des lèvres.

« Y a pas besoin de merci quand on fait son devoir, répliqua la mère sèchement.

— Je vous donne pas tort. »

Ayant ainsi récupéré son bien et suffisamment exprimé sa satisfaction, la Giraude salua et repartit vers son village.

Dix ans, vingt ans passèrent. Marie-Louisette devint Marie-Louise : une grande et belle fille. Plus jamais elle ne trouva de bourse. Mais chaque fois qu'elle eut l'occasion, pendant ces vingt années, de rencontrer la Giraude de Laurençon, celle-ci lui lança le même regard noir où elle lisait clairement son nom : « Voleuse ! Voleuse ! Voleuse ! »

Quelques mois après la résolution de cette affaire embrouillée, les Bons Dieux reçurent une visite honorifique : celle de M. Sylvain Lévigne[1], l'instituteur d'Escoutoux nouvellement installé, qui désirait acheter un habillé de soie. Le *mouitre* l'accueillit le chapeau à la main.

« On m'a dit que vous aviez les plus beaux cochons de la commune.

— Vous en jugerez vous-même, monsieur. »

Ils entrèrent dans les soues et le visiteur choisit son gibier. Pour sceller leur accord, ils s'assirent à la table communautaire qui parut impressionner par ses dimensions le jeune maître d'école.

« Il nous est arrivé, dit Félicien avec orgueil, de nous y installer à quarante, sans parler des enfants qui avaient leur table à part. Celle-ci est la troisième seulement depuis que les Bonnet-Lavest ont une existence connue. Chacune donc nous a duré plusieurs siècles. »

Et l'autre éberlué :

« Quelle immense famille !

— C'était autre chose qu'une famille, monsieur : une fraternité. »

Comme l'instituteur semblait tomber de la lune, il lui expliqua l'organisation de leur entente. La propriété indivise de tous les biens : terres, maisons, cheptel, outillage, récoltes. Le travail collectif. Le soin collectif des personnes : nourriture, entretien, médecine. L'éducation collective des enfants. L'absence d'héritage, mais les petites distributions d'argent le samedi.

« Si un malheur frappe quelqu'un d'entre nous, il nous frappe tous et comme ça le malheur se trouve partagé et diminué. Si au contraire le bon Dieu envoie un bonheur à l'un ou à l'autre, il se trouve multiplié.

1. Lire *Un front de marbre*, roman (Ed. Julliard).

— Il faut bien dans votre petite république, dit M. Lévigne, quelqu'un qui commande ?

— C'est pourquoi nous sommes deux, un maître et une maîtresse... »

Et il développa le système d'élection de ces deux personnes et leurs attributions respectives.

« Ce qui fit également notre force très longtemps, ajouta-t-il, c'est que nous n'étions pas la seule communauté. Il y en eut pas loin de cent autour de Thiers à la veille de la Grande Révolution. Malheureusement, elles se sont dissoutes au cours des années, pour toutes sortes de raisons. Nous restons une des dernières, avec celle des Ferrier et celle des Dozolme-Chevalérias. Que le Ciel veuille nous garder encore longtemps. »

Il fit un signe de croix.

Sylvain Lévigne n'était pas du pays, il venait de Rochefort, à l'autre bout du département, où son père était meunier ; il avait étudié à l'Ecole normale de Clermont, s'était enfariné l'esprit des doctrines de Saint-Simon, de Fourier, de Pierre Leroux, de Proudhon, de Karl Marx, de Jean Jaurès et n'avait pourtant jamais entendu parler de ces fourmilières thiernoises.

« Mais ! s'écria-t-il. Mais ce que vous avez fait là, c'est du socialisme pur ! Vos communautés ne sont rien d'autre que le monastère de Saint-Simon, le phalanstère de Fourier, l'Icarie de Cabet, la propriété collective de Karl Marx !

— Ah ? Je ne connais aucune de ces personnes.

— Il y a tout de même dans votre association quelque chose qui me choque. C'est votre philosophie. J'ai entendu dire qu'on vous surnommait les Bons Dieux ?

— C'est que, voyez-vous, Dieu nous a toujours protégés. Sans lui, nous n'aurions pas tenu onze siècles.

— Onze siècles ? Vous vivez ensemble depuis onze siècles ?

— Il paraît. On dit que nous étions déjà associés quand le Pape Urbain est venu à Clermont prêcher la croisade. Alors, vous n'avez qu'à faire le calcul.

— Et vous fréquentez régulièrement l'église ?

— Tous les dimanches. Nous y montons ensemble, nos places sont gardées dans Saint-Maurice.

— Oui... il y a là... il y a là... quelque chose qui ne va guère. Le vrai socialisme est nécessairement laïc, non religieux. La religion, c'est bien connu, a toujours été un obstacle au progrès social.

— Alors, nous ne sommes pas de vrais socialistes. Il faut nous en excuser. »

Sylvain Lévigne s'en alla, tout songeur, se demandant si l'école laïque pourrait changer ces mentalités médiévales et si, obnubilées par une philosophie religieuse, les fourmilières, les ruches, les termitières seraient jamais parvenues à l'état de perfection économique et sociale qui est le leur.

Marie-Louisette n'était pas encore bien grande quand sonnèrent les cloches de Vollore-Ville, de Vollore-Montagne, de Sainte-Agathe, d'Escoutoux pour annoncer une nouvelle guerre contre la Prusse. Si son père ne partit point parce qu'il traînait une jambe cassée et mal remise depuis l'âge de trente ans — et il eut assez honte de ne pouvoir suivre les autres —, quatre de ses oncles ou cousins furent mobilisés, comme tous les hommes valides de toutes les paroisses. Il n'était pas question, ainsi qu'en 1793, d'organiser des chouanneries, car chacun, en même temps que Vollorois, Chapelat, Saintagathaire, Escoutolas, se sentait maintenant quelque chose de plus : Français. Il avait fallu un siècle et quart pour que la chose se fît, laborieusement, douloureusement, au prix de grandes souffrances et de grandes fiertés : le drapeau bleu-blanc-rouge, *la Marseillaise,* la défaite de 70, la *Tonkinoise,* la lecture et l'écriture, nos ancêtres les Gaulois, l'Alsace et la Lorraine, *L'air est pur la route est large,* le bulletin de vote qu'ils glissaient de temps en temps dans la tirelire électorale. Beaucoup de femmes avaient échappé à la contagion, faute d'avoir servi sous les drapeaux, trop occupées par leurs marmots et leurs marmites pour apprendre *la Marseillaise,* et parce que le vote était une affaire d'hommes uniquement. Elles s'étaient cependant mises à dire comme leurs maris : « Cet homme-là n'est pas bien français ! » pour désigner quelqu'un de « pas bien honnête, pas bien courtois, pas très généreux ». C'est dire si l'on s'était fait peu à peu une belle opinion du pays de France, autrefois ennemi parce qu'il n'en venait que des publicains, des recruteurs, des commissaires, des gendarmes. En ce mois d'août 1914, chacun se sentit français de la tête aux pieds, et les hommes partirent sans hésitation.

Le village des Bonnets comme tant d'autres appartint aux femmes, aux vieux, aux enfants. Chez les Saton, il ne restait aussi qu'une famille de deux personnes âgées. Encore n'étaient-ce pas des Saton auvergnats, mais des Saton parisiens, le père, Elie, ancien pompier à la ville de Paris maintenant en retraite, et sa femme Vitaline, qu'il appelait Taline. Dès la déclaration de guerre, ils s'étaient réfugiés en Auvergne dans cette maison vide dont ils étaient les uniques héritiers. Ils étaient abonnés au journal *Le Petit Parisien* que le facteur à cheval leur apportait chaque jour. Après lecture, l'ancien pompier passait la feuille à ses voisins. Ce qui fait qu'on était bien au courant des hostilités. Les nouvelles n'étaient guère brillantes : nos troupes reculaient en Alsace, dans les Ardennes, en Champagne. Philippe, mari d'Antonine et père de Marie-Louisette, n'était pas mobilisable à cause de sa patte folle. De lui, on disait modestement, il n'est pas bien dégagé. Alors, il mit toute sa rage, tout son patriotisme à s'instruire des événements, à essayer de comprendre ce qui se passait sur le front de l'Est, sur le front du Nord, sur le front russe, sur le front serbe, sur le front italien, sur le front turc, c'était beaucoup de tracassin. Et il communiquait aux autres sa déprime :

« Les Serbes reculent. Nous n'avançons pas. Et les Turcs nous ont coupé les Dardanelles. »

Sa femme le regardait avec indignation, pensant qu'il se laissait aller à dire une cochonnerie devant Marie-Louisette. Heureusement, Elie Saton venait à la rescousse et leur remontait le moral. On savait qu'il avait servi dans les pompiers de Paris, qui forment un corps militaire, et que par conséquent il s'y connaissait rudement en tactique et stratégie. Il s'asseyait donc à la table communautaire, rassemblait devant lui le matériel indispensable et commençait sa démonstration devant les Bons Dieux ébahis :

« Vous ne comprenez rien à ce qui se passe, et vous êtes bien excusables, n'étant jamais sortis des Bonnets. Alors voilà, je vous explique. Ça, c'est Paris. *(Et il plantait sur sa gauche une bouteille de vin.)* Ça, c'est Berlin. *(Représenté par une assiette de fromage.)* Vous me suivez ? *(Approbation générale, oui, oui, on vous suit.)* Ça, c'est les Russes, le rouleau compresseur russe. *(Une tourte de pain, à main droite.)* Ah ! les Russes ! Les Cosaques ! Est-ce que vous vous rendez bien compte ce que sont ces gaillards ? *(Négation générale.)* Des géants de deux mètres de haut, sur des chevaux rapides comme la foudre. *(Oh ! Comme la foudre !)* Ils s'élancent, armés de yatagans, c'est-à-dire de longs sabres courbes avec lesquels, dzim ! dzam ! dzoum ! ils décapitent l'ennemi. Les têtes des Allemands tombent comme des prunes ! *(Comme des prunes ! Oh ! Sainte Vierge !)* La neige en est toute sanglante ! Alors, les Cosaques *(mouvement de la tourte de pain)* fondent sur Berlin dont ils ne font qu'une bouchée ! *(Disparition du fromage.)* Vous me suivez toujours ? *(Oui, oui, on suit, on essaye de suivre.)* Les Allemands fuient en désordre, en direction de Paris dont ils rêvent depuis 1870. Paris les attire, au milieu de la France, comme un morceau de lard au milieu d'une ratière. Vous me suivez toujours ? *(Oui, oui, marchez que, marchez que !)* Mais quand ils croient entrer dedans, les garnisons des forts de Paris tombent sur eux et les massacrent ! Une vraie boucherie ! *(C'est d'autant plus facile que la plupart des Allemands n'ont plus de tête !)...* »

Ainsi, grâce aux instructions d'Elie Saton, ils purent traverser les trente premiers mois de la guerre avec confiance, malgré la tristesse générale. Les cloches ne cessaient pas d'appeler à des offices funèbres, à la mémoire des hommes tombés au feu. Les maires n'en finissaient point de courir de ferme en ferme annoncer, votre mari, votre père, votre frère, votre fils est glorieusement mort au champ d'honneur. Si bien qu'ils se faisaient remplacer quelquefois par le garde champêtre ou bien demandaient au facteur de faire la commission. Les campagnes ne chantaient plus, ni le dimanche ni la semaine, plus de laboureurs bramant à pleine gorge derrière leur charrue pour s'encourager, eux et leur attelage, *lo-lo-lo-lo, lérolo, léroléro...* Les oiseaux eux-mêmes gazouillaient et gringottaient de façon assez retenue, excepté les corbeaux, gibier de deuil, qui se répandaient en *croa-croa* sarcastiques. Les hivers étaient particulièrement rudes. Dans les maisons sans hommes, on frissonnait de gel, de solitude, d'angoisse. Le curé de Vollore-Ville vendait des images du Sacré-Cœur de Jésus ; on y voyait le Fils de Dieu qui s'ouvrait à deux mains la poitrine pour montrer son cœur rayonnant. *Je répandrai des grâces sur les maisons où mon image sera honorée.* En avaient-elles toutes besoin, de grâces ! Les femmes des Bonnets en achetèrent pour chacune de leurs chambres. Marie-Louisette eut désormais devant elle dans la sienne, le matin, en ouvrant les yeux, ce cœur sanglant cloué à la porte comme une chouette. Du sang ! Partout du sang ! Bientôt le fabuleux viscère lui parut scintiller dans l'ombre. Il l'empêchait de s'endormir. Alors elle chercha un moyen pour s'en protéger et le recouvrit chaque soir de sa camisole.

D'autres personnes s'usaient les genoux à prier ; les églises ne désemplissaient pas, grésillantes de cierges et de supplications. On fréquenta beaucoup la Vierge de l'Hermitage, où l'on se rendait à travers la montagne et des forêts à loups, quatre heures de marche à l'aller, quatre au retour, chacun, chacune rapportant son flacon d'eau miraculeuse.

Malgré toutes ces précautions, le malheur tomba sur les Bonnet-Lavest : coup sur coup, deux de leurs hommes furent tués, un troisième porté disparu. Maître Félicien, lui, s'en alla de sa belle mort, sauf que personne n'eut le courage de rire à son enterrement. Il ne fut pas remplacé. Deux femmes furent enlevées par la grippe espagnole. Le quatrième mobilisé revint, mais il crachait ses poumons à cause des gaz qu'il avait respirés.

« Pas d'ail, surtout ! recommandait-il. Ne me servez plus jamais d'ail dans la salade ni nulle part !

— A cause ?

— A cause que le gaz qui tue est fait avec de l'ail. C'est dur à croire, mais c'est comme ça ! »

On ne lui mit plus jamais d'ail dans ses aliments, ce qui ne l'empêcha pas de mourir en 1925, après une longue agonie, il ouvrait la bouche pour chercher son souffle et ne le trouvait pas, tu aurais dit une carpe hors de l'eau.

Quelques années encore, et ils ne furent plus que trois survivants, Philippe, Antonine et Marie-Louise. Le dernier descendant mâle des Bonnet-Lavest, prétextant sa patte folle, mais rongé aussi par leur prochaine extinction, s'adonnait plus volontiers à la bouteille qu'à l'ouvrage. Le seul bien qu'il cultivât jalousement était sa vigne. Il restait des heures à la cave, sous prétexte de soufrages, filtrages ou soutirages, et en ressortait brindezingue. Les deux femmes, mère et fille, ne vivaient point en harmonie parfaite, la première écrasant la seconde de son autorité, comme au temps de la petite balle en caoutchouc mousse. La jeune fille essayait parfois de moderniser un peu la maison, d'acheter une cuisinière émaillée, de faire installer une douche :

« Une douche ? répliquait la vieille. Nous ne sommes pas des bourgeois ! Pas besoin de cuisinière non plus ni de cuisinier, je ferai ma cuisine moi-même, comme je l'ai toujours faite, sous la cheminée. Et ceux qui ne l'aimeront pas n'auront qu'à aller au restaurant ! »

Ça l'ennuyait de voir cette drôlette tourner autour d'elle, essayer de placer son grain de sel :

« Qu'attends-tu pour te marier ?

— Que vous me trouviez un homme. Vous savez bien qu'il n'y en a plus. Ceux de mon âge ont été tués. Voulez-vous que j'épouse un vieux, que je passe ma jeunesse à le soigner ?

— Elle a déjà moi à soigner, intervenait le père.

— Si tu aimes mieux rester vieille fille !

— Je ne serai pas la seule, la paroisse en est pleine. Un jour, nous formerons un syndicat. »

Et Philippe :

« Vous demanderez une indemnité de pucelage.

— *Marde !* vieil imbécile ! coupait sa femme. Ne vous occupez pas de nos affaires. Allez plutôt voir dehors si l'air sent la fourme ! »

Elle disait *marde* pour adoucir la brutalité du mot sans trop en réduire l'efficacité. Et d'autres fois, très en colère, *Chipote de chipote !* Ah ! le langage des Bonnet-Lavest était lui-même tombé bien bas.

La rage du commandement s'accentuait chez elle avec les années. Elle en tourmentait non seulement les chats, les chiens, les cochons qui ont été créés pour obéir à l'homme et recevoir de lui des coups de pied sous la queue comme le prêchent les saints Evangiles, mais encore son mari et sa fille qui ne pouvaient ouvrir une porte, fermer une fenêtre, remuer une paille sans son autorisation. Tout en conjurant Marie-Louise de se chercher un homme, elle lui interdisait ces coquetteries inventées par le diable : les cheveux courts, le rouge à lèvres, la poudre de riz, les jupes qui montrent les genoux. Pas question non plus de fréquenter les bals de reinage ni de 14 Juillet. Elle l'accablait de besognes, disant, ça t'empêchera de ruminer, le travail est la meilleure des compagnies. Marie-Louise obéissait comme une petite fille et restait sage comme une image.

Un jour que le vent et la pluie les retenaient tous les trois enfermés dans leurs murs, voilà-t-il pas qu'Antonine trouve sa drôle penchée sur un livre, au lieu de s'employer les mains à quelque tâche utile ? Et tout de suite :

« Qu'est-ce que c'est que ça ?

— Un livre que j'ai acheté dimanche dernier à Vollore. »

La vieille saisit l'objet, déchiffre le titre sur la couverture blanche ornée de torsades vertes : *George Sand. Le péché de M. Antoine, roman.*

« Un roman ! Tu lis des romans, à présent ! Et quel roman ! Une histoire de péché ! Si tu as envie de lire, nous avons des livres convenables à la maison.

— Oui ? *L'Imitation de Jésus-Christ. La Sainte Bible. Le catéchisme du diocèse de Clermont.*

— Parfaitement ! Ces livres-là ne te feront pas de mal ! Au contraire ! Quant à ton histoire de péché, voici ce que j'en fais ! »

Elle la déchire et en jette les morceaux au feu qui les avale goulûment. Marie-Louise pleure comme le jour de la balle en caoutchouc mousse, mais se résigne.

Avec ça, la santé du père n'était pas brillante : il souffrait de douleurs dans les membres, de maux de tête, d'insomnies. Il demanda à coucher seul, une présence à ses côtés l'incommodait. Antonine lui donna satisfaction et s'en fut dormir avec sa fille. Le printemps le revigorait, l'hiver l'engourdissait comme les marmottes. Un jour, il se plaignit d'avoir perdu la moitié de la figure :

« Qu'est-ce que vous racontez, la moitié de la figure ?

— Oui. Le côté droit ne sent plus rien. Il est mort. Tenez. »

Et il se piqua la joue droite avec la pointe d'un couteau.

« Vous voyez ? Je ne sens rien. C'est comme une planche... De l'autre côté, oui, aïe ! aïe !... Mais de la joue droite, zéro.

— Quelle importance que vous ne sentiez rien de la joue droite ? Pour le Jour de l'An, je vous embrasserai sur la gauche, voilà tout.

— Si ce n'était que ça ! Mais en dedans, c'est la même chose : du côté droit, je ne sens plus ce que je bois, ce que je mange.

— Bon. Poussez-le avec la langue dans le côté gauche. C'est quelque courant d'air qui vous aura fait ça. Mais ça va passer. »

Elle fit quand même par le facteur avertir le Dr Dunaud d'entrer chez les Bonnet-Lavest quand il aurait l'occasion de se trouver dans le coin. Il palpa les chairs, lui donna des coups de marteau dans les rotules, rédigea une ordonnance qu'il fallut aller faire exécuter à Thiers chez Mallaret. Elle comportait des pilules pas plus grosses qu'un petit pois. Le drame fut pourtant celui-là : comment les lui faire avaler ? Sèches, il n'en était pas question. S'il buvait une gorgée, le liquide glissait bien en lui, mais la pilule restait bloquée dans la bouche, malgré ses efforts désespérés de déglutition.

« C'est à cause de ma joue morte, essayait-il d'expliquer.

— Servez-vous de la gauche ! »

La mère et la fille s'y employaient toutes deux, l'une empêchant le malade de reculer, l'autre lui fermant de force les mâchoires avec les mains. Rien à faire. Tout à coup, Marie-Louise se rappela qu'il ne mangeait rien, chair, légumes, poisson ni fromage, châtaigne, pomme ni cerise sans l'accompagner de pain. Elle dissimula donc la médecine dans une bouchée de pain, et les pilules descendirent.

Quand les chaleurs revinrent, la joue morte retrouva sa sensibilité. Philippe put de nouveau savourer à pleine bouche sa soupe et le vin de sa vigne. Mais une seconde crise le frappa quelques années plus tard, beaucoup plus grave, lui engourdissant cette fois une moitié de tout le corps, lui tordant la bouche, le nez, la joue, l'empêchant de proférer autre chose que des grognements. Le Dr Dunaud revint, parla d'hémiplégie et, pour mieux l'examiner, demanda aux deux femmes :

« Pourriez-vous un peu avancer le lit, afin que je passe de l'autre côté ? »

Elles firent comme il disait. Au moment où la couche du vieux décollait du mur, il y eut une faramineuse dégringolade de bouteilles, se fracassant l'une sur l'autre. Certaine du lot ne devait pas être toute vide, car elle dégagea une forte senteur d'eau-de-vie.

« Chipote de chipote ! s'écria la vieille. Voilà donc pourquoi vous avez voulu coucher seul ? Pour turler et vous saouler à votre aise, grand gourmand ! Toute la nuit, s'il vous plaisait ! Ah ! l'on peut dire que vous faites vraiment honneur à notre communauté ! On peut le dire !

— Han, han, han », protestait le vieux, la bouche tordue.

Elles le gardèrent comme ça, paralytique, trois années. Puis le bon Dieu leur fit la grâce de l'enlever sans souffrances visibles.

Et elles ne furent plus que deux, la mère et la fille. La première devenue un peu sourde, mais conservant toujours bon bec et bonne poigne. La seconde commençant à jaunir et à passer fleur. Avec elles s'achevait une fraternité ancienne de mille ans, maintenant tombée en quenouille. Les terres, elles, tombaient en friche, reconquises par la forêt. Les maisons tombaient en ruine. En face, l'ancien pompier de Paris et sa femme rejoignirent leurs ancêtres au nouveau cimetière de Vollore-Ville. L'ancien avait été supprimé par la Grande Révolution et les sans-culottes n'avaient trouvé rien de mieux, pour se débarrasser des restes gênants, que de les faire griller sur la place de la Liberté, devant le temple de la Raison ; depuis, le voisinage n'appelait plus les Vollorois que du sobriquet de « Brûle-Morts ». Tout se dispersait, même les cendres des anciens fondateurs.

« *Marde !* dit Antonine.

— Oh ! dit Marie-Louise.

— Quoi oh ?

— Vous venez de dire : *marde.*

— Moi ?

— Oui, vous.

— Quand donc ?

— A l'instant même.

— Je n'ai rien entendu.

— Oh ! Vous ! Vous n'entendez que ce que vous voulez !

— Tu es sûre ?

— Sûre et certaine.

— Et pourquoi donc ai-je dit *marde ?*

— Allez savoir ! Vous dormiez dans votre fauteuil. Tout par un coup, vous vous réveillez en disant : *marde !*

— C'est ta faute.

— Naturellement.

— Je rêvais de toi... Tu vois si je pense à toi tendrement, même dans mes rêves ! Donc, je me voyais morte. Te laissant seule. Seule aux Bonnets, est-ce que tu te rends compte ? Et tu ne faisais rien pour t'empêcher de périr de faim et de languison. Nous nous sommes disputées...

— Mais puisque vous étiez morte ?

— Dans les rêves, ça n'empêche rien. Et c'est sans doute comme ça que j'ai été amenée à te dire *marde.* Tu sais, j'aurais bien envie de crever un peu tranquille ! Pourquoi donc que tu te maries pas ?

— Toujours votre même refrain ! Et je ne peux que vous faire toujours la même réponse : pour se marier, faut être deux.

— Tu ne cherches guère !

— Mais quand ? Mais où ?

— Nous pourrions rendre visite aux voisins, mais tu aimes mieux rester au coin de la cheminée, comme Cendrillon. Tu y mets de la mauvaise volonté. Tiens, tu sais ce que tu m'obliges à dire ? Plutôt que de partir la première, j'aimerais autant que tu partes avant moi. Comme ça, du moins, je te saurais ramassée. »

Antonine ne fut pas entendue : l'hiver suivant, une grippe pernicieuse venue d'Asie exprès pour elle l'emporta au cimetière où son boiteux de mari l'attendait sans impatience. Marie-Louise resta seule. Ce que sa mère avait prévu arriva : elle ne fit rien pour s'empêcher de périr à son tour. Sans doute n'avait-elle pas une très grande envie de vivre.

Les gars de l'E.D.F. sont venus avec leur saint-frusquin, pelleteuse, terrasseuse, camion à grue. Et toutes les autorisations nécessaires : municipales, notariales, préfectorales, épiscopales.

« Y a de quoi faire ! a constaté le chef. Une vraie forêt vierge ! »

Ils se sont d'abord ouvert un passage dans le chemin envahi de végétation, qui n'avait jamais reçu d'aussi larges véhicules. Ensuite, sur les flancs, ils ont commencé à jouer de la serpe et de la tronçonneuse au milieu des ronces, des genêts, des buissons, des souches, des frênes incultes.

Tout à coup, exclamation d'un débroussailleur :

« Dites donc, chef ! Y a des ruines, par ici ! Tout un village ! Un grand village !

— C'est prévu, répond l'autre, l'index sur son plan : *Village en ruine des Bonnets. Ne pas en tenir compte.* »

Ils ne peuvent toutefois s'empêcher d'être impressionnés par cet écroulement, ces murailles de pisé que les orages ont fait fondre comme du sucre, ces épaves sous les orties : un moulin à café, une louche, des tessons de vaisselle, des roues de charrette, un araire encore debout, la queue levée, quasi triomphant au milieu de tonneaux et de bacholles crevés. Comme s'ils découvraient un nouveau Pompéi.

« Merde ! » disent-ils avec émotion.

Puis vient la terrasseuse qui rase au sol ces pans de mur. La pelleteuse les foule de ses chenilles, plonge dedans sa fourchette comme dans du beurre. *Ne pas en tenir compte.*

Quelques mois plus tard, le paysage est transformé. Au-dessus de l'ancienne forêt vierge passe une ligne à haute tension, avec ce qu'il faut de pylônes et de tours métalliques abstraitement nommés dans le langage administratif « supports pour conducteurs aériens ».

FIN

Achevé d'imprimer en avril 1984
sur presse CAMERON,
dans les ateliers de la S.E.P.C.
à Saint-Amand-Montrond (Cher)
pour Julliard,
éditeur à Paris

N° d'Édition : 4726. N° d'Impression : 634/428.
Dépôt légal : avril 1984.
Imprimé en France